신조협려 3

신조협려 3 – 영웅대연

1판 1쇄 발행 2005. 2. 5.
1판 16쇄 발행 2019. 5. 26.
2판 1쇄 발행 2020. 4. 1.
2판 3쇄 발행 2024. 2. 26.

지은이 김용
옮긴이 이덕옥
발행인 박강휘
편집 임지숙 디자인 박주희 마케팅 정성준 홍보 강원모
발행처 김영사
등록 1979년 5월 17일 (제406-2003-036호)
주소 경기도 파주시 문발로 197(문발동) 우편번호 10881
전화 마케팅부 031)955-3100, 편집부 031)955-3200 | 팩스 031)955-3111

값은 뒤표지에 있습니다.
ISBN 978-89-349-8583-9 04820
      978-89-349-8580-8 (세트)

홈페이지 www.gimmyoung.com   블로그 blog.naver.com/gybook
인스타그램 instagram.com/gimmyoung   이메일 bestbook@gimmyoung.com

좋은 독자가 좋은 책을 만듭니다.
김영사는 독자 여러분의 의견에 항상 귀 기울이고 있습니다.

일러두기

1. 이 책은 김용이 직접 여덟 차례에 걸쳐 수정한 3판본(2003년 12월 출간)을 저본으로 번역했다.
2. 본문에 실려 있는 삽화는 홍콩의 강운행姜雲行 화백이 그린 것이다.

신조협려

神鵰俠侶

김용 대하역사무협

이덕옥 옮김

영웅대연

3

무협소설사에 길이 남을 불멸의 고전
김용 소설 중 가장 많은 찬사를 받은 작품

我小説裏的武功虽是假的，精神却是真
的。希望讀者们注重正義、公正、公平，
重情義，对父母、兄弟、姊妹、朋友、同
学、愛人、夫妻，要有真正愛心！
敬
韓國讀者諸君
恭賀新年快樂

金庸

내 소설의 무공은 비록 허구이지만 그 정신만은 진실입니다. 독자 여러분은 정의와 공정, 공평을 중시하고, 순수한 감정을 중히 여기길 바랍니다. 그리고 늘 부모와 형제자매, 친구, 동료, 사랑하는 사람, 남편, 아내에게 진정한 애심을 지녀야 합니다.

한국 독자 여러분께
즐거운 새해가 되길 기원합니다.

김용 드림

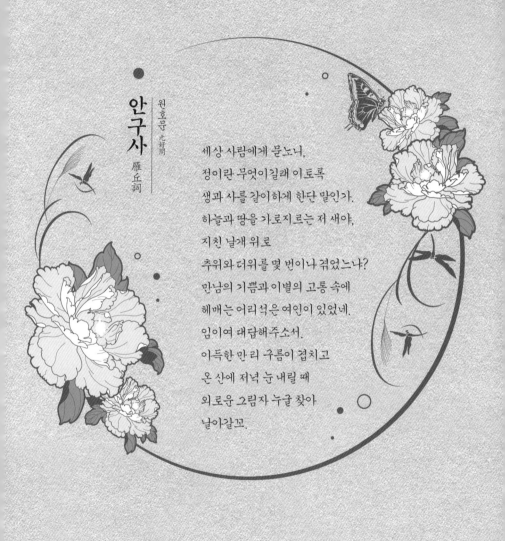

안구사

원호문 元好問

雁丘詞

세상 사람에게 묻노니,
정이란 무엇이길래 이토록
생과 사를 같이하게 한단 말인가.
하늘과 땅을 가로지르는 저 새야,
지친 날개 위로
추위와 더위를 몇 번이나 겪었느냐?
만남의 기쁨과 이별의 고통 속에
헤매는 어리석은 여인이 있었네.
임이여 대답해주소서.
아득한 만 리 구름이 겹치고
온 산에 저녁 눈 내릴 때
외로운 그림자 누굴 찾아
날아갈꼬.

3권

영웅대연

英雄大宴

◀ 고기봉의 〈풍응도楓鷹圖〉

고기봉高奇峯은 중국 광동성 번우番禺 사람이다. 처음엔 형 고검부高劍父에게 그림을 배우다가 나중에 일본에 유학해 영남화파嶺南畵派의 맥을 이었다.

▲ 송간경혈도宋刊經穴圖

송나라 때 출간된《신간보주동인유혈침구도경新刊補注銅人腧穴鍼灸圖經》의 삽화 중 하나로 양능천陽陵泉, 협계俠溪, 교규喬竅, 임읍臨泣, 구허丘墟, 양보陽補 등의 혈도가 나와 있다.

◀ 몽고전사목용蒙古戰士木俑

몽고 전사들은 행군할 때 말의 힘을 비축하고 교체하기 위해 여러 필의 말을 대동한다. 그 때문에 적과 대전할 때 막강한 기동력을 발휘할 수 있었다. 이 목용은 아프칸 사람이 제작한 것으로, 이탈리아 이슬람 동방 고고학원에 소장되어 있다.

◀ 송조 판화

북송의 인본진언印本眞言. 금륜국사가 읊조린 '항요복마주
降妖伏魔咒'도 이런 종류의 밀종 진언이다

▼ 저수량의 〈방현령비房玄齡碑〉

저수량褚遂良이 당대 영휘永徽 5년에 쓴 글이다. 당시 그의
나이는 53세였는데, 그때는 서예가 예술적으로 최고조에
이른 가장 완숙한 시기였다. 후세 평론가들이 그의 서예를
가리켜 천녀산화天女散花 같다고 했다.

◀ 송대 자기

길주吉州 가마터에서 만든 작품이다. 오금烏金을 칠
했으며, 안쪽에 있는 정교한 수엽문樹葉紋이 돋보인
다. 당시에는 다완茶碗용으로 쓰였다.

▼ 포사도 각석

포사도褒斜道는 중국 섬서 지방 미현郿縣 서남쪽에
위치한다. 이곳은 관중關中, 한중漢中에서 촉蜀으로
통하는 요충지이다. 이 각석刻石은 후한後漢 명제明
帝 영평永平 6년(서기 63년)에 만든 것으로 원본 내용
은 다음과 같다. "영평 6년에 한중군漢中郡이 어명에
따라 광한廣漢, 촉군蜀郡, 파군巴郡에서 총 2,690명을
동원해 이 길을 닦으니……" 석각의 서체가 가늘고
딱딱한 느낌이며, 그 구도가 아주 독특해 서법사書
法史의 중요한 자료로 평가받는다.

▲ 장욱張旭의 〈자언첩自言帖〉

"취해서 비틀거리며 스스로 말하길, 처음 공주를 만나 당당하게 이야기를 나누고 북소리와 취악을 듣고 필법을 배웠으며, 또한 공손公孫 아주머니의 검무를 보고 그 혼을 얻었고, 그로부터 한漢 장지張芝의 초서가 입신할 경지임을 보았노라. 당唐 개원開元 2년 보름에 장욱이 취해서 씀."

두보는 〈음중팔선가飮中八仙歌〉에서 말하길, "장욱은 술 석 잔에 입신의 초서를 쓴다. 왕손 대공 앞에서 모자를 벗고 종이에 먹물을 일필휘지하니 운연雲煙과도 같도다"라고 했다.

◀ 석고문石鼓文

동주東周 때 10개의 돌로 만들었는데, 그 모양이 북과 같으며 사방 둘레에 송시訟詩가 새겨져 있다. 석고는 원래 북경 공묘孔廟에 있었다. 한유韓愈의 〈석고가石鼓歌〉를 보면 이것은 주선왕周宣王 때 세웠다고 한다. 그러나 나진옥羅振玉은 진문왕秦文王 때 조각했다고 주장한다. 원문의 열여섯 글자의 내용은 다음과 같다. "내 수레는 정교하게 잘 만들어졌고, 내 말도 그렇다. 내 수레는 아주 좋고, 내 말도 살이 쪘다吾車旣工 吾馬旣同 吾車旣好 吾馬旣阜."

11

風塵困頓

두 고수의 죽음

북개와 서독은 수십 년 동안 겨루면서 서로 물러서는 일이 없었다. 그런데 이렇게 화산에서 동시에 목숨을 다할 줄 누가 알았겠는가. 두 사람은 평생 원한으로 얽혀 있었으나, 죽음에 이르러서는 서로 부둥켜안고 실컷 웃으며 떠나갔다. 수십 년 동안 얽혀 있던 증오와 원한을 웃음으로 날려버린 것이다.

다음 날까지 양과는 여전히 계곡 입구를 지키고 있었다. 다섯 명은 이추가 가지고 온 음식을 게걸스럽게 먹어댔다. 양과는 이미 배가 고파 못 견딜 지경이었다. 홍칠공을 돌아보니 전날과 같은 모습으로 꿈쩍도 하지 않았다.

　'정말 자는 거라면 조금 움직일 법도 한데, 이렇게 꿈쩍도 하지 않는 걸 보면 정말 돌아가신 게 아닐까? 이렇게 하루가 더 가면 배가 고파 힘도 없을 테고, 그러면 맞서 싸우는 것도 무리일 텐데. 지금 뛰쳐나가면 목숨이라도 구할 수 있을 거야.'

　양과는 천천히 몸을 일으켰다.

　'아니야, 사흘 동안 잠잘 테니 지켜달라고 하셨고, 나는 내 입으로 그렇게 하겠다고 대답했어. 남아일언중천금이거늘 어찌 저 어르신을 버리고 그냥 간단 말인가?'

　생각을 고쳐먹은 양과는 주린 배를 움켜쥐고 눈을 감았다. 사흘째 되는 날, 홍칠공은 여전히 이틀 전과 마찬가지로 미동조차 하지 않았다. 양과는 아무래도 이상한 생각이 들었다.

　'돌아가신 게 틀림없어. 그런데도 지키고 있다는 건 너무 어리석은 짓 아닐까? 이렇게 굶다간 오추가 손을 쓰기도 전에 내가 먼저 굶어 죽겠다.'

양과는 바위에 쌓인 눈을 뭉쳐 입안에 쑤셔 넣었다. 허기가 조금은 덜어지는 듯했다.

'나는 부모님께 효를 다하지 못했어. 선자는 나 때문에 화가 났고, 형제는 물론 친구 하나 없는 몸이지. 의義까지는 아니더라도 신信은 지켜야 할 것 아닌가. 어찌 됐든 약속대로 버텨야 한다.'

생각이 꼬리를 이었다.

'전에 백모님께서 글을 가르쳐줄 때 미생尾生의 이야기를 해주셨지. 다리 밑에서 기다리기로 여자와 약속했는데, 여자는 좀체 오지 않았어. 홍수에 물이 불었는데도 그는 약속을 지키기 위해 다리 기둥을 끌어안고 죽었다고 했지. 그래서 후세에까지 이름을 남겼다고 했잖아. 나는 그간 사람들에게 무시당하고 살았는데, 이런 약속마저 지키지 못한다면 정말 하찮은 사람이 되고 말 거야. 여기서 죽는 한이 있더라도 사흘간은 꼼짝도 하지 않을 테다.'

그날 하루도 그렇게 지나갔다. 나흘째 되는 날, 양과는 홍칠공에게 다가가 그가 숨을 쉬는지 살펴보았다. 그러나 숨을 쉬는 기미가 전혀 보이지 않았다. 괴로운 마음에 한숨이 절로 나왔다. 그는 공손히 두 손을 모아 읍을 올렸다.

"홍 선배님, 저는 사흘 동안의 약속을 지켰습니다. 하지만 이렇게 돌아가시고 말았군요. 제가 선배님의 시신을 수습할 힘이 없으니, 악인들의 손에 더럽혀지지 않도록 깊은 계곡으로 밀어넣을 수밖에 없겠습니다."

양과는 홍칠공의 몸을 들어 계곡 옆길로 들어섰다.

오추는 양과가 배고픔에 못 이겨 도망을 가려는 줄 알고 일제히 소리를 지르며 달려갔다. 양과는 벼락같이 고함을 치며 홍칠공을 자신의 몸 뒤로 숨겼다.

"내 너희를 상대해주마!"

그러고는 대추를 향해 바람처럼 달려들었다. 양과가 몇 걸음 다가서는데 갑자기 머리 위로 바람이 일었다. 누군가 머리 위를 스치고 지나가더니 그와 오추 사이에 서서 웃음을 터뜨렸다.

"거, 늘어지게 잘 잤다!"

바로 구지신개 홍칠공이었다. 양과는 뛸 듯이 기뻐했지만 오추는 아연실색했다.

홍칠공은 원래 눈 속에서 정말 잠이 들었는데 오추에게 밟히는 통에 깨어났다. 그러고는 양과가 사흘의 약속을 지킬 수 있는지 지켜보고 싶은 마음에 자는 척하고 일어나지 않았다. 그래서 양과가 와서 살필 때마다 호흡을 막고 숨을 쉬지 않았다. 그리고 양과가 배고픔을 견디며 사흘의 약속을 지키자 젊은 친구가 협의俠義의 기개가 있다며 기특해했다. 그러고는 이제야 일어나 위풍당당하게 좁은 길에 버티고 선 것이다. 그는 왼손으로 반원을 그리며 오른손으로 장풍을 뻗었다. 바로 평생 갈고닦은 무공인 항룡유회降龍有悔였다.

양과를 뒤쫓던 대추는 미처 도망가지도 못하고 그 앞에서 사색이 되었다. 그는 이 초식을 그대로 받아낼 수 없다는 것을 잘 알고 있었다. 하지만 이제는 두 손을 모으고 힘을 다해 막을 수밖에 없었다.

홍칠공은 장력을 자유자재로 뻗고 거둘 수 있었다. 홍칠공이 장풍을 뻗어 공격하자마자 대추는 두 팔이 저려오며 가슴까지 얼얼한 통증을 느꼈다. 이추는 대추가 위기에 처하자 홍칠공의 장력에 밀려 계곡으로 떨어질까 봐 두 팔로 그의 등을 밀었다. 홍칠공은 팔에 더욱 힘을 주었다. 그러자 이추까지 뒤로 밀렸다. 이번에는 사추가 그 뒤에 서서 역시 팔을 뻗어 두 사람을 힘껏 밀었다. 홍칠공의 장력이 이제 세 사람에게 전해졌다. 그러나 여전히 뒤로 밀려나자 삼추와 막내도 합세할 수밖에 없었다. 장력은 사추에게서 삼추로, 삼추에게서 막내에게까지 전해져 다섯 사람이 한꺼번에 뒤로 밀려났다. 이제 그들은 도망가지도 못하고 꼼짝없이 죽을 판이었다.

홍칠공은 그 꼴을 보면서 너털웃음을 터뜨렸다.

"우하하하……. 이 다섯 녀석들, 못된 짓만 저지르고 다니더니 오늘 이 늙은 거지 손에 죽게 되었군. 죽어서는 좋은 일만 하거라."

다섯 사람은 자세를 바꾸지도 못하고 두 눈을 부릅뜬 채 죽을힘을 다해 홍칠공의 장력에 맞섰다. 그러나 시간이 갈수록 홍칠공의 장력이 강력해져서 힘을 주고 있자니 가슴이 쥐어뜯기듯 괴로웠다. 점차 숨을 쉬기조차 힘든 지경이 되었다.

"응?"

홍칠공이 갑자기 뭔가 의아하다는 듯 장력을 8할쯤 거두었다.

"그래도 내공이 상당하구나. 너희의 사부가 누구냐?"

대추는 쌍장을 여전히 홍칠공에게 밀어붙인 채 헐떡거리며 힘겹게 입을 열었다.

"우리…… 우리 사부님은…… 달이파達爾巴입니다."

"달이파? 들어본 적 없는데? 으흠, 서로 내공을 전달할 수 있다니 대단하군."

홍칠공은 고개를 끄덕이면서 그들의 내공을 칭찬했다.

'홍 선배님께서 대단하다고 하면 정말 대단한 것일 텐데……. 그런데 이 다섯 녀석은 나 하나도 이기지 못했잖아? 뭐가 대단하다는 거지?'

양과가 속으로 의아해하는 동안 또 홍칠공의 목소리가 들려왔다.

"그럼 어느 문파에 속하느냐?"

"우리 사부님은…… 밀교密教의 성승聖僧이신…… 금륜국사金輪國師 문하의…… 2제자……."

홍칠공은 여전히 고개를 저었다.

"서장의 성승 금륜국사? 그것도 못 들어봤는데. 서장의 중이라면 영지상인은 알고 있지. 그의 무공은 너희보다 강하지만 그렇다고 상승 무공은 아니야. 그런데 지금 너희가 내공을 서로 교류하는 것은 확실히 대단하다. 깊이가 있어. 음, 내 너희 사조와 좀 겨루어봐야겠다. 가서 모시고 와라!"

"우리 사조님은 성승…… 살아 있는 보살님이오. 몽고 제일국사第一國師로 신통한 법력이 천하를 덮으시는 분이오. 그런 분이 어…… 어찌……."

이추가 들어보니 홍칠공의 말투가 자기들을 살려줄 듯했다. 그런데 지금 대추가 스스로 제 살길을 가로막는 소리를 하자 얼른 말을 받았다.

"예예, 저희가 가서 사조님을 모셔오겠습니다. 역시 우리 사조님이시라야 홍 선배님과 겨루어볼 만하지요. 저희 같은 것들이야 어…… 어디…… 선배님 술 호로병 정도도…… 겨우……."

그때였다. 땅을 치는 소리가 요란하게 들리더니 순식간에 산모퉁이에서 누군가 불쑥 튀어나왔다. 물구나무를 선 채 두 손에 돌을 쥐고 땅을 때리며 걸어오는 그는 바로 서독 구양봉이었다. 양과는 저도 모르게 외쳤다.

"아버지!"

구양봉은 아직 아무 소리도 못 들은 듯 그대로 오추 뒤로 뛰어가 오른발로 그의 등을 찼다. 엄청난 힘이 다섯 사람의 몸을 타고 전해졌다. 순간, 다섯 사람은 손이 묵직해지는 느낌을 받았다. 홍칠공은 얼른 더욱 힘을 주어 반격했다. 홍칠공은 갑자기 나타난 구양봉의 모습에 크게 놀랐다. 또 양과가 그를 '아버지'라 부르는 것을 보고는 절로 고개가 끄덕여졌다.

'어린 소년의 무공이 대단하다 했더니 그럴 만도 했군.'

그러면서도 어린아이가 신의를 목숨처럼 지키니 그 인품은 서독보다 훨씬 낫다는 생각을 했다. 그는 손에 힘을 주며 맹렬히 덤벼드는 적에 맞섰다.

제2차 화산논검대회 이후 10여 년이 지나는 동안 홍칠공과 구양봉은 한 번도 맞닥뜨린 적이 없었다. 구양봉은 비록 정신이 온전치 못했지만 〈구음진경〉을 거꾸로 수련한 후로 무공이 점차 기괴해지면서 또한 강해졌다. 그는 종남산에서 양과가 일깨워주는 말을 듣고 자신이 구양봉이라는 것을 알았다. 그러나 정말 자신이 구양봉인지는 아직 확신하지 못했다. 그저 구양봉이 자신이 잘 아는 사람인 것은 확실한 듯해 줄곧 입안에 되뇌곤 할 뿐 끝내 자신과 연결시키지는 못했다. 그날 그는 화음華陰을 지나다가 자신이 두 차례나 논검대회에 참여했던 이곳이 어렴풋이 기억나는 듯해 올라와본 것이었다.

홍칠공은 과거 곽정과 황용이 외우는 〈구음진경〉의 일부를 듣고 그것을 자신이 연마한 무공과 합쳐 큰 진전을 이루었다. 물론 〈구음

19

진경〉의 내용을 다 아는 것은 아니나 홍칠공의 무공은 결코 서독에 뒤지지 않았다.

두 사람은 십수 년 전에도 서로 우열을 가리기가 힘들었다. 이제 각자 더욱 정진하여 화산에서만 세 번째 겨루게 되었는데, 여전히 우열을 가리기 힘들 듯했다. 그 와중에 봉변을 당하는 것은 천변오추였다. 그들은 두 고수 사이에 끼여 초식을 시험하고 주먹을 단련하는 모래주머니가 된 꼴이었다. 온몸이 차가워졌다 달아올랐다 하는 것이 정신이 하나도 없었다. 호흡도 가빠졌다 느려졌다 하더니 급기야는 온몸의 뼈에서 삐걱거리는 소리가 났다. 아무리 지독한 형벌을 받아도 이보다 백배는 나을 것 같았다.

"이 녀석들 내공이 제법일세. 어느 문파냐?"

구양봉이 눈을 껌벅이며 물었다. 양과는 또 의아해졌다.

'아버지까지 내공이 좋다고 하시는 걸 보니, 이 녀석들 정말 보통이 아닌가 보군.'

양과가 내심 감탄하는 사이 홍칠공의 대답이 들려왔다.

"자기들 말로는 무슨 밀교 성승 금륜국사의 도손徒孫이라더군."

"금륜국사가 형씨와 겨루면 누가 낫겠어?"

"모르긴 몰라도 비슷할 테지."

"나랑 겨루면 어떻겠어?"

"그야 금륜국사가 낫겠지."

구양봉이 순간 흠칫하더니 벼락같이 소리를 질렀다.

"말도 안 돼!"

이야기를 나누는 동안에도 두 사람의 손발은 여전히 분주하게 움직였다. 홍칠공이 몇 차례 연달아 다른 장력을 전개했으나 구양봉의 다리 힘에 의해 모두 흩어지고 말았다. 이번에는 구양봉이 다리에 더욱 힘을 주어 반격을 전개했으나 홍칠공은 한 치도 물러나지 않았다. 두 사람은 한참을 겨루다가 서로의 실력에 감탄하고 웃음을 터뜨리며 각자 뒤로 물러섰다.

천변오추는 온몸에 쏟아지던 두 고수의 힘이 갑자기 사라지자 마치 술에 거나하게 취한 듯 휘청댔다. 그들은 두 고수의 내공이 앞뒤에서 밀려들며 부딪치는 통에 오장육부가 죄다 손상을 입고 근육이며 뼈가 망가져 완전히 폐인이 되었다. 지금 상태라면 일고여덟 살 아이가 때려도 얻어맞을 지경이었다.

홍칠공이 버럭 소리를 질렀다.

"이 녀석들! 아직 목숨이 붙어 있으니 썩 꺼져라. 앞으로는 절대 나쁜 짓 하지 말고! 그리고 너희 금륜국사에게 하루빨리 중원에서 겨루기를 바란다고 전해라."

"나하고도 한판 붙어야지."

구양봉이 옆에서 끼어들었다. 천변오추는 연방 굽실거리며 대답하고는 서로 부축해가며 절뚝절뚝 산을 내려갔다.

구양봉은 자세를 고치고 홍칠공을 쏘아보았다. 아무래도 얼굴이 눈에 익었다.

"형씨, 무공이 대단하시구려. 이름이 어찌 되시오?"

순간, 홍칠공의 얼굴에 당혹스러운 빛이 스쳤다. 구양봉은 자기를 알아보지 못했다. 10여 년 전 구양봉이 실성을 한 후 아직 낫지 않은 것이 분명했다. 홍칠공은 얼굴빛을 고치고 태연하게 입을 열었다.

"나는 구양봉이라 하오. 형씨는 이름이 뭐요?"

구양봉은 갑자기 가슴이 철렁 내려앉는 듯했다. 양과가 분명 자기더러 구양봉이라고 하지 않았던가? 그는 세차게 고개를 내저었다.

"아니오, 내가 구양봉이오!"

홍칠공은 큰 소리로 웃었다.

"아니오! 당신은 취합마臭蛤蟆라오."

"취합마…… 취합마?"

구양봉은 두꺼비라는 뜻의 '합마' 두 글자가 유달리 귀에 착 달라붙었다. 그러나 아무리 생각해도 무엇인지는 떠오르지 않고 다만 자신의 이름은 아닌 것 같았다. 그와 홍칠공은 수십 년간 원한으로 엮인 사이였다. 그 미움이 뇌리에 너무 깊숙이 박힌 탓인지, 그를 보고 있자니 왠지 모를 분노가 가슴속에서 솟구쳤다. 얼빠진 듯 서 있던 구양봉의 눈에 갑자기 섬뜩한 빛이 스쳐갔다. 홍칠공이 그것을 놓칠 리 없었다. 홍칠공은 잔뜩 경계한 채 긴장을 늦추지 않았다. 아니나 다를까 구양봉이 벽력같이 소리를 지르며 홍칠공에게 달려들었다. 홍칠공은 지체 없이 손을 뻗어 항룡십팔장 장법을 전개했다.

두 사람은 삭풍을 맞으며 얼음 위에 서서 그들이 평생 갈고닦은 절기를 유감없이 펼치고 있었다. 길 한쪽은 천 길 낭떠러지여서 자칫 한 걸음이라도 잘못 디디면 온몸이 산산조각 날 판이었다. 그래서 평지에서 싸우는 것보다 몇 곱절 힘든 격전이었다. 두 사람은 비록 나이가 많았지만 무공은 최고 경지에 달한 탓에 지칠 줄을 몰랐다. 그들의 움직임은 무공의 정수가 담긴 오묘함의 극치였다. 두 사람 모두 상대의 무공에 내심 탄복을 금치 못했다.

"거, 대단한 양반이로군!"

"취합마도 역시 대단하오!"

구양봉이 감탄하자 홍칠공도 이에 화답했다.

양과는 지세가 워낙 험하여 혹 구양봉이 떨어지지나 않을까 걱정되었다. 그러면서도 홍칠공이 궁지에 몰리면 또 저도 모르게 무사하기를 빌었다. 구양봉은 제 의부이니 그 정으로 염려가 되었고, 홍칠공은 그 호방함과 자연스레 풍기는 대협의 기개에 존경심이 우러나왔다. 그는 배고픔과 살을 에는 듯한 추위를 참으며 홍칠공을 위해 사흘 밤낮을 견뎠다. 그사이 두 사람은 한마디도 이야기를 나눈 적이 없으나, 양과는 이미 수많은 난관을 함께 극복한 사람처럼 홍칠공이 친근하게 느껴졌다.

수십 초식을 겨루는 사이 양과는 두 사람이 상대의 날카로운 공격을 서로가 잘 막아낼 수 있음을 알았다. 그래서 더 이상 두 사람의 안위를 걱정하지 않고 그들의 무공을 자세히 관찰했다. 〈구음진경〉은 천하의 무공을 집대성한 무학의 정수였다. 양과가 아는 것은 아주 적은 일부에 지나지 않았지만, 두 사람이 쓰는 초식이 〈구음진경〉의 이치와 자연스레 연결된다는 것을 알 수 있었다. 의부가 사용하는 것은 때로는 〈구음진경〉의 내용과 완전히 반대여서 이상한 생각도 들었다.

'〈구음진경〉에 쓰여 있던 그 평범한 말들이 이렇게 다양하게 변화할 수 있는 것이었군.'

약 1,000여 초식을 겨루고도 두 사람의 무공은 아직 끝을 보이지 않았다. 그러나 이제 나이가 나이인지라 두 사람은 모두 숨을 헐떡이며 손발이 느려지기 시작했다.

"이렇게 종일 싸우셨으니 배가 고프실 겁니다. 뭘 좀 드시고 계속하시는 것이 어떨까요?"

뭘 먹는다는 말에 홍칠공의 귀가 번쩍 뜨였다. 그는 얼른 뒤로 물러
섰다.

"좋지, 좋아!"

양과는 오추가 대바구니에 음식을 잔뜩 싸다가 한쪽에 놓아둔 것을
진작에 봐두었다. 그는 얼른 달려가 바구니를 열어보았다. 이미 차갑
게 식었지만 삶은 닭과 술, 밥 등이 가득 담겨 있었다. 홍칠공은 싱글
벙글 좋아하며 얼른 닭을 움켜쥐더니 허겁지겁 입안에 쑤셔 넣고 우
적우적 부지런히 씹어댔다.

양과는 식은 닭고기 한쪽을 집어 구양봉에게 건네주었다.

"아버지, 그동안 어디 계셨어요?"

"아들아, 널 찾아다녔다."

멍한 눈으로 자신을 바라보는 구양봉의 모습에 양과는 가슴이 저려
왔다.

'세상에 저렇게 나를 아끼는 사람이 또 있을까.'

양과는 구양봉의 손을 잡아끌었다.

"아버지, 아버지가 구양봉이에요. 여기 홍 선배님은 좋은 분이시니
싸우지 마세요."

구양봉은 손을 들어 홍칠공을 가리키며 외쳤다.

"그래, 저 사람은 홍칠공이야. 내가 구양봉이고!"

구양봉은 고개를 들어 홍칠공과 양과를 번갈아 바라보며 기억을 되
찾으려 애썼다. 양과는 다시 닭 다리를 구양봉에게 건네주며 홍칠공을
똑바로 바라보았다.

"홍 선배님, 이분은 제 의부이십니다. 몸에 중병이 들어 정신이 맑지 못하시니 가엾게 여기시고 괴롭히지 말아주십시오."

양과가 정중히 말하자 홍칠공은 고개를 끄덕였다.

"알았다. 네 의부였구나."

그때 갑자기 구양봉이 벌떡 일어나며 소리쳤다.

"늙은 거지! 주먹과 발로는 승부가 나지 않으니 무기를 가지고 겨뤄보자!"

홍칠공은 구양봉이 자신을 '늙은 거지'라 부르는 말에 가만히 미소를 지으며 고개를 저었다.

"그만둡시다. 당신이 이긴 셈 치면 되지 않소."

홍칠공이 고개를 젓자 구양봉의 목소리가 더욱 커졌다.

"뭐가 이기고 지는 거요! 내 반드시 당신을 꺾고 말겠소!"

구양봉은 화가 잔뜩 난 사람처럼 씩씩거리며 옆에 있는 굵은 나뭇가지를 꺾었다. 잽싸게 잔가지와 나뭇잎을 쳐내더니 지팡이를 만들어 다짜고짜 홍칠공을 향해 휘둘렀다. 예전에 그의 사장蛇杖이 천하를 누빌 때는 그 누구도 함부로 다가가지 못했다. 지금은 비록 뱀은 없지만 그가 지팡이를 내리치자 그 끝이 미처 닿기도 전에 매서운 바람이 일었다.

양과는 긴장해 숨도 쉬기 힘들 정도였다. 양과는 얼른 몸을 뒤로 피하며 홍칠공을 돌아보았다. 그는 땅바닥에 떨어진 나뭇가지를 주워 들고 구양봉에게 맞섰다. 홍칠공의 타구봉법은 천하에 둘도 없는 절기였으나 아무 때나 쓰지는 않았다. 그러나 대결은 대결인지라 홍칠공은 그만의 정교한 봉법을 하나씩 풀어가며 구양봉에게 맞섰다.

이번 대결은 방금 있었던 대결과는 또 다른 양상으로 펼쳐졌다. 봉이 뻗어나갈 때는 신룡神龍이 용트림을 하는 것 같았고, 지팡이를 거둘 때는 뱀이 춤을 추는 듯했다. 기다란 무지개가 하늘을 가로지르는 듯하기도 했고, 유성이 달을 따라다니는 것 같기도 했다. 두 사람의 대결을 바라보는 양과의 심장은 긴장과 희열로 터질 듯 두근거렸다. 마치 얼이 빠져 정신이 나간 사람처럼 멍하니 싸움을 지켜보고 있었다.

지팡이와 봉이 오가는 사이 어느덧 해가 저물었다. 양과는 정신이 번쩍 들었다. 여기는 지세가 험난한 데다 눈과 얼음이 덮여 대단히 미끄러운 곳이었다. 두 사람이 너무 연로해 이대로 계속하다간 큰일이 생길 것만 같았다. 보다 못한 양과가 끼어들었다.

"두 분, 잠시 멈춰주세요!"

그러나 홍칠공과 구양봉은 대결에 깊이 빠져 아무 소리도 듣지 못했다. 양과는 먹는 것이라면 사족을 못 쓰는 홍칠공을 이용하기로 했다. 그는 얼른 산 아래로 달려가 참마며 고구마를 캐 왔다. 불을 피우고 냄새가 퍼지도록 굽기 시작했다. 향긋한 냄새가 풍기자 홍칠공이 코를 벌름거렸다.

"취합마, 그만 싸우겠소. 지금은 먹는 게 중하니까!"

그는 말을 마치기도 전에 양과 곁으로 달려가서는 참마 두 개를 들고 먹기 시작했다. 너무 뜨거워 입안이 온통 델 지경이었지만 홍칠공은 씹기를 멈추지 않고 연방 맛있다고 칭찬을 했다. 그런데 구양봉이 뒤를 쫓아와 지팡이를 쳐들고 그의 머리를 내리치려 했다. 홍칠공은 지팡이는 피하지도 않고 참마를 하나 집어 구양봉에게 던져주었다.

"드셔보시지!"

구양봉은 엉겁결에 참마를 받아 들었다. 맛있게 먹는 홍칠공을 쳐다보다가 그도 먹기 시작했다. 방금 전까지 벌이던 대결은 까마득히 잊은 듯했다.

그날 밤, 세 사람은 동굴에서 잠을 잤다. 양과는 의부의 기억을 되살리고 싶은 마음에 옛일을 이것저것 물어보았다. 구양봉은 멍하니 앉아 대답이 없다가 때때로 주먹으로 자기 이마를 때리기도 했다. 머리를 쥐어짜도 도무지 생각이 나지 않아 답답한 모양이었다. 양과는 이러다 오히려 더 악화될까 봐 그를 달래 잠자리에 들게 했다. 그러나 자신은 잠들지 못하고 뒤척이며 두 사람이 대결에서 보여준 무공을 떠올렸다. 생각할수록 마음이 설렜다. 결국 그는 호기심을 이기지 못하고 자리를 박차고 나와 가만히 따라 해보았다. 그 오묘한 이치와 정교함에 탄복하며 밤이 깊도록 연습하다가 견딜 수 없이 피로해질 때 잠이 들었다.

다음 날 새벽, 동굴 밖에서 바람 소리가 들려왔다. 간간이 기합 소리와 옷이 펄럭이는 소리도 섞여 들려왔다. 양과는 퍼뜩 잠에서 깨어 밖으로 달려 나갔다. 과연 홍칠공과 구양봉이 또 정신없이 겨루고 있었다. 양과는 한숨이 절로 나왔다.

'늙으면 애가 된다더니, 어르신들이 또 시작이군.'

가만히 보고 있자니 홍칠공의 움직임은 하나하나가 정석처럼 분명했고, 구양봉의 초식은 도무지 뭐가 뭔지 가늠하기 힘들었다. 그래서 홍칠공이 우위를 점하다가도 구양봉의 변칙적인 초식에 말려 전세가 다시 대등해지곤 했다.

두 사람은 날이 밝으면 싸우고 밤에는 잠을 자며 꼬박 사흘을 겨루었다. 둘 다 기진맥진해 그만두고 싶었으나 서로 먼저 양보하려 들지 않았다. 양과는 구양봉의 잠자리를 살펴주며 결심을 굳혔다.

'내일은 무슨 수를 써서라도 대결을 그만두시도록 해야겠다.'

그는 구양봉이 잠든 것을 확인하고 홍칠공의 귀에 대고 가만히 속삭였다.

"동굴 밖에서 잠시 드릴 말씀이 있습니다."

홍칠공은 양과를 따라 나왔다. 동굴에서 10여 장쯤 떨어진 곳까지 오자 양과가 갑자기 무릎을 꿇고 말없이 고개를 숙였다. 홍칠공은 잠시 어리둥절하다가 곧 그의 뜻을 알아차렸다. 구양봉이 제정신이 아닌 것을 가엾게 생각해 그만 물러나달라는 뜻일 터였다.

홍칠공은 웃음을 터뜨렸다.

"그리 하자꾸나."

그는 그길로 봉을 끌고 산을 내려갔다. 몇 장쯤 내려갔을까, 뒤에서 바람 소리가 들리더니 어느새 구양봉이 지팡이를 휘두르며 달려왔다. 그는 다짜고짜 일격을 가했다.

"지금 도망가는 거요?"

홍칠공은 공격을 피하다가 얼른 자리를 뜨려 했으나 구양봉의 지팡이에 막혀 몸을 뺄 수가 없었다. 고수들 사이의 대결에서는 조금의 빈틈만 있어도 수세에 몰리는 법이다. 홍칠공은 그만 물러나려는 생각에 방어만 하다가 몇 번이나 구양봉의 지팡이에 몰려 목숨을 잃을 뻔했다. 그가 낭패한 표정으로 이러지도 저러지도 못하는 사이 구양봉의 지팡이가 그의 아랫배를 겨누고 공격해왔다. 구양봉의 다음 공격은 더욱 날카로울 게 분명했다. 그래서 홍칠공은 그의 공격을 피하지 않고 봉을 들어 맞받아쳤다. 봉과 지팡이가 서로 맞부딪치는 순간, 구양봉의 지팡이에서 엄청난 내공이 전해져왔다.

'나와 내공을 겨루려는 것인가?'

홍칠공은 깜짝 놀랐지만 곧 마음을 추슬렀다. 상대가 내공으로 공격할 때는 마찬가지로 내공으로 맞서는 것 외에는 방법이 없었다. 그는 급히 운기했다.

고수끼리 장력으로 겨루다가 부상을 입으면 크게 걱정할 필요는 없다. 그러나 내공으로 맞선다면 한쪽이 죽기 전에는 섣불리 멈출 수 없다. 두 사람은 예전에 몇 차례 무공을 겨룬 적은 있지만 상대방의 힘을 알기 때문에 자신에게 승산이 없는 상황에서 함부로 모험을 걸지는 않았다. 상대를 이길 욕심에 경솔하게 내공으로 맞섰다가는 자칫 목숨이 위험해질 수도 있기 때문이다. 그런데 구양봉이 며칠 사이 승부를 내지 못하자 제정신이 아닌 상태에서 내공을 운행하기 시작한 것이다.

십수 년 동안 홍칠공은 서독 구양봉을 뼈에 사무치게 증오했다. 그러나 이제 나이가 들어 불같던 성질도 많이 누그러졌다. 게다가 미치광이처럼 날뛰는 구양봉을 직접 보니 이미 그를 죽이고 싶은 마음도 수그러들었다. 그는 기를 단전에 모으고 방어만 한 채 구양봉의 내공이 점차 사라지기만을 기다렸다. 그런데 뜻밖에 상대의 힘은 마치 장강의 물결처럼 끊임없이 밀려오기만 했다. 게다가 그 기운이 약해지는 기색이 전혀 없을 뿐만 아니라 오히려 점점 더 세졌다.

홍칠공은 스스로 자신의 힘을 믿고 있었다. 수십 년 동안 정진해온 내공이기에 서독을 이기지는 못하더라도 전력을 다해 막으면 지지는 않을 것이라 생각했다. 그런데 구양봉의 힘은 갈수록 강해져만 갔다. 홍칠공은 며칠 전 천변오추를 사이에 두고 겨루던 일이 떠올랐다. 구양봉이 다리로 세 차례 공격했을 때 그 위력이 점점 강해졌다. 이제 생각해보니 그는 첫 공격의 힘이 사라지기 전에 두 번째 공격을 하고, 또 두 번째 공격의 힘이 남아 있을 때 세 번째 공격을 했다. 계속 방어만 하고 있다가는 결국 수세에 몰리며 낭패를 당할 것 같았다. 홍칠공은 즉시 운기를 집중해 반격에 나섰다. 내공의 힘이 정면으로 부딪치자 두 사람의 몸이 크게 흔들렸다.

옆에서 보고 있던 양과는 조바심이 나서 어쩔 줄을 몰랐다. 만일 그가 나서 홍칠공의 뒤를 공격하면 의부의 승리를 도울 수 있을 데지만, 백발의 홍칠공은 위풍당당하고 자상하며 후덕한 인품을 갖춘 대협이었다. 양과는 그런 홍칠공의 모습에 이미 자신도 모르게 매료되어 있었다. 게다가 그는 자신의 부탁을 받아들이고 승리를 양보하려 했다. 어찌 그런 분을 해할 수 있겠는가!

홍칠공의 머리에서 하얀 김이 모락모락 피어오르기 시작했다. 그것은 점점 빠르게 짙어지더니 마치 찜통에서 뿜어나오는 증기처럼 변했다. 아마도 온힘을 다해 버티고 있는 모양이었다. 이제 상대의 목숨을 걱정할 상황이 아니었다. 제 목숨이라도 건질 수 있다면 그것이 바로 천행天幸일 터였다.

어느새 날이 밝아 진시辰時가 되었고, 대결은 한낮까지 이어졌다. 홍칠공은 점차 힘이 약해지는 것을 느꼈다. 그런데 구양봉은 전혀 지친 기색도 없이 여전히 성난 파도처럼 세차게 밀고 들어왔다.

'원초적인 힘은 실성할수록 강해지는구나. 내 목숨도 오늘로 끝인가 보다.'

홍칠공은 미련을 버리고 힘이 다할 때까지 최선을 다하리라 생각했다. 그러나 그가 모르는 사이, 구양봉 역시 힘이 다해 더 버티기 힘든

지경이 되었다.

그렇게 또 두 시진이 지나 신시申時가 되었다. 양과는 얼굴이 사색이 되었다. 계속 이렇게 가다간 두 사람 모두 목숨을 보전키 어려울 것 같았다. 그렇다고 끼어들어 말릴 수도 없었다. 자신의 힘은 두 고수의 발치에도 못 미치니 떼어내기는커녕 제 목숨까지 위태로울 수 있었다. 어찌할 바를 모르고 망설이는 사이 구양봉의 표정이 일그러지고 홍칠공은 숨을 헐떡였다.

'내 죽는 한이 있어도 두 분 목숨은 살리고 봐야겠다.'

마침내 생각을 굳힌 양과는 나뭇가지를 꺾어 들고 두 사람 사이에 끼어들어 무릎을 꿇고 앉았다. 그는 우선 기를 운행하여 제 몸을 보호했다. 그러고는 이를 악물고 나뭇가지를 두 사람의 지팡이와 봉 사이에 끼워 넣었다. 뜻밖에도 나뭇가지는 쉽게 들어갔다. 그 즉시 전류와 같은 기운이 나뭇가지를 통해 전해오는가 싶더니 양과의 내공에 의해 사그라졌다. 양과는 뛸 듯이 기뻤다.

사실 북개와 서독은 당대의 영웅호걸이었다. 그러나 두 사람은 이미 여러 날 동안 겨루느라 진력이 거의 소진된 상태인지라 양과의 내공에 밀려 동시에 땅바닥에 쓰러졌다. 두 사람은 얼굴이 잿빛이 되어 꼼짝도 하지 않았다.

"아버지, 홍 선배님, 괜찮으십니까?"

양과가 두 사람을 번갈아보며 외쳤다. 그들은 숨쉬기도 벅찬 듯 마구 헐떡이며 대답이 없었다. 잔뜩 겁을 먹은 양과는 두 사람을 부축해 동굴로 모시려 했으나 홍칠공은 가만히 고개를 저었다. 그제야 양과는 그들의 내상이 아주 심각하다는 것을 알았다.

그날 밤, 양과는 그곳에 잠자리를 만들고 두 사람 사이에서 잠을 잤다. 또 밤에 일어나 겨룰까 봐 걱정이 되어서였다. 그러나 두 사람은 이미 기를 운행해 상처를 치료하기도 벅찬 상태였다.

다음 날 일어나보니 두 사람은 정말 숨이 꺼져가는 듯 전날보다 호흡이 약했다. 양과는 어찌할 바를 모르고 허둥대다 참마를 캐다가 구워 두 사람에게 먹였다. 사흘째 되는 날, 두 사람은 겨우 생기를 되찾았다. 양과는 그들을 부축해 동굴로 옮기고 각각 양쪽에 눕혔다. 그러고는 자기는 그 중간에 누웠다. 하룻밤을 더 자고서야 두 사람은 일어나 마주 보고 앉았다.

"당신의 내공은 나와 비슷하니 더 겨룰 것 없겠소. 그러나 무공의 초식으로 겨루면 당신은 나를 이길 수 없어."

구양봉의 말에 홍칠공이 고개를 저었다.

"글쎄, 그럴까? 내가 개방에서 전해오는 타구봉법을 쓴다면, 내공을 신지 않아도 당신은 절대 막아낼 수 없어. 목숨을 걸 것까지는 없고, 그저 초식을 겨루어 승패를 가리는 것도 괜찮겠지."

"좋소, 내공은 쓰지 말고 초식으로 겨뤄봅시다!"

홍칠공은 뭔가 좋은 생각이 난 듯 양과에게 손짓해 가까이 오게 한 후 귓속말로 속삭였다.

"내가 개방의 전 방주라는 것을 알고 있느냐?"

양과는 고개를 끄덕였다. 그는 전진교 중양궁에서 사형들이 당대 인물들을 이야기하며 개방의 전 방주인 구지신개 홍칠공이야말로 무공이 천하를 덮고 대담하며 사람들을 두루 살피는 영웅 중의 영웅이라고 칭송하는 것을 들은 적이 있었다.

"지금 내가 봉법 하나를 알려주마. 이 무공은 예부터 우리 개방의 방주에게만 전해졌던 것이다. 그러나 내가 힘이 없어 꼼짝도 할 수 없으니 네가 나 대신 좀 보여줘야겠다."

"선배님, 방주에게만 전수되는 거라면서……. 저는 배우지 않는 것이 옳겠습니다. 제 의부가 아직 정신이 돌아오지 않아 그러니 선배님께서 이해해주십시오."

홍칠공이 고개를 저었다.

"나는 자세만 가르칠 것이다. 운기하는 요령을 모르면 무용지물이니 외부에 나가서는 소용없을 것이다. 네 의부를 정말 때리는 것도 아니고, 네가 몇 가지 초식만 해 보이면 네 의부는 금방 알아볼 거다. 그 정도면 네게 무공을 가르쳐줬다고 할 수도 없는 것이고."

'이 무공이 개방의 최고 무공이라면 아버지가 당해낼 수 없을 수도 있다. 아버지가 지도록 도울 수는 없지.'

양과는 한사코 홍칠공의 제안을 사양하며 개방의 비전秘傳을 배우려 하지 않았다. 그런 양과의 마음을 홍칠공도 곧 눈치챌 수 있었다.

"취합마! 당신 양자도 당신이 내 타구봉법을 당해내지 못할 거라 생각하고 봉법을 배우지 않으려는 것 같소."

홍칠공의 말에 구양봉은 불같이 화를 냈다.

"애야! 내 아직 보여주지 못한 엄청난 무공이 많이 남아 있는데, 무서울 것이 뭐 있느냐? 어서 배우려무나."

두 사람의 성화에 못 이겨 양과는 어쩔 수 없이 홍칠공의 옆에 섰다. 홍칠공은 그에게 나뭇가지를 꺾어오도록 했다. 그런 뒤 타구봉법 중 봉타쌍견棒打雙犬을 세세히 일러주었다. 양과는 이해가 빨라 듣는 즉시 초식을 해 보였다.

구양봉이 보니, 과연 범상치 않은 봉법으로 그 위력도 대단했다. 그는 당장 응수하지 못하고 한참 동안 곰곰이 생각하다가 대응할 장법杖法 한 가지를 양과에게 가르쳤다. 양과는 그의 말에 따라 막힘없이 초식을 전개했다. 홍칠공이 미소를 지으며 탄성을 올렸다.

"좋군! 그렇다면 이번에는……."

홍칠공이 또 다른 봉법을 알려주었다. 두 사람은 이렇게 또 말로 겨루기를 저녁까지 계속했다. 양과가 지쳐 온몸이 땀투성이가 되어서야 겨우 잠자리에 들었다.

다음 날 새벽, 대결이 또 시작되었다. 이렇게 사흘을 겨루고서야 36로 봉법이 모두 펼쳐졌다. 봉법은 비록 36로에 지나지 않았지만, 그 안에 담긴 오묘한 이치와 변화는 끝없이 이어졌다. 뒤로 갈수록 구양봉이 고민하는 시간이 길어졌지만, 그가 내놓은 초식도 공수攻守를 겸하며 엄청난 위력을 발했다. 홍칠공도 이에 대해 탄복을 금치 못했다. 이제 마지막 초식이 남았다. 홍칠공은 36로 봉법 중 천하무구天下無狗의 여섯 번째 변초變招를 알려주었다. 이는 타구봉법의 마지막 변초인 절초絶招였다. 이 초식을 쓰면 사방팔방이 봉으로 뒤덮이고, 그 힘이 닿는 곳이면 수십 마리의 사나운 개도 한 번에 때려죽일 수 있었다. '천하무구'라는 이름도 그런 의미를 담고 있었다. 이 봉법의 정교한 움직임은 고강한 무학 중에서도 손꼽히는 것이었다.

구양봉은 대응할 초식을 내놓지 못했다. 그는 죽을상을 하며 잠자리에 들었으나 밤새도록 뒤척이며 머리를 쥐어뜯었다. 다음 날 아침, 양과가 일어나기도 전에 구양봉의 외침이 터져 나왔다.

"있다, 있어! 얘야, 이 장법을 쓰면 봉법을 깨뜨릴 수 있어!"

구양봉은 잔뜩 들뜬 목소리로 일각이 아까운 듯 양과를 재촉했다. 양과는 어쩐지 그의 목소리가 이상한 것 같아 뒤를 돌아보다 깜짝 놀라 눈이 휘둥그레졌다. 구양봉은 원래 나이가 많기는 했지만, 내공이 심후해 머리가 별로 세지 않았다. 흰머리가 간간이 섞여 있는 정도였는데, 하룻밤 사이에 눈썹까지 하얗게 세어 마치 10년은 더 늙어버린 것 같았다. 양과는 그의 모습을 보며 마음이 아파 견딜 수가 없었다. 홍칠공에게 대결을 그만둬달라고 이야기하려는데, 구양봉은 빨리 그의 절초를 막으라고 재촉해댔다. 양과는 하는 수 없이 다시 자세를 가다듬고 구양봉 앞에 섰다. 이번 초식은 매우 복잡해 구양봉이 여러 차례 일러준 후에야 알아듣고 초식을 펼쳐 보일 수 있었다. 이 새로운 초식을 본 홍칠공은 얼굴빛이 변하며 연방 감탄을 했다. 구양봉은 고개를 숙였다.

"이렇게 오랜 시간을 생각하고서야 초식을 만들었으니 타구봉법이 실로 대단하오."

구양봉은 고함을 내지르며 쌍장을 뻗었다. 홍칠공도 이에 대응했다. 두 사람은 다시 내공을 겨루기 시작했다.

홍칠공은 힘을 주다가 갑자기 강한 힘이 거꾸로 돌며 자신을 반격하는 것을 느꼈다. 깜짝 놀라 가만히 집중해보니 구양봉의 힘이 뻗쳐오는 게 아니라 자신이 전개한 힘이 천천히 반탄되어 되돌아오는 것 같았다. 두 사람은 동시에 외쳤다.

"허! 이상하군! 취합마, 무슨 수작을 부리는 거요?"

"늙은 거지, 스스로 공격을 하다니. 날 봐줄 것 없어!"

홍칠공은 그제야 알 수 있었다. 두 사람이 쓰는 〈구음진경〉의 내공은 정正, 역逆의 차이가 있기는 하나 모두《역경易經》의 '물극필반物極必反' 이치를 따르고 있었다. 세상의 모든 사물과 이치는 극에 이르면 반대로 되돌아간다는 뜻이었다. 음이 극에 이르면 양으로, 양이 극에 이르면 음으로 바뀌는 이치였다. 두 사람이 쓰는 〈구음진경〉의 무공이 남김없이 발휘되자 홍칠공이 쓰는 정공은 점차 역이 되고, 구양봉이 쓰는 역공은 점차 정으로 변했다. 두 사람이 계속 힘을 가하자 그 힘이 하나가 되어 섞이며 서로 맞서지 않고 융합되었다. 그것은 마치 태극의 원을 그리듯 서로 합쳐지는 것이었다. 두 사람은 온몸이 가벼워지는 것을 느꼈다. 처음에는 뼛속까지 시린 추위가 엄습하더니 상대의 내공이 전해지자 봄볕 같은 따스함이 느껴졌고, 이것이 점차 엄청난 열기를 더해주었다. 이 기운은 호흡을 통해 각 경맥과 사지로 전해져 온몸을 편안하게 만들었다. 그러다가 순식간에 온몸이 뜨거워지며 마치 불구덩이에 들어앉은 듯 참을 수 없는 열기가 온몸을 감쌌다. 그런가 하면 또다시 상대의 내공이 물결치듯 밀려와 순식간에 열기를 식혀주기도 했다.

두 사람은 동시에 웃음을 터뜨렸다.

"그래그래! 더 겨룰 것 없네!"

홍칠공이 훌쩍 몸을 일으켰다.

"노독물, 구양봉! 함께 죽자고! 결국에는 이렇게 길동무가 되는구나!"

그는 웃으며 달려와 구양봉을 덥석 끌어안았다. 양과는 홍칠공이 의부를 해하려는 것인 줄 알고 그의 등을 붙잡았다. 그러나 워낙 힘있게 끌어안고 있어 떼어놓을 수가 없었다. 구양봉은 이미 기력이 쇠진해 꼼짝도 하지 못했다. 순간, 눈앞이 환해지며 머릿속이 맑아지는 것을 느꼈다. 수십 년 동안 겪었던 일들이 하나하나 주마등처럼 눈앞을 스쳐갔다. 구양봉도 웃음을 터뜨렸다.

"으하핫핫…… 핫핫……."

"크하핫핫…… 하하……."

두 백발노인은 한 덩어리가 된 채 함께 웃어젖혔다. 한참을 이어지던 웃음소리가 점차 잦아들더니 한순간 뚝 끊겼다. 그러나 두 사람은 여전히 부둥켜안은 채 미동도 하지 않았다.

양과는 깜짝 놀라 가까이 다가갔다.

"아버지! 홍 선배님!"

대답이 없었다. 양과가 손을 뻗어 홍칠공의 팔을 당기자 홍칠공이 옆으로 스르르 쓰러졌다. 이미 죽어 있었다. 양과는 너무나 놀라 뒤로 화들짝 넘어졌다가 얼른 구양봉을 살펴보았다. 그 역시 이미 숨이 끊겨 있었다. 웃음소리는 그쳤지만, 두 사람은 여전히 웃는 얼굴이었다. 저 골짜기 사이로 두 사람의 호탕한 웃음소리가 메아리 되어 되돌아왔다.

북개와 서독은 수십 년 동안 겨루면서 서로 물러서는 일이 없었다. 그런데 이렇게 화산에서 동시에 목숨을 다할 줄이야. 두 사람은 평생 원한으로 얽혀 있었으나 죽음에 이르러서는 서로 부둥켜안고 실컷 웃으며 떠나갔다. 수십 년 동안 얽혀 있던 증오와 원한을 웃음으로 날려버린 것이다!

양과는 놀라움과 비통함에 휩싸였다. 두 사람의 죽음이 도무지 실감나지 않았다. 그런데 불현듯 홍칠공이 사흘 밤낮을 가사假死 상태로 지냈던 일이 생각났다.

'혹시 두 분이 죽은 것처럼 있다가 살아나는 것은 아닐까?'

이런 생각이 들자 양과는 정신이 번쩍 들어 중얼거렸다.

'어쩌면 죽은 채 계시다가 다시 살아날지도 몰라. 두 분처럼 무공이 높으신 분들이 이렇게 돌아가실 리 없어. 어쩌면 지금 또 서로 겨루고 계시는 것일지도 몰라. 누가 더 오래 죽은 척하는지 말이야.'

양과는 두 사람의 시신 옆을 7일 동안 밤낮을 가리지 않고 지켰다. 하루가 지날 때마다 희망도 조금씩 줄어들었다. 마침내 시신의 얼굴색이 점차 변하는 것을 보고서야 두 사람이 정말 죽었다는 걸 알고 목놓아 울었다. 양과는 동굴 옆에 구덩이를 두 개 파고 무림 고수 두 분을 묻었다. 술이 담긴 호로병과 두 사람이 대결할 때 쓰던 지팡이와 봉도 함께 묻어주었다.

양과는 너무나 허무했다. 두 사람이 혹독한 대결을 벌이면서 남긴 발자국은 아직 눈 위에 생생히 남아 있었다. 발자국은 고스란히 남아 있건만, 사람은 죽어 땅에 묻히다니. 양과는 두 사람의 발자국을 제 발로 밟아가며 그날의 모습을 떠올렸다. 그러자 비통함을 금할 수가 없었다.

무림의 정상에서 양대 산맥처럼 우뚝 서 있던 두 고수가 자신처럼 보잘것없는 애송이의 손에 의해 땅에 묻힌 것을 생각하니, 무엇이 광영光榮이고 무엇이 위세인지 도무지 알 길이 없었다. 모든 것이 한갓 꿈처럼 허무하기 그지없었다.

양과는 두 고수의 신묘한 무공에 진심으로 감복했다. 그는 두 사람이 보여준 무공을 하나하나 떠올려보았다. 그리고 그들을 따라 해보며 동굴 속에서 20여 일을 보냈다. 양과는 그들이 보여준 무공을 모두 똑똑히 기억했다. 그러나 초식은 틀림없이 따라 할 수 있었으나 그들의 깊고 깊은 내공은 흉내 낼 수 없었다. 양과는 두 사람의 무덤에 공손히 여덟 번 절을 올렸다.

'아버지께서 대단하시긴 했지만, 분명 홍 선배님보다 한 수 아래였어. 타구봉법의 마지막 초식인 천하무구는 정말 절묘하기 이를 데 없었지. 아버지께서도 하룻밤을 꼬박 고민한 끝에야 대적할 초식을 내놓을 정도였으니 더 말할 이유가 없지. 아버지의 초식도 대단했지만, 만일 정말 대결을 하는 상황이었다면 그렇게 생각해볼 여유가 없으니 패하셨을 거야.'

양과는 한숨을 길게 내쉬고는 산을 내려갔다. 그는 그저 발길 가는 대로 걸을 뿐 목적지를 정해놓지 않았다. 그러자 마치 세상에 홀로 남은 것 같은 기분이 들었다. 여기저기 떠돌아다니다 명이 다하는 곳에서 쓰러져 죽으면 그만이라고 생각했다.

화산에 오른 지 한 달도 되지 않았건만, 양과는 그곳에서 수년의 세월을 보낸 것만 같았다. 산을 오를 때는 사람들에게 받은 멸시로 인해 가슴속 가득 분노가 차 있었지만, 산을 내려올 때는 세상만사가 모두 뜬구름같이 보였다. 세상 사람들이 존중해주면 어떻고 또 깔보면 어떠랴. 그는 어리고 어린 나이에 분세질속憤世嫉俗하여 이미 세상을 등한시하기 시작한 것이다.

하루가 되지 않아 양과는 섬서 지방 남쪽 어느 황량한 들판에 닿았다. 고개를 들어 둘러보니 온통 말라비틀어진 나무와 시든 잡초만 눈에 들어왔다. 멋대로 길게 자란 풀들이 삭풍에 흔들리는 모습이 황량하기 그지없었다. 그때 갑자기 서쪽에서 말발굽 소리가 울리며 뿌연 흙먼지가 이는 것이 눈에 들어왔다. 잠시 후, 야생마 수십 마리가 동쪽을 향해 내달리며 멀어져갔다. 야생마 떼가 자유롭게 황야를 뛰어다니는 것을 보니 양과는 가슴이 탁 트이는 듯했다. 눈앞에 펼쳐진 끝없이 넓은 들판과 자유자재로 내달리는 말들. 천하는 이렇듯 넓고 자신은 어디에도 매이지 않은 몸이었다. 잠시 망연히 서 있는데, 갑자기 뒤에서 말 울음소리가 들렸다. 돌아보니 비쩍 마른 누런 말 한 필이 땔감을 실은 달구지를 끌고 큰길을 따라 천천히 걸어가고 있었다. 다른 말들은 마음껏 황야를 뛰어다니는데 자신은 힘든 일에 시달리는 것이 서러웠는지 그 울음소리가 애처롭게 들렸다.

말은 비쩍 말라 갈비뼈가 두드러지게 튀어나왔고, 네 다리는 살점이 붙어 있지 않아 뼈만 앙상한 것이 마치 마른 나뭇가지를 보는 것 같았다. 털은 윤기라고는 찾아볼 수 없이 듬성듬성 빠져 있고, 온통 오물이 덕지덕지 붙어 있었다. 그런데 그 지저분한 몸뚱이에 온통 채찍 자국이 가득했다. 그런 말이 끄는 달구지에 한 사내가 앉아서 말이 느리다고 욕을 퍼부어대며 채찍질을 해대고 있었다.

양과는 매질에 시달리는 말을 보자 마치 채찍이 제 몸에 떨어지는 듯 가슴이 아려왔다. 양과는 눈물이 글썽글썽한 채 양손을 허리에 올리고 길 가운데로 나섰다.

"이보시오, 왜 그렇게 말을 때리는 거요?"

사내는 웬 남루한 행색의 거지 같은 애송이가 길을 막자 채찍을 휘두르며 외쳤다.

"어서 비켜라! 죽고 싶으냐?"

채찍이 다시 말 등으로 떨어졌다.

"또 말을 때리면 당신을 죽일 테요!"

사내는 거친 웃음을 터뜨리며 거침없이 양과의 머리를 향해 채찍을 휘둘렀다.

"그렇다면 네놈을 때려주겠다!"

양과는 잽싸게 달려들어 채찍을 틀어쥐고 흔들었다. 짝, 소리와 함께 채찍은 공중에서 원을 그리며 사내의 목을 감았다. 양과는 그를 달구지에서 끌어내려 죽지 않을 만큼 흠씬 두들겨주었다.

말은 비록 못생겼지만 눈빛은 영리해 보였다. 사내가 두들겨 맞는 것을 보고는 크게 소리 지르는 것이 마치 즐거워하는 듯했다. 말은 고개를 숙여 양과의 다리에 머리를 슥슥 문지르며 친근하게 굴었다. 양과는 달구지에 묶인 밧줄을 잘라내고 말 등을 두드리며 손을 들어 저 멀리 야생마 떼가 일으키는 흙먼지를 가리켰다.

"너도 가거라. 이제 아무도 널 괴롭히지 못할 거야."

말은 앞으로 한두 걸음 걷더니 앞발을 들어 크게 울고는 힘차게 달려 나갔다. 그러나 말은 이미 힘든 일에 시달려 쇠약해진 터였다. 갑자기 달리는 것이 힘들었던지 얼마 후 앞무릎이 꺾이며 풀썩 주저앉고 말았다. 양과는 너무나 안쓰러워 얼른 달려가 말의 배를 들어 올려 부축해주었다.

"일어나!"

사내는 말을 들어 올리는 양과의 힘에 놀라 달구지고 땔감이고 다 팽개치고 벌떡 일어나 도망가기 시작했다. 그러고는 한참을 가서야 고래고래 소리를 질러댔다.

"강도야! 말과 땔감을 빼앗아갔다!"

양과는 사내의 뒷모습에 웃음을 짓고는 싱싱한 풀을 베어 말에게 먹였다. 말이 그간 시달린 것을 생각하니 가슴 깊숙한 곳에서 동병상련의 정이 솟아났다. 양과는 말의 등을 가만가만 어루만져주었다.

"말아, 말아, 앞으로 나랑 다니자꾸나."

양과는 말고삐를 쥐고 우선 마을로 내려갔다. 곧장 시장에 가서는 콩과 보리를 사 말을 배불리 먹였다. 하룻밤을 자고 나자 말은 몰라보게 기력이 왕성해져 타고 다닐 만했다. 처음에는 걸음이 휘청거리고 절뚝거리더니 점차 좋아져 이레 후에는 그간 잘 먹은 덕에 힘이 넘치는 듯 바람처럼 내달릴 수 있게 되었다.

하루는 양과가 주점에서 밥을 먹고 있는데, 말이 갑자기 탁자 옆으로 오더니 술 사발을 바라보며 울어댔다. 마치 술을 마시고 싶다고 말하는 듯했다. 양과는 호기심에 술 한 사발을 시켜 탁자 위에 놓고는 말의 머리를 몇 차례 두드려주었다. 말은 단숨에 술 사발을 비웠다. 꼬리를 흔들고 발을 툭툭 치는 모습이 몹시 흡족한 모양이었다. 양과는 그런 모습이 재미있어 술을 더 시켜주었다. 말은 잇따라 열 사발을 마시고도 전혀 취하는 기색이 없었다. 양과가 술을 더 시키려 하자, 주점 주인이 양과의 남루한 모습을 보고 혹 술값이 없을까 봐 더 주려 하지 않았다. 양과는 하는 수 없이 식대를 지불하고 말 위에 올라탔다.

말은 술기운이 솟는지 앞발을 높이 들고 용트림을 한 번 한 뒤 바람처럼 내달리기 시작했다. 옆에 보이는 나무가 획획 정신없이 뒤로 지나가는 것이 그렇게 빠를 수가 없었다. 그런데 일반적인 준마라면 빠르면서도 흔들림 없이 안정되어야 하는데, 이 말은 빠르기는 했지만 몸이 들썩들썩 흔들려 가만히 앉아 있을 수가 없었다. 양과처럼 경공술을 잘 익힌 사람이 아니라면 타고 있을 수 없을 정도였다. 이 말은 또 자신이 가는 길 앞에 다른 짐승이 있으면 따라잡지 않고는 못 배겼다. 소, 말, 노새, 나귀 가릴 것 없이 앞에 있는 다른 짐승을 완전히 따라잡아야만 걸음을 늦추었다. 반드시 이기고야마는 성질은 아무래도 평생 고생하면서 형성된 것 같았다.

양과는 이런 훌륭한 말이 한낱 촌부 밑에서 제대로 먹지도 못하고 시달리며 반평생을 보낸 것을 생각하니 또 한번 안타까움을 금치 못했다. 이제 마음껏 뛸 수 있도록 해주고 싶었다.

양과는 마음이 무겁던 차에 자기를 닮은 말을 만나게 되니 한결 즐거워졌다. 더구나 아직은 어린 나이라 며칠을 함께 지내다 보니 서로 더욱 친해졌고, 그에 따라 기분도 완전히 회복되었다. 둘은 장난도 치고 흥얼거리며 계속 남쪽으로 내려갔다.

어느덧 회수淮水에 이르렀다. 양과는 불현듯 육무쌍과 장난을 치며 이막수와 그 제자를 놀려주던 일이 떠올라 저도 모르게 웃음이 나왔다. 그리고 또 소용녀가 생각났다. 지금은 어디에 있는지, 언제 다시 만날 수 있을지 알 수가 없어 절로 한숨이 나왔다.

그날은 길을 가는데 자꾸만 거지들과 마주쳤다. 그들의 모양새를 보아하니 대부분 무공을 연마한 사람들 같았다.

'혹 그때 혼사를 치르던 집과 개방 사이에 있었던 다툼이 아직 끝나지 않은 건가? 아니면 개방 사람들이 모여 이막수와 결판을 지으려는 건가? 이런 구경거리라면 놓칠 수 없지.'

양과는 원래 개방에 대해 좋지 않은 감정을 갖고 있었으나 홍칠공에게 감복해 저도 모르게 친근감을 갖게 되었다. 만일 이 거지들이 육무쌍을 괴롭히는 것만 아니라면 홍칠공이 세상을 뜬 일을 알려줄 생각이었다.

한참을 더 가자 거지들이 더욱 많아졌다. 거지 무리들은 양과를 의

아한 눈빛으로 바라보았다. 알고 보니 양과의 옷차림이며 행색은 거지와 다를 바 없었으나 그들과 달리 말을 타고 있었다. 개방 거지들은 정말 급한 일이 아니고는 절대 말을 타지 않았다.

양과는 본 척도 하지 않고 계속 앞으로 나아갔다. 조금 더 가니 갑자기 공중에서 새소리가 들리며 두 마리 흰 수리가 앞으로 날아갔다. 옆에서 한 거지의 목소리가 들렸다.

"황 방주께서 오셨다. 십중팔구 오늘 밤 집회가 있을 거야."

"곽 대협께서도 오시려나?"

"그 부부는 실 가는 데 바늘 가고, 바늘 가는 데 실 가는 것처럼 붙어 다니니……."

그들은 소곤대다가 말고삐를 당기고 서서 자신들의 이야기를 듣고 있는 양과를 흘깃 보고는 입을 다물었다. 양과는 곽정과 황용이 온다는 이야기를 듣고 조금 놀랐으나, 곧 마음을 가라앉히고 차갑게 웃었다.

'전에는 내가 당신들 집에 얹혀사느라 놀림감이 되고 찬밥 대우를 받았지만, 그때는 내가 어리고 힘이 없어 시달릴 수밖에 없었어. 그러나 이제 나도 천하를 내 집으로 삼았으니, 당신들에게 꿀릴 것이 없지.'

말고삐를 풀고 다시 가려던 양과는 멈춰 서서 생각에 잠겼다.

'아주 초라한 행색을 하고 가서 만나볼까? 나를 어떻게 대하는지 보고 싶군.'

양과는 구석으로 가 머리를 헝클어뜨려 봉두난발을 했다. 그리고 왼쪽 눈가를 힘껏 때리고 얼굴도 사정없이 쥐어박았다. 순식간에 눈두덩이가 푸르스름하게 부어오르고 얼굴 여기저기에 피가 맺혔다. 그리고 남루한 옷차림의 바지를 좀 더 찢어 조각을 내고 흙바닥을 데굴데굴 굴러 흙투성이가 되었다. 여기에 비쩍 마른 비루먹은 말과 함께 있으니 과연 당장이라도 쓰러져 죽게 생긴 행색이었다. 분장을 끝낸 양과는 절뚝거리며 큰길로 돌아왔다. 말도 타지 않고 거지들을 따라 걸었다. 그가 말고삐를 끌지 않아도 말은 그 뒤를 잘도 따라왔다. 개방 중 누군가 양과에게 집회에 참가하는 길이냐고 물어도 양과는 눈만 부릅뜬 채 대답하지 않고 그저 거지들 사이에 섞여 따라갈 뿐이었다.

해가 뉘엿뉘엿 기울어갈 즈음 오래된 사당 앞에 닿았다. 수리 두 마리가 사당 앞 소나무 위에서 쉬고 있는 모습이 눈에 들어왔다.

무씨 형제가 나와 한 명은 쟁반을 받치고 한 명은 그 위에 놓인 고깃덩어리를 집어 수리에게 던져주었다. 일전에 그들 형제가 곽부와 함께 이막수와 싸울 때 양과도 옆에서 그 모습을 지켜보았다. 당시 그는 무씨 형제에게는 눈길도 주지 않고 곽부만 주의 깊게 살펴보았다. 그런데 지금 자세히 보니 무돈유는 몸놀림이 날렵하면서도 일거수일투족이 힘있고 묵직했다. 반면 무수문은 이리저리 부산하게 움직이며 잠시도 쉬지 않았다. 무돈유는 자색 명주 도포를 입었고 무수문은 두꺼운 감색 산동 비단 도포를 입고 있었다. 허리에는 수놓인 비단 요대를 하고 있어 두 사람 모두 젊은 영웅의 풍모를 갖추었다. 그들의 모습은 무리 중에서도 단연 돋보였다.

양과는 앞으로 나가 허리를 굽혀 절하고는 더듬더듬 말을 꺼냈다.

"두, 두 분 무 형武兄께서는…… 그간…… 무고하셨는지요?"

그 사당 안에는 거지로 가득했고, 그들 모두가 누덕누덕 기운 옷을 입고 있었다. 양과 또한 흙먼지를 뒤집어쓰고 누추한 것이 그 거지들과 별반 차이가 없었다.

무돈유는 양과에게 인사를 하고 위아래로 훑어보았다. 도무지 누군지 알 수가 없었다.

"제가 눈썰미가 없으니 용서하시지요. 존형은 누구십니까?"

"천한 이름, 입에 올리기가 부끄럽습니다. 저…… 황 방주님을 뵙고 싶습니다."

무돈유는 그의 목소리가 어쩐지 귀에 익은 듯했다. 좀 더 자세히 물으려는 순간, 사당 안에서 옥구슬 구르는 듯한 맑은 목소리가 들려왔다.

"오빠, 부드러운 채찍을 사다달라고 부탁했는데, 사 왔어요?"

무돈유는 얼른 양과 옆을 지나 사당으로 들어갔다.

"벌써 사두었지. 어디 손에 잘 맞나 한번 써봐."

그는 품속에서 말채찍 하나를 꺼냈다.

양과가 고개를 돌려보니 옅은 녹색 옷을 입은 소녀가 사당 안에서 빠른 걸음으로 나오고 있었다. 눈썹이 초승달처럼 갸름하고, 작은 코는 살짝 위로 들려 있고, 백옥처럼 하얀 얼굴에 생기가 넘치는 그 소녀는 바로 곽부였다. 차림새는 그다지 화려하지 않았지만 목에 걸려 있는 진주 목걸이가 은은한 빛을 발하며 그녀를 고귀한 소녀로 보이게 했다. 양과는 그녀를 한번 힐끗 보고는 제 행색이 부끄러워 저도 모르게 고개를 모로 꼬고 더 이상 쳐다보지 못했다.

두 형제는 곽부의 비위를 맞추느라 정신이 없었다. 무돈유는 곽부와 이야기를 하다가 양과가 생각나 그의 곁으로 다가왔다.

"존형께서도 영웅연英雄宴에 참석하러 오셨는지요?"

양과는 영웅연이 무엇인지도 모르면서 그저 "그렇다"고 대답했다. 무돈유가 한 거지를 손짓으로 불렀다.

"네가 이 손님을 모셔라. 내일 대승관大勝關으로 오시도록 해."

짤막하게 지시를 내리고는 다시 곽부와 떠들어대느라 양과는 거들떠보지도 않았다. 지시를 받은 거지는 양과의 이름을 물었다. 양과는 그냥 사실대로 일러주었다. 거지는 제 이름이 왕십삼王十三으로 개방의 제2대 제자라고 밝혔다.

"양 형은 어디서 오셨소?"

"섬서에서 왔습니다."

"응? 양 형은 전진파 문하시오?"

양과는 전진파라는 세 글자만 들어도 머리가 지끈지끈 아파왔다.

"아니오."

"영웅첩英雄帖은 가지고 계시겠지요?"

양과는 놀라 얼굴이 굳었다.

"저는 강호에서 이리저리 굴러먹는 사람입니다. 어찌 영웅이라 할 수 있겠습니까? 그저 일전에 개방 황 방주님을 만난 적이 있어 찾아뵙고 고향 갈 노자나 좀 얻어갈까 하고 왔습니다."

왕십삼은 미간을 살짝 찌푸리며 한숨을 쉬었다.

"황 방주께서는 지금 천하 영웅호걸들을 접대하시느라 댁 같은 분을 상대할 시간이 없소."

양과는 일부러 보잘것없는 초라한 행색을 했기 때문에 상대가 자신을 무시할수록 속으로는 득의양양해졌다. 그래서 더욱 더듬거리며 구차하게 매달렸다. 개방 거지들은 모두 빈곤한 집에서 태어났기 때문에 결코 가난한 사람을 무시하지 않았다. 왕십삼은 양과가 사정하는 것을 듣고는 가만히 입을 열었다.

"양 아우, 우선 밥이나 배불리 먹고 내일 함께 대승관으로 가봅시다. 먼저 장로께 알려서 방주님께 전해달라고 한 뒤, 방주님께서 어찌 하실지 기다려보면 되지 않겠소?"

왕십삼은 애초에 양과를 '양 형'이라고 부르더니, 그가 영웅연에 초대받은 사람이 아닌 데다 자기보다 나이도 한참 어리게 보여 어느새 그냥 '양 아우'라 고쳐 부르고 있었다. 양과는 고맙다고 굽실대며 인사를 올렸다.

왕십삼은 낡은 사당으로 그를 불러들여 밥과 음식을 가져다주었다. 지금의 개방은 오의파汚衣派가 득세하고 있었다. 개방에서는 커다란 경사를 맞아도 닭이나 생선, 소, 양고기를 잘게 썰어 마치 먹다 남은 죽이나 국처럼 만들어 먹었다. 그렇게 하여 근본을 잊지 않도록 하는 것이 개방의 방규였다. 그러나 손님에게는 술과 음식을 제대로 대접했다.

양과가 한창 음식을 먹고 있는데, 갑자기 눈앞이 환해지는 듯했다. 고개를 들어보니 곽부가 웃고 떠들며 사뿐사뿐 걸어 들어오고 있었다. 무씨 형제는 그 좌우에 서서 곽부의 환심을 사느라 여념이 없었다. 무수문의 목소리가 들려왔다.

"오늘 밤 우리가 먼저 대승관에 가 있자. 내가 가서 홍마를 끌고 올게."

세 사람은 이야기를 하느라 정신이 팔려 아래에 앉아서 밥을 먹고 있는 양과는 보지도 못하는 듯했다. 세 사람은 후원으로 가 짐과 무기를 꺼내 사당을 나섰다. 말발굽 소리가 울리더니 그들은 이미 저만치 달려가고 있었다.

양과는 젓가락을 밥그릇에 꽂은 채 멀어져가는 말발굽 소리를 듣고 있으려니 만감이 교차했다. 슬픔인지 설움인지 분노인지 비통함인지 모를 감정이 양과를 감싸고 있었다.

다음 날, 왕십삼이 양과를 불러 함께 길을 나섰다. 길에는 개방 사람들 말고도 적지 않은 무림 사람들이 섞여 있었다. 그들은 모두 영웅연에 참석하고자 무리 지어 걸어가고 있었다. 양과는 사실 영웅연이나 영웅첩이 무엇인지도 알지 못했다. 왕십삼도 가르쳐주고 싶어 하지 않는 것 같아 그저 아무것도 모르는 척 바보 행세를 했다. 저녁이 되어서야 대승관에 도착했다. 대승관은 예豫(하남성의 다른 이름)와 악鄂(호북성의 다른 이름) 사이에 있는 요지였다. 지세에 비해 시장이 그리 번성하지는 못했고, 이곳을 경계로 북쪽은 몽고가 점령하고 있었다. 왕십삼은 양과의 손을 끌고 시장을 지나 7리 정도를 더 갔다. 앞에는 수백 그루의 고목이 커다란 장원莊院을 둘러싸고 있었다. 여러 갈래 길에서 온 영웅들이 모두 이 장원을 향하고 있었다. 장원은 한눈에 확인할 수는 없었지만 너무나 웅장해 수천 명이 묵고도 여유가 있을 듯했다. 왕십삼은 개방에서 비교적 연배가 낮은 축에 속했다.

'방주님이 지금 중요한 일로 바쁜 터에 어딜 감히 나서서 양과의 일을 아뢸 수 있겠는가?'

그는 일단 양과가 묵을 곳을 마련해주고 다른 친구에게 이야기를 하러 갔다.

양과는 너무나 웅장한 장원의 기세에 입을 다물 수가 없었다. 장정들이 쉴 새 없이 오가며 손님을 맞이했고, 들어오는 손님도 끊이질 않았다. 주인이 도대체 누구길래 이처럼 으리으리한 장원을 가지고 있는지 몹시 궁금했다. 갑자기 폭죽 소리가 울리고, 고수들이 북을 울리며 음악을 연주하기 시작했다. 옆에서 한 거지가 서둘렀다.

"장주 부부가 직접 손님을 맞이한다니 가보세. 어떤 영웅들이 올지 궁금하지 않나?"

손님과 장정이 두 줄로 늘어서고 사람들은 모두 옆으로 비켜났다. 그러자 대청 병풍 뒤에서 한 남자와 여자가 모습을 드러냈다. 두 사람은 마흔 살쯤 되어 보였는데 남자는 비단 도포를 입었고 턱수염을 조금 기른 것이 기품 있어 보이는 외모와 어울려 위엄이 풍겨났다. 여자는 피부가 백옥처럼 희고 다소곳한 모습이 언뜻 보기에도 귀부인 같았다. 사람들이 웅성거리기 시작했다.

"육 장주와 육 부인이 직접 손님을 맞이하신다네."

두 사람 뒤에는 또 다른 부부가 서 있었다. 그들을 확인한 양과는 가슴이 덜컹 내려앉으며 얼굴이 화끈거렸다. 그들은 바로 곽정, 황용 부부였다. 몇 년 만나지 못한 사이 곽정은 더욱 위엄 있게 변해 있었고, 황용의 미소 띤 얼굴은 예전의 아름다운 모습 그대로였다.

'백모님이 저렇게 예뻤구나. 어릴 때는 몰랐는데……'

곽정은 거친 장포를 입고 있는 반면, 황용은 옅은 자색의 비단옷을 입고 있었다. 그러나 그녀는 개방의 방주여서인지 옷의 보이지 않는 부분에 몇 군데 기운 자국이 있었다. 곽정 부부 뒤에는 곽부와 무씨 형제가 나란히 서 있었다. 대청에는 무수히 많은 홍등이 밝혀졌다. 홍등 아래에 서 있으니 남자는 더욱 용감하게, 여자는 더욱 아름답게 보였다. 손님들이 손을 들어 가리키며 수군거렸다.

"저분이 곽 대협이고 저분은 곽 대협의 부인 황 방주야."

"저기 저 꽃처럼 아리따운 규수는 누구지?"

"곽 대협 부부의 딸이래."

"그럼 저 두 소년은 아들인가?"

"아냐, 제자라더군."

그때 북소리와 음악 소리가 들렸다. 밖을 내다보니 키 큰 장정들 뒤에서 네 명의 도사가 들어왔다. 양과는 그들의 얼굴을 확인하자 분노가 치밀어 올랐다. 앞장서 오는 눈썹까지 하얀 백발 도사는 얼굴이 온통 붉은 광녕자 학대통이고, 그 뒤를 따르는 반백의 도사는 양과가 본적이 없는 여자였다. 그리고 마지막에 어깨를 나란히 하고 들어오는 두 중년 도사는 조지경과 견지병이었다. 육 장주 부부는 나란히 서서 인사를 올리며 그 여도사를 사부라고 불렀다. 뒤이어 곽정 부부, 곽부, 무씨 형제가 차례로 앞으로 나아가 예를 올렸다. 양과는 사람들 무리속에서 누군가 수군거리는 소리를 놓치지 않았다.

"저 여도사가 전진교의 여검객 손불이라네."

"아, 그럼 저분이 남북을 통틀어 강호에 이름이 높은 청정산인淸淨散人이란 말인가?"

"그렇지. 저분이 육 부인의 사부시네. 육 장주의 무예는 저분에게 전수받은 것이 아니고."

육 장주의 이름은 관영冠英이고, 그의 부친은 육승풍陸乘風이었다. 육승풍은 바로 황용의 아버지, 황약사의 제자였다. 따지고 보면 그는 곽정, 황용보다 한 세대 낮은 제자인 셈이었다. 육관영의 부인 정요가程瑤迦는 손불이의 제자였다. 이들 부부는 태호 귀운장歸雲莊에서 살았으나 그 집이 구양봉의 손에 불타버리고 말았다. 육승풍은 분노에 몸을 떨며 아들에게 태호 도적의 우두머리를 그만두게 한 뒤 가솔들을 이끌고 북으로 올라와 이곳 대승관에 안거하게 했다. 그러고는 육승풍은 세상을 떠났다. 정요가는 과거 위기에 처했을 때 곽정, 황용과 개방 사람들의 도움을 받은 바 있어 줄곧 개방에 은혜를 입었다는 마음으로 살아왔다. 이제 개방에서 영웅첩을 보내 천하 영웅들을 불러 모으니, 육관영 부부가 스스로 나서 이 일을 맡아 영웅연을 육가장에서 열도록 한 것이다.

곽정 등은 예를 마치고 모여 있는 영웅들과 인사를 나누기 위해 학대통, 손불이를 대청으로 모셨다. 학대통은 수염을 쓰다듬으며 입을 열었다.

"마, 유, 구, 왕 네 사형께서 황 방주의 영웅첩을 받으시고 마땅히 초대에 응해야 한다고 말씀하셨지만 마 사형은 요즘 몸이 예전 같지 않으시고 유 사형은 운공을 하며 마 사형을 돌보고 계시니 도무지 몸을 뺄 수 없다고 하셨소. 모두 황 방주께 양해를 구한다 하시더군."

"별말씀을요. 그러실 것 없습니다."

황용은 연방 손을 내저었다. 황용은 비록 젊은 나이였으나 천하에서 가장 큰 방파인 개방의 방주이다 보니 학대통도 자연히 그녀를 한껏 존중했다. 곽정은 걱정스러운 표정을 지으며 마옥의 병세를 물었다.

대청에서 연회를 베풀자 홍등 불빛 아래 분위기가 한껏 고조되었다. 사람들의 왁자지껄한 소리로 대청이 떠나갈 듯했다. 견지병은 누군가를 찾는 듯 사람들 사이를 두리번거렸다. 조지경이 차가운 미소를 지으며 그런 견지병에게 가만히 속삭였다.

"견 사제, 용씨 그분이 오셨는지 모르겠네."

그의 말에 견지병은 안색이 바뀌며 입을 꾹 다물었다. 곽정은 그들이 소용녀를 이야기하는지 알지 못하고 대신 말을 받았다.

"성이 용씨라는 영웅이십니까? 사형의 친구분 되시나요?"

"견 사제의 가까운 친구십니다. 저 같은 자는 감히 어울리지도 못하고……."

조지경과 견지병의 표정이 아무래도 심상치 않자 곽정은 더 이상 캐묻지 않았다. 그때 견지병이 사람들 사이에서 양과를 발견했다. 그를 본 견지병은 온몸을 부르르 떨며 마치 벼락이라도 맞은 듯 꼼짝할 수가 없었다. 양과가 이곳에 있다면 소용녀도 분명히 왔을 터! 얼음처럼 굳어 있는 견지병을 본 조지경은 그의 시선을 따라갔다가 역시 안색이 창백해졌다.

"양과! 양과다! 이…… 이 애송이…… 너도 왔구나!"

곽정은 '양과'라는 이름을 듣고 황급히 고개를 돌렸다. 그동안 떨어져 지낸 몇 년 사이 양과는 이미 장성해 있었다. 만약 곽정이 무심코 양과를 봤다면 알아볼 수 없을 정도였다. 그러나 조지경의 외침을 듣고 보니 과연 양과였다. 그는 놀라우면서도 기쁜 나머지 성큼성큼 다가가 양과의 두 손을 붙잡았다.

"과야, 너도 왔구나! 나는 네 수련에 방해가 될까 봐 부르지 못했다. 네 사부님께서 널 데려와주셨구나. 정말 잘되었다."

양과가 중양궁을 뛰쳐나간 일은 전진교 사람들이 모두 수치로 여겨 함구하고 있었기 때문에 외부로는 전혀 알려지지 않았다. 그러니 도화도에 있던 곽정이 알 리 없었다. 곽정은 줄곧 양과가 마음에 걸렸으나 혹 전진교에서 오해를 할까 봐 찾아가보지도, 사람을 보내 알아보지도 못했다. 그런데 이렇게 만나게 되니 반가워 어쩔 줄을 몰랐다.

조지경이 이번에 영웅연에 참석한 까닭은 곽정에게 그 일을 알리기 위한 것이었는데, 뜻밖에 이곳에서 양과와 마주치고 말았다. 그는 곽정이 혹 이미 양과의 말을 듣고 자신에게 나쁜 감정을 가지고 있지 않을까 겁이 났다. 그런데 곽정의 말을 들으니 그들 두 사람도 이제 막 만난 것이 분명해 보였다. 그는 한껏 찌푸린 얼굴을 한 채 짐짓 하늘을 올려다보며 탄식을 내뱉었다.

"빈도의 부족한 덕과 능력으로 어찌 양과 도련님의 사부가 되겠습니까?"

곽정은 깜짝 놀라 조지경을 돌아보았다.

"조 사형, 무슨 그런 말씀을? 혹 이 녀석이 사형의 말씀을 듣지 않던가요?"

조지경은 대청에 운집한 영웅들의 모습을 보고 생각했다. 이 자리에서 그 일을 꺼낸다면 양과와 다투게 될 것이고, 그렇다면 전진교의 체면이 땅에 떨어질 터였다. 그는 우선 가만히 미소를 지으며 더 이상 말을 잇지 않았다.

곽정은 양과를 찬찬히 살펴보았다. 부어오른 눈두덩에는 멍이 들어 있고, 얼굴에 군데군데 핏자국이 보였다. 너덜너덜한 옷차림은 온통 흙먼지투성이였다. 아무래도 적잖이 고생을 한 것 같아 가슴이 아려왔다. 곽정은 양과를 끌어안았다. 양과는 곽정이 자신을 끌어안자 얼른 온몸에 내공을 운기해 급소를 보호했다. 그러나 곽정은 양과를 아끼는 마음에 그랬을 뿐 해치려는 생각은 조금도 없었다. 곽정은 고개를 돌려 황용을 불렀다.

"여기 누가 왔는지 좀 보구려!"

황용은 양과를 보고 깜짝 놀랐다. 그러나 곽정처럼 반가워하는 기색은 없이 담담하게 인사를 건넬 뿐이었다.

"그래, 너도 왔구나."

양과는 곽정의 품을 가만히 빠져나왔다.

"제가 더러워서 백부님 옷도 더러워집니다."

양과는 매우 차가우면서도 비꼬는 듯한 어투로 말했다. 그러자 곽정은 마음이 더욱 괴로웠다.

'이 아이는 부모도 없는데, 보아하니 사부도 그다지 아껴주지 않은 모양이구나.'

곽정은 양과의 손을 잡고 자기 옆에 앉히려 했다. 양과는 원래 대청 구석 탁자에 자리를 배정받아 가장 초라한 사람들과 함께 앉게 되어 있었다.

"저는 여기 앉으면 됩니다. 백부님은 가서서 귀빈들 대접을 하셔야죠."

양과의 말은 여전히 얼음장처럼 차가웠다.

곽정은 고개를 끄덕였다. 사실 그는 귀한 손님들을 접대해야 할 몸이었다. 그는 양과의 어깨를 두드려주고 주빈석으로 가서 술을 올리며 대접했다. 술이 세 순배 돌자 황용이 자리에서 일어나 정중하게 말했다.

"영웅대회는 내일 정식으로 열릴 것입니다. 아직 도착하지 못한 영웅들이 계시니 오늘 밤은 모두가 취할 때까지 즐겁게 마시고 의논할 일은 내일 하도록 하겠습니다!"

모두들 환호성을 지르며 좋다고 외쳤다. 연회석상에는 고기가 산처럼 쌓이고 술이 계곡물처럼 흘렀다. 자리에 모인 사람들은 각기 놀이를 즐기기도 하고 옛이야기를 하기도 하며 흥겹게 시간을 보냈다. 육관영은 태호에서 도적 떼를 이끌던 사람이라 성격이 호탕하고 통이 커 잔치 준비를 위해 아낌없이 주머니를 털었다. 술자리가 끝나자 장정들은 손님에게 방을 안내하고 그들이 편안하게 쉴 수 있도록 조치해주었다.

조지경이 학대통의 귀에 대고 뭐라 속삭이자, 학대통은 고개를 끄덕였다. 조지경은 자리에서 일어나 곽정에게 읍을 했다.

"곽 대협, 빈도는 책임을 다하지 못하여 참으로 부끄럽기 짝이 없습니다. 오늘 저는 죄를 빌기 위해 여기 온 것입니다."

곽정은 황급히 예를 올리며 어찌할 바를 몰랐다.

"조 사형, 무슨 그런 말씀을……. 함께 서재로 가서 말씀하시지요. 어린 녀석이 조 사형께 잘못을 저질렀나 본데, 제가 호되게 벌을 내리겠으니 노여움을 푸십시오."

곽정의 목소리가 워낙 분명해 먼 자리에 앉아 있는 양과의 귀에까지 또렷하게 들렸다. 양과는 어찌할지 이미 마음을 정해놓았다.

'내게 욕을 하시면 그냥 가버려야지. 앞으로 보지 않고 살면 되는 거야. 날 때려도 그간 대해주신 정을 봐서 가만히 있을 수밖에……. 결국은 죽기밖에 더 하겠어? 나중에 선자가 이 일을 알게 되면 슬퍼해줄까?'

마음을 정하고 나니 오히려 차분해졌다. 그리고 처음 조지경을 봤을 때 당황했던 마음도 가라앉았다. 그는 곽정이 손짓하는 것을 보고 그쪽으로 가서 곽정 뒤에 섰다.

곽부와 무씨 형제는 다른 탁자에서 술을 마시고 있었다. 처음에는 양과를 알아보지 못했으나 곽정과 황용이 이야기하는 것을 듣고 어린 시절 도화도에서 함께 놀던 양과를 생각해냈다. 서로를 알아보고 나니 갑자기 가슴이 두근거리고 도화도에서 서로 싸우며 지낸 날들이 떠올랐다. 아직도 미운 마음이 남아 있을까? 고생하며 지내온 듯한 양과의 몰골은 무씨 형제의 말끔한 모습과 천양지차여서 곽부는 그런 양과가 가엾게 느껴졌다. 그녀는 무돈유에게 조용히 속삭였다.

"아빠가 전진파의 무술을 배우라고 보냈는데 우리보다 나을지 모르겠네요?"

무돈유가 미처 대답하기도 전에 무수문이 말을 받았다.

"사부님의 무공이 천하무적인데 어찌 우리보다 나을 수 있겠어?"

곽부는 고개를 끄덕였다.

"게다가 어려서부터 기초가 좋지 않았으니 별달리 나아진 것도 없겠죠? 그런데 어쩌다 저런 몰골이 되었을까요?"

무수문이 말했다.

"저 도사님들이 줄곧 과를 집어삼키기라도 할 듯 노려보고 있던데. 저 녀석은 성격이 고약한 데가 있으니 아마도 무슨 말썽을 저지른 모양이야."

세 사람은 한참을 서로 속닥거렸다. 그런 그들에게 곽정이 학대통에게 서재에 가서 이야기하자고 하는 말이며, 양과를 꾸짖겠다고 하는 말이 들려왔다. 곽부는 무슨 일인지 궁금해 견딜 수가 없었다.

"우리가 먼저 서재에 가서 숨어요. 그래서 무슨 말씀들을 하시는지 들어봐요."

무돈유는 나중에 사부님에게 혼날까 봐 감히 대답하지 못했으나 무수문이 맞장구를 치며 곽부보다 앞서갔다. 곽부는 서재를 향해 한 걸음 옮기려다 얼굴에 노기를 띠며 자리에 앉아 있는 무돈유를 향해 눈을 치떴다.

"내 말을 안 듣겠다는 거죠?"

입을 삐죽이며 화가 난 듯하면서도 눈에는 웃음이 서린 곽부의 묘한 표정에 무돈유는 가슴이 뛰었다. 그는 더 이상 뿌리치지 못하고 얼른 그녀를 따라 걸음을 옮겼다. 세 사람은 서가 뒤에 몸을 숨겼다. 뒤이어 곽정, 황용이 학대통, 손불이, 견지병, 조지경과 함께 서재로 들어와 각자 자리에 앉았다. 양과는 그 뒤를 따라 들어와 한쪽에 섰다.

"과야, 너도 앉거라."

곽정이 의자를 권했지만 양과는 고개를 저었다.

"서 있겠습니다."

그는 무림 고수 여섯 명과 마주 대하고 있었다. 아무리 그가 대담하다고 해도 지금은 좌불안석, 불안한 마음을 감출 수 없었다.

곽정은 언제나 양과를 제 친조카 대하듯 해왔지만 전진칠자에 대한 존경심과는 비교할 수 없었다. 그는 사정이 어찌 되었든 어린 사람이 잘못했을 거라는 생각이 들어 양과를 향해 정색을 하고 꾸짖었다.

"나이도 어린 녀석이 어찌 감히 사부님의 가르침을 거역한 것이냐. 어서 여기 계신 어르신들께 고개를 숙이고 잘못을 빌어라."

당시는 군신, 부자, 사제 간의 구별이 엄격한 세상이었다. 임금이 신하의 목숨을 원하면 신하는 죽을 수밖에 없었고, 아버지가 자식에게 명을 내리면 자식은 그대로 따라야 했다. 그리고 무림에서도 사제지간의 구분이 명확했다. 무림에서건 유림에서건 혹은 일반 가정에서건 스승은 아버지와 같은 존재였다. 스승을 존경하고 부모에게 효도하는 것은 하늘이 정한 법도나 마찬가지였다. 본래 성정이 고지식한 곽정에게는 더욱 그러했다. 곽정은 양과를 꾸짖으면서도 양과가 측은해 견딜 수가 없었다. 다른 사람 같았으면 "짐승 같은 놈, 돼먹지 못한 놈" 하며 흠씬 두들겼을 테지만 곽정의 꾸중은 온화하기 짝이 없었다.

그때 조지경이 벌떡 일어나 차갑게 미소를 지었다.

"빈도가 어찌 양과 도련님의 사부로 자처하겠습니까? 곽 대협, 그렇게 비꼬실 것 없습니다. 저희가 곽 대협께 도리에 어긋난 일을 한 적이 없는데, 이렇게 모욕을 주실 것 없지 않습니까? 양과 도련님, 이 도사 놈이 머리를 찧어 예를 올리겠습니다. 제가 눈이 없어 영웅을 몰라본 셈 치겠습니다."

제자가 잘못을 저지르면 사부가 때리고 벌하는 것이 다반사이거늘, 어찌 이렇게 체통을 지키지 않고 함부로 말을 하는 것일까? 곽정 부부는 조지경이 심상치 않은 표정으로 격앙된 것을 보고 영문을 알 수 없었다. 황용은 양과가 저지른 일이 보통 말썽이 아니라는 것을 눈치챘다. 흘깃 보니 곽정은 입을 딱 벌린 채 할 말을 잃고 있었다. 황용이 남편을 대신해 천천히 입을 열었다.

"저희가 조 사형께 근심거리를 떠넘긴 것 같아 몸둘 바를 모르겠습니다. 조 사형께서는 마음을 가라앉히시고 이 아이가 무슨 잘못을 저질렀는지 자세히 말씀해주시지요."

그러자 조지경의 목소리가 한층 더 격앙되었다.

"조지경, 이깟 재주로 어찌 감히 다른 이의 사부를 자처하겠습니까? 천하 호걸들이 웃다가 이가 빠질 일이지요. 그러면 속이 시원하시겠습니까?"

황용이 미간을 찌푸렸다. 내심 불만이 없지 않았던 것이다. 그녀는 원래 전진칠자와 교분이 그다지 깊지 않았다. 과거 전진칠자는 천강북두

진으로 그녀의 부친 황약사를 공격했고, 구처기는 목염자와 곽정을 맺어주려 했다. 그랬으니 그녀로서는 기분이 좋을 리가 없었다. 그런 일들은 이미 과거지사이니 벌써 잊어버리고 있었으나 조지경이 면전에서 목소리를 높이며 함부로 말을 하니 너무 무례하다는 생각이 들었다.

학대통과 손불이도 처음에는 조지경이 화를 낼 만도 하다고 생각했으나, 이처럼 제멋대로 떠들어대니 출가한 사람의 태도가 아니라는 생각이 들어 마음이 불편해졌다. 참다못해 손불이가 가만히 조지경을 타일렀다.

"지경아, 곽 대협과 황 방주께 잘 말씀드리면 될 일이다. 이렇게 함부로 떠들어서야 꼴이 어찌 되겠느냐? 우리 도인들이 수양하는 게 무엇이더냐?"

손불이는 여자였으나 성정이 침착하고 엄격해 모든 후배가 경외했다. 그녀의 몇 마디 말에 조지경은 움찔하며 더 이상 말하지 못하고 자리에 앉았다. 곽정이 말했다.

"과야, 네 사부께서 선배님들을 대하는 태도가 얼마나 공손하시냐? 어찌 이런 분을 본받지 않고!"

조지경은 또 '나는 그의 사부가 아닙니다!' 하고 나서려다가 손불이를 흘깃 보고는 자라처럼 목을 움츠리며 말을 삼켰다. 그런데 뜻밖에도 양과가 그가 하려던 말을 소리 높여 외쳤다.

"저 사람은 제 사부가 아닙니다!"

양과의 말이 떨어지자 곽정, 황용은 크게 놀라 눈이 휘둥그레졌다. 그뿐만 아니라 서가 뒤에 숨어 어른들의 이야기를 훔쳐 듣던 곽부와 무씨 형제도 깜짝 놀랐다.

"한번 스승은 영원한 스승이다." 이것은 무림에서 사제지간을 규정할 때 자주 쓰는 말이었다. 곽정은 어려서부터 강남칠괴의 손에서 자라며 도중에 홍칠공에게 무공을 배웠다. 그런 그는 사부의 은혜를 깊이 새기고 한순간도 잊어본 일이 없으며 사제지간에 대한 무림의 도리를 하늘의 뜻으로 여기고 살아왔다. 그런데 양과가 멋대로 제 사부를 인정하지 않고 도리를 거역하는 참담한 말을 입에 올리다니! 곽정은 자리에서 벌떡 일어나 손가락으로 양과를 가리켰다.

"너…… 너 이 녀석, 무슨 소리를 하는 거냐?"

곽정의 목소리가 떨렸다. 그는 원래 말재주가 없어 적합한 말로 사람을 욕하거나 모욕하지 못했다. 다만 얼굴이 창백해지며 분노로 몸을 떨 뿐이었다. 황용은 좀처럼 남편의 화난 모습을 본 적이 없기에 내심 놀라면서도 가만히 그를 만류했다.

"저 아이가 원래 성정이 고약하니 화내실 것 없어요."

양과는 속으로 겁을 잔뜩 집어먹고 있었는데, 이제 그간 자신을 아껴준 곽정마저 이처럼 화를 내니 마음이 더욱 엇나갔다.

'별것 아니다. 죽기밖에 더 하겠나.'

마음을 다진 양과는 한층 목소리를 높였다.

"저는 원래 막돼먹은 아이예요. 무공을 가르쳐달라 한 적도 없습니다. 무림에서 이름 높으신 분들이 이렇게 모여서 왜 저처럼 부모 없는 아이를 괴롭히시는 거죠?"

양과는 '부모 없는 아이'라는 말을 하면서 설움이 북받쳐 눈시울을 붉혔다. 그러나 아랫입술을 꽉 깨물고 막 터져 나오려던 눈물을 꾹 삼켰다.

'오늘 여기서 죽는 한이 있어도 눈물은 흘리지 않을 테다.'

"우리 부부와 네 사부님은…… 좋은…… 좋은 마음으로 네게……
무공을 가르치려 했다. 그건 모두…… 나와 돌아가신 네 아버지를 봐
서 그런 것이야. 누가…… 누가 널…… 널 괴롭힌다는 것이냐!"

곽정은 분노를 못 이겨 더욱 말을 더듬었다. 양과는 곽정이 흥분한
것을 보고 목소리를 가라앉히며 침착하게 입을 열었다.

"백부님은 언제나 저를 잘 대해주셨어요. 영원히 잊지 못할 거예요."

"나는 너를 구박했다. 날 미워하겠다면 그리하려무나."

황용의 말에 양과는 차분히 마음속에 담아놓았던 말을 꺼냈다.

"백모님은 제게 잘해주시지는 않았지만 구박하지도 않으셨어요. 무
공을 가르쳐준다고 하면서 글만 읽게 하셨죠."

그제야 곽정은 황용이 양과에게 무공을 가르치지 않았다는 것을 알
게 되었다. 양과는 계속 말을 이었다.

"하지만 글을 읽는 것도 나쁘지는 않았어요. 저는 덕분에 글도 좀
알게 되었고 옛사람들의 지혜도 배우게 되었어요. 하지만 저 도사들
은……."

양과는 손을 들어 학대통과 조지경을 가리키며 울분에 찬 목소리로
외쳤다.

"언젠가는 이 원수를 반드시 갚고 말겠어요!"

곽정은 놀라 쓰러질 지경이었다.

"뭐…… 뭐야? 무슨 원수를…… 도대체 무슨 일이 있었던 거냐?"

"여기 조가라는 도사는 제 사부라고 하면서 무공은 조금도 가르쳐
주지 않았어요. 그것뿐이면 그만이지만, 다른 어린 도사들을 시켜 저
를 때리게 했어요. 백모님은 무공을 가르쳐주지 않았을 뿐이지만, 전

진교에서는 그뿐 아니라 저를 죽을 만큼 때리곤 했어요. 그리고 저기 학씨라는 도사는 저를 가엾게 여겨주신 할머니를 때려죽이기까지 했어요. 학 도사 어르신, 제 말이 거짓인가요? 무기 하나 없는 할머니를 때려 입에서 피를 흘리며 돌아가시게 했잖아요. 전진교가 협과 의를 행하는 정통 문파인가요, 아니면 힘을 믿고 연약한 사람을 괴롭히는 사도의 무리인가요? 학 도사 어르신, 여기 천하 영웅들 앞에서 한번 따져보시지요. 그러실 수 있나요? 그럴 수 있다면 정말 나쁜 사람이죠. 전진교 사람들은 모두가 하나같이 수치도 모르는 악인들이에요!"

양과는 손 노파가 자신을 위해 죽은 것이 떠올라 더욱 이를 악물었다. 당장이라도 학대통에게 덤벼들고 싶었다.

학대통은 도학과 무공이 모두 경지에 이른 명망 높은 도사였다. 삼라만상의 이치와 도리에 정통해 전진교에서도 그와 어깨를 나란히 할 수 있는 이가 없을 정도였다. 그런데 실수로 노파를 죽인 일 때문에 몇 년 동안 줄곧 마음이 무거웠다. 전진칠자는 물론 사람을 많이 죽였지만, 모두가 악인이었지 무고한 목숨을 앗아간 적은 없었다. 학대통은 여러 사람 앞에서 양과가 옛일을 끄집어내자 얼굴이 흙빛이 되었다. 당시 자신의 일장에 노파가 선혈을 토하며 쓰러지던 일이 생생하게 눈앞에 보이는 듯했다. 무기가 없는 그는 왼손을 들어 옆에 있던 조지경의 허리춤에서 장검을 빼 들었다. 사람들은 그가 양과를 찌르려는 줄 알고 아연실색했다. 곽정이 앞으로 한 걸음 나서며 양과를 가로막았다. 그러나 학대통은 장검을 거꾸로 들어 검 자루를 양과에게 내밀었다.

"맞다. 내가 사람을 잘못 죽였다. 네가 그 할머니의 복수를 하려무나. 나는 절대 반격하지 않겠다."

학대통의 행동에 놀라지 않는 이가 없었다. 곽정은 양과가 칼을 받아 들고 사람을 해칠까 걱정이 되었다.

"과야, 무례하게 굴어서는 안 된다!"

양과는 곽정, 황용이 있는 곳에서는 복수할 수 없다는 것을 잘 알고 있었다.

"당신은 백부께서 저를 막으실 것을 잘 알고 있으면서도 이렇게 하는 거죠? 마치 대단히 너그러운 사람처럼 사람들의 눈을 속이고 있잖아요. 정말 내 손에 죽겠다면 왜 아무도 없는 곳에서 검을 주지 않는 거죠? 학 도사 어르신, 정말 부끄러운 줄 모르는 분이시군요. 이 원수는 언젠가는 꼭 갚고 말 거예요. 당신이 할머니를 죽였어요. 그러고도 전진교가 힘을 믿고 악행이나 저지르는 무리가 아니라고 하실 건가요? 차라리 저도 죽여 입을 막아버리는 게 낫지 않을까요!"

학대통은 무림의 대선배였다. 그런 그가 어린 애송이의 가시 돋친 말에 대꾸할 말이 없었다. 손에 든 장검을 건네주지도 거두지도 못하고 망연자실하게 서 있던 그는 돌연 손에 기를 모아 칼을 두 동강 내버렸다. 그는 부러진 칼을 한쪽으로 던지며 장탄식을 내뱉었다.

"그만두자, 그만둬."

학대통은 그대로 몸을 돌려 서재를 나가버렸다. 곽정이 따라 나가며 만류했지만 그는 뒤도 돌아보지 않고 그길로 육가장을 떠났다. 곽정은 양과와 손불이 등 전진교의 세 사람을 번갈아 바라보았다. 양과의 말이 거짓은 아닌 듯했다. 한참 동안 생각에 잠겼던 곽정이 천천히 입을 열었다.

"어찌 전진교의 사부가 네게 무공을 가르치지 않으셨느냐? 그럼 몇 년 동안 너는 무얼 하였느냐?"

곽정의 말투는 이미 화가 많이 누그러져 있었다.

"백부님께서는 종남산을 오르실 때 중양궁 도사 수백 명을 물리치셨어요. 마, 유, 구, 왕 등 진인들께서는 개의치 않는다고 하셨지만, 과연 다른 사람들도 같은 생각이었을까요? 그 사람들은 저를 때려죽이지 못해 안달이었어요. 그러니 제게 무공을 가르쳐줄 마음이 있었겠어요? 그간 저는 암흑 같은 세월을 보냈습니다. 오늘 이렇게 살아서 백부님을 뵐 수 있는 것도 모두 하늘의 보살핌 덕분입니다."

그는 이 몇 마디 말로 전진교에서 있었던 일의 원인을 고스란히 곽정에게 미루었다. 그리고 '암흑 같은 세월'이라는 것도 거짓은 아니었다. 그간 고묘에서 살며 해를 보지 못한 것은 엄연한 사실이었다. 양과의 말을 듣고 있자니 곽정은 측은한 마음이 솟구쳤다.

조지경은 곽정이 양과의 말에 귀를 기울이자 마음이 다급해졌다.

"너…… 너…… 이런 돼먹지 못한 놈! 함부로 입을 놀려? 우리 전진교는 하늘 아래 부끄러운 일이 없거늘…… 어딜…….."

"나더러 돼먹지 못한 놈이라고? 이런 개돼지만도 못한 놈아! 어디 사실대로 말해봐! 제자들을 시켜 날 때리지 않았어?"

곽정은 양과의 말을 사실로 받아들였다. 그러나 황용은 양과의 얼굴을 뚫어지게 살피고 있었다. 눈알을 이리저리 굴리며 표정이 자꾸만 바뀌는 양과의 얼굴을 보자 의심이 일었다.

'이 아이가 교활한 구석이 있었지. 틀림없이 거짓도 있을 거야.'

그녀는 짐짓 표정을 고치고 양과를 불렀다.

"그럼 너는 무공을 조금도 할 줄 모르느냐? 전진교 문하에서 그냥 허송세월을 보낸 것이냐?”

황용은 천천히 일어나며 갑자기 팔을 뻗어 양과의 천령개를 노리고 내리쳤다. 그녀의 손가락은 뇌문 정중앙에 있는 백회혈百會穴을 향했고, 손바닥은 이마에서 머리카락이 시작되는 곳의 한 치쯤 되는 곳에 있는 상성혈上星穴을 향했다. 두 군데 모두 치명적인 부상을 입을 수 있는 곳이었다. 손가락이 적중하면 즉사해 도저히 살려낼 방도가 없었다.

“부인!”

곽정이 놀라 고함을 쳤지만, 황용의 손은 빠르기가 바람 같았다. 이 공격은 그녀의 집안에서 내려오는 도화낙영장桃花落英掌으로, 공격에 앞서서는 움직임이 없다가 갑자기 전개되는 것이어서 곽정이 막으려 해도 이미 늦은 일이었다.

양과는 뒤로 살짝 움츠리며 피하려고 했다. 그러나 황용의 무공이 어찌 피할 틈을 주겠는가. 이제 그녀의 손이 양과의 뇌문에 떨어질 순간이었다. 양과는 크게 놀라 손을 뻗어 막으려다가 순간 다른 생각이 스쳤다. 그는 왼팔을 조금 움직였다가 그대로 늘어뜨린 채 꼼짝도 하지 않았다. 곽정처럼 무공은 높으나 머리가 둔한 사람이었다면 벌써 손을 뻗어 막았을 것이다. 그러나 양과는 그 와중에도 상대의 의중을 읽어냈다.

‘백모님이 지금 내 무공을 시험해보시려는 거야. 내가 공격을 막으면 거짓말을 한 셈이 되겠지.’

그러나 황용의 공격은 날카롭기 그지없는 살수였다. 만일 그녀가 시험하려는 것이 아니라면, 이 공격을 막지 못한 자신은 괜한 목숨만 잃어버리게 될 터였다. 순간 될 대로 되라는 생각이 뇌리를 스쳤다.

‘죽으면 그만이지!’

양과의 무공이 황용에 미치지는 못했으나, 그녀의 일장을 막아내는 것 정도는 어려울 게 없었다. 그러나 양과는 목숨을 걸고 움직이지 않았다. 황용의 공격은 역시 양과의 무공을 시험해보려는 것이었다. 그녀의 손이 양과의 머리를 때리기는 했지만, 힘이 전혀 들어가 있지 않았다. 양과는 겁에 질린 표정으로 공격을 막지도, 더욱이 내공을 써 급소를 보호하지도 않았다. 틀림없이 무공을 전혀 할 줄 모르는 모습이었다. 황용은 가볍게 미소를 지었다.

"내가 네게 무공을 가르치지 않은 것은 너를 위해 그런 것이다. 전진파의 도사님들도 나와 같은 생각이셨을 거다."

황용은 다시 제자리에 앉아 곽정의 귀에 대고 속삭였다.

"저 아이는 정말 전진파의 무공을 배우지 않았어요."

막 말을 마치려는 순간 갑자기 뒤통수를 얻어맞은 듯 아찔해졌다.

'이런, 아니야! 저 어린 녀석에게 속을 뻔했군.'

갑자기 그녀의 머릿속에 무돈유를 치료했던 일이 떠올랐다. 양과가 도화도에 있을 때 그는 이미 합마공을 쓸 줄 알았다. 그런 무공의 기초가 있으니 몇 년 동안 전혀 수련하지 않았다고 해도 뇌문을 공격하는 일장 정도는 분명 어떻게든 막을 수 있었을 것이다.

'이 녀석아…… 네 꾀에 네가 넘어갔구나. 허둥지둥 내 공격을 막으려 했다면 속았을지 모르겠다만, 전혀 할 줄 모르는 듯 서 있는 바람에 네 속셈을 그만 들키고 말았다.'

그러나 황용은 아무런 말도 하지 않고 그가 어떻게 계속 사람들을 속이는지 두고 보기로 했다. 그리고 조지경과 양과를 번갈아 바라보며 미소를 지었다.

조지경은 황용이 공격을 하는데도 양과가 막지 않는 것을 보고 황용이 그에게 속아 넘어갔다고 생각했다. 게다가 황용은 남편에게도 그렇게 얘기하지 않았는가! 이렇게 되면 더욱 곤란해지는 사람은 자신이었다. 그는 화가 머리끝까지 치밀어 저도 모르게 고함을 내질렀다.

"이 짐승 같은 녀석, 어디서 얕은 수작이냐! 황 방주님의 공격에 가만히 있겠다면 내가 나서보마."

그는 양과 앞으로 다가가 그의 코끝을 가리켰다.

"이놈아, 네가 무공을 할 줄 모른다고? 네가 가만히 있겠다면 어디 죽을지 살지 한번 두고 보거라."

그는 양과의 무공이 오히려 저보다 낫다는 것을 알고 있었다. 그러니 살수를 퍼부어댄다면 양과가 틀림없이 본색을 드러낼 것이라 생각했다. 만약 계속 거짓으로 버틴다면 아예 목숨을 끊어놓을 참이었다. 그 뒷일은 기껏해야 곽정 부부와 의가 틀어질 뿐이요, 전진교 어른들과 사부님에게 욕을 얻어먹으면 그만이었다. 화가 끓어오르니 오히려 더 대담해졌다.

"황 방주께서 널 다치게 하지 않을 것을 알고 일부러 막지 않았겠다? 어디 내 앞에서도 그럴 수 있겠느냐?"

조지경은 화를 참지 못하고 곧 공격할 기세를 취했다.

"멈추시오!"

곽정이 끼어들었다. 그는 양과가 다칠까 봐 두 사람 사이를 가로막고 나섰다. 황용이 그의 소매를 당겼다.

"내버려두세요."

그녀는 조지경이 얼마나 화가 나 있는지 짐작했다. 이제 그의 공격은 예사롭지 않을 터, 양과가 더 피하지 못하고 궁지에 몰려 반격을 하면 진상이 밝혀질 상황이었다. 곽정은 그런 내막도 알지 못한 채 행여나 양과가 다칠까 봐 안절부절못했다. 그러나 아내의 생각은 언제나 틀림없이 정확했으므로 더 이상 다른 말은 하지 않고 자리를 비켜주었다. 물론 조금이라도 위험해지면 달려가 양과를 구할 생각이었다.

조지경은 손불이, 견지병을 돌아보았다.

"손 사숙, 견 사제, 이 녀석이 무공을 할 줄 모르는 척하니, 제가 나서서 시험해볼 수밖에 도리가 없겠습니다. 만일 끝까지 시치미를 떼면 그냥 죽여버릴 생각입니다. 나중에 장교 사백님과 구 사백님께 말씀드려주십시오."

양과가 전진교를 뛰쳐나간 사연을 손불이는 잘 알고 있었다. 양과가 끝내 거짓을 꾸며대니 조지경으로서는 이대로 물러설 수 없는 일이요, 전진교의 도리에 맞지는 않지만 조지경이 양과의 정체를 밝히기를 바랄 수밖에 없었다.

"사제지간의 도를 깨뜨리는 역도라면 죽여도 무방하다."

그녀는 사리에 밝은 사람이었는데 쉽게 살계殺戒를 내려주었다. 그녀의 이 말은 양과를 위협해 감히 계속 거짓을 꾸미지 못하도록 하기 위한 것이었다.

조지경은 사숙이 뒤에서 받쳐주자 더욱 대담해졌다. 그는 오른발을 들어 양과의 아랫배를 공격해 들어갔다. 이 천산비도天山飛渡는 강함에 부드러움을 담아 양陽이 음陰을 덮는 대단히 강력한 초식이었다. 그러나 조지경의 공격이 강한 힘을 싣고 있기는 했지만, 그다지 정교하지는 않았다. 전진파 무공의 기본적인 입문인 데다 그대로 드러나는 공격이어서 조금이라도 무공을 하는 사람이라면 얼마든지 막아낼 수 있었다. 전진교 제자는 무공을 시작하는 첫날 천산비도부터 배우고, 그다음에는 퇴마세退馬勢를 배웠다. 이것이 천산비도를 피하는 초식이었다. 공격과 방어로 이루어진 가장 간단한 무공이었다. 조지경이 이 초식을 쓰는 저의는 분명했다. 곽정과 황용에게 '내가 양과한테 대단한 무공은 가르치지 못했다고 해도 설마 아예 시작도 하지 않았겠느냐?'는 말을 하고 싶었던 것이다.

"아이고!"

양과는 조지경의 발이 날아 들어오자 퇴마세를 쓰지 않고 왼손을 뻗어 아랫배를 가렸다. 조지경은 양과가 피하지 않는 것을 보고도 공격을 늦추지 않고 그대로 발을 뻗었다. 그의 발이 아랫배에서 약 삼 촌쯤 되는 곳까지 갔을 때, 양과가 번개같이 왼손 엄지손가락을 살짝 돌려 자신의 왼발 안쪽의 대활혈大豁穴을 겨냥하는 것이 보였다. 이대로 공격해 들어가다가는 발끝이 상대의 몸에 닿기도 전에 먼저 혈도를 찍힐 상황이었다. 그러면 상대가 혈을 찍은 것이 아니라 제가 공격해 들어가다 제풀에 찍힌 꼴이 될 터였다.

전진교 제3대 제자 중 최고수인 조지경은 위급한 상황에서 즉시 초식에 변초를 가해 발의 방향을 바꾸었다. 오른발이 양과의 옆을 스치며 그의 손을 피한 것이다. 그러나 이미 균형을 잃어 비틀거리며 얼굴을 붉힐 수밖에 없었다.

곽정과 황용은 양과 뒤에 서 있었기 때문에 그의 손놀림을 미처 보지 못했다. 그저 조지경이 사정을 봐주느라 공세를 거둔 것이라고만 생각했다. 손불이와 견지병은 이러한 상황을 똑똑히 지켜보았다. 견지병은 말없이 침묵을 지켰다. 보다 못한 손불이가 자리를 박차고 일어섰다.

"이 녀석, 이렇게까지 간교할 줄이야!"

그때 조지경은 왼손을 허로 흔들며 오른손으로 양과의 왼쪽 뺨을 비스듬히 공격해 들어갔다. 이는 매우 정교하고 어려운 자전천운紫電穿雲이라는 상승 초식이었다. 오른손이 중간쯤까지 갔다가 갑자기 방향을 바꾸어 거세게 오른쪽 뺨을 공격하는 무공이었다. 그러나 양과가 이미 〈옥녀심경〉을 연마해 자유자재로 쓸 수 있다는 사실은 누구도 알지 못했다. 그리고 이 〈옥녀심경〉이야말로 전진 무공을 깨뜨리는 천적이었다. 왕중양의 모든 권술과 장법에 맞서 임조영이 이를 교묘하게 깨뜨리는 방법을 만들어 모아놓은 것이 바로 〈옥녀심경〉이었다.

양과는 조지경의 왼쪽 장이 흔들리는 것을 보고 얼른 머리를 감싸 쥐었다. 언뜻 보기에는 겁이 나 그러는 것처럼 보였다. 그러나 그는 왼손 식지를 오른쪽 목 언저리에 숨기고 오른손으로 그 위를 덮었다. 조지경은 이를 눈치채지 못하고 그대로 공격했다. 그의 손이 양과의 몸에 닿는 순간 양과는 손을 빼냈다. 그러자 양과의 왼손 식지가 조지경의 오른손 중앙에 위치한 후계혈後溪穴을 보기 좋게 찍었다. 그 역시 조지경이 스스로 양과의 손가락을 쳐 혈을 찍힌 꼴이었다. 양과는 그저 상대의 움직임을 미리 파악하고 손가락을 정확한 위치에 가져다놓은 것뿐이었다. 혈을 찍힌 조지경은 손이 얼얼하게 마비되는 것을 느꼈다. 그리고 그제야 양과의 속셈을 눈치채고는 불같이 화를 내며 왼발을 날렸다.

"안 돼요!"

양과는 짐짓 비명을 지르며 왼팔을 살짝 구부려 팔꿈치를 허리 왼쪽 위로 이 촌 반쯤 되는 곳에 놓았다. 조지경의 왼발이 양과의 몸에 닿으면서 이번에는 복숭아뼈의 조해혈照海穴과 태계혈太溪穴을 동시에 찍혔다. 게다가 홧김에 내지른 것이라 힘이 매우 강했기 때문에 혈도로 전해지는 진동 역시 그만큼 강했다. 그는 왼발 전체가 저려오는 것을 느끼며 바닥에 무릎을 꿇고 말았다.

손불이는 사질이 여지없이 당하는 것을 보고 조지경의 왼쪽 팔 깊숙한 곳으로 손을 뻗어 일으키며 그의 등을 몇 차례 두드려주었다.

양과가 보기에도 이 여도사의 손놀림은 매우 정확하고도 빨랐다. 틀림없이 조지경보다 한참 위의 고수일 터, 속으로 찔끔하며 한쪽으로 물러섰다.

손불이는 오랜 세월 수양을 했지만 성정은 여전히 꼿꼿하고 날카로웠다. 지금껏 본 적 없는 양과의 무공이 전진파의 무공을 제압하기 위해 만들어진 초식은 아닌지 의심이 들었다. 게다가 양과는 무공을 전혀 못 하는 듯 보이면서도 전진파 제3대 제자 중 으뜸인 조지경을 여지없이 물리치고 있지 않은가! 그렇다면 자신이 나서도 어쩌면 힘들수 있겠다는 생각이 들었다.

"가자!"

그녀는 곽정과 황용에게 작별 인사도 고하지 않고 도포 소매를 흔들며 서재 창문을 통해 빠져나가서는 지붕으로 올라섰다. 견지병은 줄곧 넋이 나간 듯 바라보고 있다가 곽정과 황용에게 일의 연유를 설명하려 했다.

"무슨 이야기를 하겠다고!"

조지경이 찢어지는 목소리를 내지르며 견지병의 소매를 잡아끌었다. 두 사람은 앞뒤로 창문을 빠져나가 손불이의 뒤를 따랐다. 곽정과 황용이 보기에는 조지경이 분명 혈도를 찍히기는 했으나 양과는 아무런 동작도 취하지 않았다. 설마 누군가가 옆에서 도와주고 있단 말인가? 곽정은 창문으로 고개를 내밀고 둘러보았다. 어디에도 사람의 모습은 찾아볼 수 없었다. 그는 조지경이 실수를 쓰려다가 차마 그러지 못했거나, 혹은 자신과 황용 때문에 어쩌지 못한 것이 아닐까 생각했다. 아니면 학대통이 사람을 죽인 일을 양과가 다른 사람들 앞에서 이야기하고 심판을 해달라고 하소연할까 봐 조지경이 일부러 혈도를 찍힌 체하며 자리를 피한 것일 수도 있겠다는 생각을 했다.

황용은 틀림없이 양과가 어떤 계략을 쓰고 있는 것이라고 짐작했다. 그러나 그녀는 양과 뒤에 서 있었기 때문에 양과의 손가락이며 팔꿈치의 움직임을 간파하지 못했다. 그리고 그녀는 세상에 〈옥녀심경〉이라는 무공이 있어 전진교의 무공을 꼼짝없이 묶어놓을 수 있다는 사실을 꿈에도 생각지 못했으므로 더더욱 알 수가 없었다. 그러나 그녀는 곽정처럼 마냥 좋은 마음으로 남을 대하는 사람이 아니었다. 소매를 떨치고 일어나 가버린 전진교 도사 네 명의 무례한 행동에 내심 불쾌했다. 그녀는 가만히 신음을 뱉으며 몸을 돌렸다. 서가 아래로 곽부의 진한 녹색 신발이 보였다.

"부야, 여기서 뭘 하는 거냐?"

곽부는 히히 웃으며 나와 혀를 쏙 내밀었다.

"오빠들과 책을 찾고 있었어요."

무슨 바람이 불어 평소 읽지도 않던 책을 읽는단 말인가. 황용은 딸아이의 얼굴을 보아하니 분명 이들이 먼저 숨어 들어와 모든 이야기를 엿들은 게 분명하다고 생각했다. 막 야단을 치려는 순간, 밖에서 개방 제자가 먼 곳에서 손님이 왔다고 알려왔다. 황용은 양과를 한 번 쳐다보고는 손님을 맞기 위해 곽정과 함께 서재를 나섰다.

곽정은 무씨 형제를 돌아보고 당부했다.

"양과와는 어릴 적부터 친구이니 잘 보살펴주거라."

무씨 형제는 어려서 양과와 별로 사이좋게 지내지 못했고 또 이렇게 초라한 행색을 하고 나타나니 안중에도 없었다. 전진교에서 무공을 조금도 배우지 못했다고 하는 데다 어른들에게 '짐승 같은 놈, 돼먹지 못한 놈'이라는 욕을 듣는 것을 보고 양과를 더욱 깔보게 되었다. 그들은 상대도 하지 않고 하인들을 불러 양과를 돌봐주고 잠자리를 마련해주라고 일렀다. 그러나 곽부는 양과에 대해 호기심이 생기는 모양이었다.

"오빠, 사부님한테 왜 쫓겨났어?"

"이유는 많지. 내가 멍청하고 게으르고 성질도 못되고, 사부님의 딸 시중도 잘 들어드리지 못했거든. 가서 말채찍이며 나귀 채찍 같은 것도 사다드려야……."

양과의 뼈 있는 말에 무씨 형제의 안색이 변했다. 무수문이 참지 못하고 나섰다.

"뭐라는 거야?"

"내가 처신을 잘하지 못해서 사부님께 귀여움을 받지 못했다는 거지."

곽부가 피식 웃었다.

"오빠 사부님은 도사니까 딸이 있을 리가 없잖아?"

그렇게 말하면서 미소 짓는 곽부의 얼굴은 마치 화려한 장미꽃 같았다. 가지런한 눈썹에 고운 이마를 보고 있자니 양과는 저도 모르게 가슴이 뛰며 얼굴이 붉어져 얼른 고개를 돌리고 말았다. 곽부는 무씨 형제를 이리저리 부리면서도 자신은 한 가지 일도 제대로 하지 않았다. 지금 양과가 고개를 돌리는 것을 보고는 그가 자신의 미모에 흔들린 것이라 생각하고 자만심이 들었다.

양과가 고개를 들어 서쪽을 보는데, 문득 벽에 걸린 대련對聯이 눈에 들어왔다. 상련上聯에는 '도화영락비신검桃花影落飛神劍(복사꽃 그림자가 지니 신검이 날고)', 하련下聯에는 '벽해조생안옥소碧海潮生按玉簫(푸른 바다 물결이 이니 옥퉁소를 분다)'라는 글이 적혀 있었다. 그 대련은 도화도 시검정試劍亭에서 본 적이 있었다. 그는 황약사가 이 글을 썼다는 걸 알고 있었으나 이곳에 있는 대련 아래에는 '오호폐인병중도아五湖廢人病中塗鴉(오호의 폐인이 병중에 그렸다)'라는 서명이 쓰여 있었다. 양과가 다른 세 사람보다 나이가 그리 많은 것은 아니었지만, 그간 겪은 일이 많다 보니 10여 년은 더 산 것과 같았다. 그는 '오호폐인'이라는 글을 보자 가족이 죽거나 혹은 헤어져 혼자서 이리저리 떠돌며 폐인이나 다름없이 살아온 날들이 떠올랐다. 아까 조지경을 혼내주고 쫓아냈을 때의 의기양양하던 기분은 온데간데없이 사라지고 처량하며 쓸쓸한 마음이 엄습해왔다. 양과는 그만 고개를 떨구고 가만히 가슴속의 상처를 어루만졌다.

곽부가 목소리를 낮추어 부드럽게 말했다.

"오빠, 그만 쉬어요. 내일 오빠 얘기 들으러 올게요."

"응, 그래."

하인을 따라 서재를 나가는 양과의 귀에 곽부가 무씨 형제에게 하는 말이 들려왔다.

"내가 오빠랑 얘기하러 가겠다는데 무슨 상관이에요? 과 오빠는 무공도 별로 안 배웠다니 아빠한테 가르쳐주라고 할 거예요."

영웅대연

양과가 말했다.

"부모님께 내가 떠났다고 말씀드려."

곽부가 깜짝 놀라며 물었다.

"왜 갑자기 떠나겠다는 거죠?"

양과의 태도는 매우 담담했다. 곽부는 양과가 나타나자 신기하기도 하고 재미있기도 했다. 그런데 그가 갑자기 떠난다는 말을 하자 아쉬운 마음이 들었다.

다음 날 양과가 대청에서 아침 식사를 하고 있는데 저쪽에서 곽부가 자신을 향해 손을 흔들었다. 무씨 형제도 옆에서 고개를 내밀고 양과를 바라보고 있었다. 양과는 웃음을 참으며 곽부에게 다가갔다.

"날 찾는 거니?"

"응, 나랑 같이 산책하러 가요. 그동안 어디서 뭘 하며 지냈는지 듣고 싶어."

양과는 길게 한숨을 내쉬며 생각했다.

'그동안 있었던 일을 어찌 말로 다할 수 있겠으며, 또 할 수 있다 한들 어찌 네게 말해줄 수 있겠니…….'

두 사람은 어깨를 나란히 하고 대문을 나섰다. 뒤를 돌아보니 무씨 형제가 멀리서 따라오고 있었다. 곽부는 두 사람이 따라오는 것을 알고 있었지만 모르는 척 양과에게 끊임없이 이것저것 질문을 해댔다. 양과는 중양궁에 갈 때 곽정이 어떻게 도사들을 물리쳤으며, 자기가 어떻게 녹청독을 혼내주었는지 등 별로 중요하지 않은 일들만 골라서 이리저리 살을 붙여가며 들려주었다.

곽부는 양과의 이야기를 들으며 연신 까르르 웃음을 터뜨렸다. 두 사람은 천천히 걸어 버드나무 밑에 도착했다. 문득 말 울음소리가 들리더니 어디선가 비쩍 마른 말 한 필이 달려와 양과에게 몸을 비벼댔다. 비록 짐승이지만 반가워하는 기색이 역력했다. 무씨 형제는 이 못생긴 말을 보더니 비웃음을 머금고 다가왔다.

무수문이 놀려댔다.

"양 형, 대단한 천리마로군. 어디서 이리 좋은 말을 구했소? 내게도 한 필 주지 그래요."

무돈유가 짐짓 정색을 하며 말했다.

"이건 대식국大食國에서 온 보물 같은데 어떻게 이리 비싼 말을 샀을까?"

곽부는 양과와 못생긴 말을 번갈아 바라보았다. 둘의 지저분하고 꾀죄죄한 모습이 너무나 닮은 것 같아 또 까르르 웃어댔다.

양과도 곽부를 따라 웃었다.

"난 못생겼으니 이런 못생긴 말이 어울려. 두 사람의 말은 틀림없이 뛰어난 말이겠지?"

무수문이 대꾸했다.

"뭐, 양 형 말보다야 좀 낫지만 말이라면 곽부의 홍마가 진짜 준마지요. 전에 도화도에 있을 때 본 적이 있죠?"

"응, 곽 백부가 홍마를 부에게 주셨구나."

네 사람은 이런저런 이야기를 나누며 길을 걸었다. 그때 곽부가 서쪽을 가리키며 말했다.

"저길 봐! 봉법을 가르치러 가시나 보다."

곽부가 가리키는 곳을 보니, 황용이 늙은 거지 한 사람과 어깨를 나란히 한 채 산모퉁이를 돌아가고 있었다. 두 사람 모두 손에 봉을 들고 있었다. 무수문이 중얼거렸다.

"노 장로는 참 멍청한가 봐. 타구봉법을 배우기 시작한 게 언제인데, 아직도 제대로 익히질 못하다니."

'타구봉법'이라는 무수문의 말에 양과는 깜짝 놀랐으나 내색하지 않은 채 마치 풍경을 감상하기라도 하듯 다른 곳으로 시선을 돌렸다.

"우리 엄마가 그러시는데 타구봉은 개방의 보물이래요. 타구봉법도 천하에 제일가는 절묘한 무공이라는데, 그게 어디 쉽게 배워지겠어요? 노 장로가 멍청하다면, 오빠 뭐 영리한가요?"

무돈유가 한숨을 내쉬었다.

"그러게. 그 절묘한 타구봉법을 개방의 방주가 아니면 배울 수 없다니 안타까운 일이지."

"나중에 개방의 방주가 되면 되겠네. 그럼 노 방주가 오빠에게 전수해줄 것 아니에요? 타구봉법은 우리 아빠도 못 하시는데 왜 오빠가 눈독을 들여요?"

"내 주제에 어찌 개방의 방주가 될 수 있겠니. 부야, 노 장로는 어떻게 사모님의 눈에 들어 방주 자리를 물려받는다니?"

"요 몇 년 동안 엄마도 방주 직위만 가지고 계셨지 방내의 실제 사무는 노유각魯有脚 장로가 다 맡아 처리해왔잖아요. 개방 내 이런저런 소식을 듣자니 머리가 아프셨던 거지요. 그래서 괜히 직위만 가지고 있느니 노 장로에게 정식으로 방주 자리를 물려주는 게 낫겠다고 생각하신 것 같아요. 노 장로가 타구봉법을 완전히 익히면 정식으로 방주 자리를 물려주실 거예요."

무수문이 물었다.

"부야, 넌 타구봉법을 본 적이 있니?"

"없어. 아, 참! 본 적이 있긴 있다."

곽부는 땅바닥에서 나뭇가지를 집어 들고 무수문의 어깨를 가볍게 쳤다.

"이렇게 하는 거야!"

"장난하는 거야?"

무수문이 손을 뻗어 곽부를 잡으려 했다. 곽부가 웃으며 도망가자 무수문이 뒤를 쫓았다. 두 사람은 쫓고 쫓기며 한 바퀴 원을 그리더니 다시 제자리로 돌아왔다.

"오빠, 우리 그만해요. 내게 좋은 생각이 있는데 들어볼래요?"

"뭔데?"

"우리 타구봉법이 대체 얼마나 대단한지 몰래 훔쳐보는 게 어때요?"

곽부의 말에 무수문이 박수를 치며 찬성했으나, 신중한 무돈유는 고개를 저었다.

"만약 사모님께 들키면 크게 야단맞을 텐데."

"그냥 딱 한번 보기만 하는 것뿐인데 뭐. 몰래 배우겠다는 것도 아니고. 한번 본다고 그렇게 신기한 봉법을 기억할 수나 있겠어요? 오빠도 참."

무돈유는 어찌해야 좋을지 난처한 표정을 지었다.

"어제 서재에서 몰래 엿듣다 들켰을 때도 별로 야단맞지 않았잖아요. 오빤 겁이 많아서 탈이야. 수문 오빠, 우리 둘이 가요."

"좋아, 같이 가면 될 것 아냐!"

무돈유가 곽부를 이겨내지 못하고 웃으며 승낙했다.

"그래요. 천하제일의 무공이라는데, 오빠도 보고 싶을 것 아니에요. 만약 안 가면 내가 배워와서 타구봉법으로 때려줄 테야."

곽부는 무돈유를 향해 손에 든 나뭇가지를 흔들어댔다. 세 사람은 타구봉법의 위력에 대해 오래전부터 익히 들어왔으나 대체 어떤 무공인지는 한 번도 볼 기회가 없었다. 곽정이 군산 개방대회에서 타구봉법으로 황용이 많은 영웅을 물리치고 방주 자리를 차지한 이야기를 들려줄 때면, 아이들은 부럽고 신기해서 입을 다물지 못했다. 그런데 곽부가 몰래 가서 훔쳐보자고 제안하자 무돈유 역시 귀가 솔깃하지 않을 수 없었다. 다만 황용이 질책하면 곽부 핑계를 대려고 잠시 거절하는 척했을 뿐이다.

"양과 오빠, 오빠도 우리랑 같이 가요."

양과는 마침 멍하니 먼 산을 바라보고 있었다. 그들이 주고받는 대화를 전혀 듣지 못한 표정이었다. 곽부가 또 한 차례 불렀을 때에야 고개를 돌려 대답했다.

"그래, 가자. 그런데 어딜 가는데?"

"오빤 알 것 없어요. 그냥 우릴 따라오기만 하면 돼요."

무돈유가 말했다.

"부야, 뭐 하러 데려가? 봐도 모를뿐더러 혹시 둔하게 행동해서 사모님께 들키기라도 하면 어쩌려고 그래?"

"걱정 말아요. 내가 잘 지킬 테니. 오빠 둘이서 먼저 가세요. 내가 양과 오빠를 데리고 뒤를 따를게요. 넷이 같이 움직이면 발소리가 너무 크게 날 거야."

무씨 형제는 둘이서 앞장을 선다는 게 영 내키지 않았지만 곽부의 말을 거역할 수는 없었다. 두 사람은 하는 수 없이 먼저 걷기 시작했다.

"우리 지름길로 먼저 가서 나무 밑에 숨어요. 모두들 엄마가 눈치채지 않게 조심해야 돼."

무씨 형제는 고개를 끄덕인 후 발걸음을 재촉했다. 곽부는 뒤따라오는 양과를 바라보았다. 양과의 낡고 더러운 옷이 눈에 띄었다.

"돌아가면 엄마에게 새 옷을 지어달라고 해야겠다. 오빠도 깨끗하게 잘 차려입으면 이렇게 보기 싫진 않을 거야."

양과는 고개를 가로저었다.

"원래 못생겼는데 뭐. 그래 봐야 소용없어."

곽부는 양과의 말에 대꾸하지 않고 앞서가는 무씨 형제의 뒷모습을 바라보더니 가볍게 한숨을 내쉬었다.

"왜 한숨을 쉬는데?"

"고민되는 일이 좀 있어요. 오빠 몰라도 돼요."

곽부는 얼굴이 다소 상기된 채 눈썹을 살짝 찌푸렸다. 그 모습이 상당히 아름다웠다. 육무쌍, 완안평, 야율연보다 더 아름다운 것 같았다. 양과는 곽부의 아름다운 모습에 취해 자신도 모르게 가슴이 뛰었다.

"무슨 일 때문에 고민하는지 나는 알지."

"피, 어떻게 알아요? 거짓말."

"좋아, 만약 내가 맞히면 잡아떼기 없어?"

미소를 머금은 곽부의 눈이 빛을 발했다.

"좋아요. 맞혀봐요."

"뻔하지. 저 두 사람이 모두 널 좋아하는데 넌 마음을 정하기 어려운 거 아냐?"

곽부는 양과가 자신의 마음을 꿰뚫어보자 당황한 나머지 가슴이 두근거렸다. 사실 곽부와 무씨 형제뿐만 아니라 부모님과 가진악도 모두 아는 사실이지만 아무도 감히 대놓고 말하지는 못했다. 모두들 각자 마음속으로만 생각할 뿐 차마 입 밖에 내지는 못했던 것이다. 그런데 양과가 너무나 직접적으로 말을 해버리자 곽부는 얼굴이 빨갛게 달아올랐다. 기분이 좋기도 하고 또 마음이 아프기도 했다.

"형은 차분하고 침착한 반면, 동생은 쾌활하지. 둘 다 잘생기고 무공도 뛰어난 데다 네 말이라면 뭐든지 들어주잖아. 형은 형대로 동생은 동생대로 장점이 있는데, 그렇다고 둘 모두에게 시집을 갈 수는 없고."

말없이 듣고 있던 곽부가 양과의 마지막 말에 피식 웃음을 터뜨렸다.

"대체 무슨 소릴 하는 거예요?"

그러나 양과는 곽부의 상기된 표정에서 자신의 추측이 정확히 맞아떨어졌음을 알 수 있었다.

"어쩌면 좋을까? 누구에게 시집가나?"

양과는 콧노래를 부르듯 흥얼거렸다. 곽부는 못 들은 척하며 아무 대꾸도 하지 않더니, 한참이 지나서야 입을 열었다.

"오빠가 보기에는 누가 더 나은 것 같아요?"

갑작스러운 질문이었다. 곽부와 양과는 어렸을 때의 동무이기는 하나 별로 좋은 관계는 아니었다. 게다가 오랜 시간 동안 떨어져 있다가 다시 만난 지금은 둘 다 이미 자라서 청년기에 접어들어 있었다. 그런데 남녀관계에 얽힌 사적인 문제를 양과에게 묻다니 다소 뜻밖이 아닐 수 없었다. 그러나 양과는 활발하고 시원스러운 성격인지라 과거지사나 남녀관계의 쑥스러운 감정 따위를 대수롭지 않게 여겼다. 도리어 오랜만에 만나 웃으며 이런 대화를 나누는 것이 제법 유쾌하기도 했다.

사실 곽부는 이 문제를 오랫동안 고민해왔다. 양과의 말은 사실이었다. 두 사람 모두 각자의 장점이 있었다. 평소 함께 어울리거나 대화를 나눌 때는 무수문이 비교적 잘 통하는 편이지만, 중요한 일이 있거나 진지한 대화를 할 때는 역시 무돈유가 어른스럽고 믿음직했다. 두 사람은 수시로 토라졌다가 수시로 애교를 부리는 곽부에게 꼼짝도 하지 못했다. 그래서 곽부는 대체 어느 쪽이 더 나은지 스스로 판가름하지 못했다. 그러던 차에 양과가 자신의 마음을 정확하게 읽어내자 그만 저도 모르게 이런 질문을 하게 된 것이다.

"글쎄…… 둘 다 별로인 것 같은데."

"왜요?"

"만약 두 사람을 좋다고 대답하면 난 희망이 없게 되잖아?"

양과가 웃으며 대답했다. 그동안 육무쌍과 함께 지내면서 장난치던 게 습관이 되어 저도 모르게 농담을 한 것이었다. 그러나 결코 나쁜 의도가 있거나, 곽부를 놀리려고 한 뜻은 아니었다. 곽부는 어려서부터 응석받이로 자란 데다 그녀의 말을 거절하거나 함부로 대하는 사람이 없었기 때문에 이럴 때 어떻게 반응해야 할지 알 수가 없었다. 곽부는 잠시 멍해 있다가 이내 정색을 했다.

"농담이 지나치시군요. 쓸데없는 소리 그만하고 어서 가죠."

곽부는 정말 토라진 듯 경공술을 써서 작은 오솔길을 돌아 산모퉁이를 향해 빠른 속도로 걸어갔다.

양과는 곽부가 너무 정색을 하며 대꾸하자 조금 무안해졌다.

'저 세 사람 사이에 끼어서 뭐 하겠어? 난 안 갈 테야.'

양과는 몸을 돌려 반대 방향을 향해 걸어가며 중얼거렸다.

'무수문과 무돈유는 어떻게 해서든지 부를 아내로 맞으려고 갖은 아양을 떠는데, 만약 정말로 저렇게 고집 세고 뭐든지 제멋대로 하려는 여자랑 결혼하면 얼마나 피곤할까. 참 이상한 사람들이야.'

곽부는 양과가 금세 뒤를 따라와 사과할 것이라고 생각했다. 그러나 한참이 지나도 뒤를 따르는 기척이 없었다.

'아 참, 경공을 못 해서 따라오질 못하는 모양이군.'

곽부는 오던 길로 다시 돌아갔다. 그런데 뜻밖에 양과가 반대 방향으로 가고 있었다. 문득 호기심이 일어 양과의 뒤를 쫓아갔다.

"따라오지 않고 어딜 가는 거예요?"

"부모님께 내가 떠났다고 말씀드려."

곽부는 깜짝 놀랐다.

"왜 갑자기 떠나겠다는 거죠?"

"왜랄 게 있나. 애초에 무슨 볼일이 있어서 왔던 것도 아니고, 와서 얼굴을 뵈었으니 이제 그만 가야지."

양과의 태도는 매우 담담했다. 곽부는 비록 양과에 대해 다소 무시하는 마음이 있기는 했지만, 평소 호기심도 많고 떠들썩한 분위기를 좋아하는지라 갑자기 양과가 나타나자 신기하기도 하고 재미있기도 했다. 그런데 양과가 떠난다는 말을 하자 아쉬운 마음이 들었다.

"오빠, 오랜만에 만나서 물어보고 싶은 말이 많아요. 게다가 내일 밤이면 영웅대연이 열려 동서남북의 각 문파와 방회에서 무림의 고수와 영웅들이 많이 모일 텐데 구경하고 싶지 않아요?"

"나는 무슨 영웅도 아닌데 내가 참석하면 무림의 고수와 영웅들이 비웃을 거야."

"그렇긴 하지만……. 어차피 육가장엔 무공을 할 줄 모르는 사람도 많은걸요. 오빠 하인이랑 집사들과 어울려 술도 마시고 구경도 하고 그러면 되잖아요."

곽부의 말에 양과는 은근히 화가 났다.

'흥, 날 하인 무리와 똑같이 취급한다 이거지?'

양과는 불쾌한 마음이 들었으나 전혀 내색하지 않고 여전히 웃으며 대답했다.

"그러면 되겠구나."

양과는 원래는 그냥 떠나려 했으나 어떻게든 곽부를 놀라게 해주고 가야겠다는 생각이 들어 잠시 눌러앉기로 했다. 사실 곽부는 워낙 어려서부터 응석받이로 자라 세상물정을 몰라서 그렇지 양과를 무시하는 마음으로 그런 말을 한 것은 아니었다. 곽부는 양과가 생각을 돌린 것을 보자 마음이 놓였다.

"어서 가요. 엄마보다 늦게 도착하면 몰래 숨어서 볼 수가 없잖아요."

곽부가 앞장을 섰다. 양과는 일부러 숨을 헐떡이며 힘겹게 따라가는 척했다. 평소 황용이 노유각에게 봉법을 가르치는 장소에 도착해보니, 무씨 형제는 이미 나무 위에 올라앉아 사방을 살피고 있었다.

곽부가 먼저 나무 위로 올라가더니 양과의 손을 잡아 끌어 올렸다. 양과는 부드럽고 따뜻한 곽부의 손을 잡자 가슴이 두근거렸다. 그러다 문득 소용녀 생각이 났다.

'아냐, 아냐. 네가 아무리 예뻐도 우리 선자의 절반도 못 미칠걸.'

곽부가 목소리를 낮추어 물었다.

"엄마는 아직 안 오셨어요?"

무수문이 서쪽을 가리키며 역시 낮은 목소리로 대답했다.

"노 장로는 저쪽에서 봉법을 연습하고 있고, 사모님은 사부님과 하실 말씀이 있는지 함께 다른 곳으로 가셨어."

곽부는 어머니 황용을 그다지 무서워하지 않았지만 아버지는 많이 무서워하는 편이었다. 뜻밖에 아버지도 근처에 와 있다는 말을 듣자 약간 불안해졌다. 노유각이 봉법을 연마하고 있는 모습을 보니 별로 대단할 것이 없어 보였다.

"저게 타구봉법이에요?"

"아마 그런가 봐."

곽부는 다시 한번 주의 깊게 바라보았지만 지루하기만 할 뿐 평범하기 짝이 없었다.

"노 장로가 잘 못해서 그런가 봐. 재미없다. 우리 그냥 가요."

양과가 자세히 보니 노 장로의 봉법은 과연 홍칠공이 화산에서 전수해준 것과 비슷했다. 양과는 속으로 곽부를 비웃었다.

'어린 계집애가 뭘 안다고 큰소리치기는.'

무씨 형제는 평소 곽부의 말이라면 거절하는 법이 없기에 이번에도 곽부가 가자고 하니 곧 나무에서 뛰어내릴 준비를 했다. 그때 문득 인기척이 들리더니 곽정 부부가 어깨를 나란히 한 채 이쪽으로 다가오고 있었다.

"물론 혼인은 인륜지대사인데 부의 혼인 문제를 함부로 결정할 수는 없어. 과의 나이가 아직 어려 사소한 말썽을 부리는 것은 어찌 보면 자연스러운 일이고, 전진교에서 문제를 일으켰던 것도 꼭 과의 잘못만은 아닌 듯하니 생각을 좀 해보자고."

"전진교에서 있었던 일을 두고 하는 말이 아니에요. 당신이 부친들 사이의 약속을 지키고 싶어 하는 마음은 충분히 이해하지만, 아무리 생각해도 양과는 보면 볼수록 제 아비를 너무 닮은 것 같아요. 그러니 내가 어찌 부를 그 아이에게 시집보낼 수 있겠어요?"

양과, 곽부, 무씨 형제 네 명은 이 말을 듣고 모두 깜짝 놀랐다. 네 사람 모두 곽정과 양과의 부모 사이에 무언가 복잡한 사연이 있다는 것쯤은 짐작하고 있었지만, 그것 때문에 곽정이 딸을 양과에게 시집보낼 생각을 하고 있으리라고는 꿈에도 생각지 못했다. 곽정의 말은 네 사람 모두에게 큰 충격이 아닐 수 없었다. 넷은 쿵쾅거리는 가슴을 겨우 짓누른 채 곽정과 황용의 말에 귀를 기울였다.

"양강 아우가 어쩌다 금국의 왕부에서 나쁜 무리의 손에서 자라 그토록 비참한 최후를 맞게 된 것이지, 만약 어려서부터 양철심 숙부의 손에서 자랐다면 결코 그리되지는 않았을 거야."

곽정의 말에 황용이 무거운 한숨을 내쉬었다.

"그야 물론 그렇지요."

황용의 목소리는 매우 무거웠다.

양과는 원래 자신의 출생 배경이나 부모에 대해 아는 바가 거의 없었다. 부친이 일찍 돌아가셨고, 그것도 타인의 손에 죽음을 당했다는 것 정도는 알고 있었지만, 정확히 어떻게 돌아가셨고 누가 죽였는지에 대해서는 어머니조차 양과에게 알려주려 하지 않았다. 그런데 지금 '나쁜 무리의 손에서 자랐'느니, '비참한 최후를 맞았'느니 하는 말을 듣자 머리가 멍해지고 안색이 창백해지면서 온몸이 부들부들 떨렸다. 곽부는 양과의 표정이 심상치 않자 혹시 저러다 나무에서 떨어져 죽거나 다치는 것은 아닌지 은근히 걱정이 되었다.

곽정과 황용은 나무를 등진 채 바위 위에 앉아 있었다. 곽정이 황용의 손을 부드럽게 쓰다듬으며 온화한 목소리로 말했다.

"당신 요즘 둘째 아이를 가져서인지 몸이 그다지 좋지 못한 것 같아. 개방의 일은 어서 빨리 노 장로에게 맡기고 좀 쉬었으면 좋겠어."

어머니가 둘째를 가졌다는 말에 곽부는 좋아서 얼굴이 환해졌다.

'엄마가 아이를 가지셨구나. 그럼 내게도 동생이 생기는 거네? 왜 진작 내게 말씀해주지 않으셨을까?'

"개방의 일은 걱정 없어요. 다만 부의 혼사가 마음에 걸릴 따름이에요."

"전진교가 양과를 받아들일 수 없다니, 이렇게 된 김에 내가 한번 잘 가르쳐보겠어. 내 보기에 양과는 아주 총명한 아이야. 내가 가진 무공을 모두 전수해주면 양강 아우에게 의형제로서 도리를 다한 셈이 되겠지."

양과는 가슴이 뭉클해지며 눈물이 날 것만 같았다.

"과가 너무 영리한 것 같아서 걱정이에요. 그래서 전에도 글만 가르치고 무공을 전수하지 않았던 거예요. 양과가 자라서 의협심 강하고 바른 남자가 되기를 바랐던 거죠. 양과가 무공을 전혀 할 줄 모르고 바르게 자라준다면 우리 부를 시집보내도 되겠다 싶었거든요."

"당신은 역시 생각이 깊군. 그러나 우리 부처럼 고집 세고 무공도 어느 정도 할 줄 아는 아이가 평생 글만 아는 백면서생과 산다면 행복할 수 있겠어? 부가 그런 남편을 따르고 존중하겠느냐 말이야."

"알고 보니 우리 부부가 평생 화목하게 살 수 있었던 게 당신의 무공이 나보다 뛰어나서였군요? 어디 한번 정말인지 시험해볼까요? 덤벼요, 어서."

황용이 웃으며 농담을 던졌다.

"좋소이다. 황 방주, 그럼 시작합시다."

곽정이 웃으며 황용의 어깨를 가볍게 내리쳤다.

"휴, 어쨌든 골치 아픈 문제예요. 과의 일은 잠시 접어두더라도 수문이와 돈유는 어떻게 하실 거예요? 당신 보기에는 수문이와 돈유 중 누가 더 나은 것 같아요?"

곽부와 무씨 형제는 가슴이 두근두근 뛰었다. 양과는 자신과 상관 없는 문제지만 그래도 곽정의 평가를 듣고 싶었다.

"음……."

곽정은 한숨을 내쉬더니 한참 후에야 입을 열었다.

"일반적인 상황에서는 둘 다 좋은 아이들이고 우열을 가리기 어렵지. 그러나 중요한 일이 닥쳤을 때 진짜 성품이 드러나는 게 아니겠어? 부가 아직 어리니 몇 년 후에 다시 논의해보자고. 그때가 되면 모든 문제가 저절로 풀리는지도 모르지. 요즘 당신의 호흡이 고르지 않아 걱정이야. 노 장로에게 봉법을 전수하는 것은 좋으나 너무 무리하면 안 돼. 알겠어? 자, 그럼 난 과를 찾아 이야기를 좀 나눠볼게."

곽정은 자리에서 일어나 오던 길로 되돌아갔다.

황용은 그 자리에 앉아 잠시 숨을 고른 후, 노유각에게 돌아가 계속해서 봉법을 지도했다. 노유각은 이미 36로의 타구봉법을 모두 배웠다. 다만 그 절묘한 기술을 아직 숙련되게 익히지 못했을 뿐이었다. 황용은 인내심을 갖고 하나하나 설명해주었다.

타구봉법의 각 초식은 과연 신기하고 심오했다. 구양봉처럼 무공이 대단한 사람조차 타구봉법의 초식 하나를 풀어내는 데 그토록 긴 시간을 고민하고 또 머리가 하얗게 세지 않았던가?

황용은 한 달에 걸쳐서 모든 초식을 노유각에게 전수해주었다. 지금은 구결과 각 초식의 변화를 가르치는 중이었다. 구결과 각 초식의 변화를 얼마나 잘 조화시켜 자유자재로 구사할 수 있느냐가 타구봉법의 위력을 결정짓게 되는데, 이는 개인의 자질에 따라 차이가 나게 마련이었다.

곽부와 무씨 형제는 봉법을 전혀 모르기 때문에 어떻게 하면 제18초식의 변법이 제19초식과 연결되고, 어떻게 하면 제19초식의 변법이 제20초식과 연결되는지 도무지 알 수가 없었다. 곽부는 몇 번이나 그만 내려가고 싶었지만 행여 황용에게 들킬까 두려워, 어서 빨리 두 사람이 무공 연습을 마치고 산을 내려가기만을 기다렸다.

사실 황용은 오늘 영웅대연이 열리기 전에 노유각에게 방주 자리를 물려줄 생각이었다. 그래서 방규에 따라 어떻게든 오늘 안에 모든 구결을 전수해주어야만 했다. 숙련되게 익혀지는 못할지라도 우선 모두 알려주어야만 했는데, 노유각은 나이가 많은 데다 자질이 뛰어나지 못해 자꾸만 잊어버렸다. 황용이 수도 없이 여러 차례 반복해서 알려주었지만 노유각은 여전히 완벽하게 기억하지 못했다.

황용은 열다섯 살 때부터 곽정과 가까이 지내왔기 때문에 아둔한 사람을 상대하는 데 매우 익숙했다. 그래서 노유각이 자꾸만 잊어버려도 결코 짜증을 내지 않았다. 구결을 종이에 기록해서 수시로 꺼내보며 천천히 익히도록 하면 편리하겠지만, 방규에 따라 반드시 입으로만 구결을 전수해야 했다.

홍칠공은 화산에서 구양봉과 무공을 겨룰 때 내공을 모두 소진한 후 타구봉법의 모든 초식을 양과에게 알려주고 구양봉 앞에서 시연하도록 했지만, 정작 적을 만났을 때 응용할 수 있는 구결이나 변법 등은 한마디도 알려주지 않았다. 홍칠공은 양과가 초식을 익히기는 했지만 구결이나 변법을 모르기 때문에 별 쓸모가 없을 테고, 그러니 방규를 어긴 것은 아니라고 생각했다. 게다가 당시 양과가 정말로 구양봉과 무공을 겨룬 것은 아니기 때문에 구결이나 변법을 알려줄 필요도 없었다. 그런데 뜻밖에도 양과는 이곳에서 그 모든 구결과 변법을 듣게 된 것이다. 양과는 총명하고 자질이 뛰어난지라 세 번 정도 듣고 나니 한 자도 빠짐없이 술술 외울 정도로 정확하게 기억할 수 있었다. 그러나 노유각은 여전히 외우지 못했다.

황용은 임신한 후, 어느 날 내공을 수련하다가 잘못해 기력이 크게 쇠하고 말았다. 그날도 이미 반나절 넘게 무공을 가르치다 보니 피로가 엄습해왔다. 황용은 바위에 기댄 채 눈을 감고 휴식을 취했다. 잠시 후, 황용이 조용히 입을 열었다.

"부, 수문, 돈유, 과! 모두 이리 내려오너라."

곽부 등 네 사람은 깜짝 놀랐다.

'우리가 여기 있는 걸 알고 계셨던 모양이구나.'

"와! 엄마 정말 대단해요. 역시 속일 수가 없군요."

곽부가 애교 섞인 웃음을 띠며 유연투림乳燕投林 신법으로 나무에서 가볍게 뛰어내렸다. 무씨 형제도 뒤를 따라 뛰어내렸고, 양과만 천천히 기어내려왔다.

"흥! 너희 정도 무공 실력으로 몰래 숨어서 볼 생각을 하다니. 너희에게 속아서야 어디 강호에서 이름이나 내놓을 수 있겠느냐?"

곽부는 머쓱한 표정으로 어머니에게 다가갔다.

"엄마, 타구봉법의 위력이 하도 대단하다기에 제가 세 사람을 끌고 온 거예요. 근데 뭐 아무리 봐도 별로 대단한지 모르겠던데요. 엄마, 우리에게도 좀 알려주시면 안 돼요?"

곽부의 말에 황용이 웃으며 노유각에게서 죽봉을 받아 들었다.

"좋아, 지금부터 이 엄마가 개 한 마리를 혼내줄 터이니 잘 보려무나."

곽부는 어머니가 죽봉을 잡고 있는 방향으로 보아 하반신을 공격하리라 예상하고, 아래쪽에 정신을 집중했다. 그래서 어머니가 죽봉을 휘두르자마자 몸을 날려 허공으로 뛰어올랐는데도, 죽봉은 어느새 곽부의 다리를 가볍게 걸어 넘어뜨렸다.

"이번은 무효예요. 이번엔 엄마가 잘해서가 아니라, 제가 높이 피하질 못해서예요."

"좋아, 네 마음대로 하려무나."

황용은 웃으며 곽부의 억지를 받아주었다. 곽부는 기마 자세로 양발을 땅바닥에 단단히 대고 안정된 자세를 취했다.

"돈유 오빠, 수문 오빠, 오빠들도 제 옆에서 이 자세로 서세요."

두 형제는 곽부가 시키는 대로 했다. 곽부는 두 사람과 팔을 걸고 단단히 힘을 주었다. 매우 안정된 자세였다.

"엄마, 이제 두려울 것 없어요. 아빠의 항룡십팔장이라면 혹시 모를까 우릴 넘어뜨릴 수는 없을걸요."

곽부의 자신 있는 말투에 황용이 미소를 지었다. 황용은 곧 죽봉을 휘둘러 세 사람의 얼굴 앞을 스쳐 지나갔다. 그 힘이 얼마나 센지 강한 바람이 얼굴을 공격해왔다. 세 사람은 버티지 못하고 급히 얼굴을 돌렸다. 이렇게 되자 안정되었던 하반신의 기마 자세가 풀어질 수밖에 없었다. 황용이 지체하지 않고 다시 한번 세 사람의 얼굴 앞으로 죽봉을 휘두르자 셋은 그만 손댈 필요도 없이 그 자리에서 넘어졌다. 그나마 세 사람다 무공을 배운 덕에 완전히 넘어지지 않고 훌쩍 뛰어 다시 일어났다.

"피, 이번에도 무효예요. 엄만 만날 속임수만 쓰세요."

"내가 조금 전 노 장로에게 봉법을 가르치는 것을 숨어서 보지 않았느냐? 그중 힘으로 밀어붙이는 초식이 몇이나 되더냐? 엄마가 속임수를 쓴다고 했지? 잘 보았다. 무공이라는 게 원래 열에 아홉은 사람을 속이는 것이란다. 너보다 강한 자를 속여서 쓰러뜨릴 수 있다면 그게바로 이기는 거지. 네 아버지의 항룡십팔장이야말로 진정한 무공으로상대방을 힘으로 쓰러뜨리는 것이라 할 수 있겠다만, 천하에 그 정도의 무공을 익힐 수 있는 사람이 몇이나 되겠느냐?"

양과는 속으로 황용의 말에 십분 공감했다. 양과는 조금 전 황용이노유각에게 전수해주던 구결을 되새기는 중이었다. 생각하면 할수록홍칠공이 가르쳐준 초식과 정확히 들어맞았다. 곽부와 무씨 형제는 황용의 말을 알아듣기는 했으나 그 속의 오묘한 이치를 깨닫지는 못했다. 황용의 말이 이어졌다.

"타구봉법은 무림의 각종 무공 중 가장 특이하다 할 만하다. 다른어떤 문파의 무공과도 겹치거나 유사한 점이 없지. 만약 초식만 알고 구결을 모른다면 아무런 위력도 발휘할 수가 없다. 아무리 총명하고 뛰어난 사람이라 할지라도 스스로 구결을 만들어 초식과 조화를 이루게 할 수는 없을 거다. 반대로 구결을 안다 해도 초식을 아는 사람은 나밖에 없으니 내가 직접 전수하지 않는 이상 역시 아무런 위력도 발휘할 수 없지. 그러니 너희 같은 녀석들이 몰래 엿듣는다 해도 전혀 두려울 게 없다. 그러나 엿보는 것은 나쁜 짓이다. 앞으로는 절대 허락 없이 엿보지 말아라. 알겠느냐?"

"알았어요. 제가 뭐 하러 몰래 엿보겠어요? 마음만 먹으면 엄마에게 다 배울 수 있는데요, 뭐."

황용은 죽봉으로 곽부의 어깨를 가볍게 두드렸다.

"자, 이제 그만 가서 놀아라. 과야, 네게는 할 말이 좀 있구나. 잠시 기다리겠니? 노 장로, 천천히 잘 생각해보세요. 혹 잊어버린 부분이 있으면 나중에 다시 알려드릴게요."

노유각과 곽부, 무씨 형제는 황용과 헤어져 육가장으로 돌아갔고, 양과만 그 자리에 남았다. 양과는 가슴이 두근거렸다.

'혹 내가 타구봉법을 몰래 익힌 것을 알고 벌하려는 게 아닐까?'

황용은 양과의 안색이 좋지 못한 것을 보고 손을 끌어당겨 곁에 앉도록 했다.

"과야, 그동안 네게 어떤 일이 있었는지, 어떤 사연이 있었는지 난 잘 모른다. 아마 물어보아도 네가 대답해주지 않겠지. 사실 난 널 탓하지 않는단다. 나 역시 어려서부터 성격이 좀 특이하고 괴팍했지. 그런 나를 네 곽 백부가 잘 이해해주셨고."

황용은 잠시 말을 멈추고 가볍게 한숨을 쉬었다. 문득 어렸을 때의 일들이 생각나 입가에 미소가 떠올랐다.

"사실 내가 네게 무공을 전수해주지 않은 것은 널 위해서였는데, 그 때문에 도리어 네가 고생을 많이 했구나. 곽 백부는 항상 날 많이 아껴 주고 사랑해주시기 때문에 난 될 수 있는 한 그의 뜻을 받들려고 노력 한단다. 곽 백부는 네가 훌륭한 사람으로 자라기를 바라고 계셔. 곽 백 부의 뜻이 이루어질 수 있도록 난 최선을 다해 널 가르칠 생각이다. 그 러니 과야, 너도 백부님을 실망시켜서는 안 된다. 알겠지?"

양과는 황용이 예전과 다르게 애정이 담긴 눈빛으로 자신을 바라보 며 따뜻하게 말하자, 갑자기 가슴이 뜨거워지면서 눈물이 솟구쳤다. 황용이 양과의 머리를 부드럽게 쓰다듬었다.

"과야, 내 모든 것을 사실대로 말해주마. 사실 난 네 아버지를 별로 좋 아하지 않았단다. 아마도 그래서 널 예뻐하지 못했던 것 같아. 그러나 오 늘부터는 진심으로 네게 잘해줄 생각이다. 둘째를 낳고 나면 내가 가진 무공도 모두 네게 전수해줄게. 곽 백부도 네게 무공을 전수해주실 거다."

양과는 더욱 설움이 북받쳐 흐느끼기 시작했다.

"백모님, 제가…… 제가…… 백…… 백모님을 속인 게 많아요. 모두 말…… 말씀드릴게요."

황용은 여전히 양과의 머리를 부드럽게 쓰다듬었다.

"오늘은 내가 아주 피곤하구나. 다음에 이야기하자. 네가 착하게만 자라준다면 더 바랄 것이 없겠다. 조금 후 개방의 집회가 열리는데, 너 도 와서 구경하렴."

양과는 홍칠공이 세상을 떠난 소식을 알리고 싶었지만, 어차피 집 회에서 모든 사실이 알려질 것이기 때문에 눈물을 닦으며 고개를 끄덕였다. 진솔한 대화를 통해 두 사람은 상대방에 대한 좋지 못한 감정을 모두 풀게 되었다. 양과 역시 자신에 대한 곽정의 사랑과 기대를 느낄 수 있었다. 소용녀와 헤어진 후, 이렇게 따뜻한 감정을 느껴보기는 이번이 처음이었다.

황용은 피로한 탓인지 배가 살살 아파왔다.

"피곤하구나. 이제 그만 돌아가야겠다."

황용은 양과의 손을 잡고 천천히 걸었다. 양과는 아무래도 홍칠공의 소식을 먼저 알려야겠다는 생각이 들었다.

"백모님, 드릴 말씀이 있어요. 아주 중요한 일이에요."

그러나 황용은 단전의 호흡이 갈수록 곤란해지는 것을 느꼈다. 황용은 미간을 찌푸리며 말했다.

"내일 이야기하자꾸나. 오늘은…… 오늘은 몸이 편칠 않아."

양과는 황용의 안색이 창백한 것을 보고 걱정이 되었다. 황용의 손바닥에서도 한기가 느껴졌다. 양과는 운기를 하여 손바닥을 통해 열기를 흘려보냈다. 양과는 소용녀와 함께 종남산에서 〈옥녀심경〉을 연마할 때 손바닥을 통해 기를 전달하는 법을 배웠기 때문에 이 정도는 가볍게 할 수 있었다. 다만 황용의 내공이 자신의 내공과 서로 충돌하지는 않을지 염려되어 처음에는 신중하게 천천히 기를 전했다. 얼마나 지났을까, 전혀 막힘이 없이 자신의 기가 순조롭게 전달되는 것을 느끼자 더욱 강한 기를 내보냈다. 황용 역시 양과가 기를 보내고 있음을 느꼈는데, 이상하게도 전진파의 내공과는 전혀 달라 보였다. 온화하면서 강한 것이 결코 전진파의 내공에 뒤지지 않는 듯했다. 양과에게서 기를 전해 받으니 부상을 치료하는 데 큰 도움이 되었다. 얼마 지나지 않아 역류하던 기가 다시 통하면서 두 뺨에 붉게 혈색이 돌았다.

'어디서 이런 상승 내공을 배웠을까?'

황용은 이상한 생각이 들었지만 양과를 향해 미소를 지어 보이며 고마움을 표시했다. 막 내공의 내력에 대해 물어보려는데 멀리서 곽부가 뛰어왔다.

"엄마, 누가 왔는지 알아맞혀보세요."

"오늘은 영웅대연이 열리는 날인데 누가 왔는지 내 어찌 보지도 않고 알 수 있겠니?"

황용은 그러다 문득 생각이 났는지 활짝 웃으며 말했다.

"아, 무씨 집안의 사백과 사숙들께서 오신 모양이구나. 참 오랫동안 그분들을 못 뵈었지."

"엄만 참 영리하세요. 어떻게 아셨어요?"

"뻔하지 않니? 돈유와 수문이가 너와 떨어지는 법이 없는데 널 따라오지 않은 걸 보니 틀림없이 그 아이들의 식구가 온 것이겠지."

양과는 탄복하지 않을 수 없었다. 평소 자신이 꽤 영리하고 민첩하다고 자부해왔지만 황용을 이길 수는 없을 거라는 생각이 들었다.

"부야, 축하한다. 또 하나의 상승 무공을 배울 수 있는 좋은 기회가 생겼구나. 다만 네가 부족하여 제대로 배우지 못할까 걱정이다."

"무슨 무공요?"

양과가 끼어들었다.

"일양지一陽指."

"피, 오빠가 어떻게 알아요? 엄마, 무슨 무공이에요?"

"오빠가 이미 말하지 않았느냐?"

"흥, 벌써 오빠에게 말을 한 거로군요."

황용과 양과는 말없이 미소만 지었다.

'역시 과가 돈유나 수문이보다 훨씬 총명하구나. 철없는 우리 부야 더 말할 것도 없겠지. 일양지는 일등대사의 무공인데 아이들의 사숙, 사백이 오셨으니 고아가 된 아이들을 불쌍히 여겨 일양지를 전수해줄 것이 뻔하고, 두 녀석은 또 잘 보이려는 생각에 부에게 일양지를 가르쳐주겠지. 내 말 한마디에 과는 벌써 여기까지 생각해냈구나.'

곽부는 아무것도 눈치채지 못하고 전혀 엉뚱한 생각을 했다.

'엄마가 왜 그런 이야기를 오빠에게 먼저 하셨을까? 설마 날 정말 양과 오빠에게 시집보내려는 생각이신가?'

곽부는 자기도 모르게 양과를 힐끗 째려보았다.

대리국의 일등대사에게는 어부, 나무꾼, 농부, 선비 등 네 명의 수제자가 있었다. 무씨 형제의 부친인 무삼통이 바로 그 세 번째 수제자인 농부였다. 무삼통은 이막수와 싸우다 부상을 입은 후, 지금까지 자취를 감추어 생사가 알려지지 않은 상태였다. 이번에 영웅대연에 참석하러 온 사람들은 바로 어부인 점창어은點蒼漁隱과 선비인 주자류朱子柳였다.

주자류와 황용은 만나기만 하면 말싸움을 하곤 했다. 10여 년 만에 다시 만난 오늘, 역시 두 사람은 현란한 말솜씨로 한바탕 입씨름을 벌였다. 그러고는 여장을 풀어놓고 점창어은과 주자류는 한적한 곳을 찾아 무씨 형제에게 일양지의 입문 무공을 전수해주었다.

이날 오전, 육가장에는 수많은 손님이 몰려들었다. 육가장이 꽤 넓었지만 워낙 사람이 많이 오다 보니 오히려 좁게 느껴졌다. 점심 식사를 마친 후, 개방 사람들은 육가장 바깥 숲에서 집회를 열었다. 방주의 교체식은 개방의 가장 크고 중요한 행사였다. 동서남북의 여러 제자가 모두 집회에 참석했고, 육가장을 찾은 많은 영웅도 행사를 참관했다.

10여 년 동안 노유각은 황용을 대신해서 개방 내의 모든 사무를 처리해왔다. 일을 처리할 때 공평하고 정직하며 때로는 대담하게, 때로는 신중하게 마무리 지었기 때문에 오의파와 정의파 모두에게 신뢰를 받았다. 게다가 정의파의 간簡 장로는 이미 세상을 떠났고, 양梁 장로는 오랫동안 병석에 누워 있는 상태인 데다 팽彭 장로는 개방을 배반하고 떠났기에 노 장로를 제외하면 방주 자리를 이어받을 만한 다른 인물이 없었다.

방규 낭독이 끝난 후, 황용은 개방 대대로 전해져 내려오는 타구봉을 노유각에게 전해주었다. 뒤이어 개방의 모든 제자가 노유각에게 침을 뱉는 순서가 이어졌다. 노유각의 머리, 얼굴 할 것 없이 온몸이 개방 제자들의 침으로 범벅이 된 다음에야 모든 순서가 끝났다.

"참 특이한 예식도 다 있군."

양과는 절로 얼굴이 찌푸려졌다. 그러고는 이제 때가 되었다 싶어 막 일어나 홍칠공의 별세 소식을 전하려는데, 갑자기 나이 지긋한 거지가 일어나더니 큰 소리로 외쳤다.

"홍 방주님의 명을 전달하겠소."

노인의 말을 듣고 모두들 환호성을 질렀다. 10여 년 넘게 홍칠공의 소식을 듣지 못한 이들은 홍 방주의 명이 있다 하니 기쁘고 반갑지 않을 수 없었다. 무리 중 누군가가 큰 소리로 외쳤다.

"홍 방주님께서 안녕하시다니 이렇게 기쁜 일이 또 있겠소!"

모두들 환호성을 지르며 박수로 호응을 했다. 심지어 눈물을 흘리는 이도 있었다.

'이런 신뢰와 환영을 받다니, 홍칠공 선배님의 인생은 헛되지 않았구나. 저토록 좋아들 하는데 홍칠공 선배님의 별세 소식을 어찌 알린단 말인가? 또 전한다 한들 나 같은 사람의 말을 믿으려 들까? 게다가 홍 방주님의 사인死因을 물으면 거짓말을 할 수도 없으니 의부와 무공을 겨룬 사실을 말할 수밖에 없잖아. 내가 의부에게서 합마공을 배운 사실을 무씨 형제가 알고 있으니 만약 그 사실을 밝힌다면 모두들 내가 의부를 도와 홍 선배님을 죽인 것으로 오해할지도 모른다. 아무래도 집회가 끝난 후 백모님께 조용히 말씀드리는 것이 좋겠다.'

양과로서는 늙은 거지가 먼저 나서 함부로 입을 열지 않고 신중히 생각할 수 있는 시간이 주어져서 다행이라고 생각했다. 그러지 않았더라면 큰 화를 자초했을지도 모를 일이었다.

"반년 전, 광남동로廣南東路 소주韶州 시흥군始興郡에서 홍 방주님을 만나 뵙고 같이 술을 마실 기회가 있었습니다. 당시 방주님께서는 매우 건강해 보이셨고 음식도 잘 드셨으며 주량도 옛날과 다를 바가 없었습니다."

개방의 무리들이 또 한 차례 환호성을 질렀다.

"최근 몇 년 동안 홍 방주님께서는 악행을 일삼는 나쁜 관원을 많이 처치하셨다고 합니다. 또한 천동川東, 호광湖廣 일대에서 천변오추라 불리는 자들이 몽고의 앞잡이 노릇을 하며 온갖 만행을 저지르고 있다는 소식을 듣고 그게 사실이라면 그들을 없애버리겠다 하셨습니다."

또 다른 중년의 거지가 일어나서 말을 받았다.

"맞습니다. 한때 우리 천동 지역에서 천변오추가 크게 기세를 떨쳤습니다. 그들의 악행이 너무 심해 우리 천동 지역의 개방 형제들이 처단하려 했으나, 워낙 신출귀몰해 잡을 수가 없었습니다. 그런데 최근 천변오추가 갑자기 종적을 감춘 채 조용하다 싶었는데, 아마도 홍 방주님께서 손을 쓰신 모양입니다."

모두들 박수를 치며 환호했다. 양과는 마음이 울적해졌다.

'홍 방주님께서 천변오추를 폐인으로 만들어 다시는 악행을 저지르지 못하게 하신 것은 맞지만 그 후 얼마 되지 않아 돌아가셨는데, 저들이 그 소식을 어찌 알겠는가.'

"당시 홍 방주님께서 이렇게 당부하셨습니다. 천하가 어지럽고 몽고 놈들이 남으로 내려와 우리 대송大宋을 집어삼키려 하니, 개방의 제자들이 일심동체가 되어 최선을 다해 적을 무찌르고 나라와 백성을 위해 충성을 바쳐야 한다고 말입니다."

늙은 거지의 말에 모두들 격앙된 목소리로 호응했다.

"조정의 정사는 갈수록 문란해지고 간신들이 세를 넓히고 있으니, 관이 나라와 백성을 지켜주리라 기대하는 것은 불가능한 일입니다. 나라와 백성이 도탄에 빠져 있으니 우리 개방의 제자들은 모두 홍 방주님의 뜻에 따라 나라를 위해 헌신해야 할 것이며, '충의'를 지키라는 홍 방주님의 말씀을 깊이 새겨야 할 것입니다!"

우레와 같은 박수 소리와 함께 고함 소리가 터져 나왔다.

"충의! 충의! 충의! 충의!"

양과는 어려서부터 일관된 교육을 받지 못했기 때문에 '충의'가 갖는 의미와 중요성을 잘 알지 못했다. 그러나 군중의 격앙된 태도와 고함 소리를 듣자 왠지 모를 전율이 느껴지면서 과거 개방의 제자들을 함부로 대했던 자신의 태도를 뉘우치게 되었다.

다음 순서는 개방 내의 사무를 처리하고 상벌을 내리는 시간이었다. 개방의 제자가 아닌 외부인이 참석하기에는 부적절한 순서였기에 외빈들은 하나둘 자리에서 일어났다.

밤이 되었다. 육가장에는 오색등이 훤하게 밝혀지고 앞뒤에 있는 대청과 사랑채, 정원 등 곳곳에서 술자리가 마련되었다. 무림에서 이름을 떨치고 있는 영웅호걸의 절반 이상이 오늘의 연회에 참석했다. 오늘의 영웅대연은 수십 년 만에 처음으로 열리는 성대한 잔치였다. 주최 측이 명성이 없고 교문이 두텁지 않았다면 이토록 많은 영웅호걸을 불러 모을 수 없었을 것이다. 곽정, 황용 부부는 대청에서 주빈들을 접대하느라 바빴다. 황용은 양과를 자기 옆에 앉도록 하고, 곽부와 무씨 형제는 상당히 떨어진 자리에 앉게 했다.

곽부는 이상한 생각이 들었다.

'양과 오빠는 무공도 할 줄 모르는데, 왜 상석에 앉힌 걸까?'

문득 불길한 예감이 들었다.

'설마 아빠 말대로 날 양과 오빠에게 시집보내려고 미리부터 사위 대접을 하시는 거 아냐?'

곽부는 생각할수록 걱정이 되었다. 양과를 대하는 어머니의 태도도 예전과 달리 매우 친근해 보였다. 또한 만약 아버지가 끝까지 뜻을 꺾지 않는다면 평소 아버지의 뜻을 거스르지 않는 어머니 역시 별수 없을 터였다. 곽부는 양과를 힐끗 바라보았다. 생각할수록 화가 나기도 하고, 걱정이 되기도 했다.

'나더러 저런 거지 같은 사람에게 시집을 가라고?'

금세 눈물이 날 것만 같았다. 그때 마침 무수문이 비웃듯 말했다.

"부야, 양 형은 대체 어느 문파의 영웅이시기에 저 자리에 앉아 있는 걸까?"

곽부가 짜증스럽게 대꾸했다.

"능력 있으면 오빠가 쫓아내면 될 것 아녜요!"

무씨 형제는 원래부터 양과에게 그다지 호의를 갖고 있지 않았다. 그런데 곽정이 곽부를 양과에게 시집보내겠다고 한 말을 엿들은 뒤부터는 적대감마저 품게 되었다. 그러던 차에 곽부의 말을 듣자 분한 생각이 들었다.

'좋아, 천하의 영웅들이 모두 모인 이 자리에서 저 녀석에게 망신을 주어야겠다. 사모님께서는 항상 강하고 승부욕 있는 사람을 좋아하시니 이런 자리에서 망신을 당하면 저 녀석에게 딸을 주려 하시지 않을 거야.'

무수문은 마침 조금 전 사백에게 배운 일양지도 있고 하니, 양과를 상대로 시험을 해보는 것도 좋겠다는 생각이 들었다.

'영웅 흉내를 내고 싶은 모양인데, 어디 한번 얼마나 대단한지 볼까?'

무수문은 그 자리에서 일어나 두 개의 술잔에 술을 가득 따른 후 양과에게 다가갔다.

"양 형, 제 술 한잔 받아요."

양과는 무수문이 다가올 때 자신과 곽부를 번갈아 바라보는 눈빛에 악의가 있다는 것을 느꼈다.

'뭔가 꿍꿍이가 있는 모양이군. 설마 독을 넣은 건 아니겠고, 몽혼약을 탄 건 아닐까?'

"고맙군."

양과는 술잔을 받아 입에 대는 척하고 마시지는 않았다. 그런데 무수문이 갑자기 오른손 식지를 뻗어 양과의 허리를 찌르려 했다. 그러고는 몸으로 손을 가려 옆 사람들이 양과를 공격하는 것을 보지 못하도록 했다. 무수문은 양과의 소요혈笑腰穴을 노렸다. 사백님께 배운 바로는 일양지법으로 적의 소요혈을 찍으면 적은 혈이 풀릴 때까지 큰 소리로 웃고 소리를 지르게 된다고 했다. 그러나 양과는 경계심을 늦추지 않고 있었기 때문에 그런 공격에 당할 까닭이 없었다. 평소 양과의 성격으로 본다면, 즉시 반격해 무수문을 넘어뜨리거나 혹은 소요혈을 찍었을 것이다. 그러나 오늘 황용과의 대화를 통해 양과의 마음은 매우 편안하고 넉넉해져 있었다.

'저 녀석 따위야 봐주고 싶은 마음이 없으나 백부님과 백모님의 제자인 점을 감안해 봐주고 말자.'

양과는 구양봉에게서 전수받은 내공을 써서 전신의 경맥을 거꾸로 운행시켰다. 그에 따라 모든 혈의 위치가 바뀌었다. 그러나 양과 역시 이 무공에 익숙하지는 않은 터라 잠시만 바꿀 수 있을 뿐 오랫동안 그 상태를 유지할 수는 없었다. 그러나 무수문 정도의 공격을 막아내는 데는 그 정도면 충분했다.

무수문은 양과의 혈을 찍었는데도 양과가 미소만 지을 뿐 아무런 반응이 없자 이상한 생각이 들었다. 무수문은 하는 수 없이 제자리로 돌아가 낮은 목소리로 형에게 속삭였다.

"형, 사백님이 알려주신 점혈법이 왜 아무런 효과가 없지?"

무수문은 조금 전 있었던 일을 형에게 들려주었다.

"틀림없이 네가 뭘 잘못한 거겠지. 혈 자리가 틀렸거나."

"그럴 리가 없어, 봐."

무수문이 손으로 형의 소요혈을 짚어 보였다. 과연 사백님이 알려준 자리와 일치했다.

"흥! 난 또 일양지가 무슨 대단한 무공이라도 되는 줄 알았지. 알고 보니 별 볼일 없네, 뭐."

곽부가 입술을 삐죽이며 비아냥거렸다. 그러지 않아도 그녀는 무씨 형제가 일양지를 배웠다는 말을 듣고 심기가 불편하던 차였다. 그때 갑자기 무돈유가 자리에서 일어나더니 역시 술을 두 잔 따른 뒤 양과에게 다가갔다.

"양 형, 오랜만에 만났으니 제 술도 한잔 받아야지요."

양과는 다소 가소로운 생각이 들었다.

'동생의 솜씨는 이미 보았으니 어디 형의 실력은 어떤지 좀 볼까?'

양과는 오른손 젓가락으로 쇠고기를 한 점 집은 채 왼손으로 술잔을 받았다.

"고마워."

무돈유는 재빨리 손을 뻗어 양과의 허리를 공격했다. 속도가 빨라서 내공을 운기하기에는 이미 늦은 듯싶었다. 양과는 손에 들고 있던 쇠고기로 소요혈을 막았다. 양과의 손이 더 늦게 출발했지만 무돈유보다 빨리 소요혈에 닿았다. 무돈유의 손가락은 정확히 쇠고기의 한가운데를 찔렀다.

"술안주로는 역시 쇠고기가 최고지."

양과가 웃으며 젓가락을 내려놓았다. 그런데 무돈유가 손을 들어보니 다섯 손가락에 커다란 쇠고기 덩어리가 꽂혀 양념이 줄줄 흘러내리고 있었다. 먹을 수도 없고 손가락에서 빼내기도 곤란했다. 무돈유는 양과를 매섭게 쏘아본 후 자기 자리로 돌아갔다. 곽부는 무돈유의 손가락에 쇠고기 덩어리가 끼워져 있는 것을 보고 이상한 듯 물었다.

"그게 뭐예요?"

무돈유는 얼굴만 붉힐 뿐 뭐라 대답할 말이 없었다. 다행히 그때 개방의 신임 방주인 노유각이 잔을 들고 일어났다. 노유각은 잔을 높이 쳐들고 모두를 향해 외쳤다.

"홍 방주님께서 개방의 제자들에게 몸과 마음을 바쳐 몽고의 남침에 저항하고 국가와 백성을 위해 헌신하라 명하셨습니다. 오늘 천하의 영웅호걸들이 모두 모인 이 자리에서 우리의 충의와 지혜를 모아 몽고의 침략을 막아낼 수 있는 좋은 계책을 마련해봅시다."

많은 사람이 노유각을 따라 자리에서 일어나 한마디씩 하며 찬성의 뜻을 표했다. 이날 영웅연에 참석한 사람들은 대부분 피 끓는 청장년들로 우국충정의 기개가 하늘을 찔렀다.

백발 성성한 한 노인이 일어나더니 우렁찬 목소리로 외쳤다.

"우리가 오늘 여기 모인 것은 힘을 모아 외적을 상대하기 위함입니다. 오늘 천하의 영웅호걸들이 모두 모이신 김에 '항몽보국맹抗蒙保國盟'을 결성했으면 합니다. 우리 속담에 '머리 없는 뱀은 지렁이와 같다' 했습니다. 우리가 비록 충정이 있다 하나 우리를 이끌 지도자가 없다면 대사를 이루어내기 어려울 것입니다. 오늘 모두 모인 자리에서 덕망 있고 위엄 있는 지도자를 세워 그를 중심으로 큰일을 도모해봅시다."

노인의 제안은 무리의 갈채를 받았다.

"어른께서 하시면 되겠습니다!"

"옳소! 달리 사람을 세울 필요가 뭐 있겠습니까?"

일부에서는 이렇게 말하는 사람도 있었다. 그러나 노인은 웃으며 거절했다.

"나 같은 사람이 어찌 그런 중책을 맡을 수 있겠습니까? 무림의 고수라 하면 자고로 동사, 서독, 남제, 북개 그리고 중신통을 들 수 있는데 중신통 중양 진인께서는 이미 여러 해 전에 세상을 뜨셨고, 동사 황도주께서는 워낙에 혼자서 일을 하는 편이시고, 서독은 우리와 함께 일할 사람이 아니고, 남제는 또 멀리 대리에 계시는 데다 우리 대송의 백성이 아니니 역시 부적합합니다. 그러니 천하 영웅호걸을 호령할 수 있는 지도자는 북개 홍 선배님밖에 없는 듯합니다."

홍칠공은 무림의 태산북두와도 같은 존재였다. 모두의 존경과 신망을 얻고 있던 터라 이에 이의를 제기할 사람은 아무도 없었다.

무리들 중 누군가가 외쳤다.

"당연한 말씀입니다. 홍칠공 님을 제외하면 무공으로나 덕망으로나 우리 모두가 진심으로 따를 수 있는 사람이 누가 있겠습니까!"

멀리까지 우렁차게 울려 퍼지는 목소리였다. 모두들 목소리가 울리는 쪽으로 시선을 돌렸으나 사람이 보이지 않았다. 알고 보니 목소리의 주인공은 키가 매우 작아서 사람들 사이에 묻혀 얼굴을 볼 수가 없었다.

"방금 말씀하신 분은 누구신지요?"

누군가가 큰 소리로 묻자 그 키 작은 남자가 훌쩍 몸을 날려 중앙으로 나섰다. 나이가 마흔 살 정도 되어 보이는 남자였다. 키는 비록 삼척이 채 되지 않을 듯했으나 얼굴에는 범상치 않은 기상이 서려 있었다. 강서의 '작은 사자矮獅'로 알려진 뇌맹雷猛이었다. 그리 유명한 사람은 아니나 아는 사람은 아는 인물이었다. 어떤 이들은 그의 작은 키를 보고 웃음을 터뜨렸으나, 불을 뿜는 듯한 그의 눈빛을 보고는 웃음소리가 쏙 들어갔다.

"그러나 홍 방주님께서는 워낙에 신출귀몰하셔서 10년에 한 번 얼굴 뵙기도 힘드니 정작 중요한 일이 생겼을 때 방주님의 지시를 직접 받기는 어렵습니다. 그럴 때는 어찌해야 할까요?"

모두들 고개를 끄덕였다.

"오늘 우리가 여기서 논의하는 것은 모두 나라를 위해 충성하자는 뜻에서입니다. 여기에는 조금의 사심도 있을 수 없습니다. 그러니 우리 이 자리에서 부맹주를 한 명 선출해 홍 맹주께서 안 계실 때 우리를 통솔해 대의를 도모하도록 합시다."

그러자 박수갈채가 일었다.

"곽정, 곽 대협을 추천합니다!"

"노 방주가 좋겠습니다."

"개방의 전 방주이신 황 방주께서는 지략이 뛰어나고 홍 방주님의 제자이시니 황 방주가 가장 적합합니다."

"이곳 육가장의 육 장주는 어떻습니까?"

"전진교의 마 교주와 장춘자 구 진인도 좋습니다."

여기저기에서 각기 자신이 좋아하는 인물을 추천해댔다. 한창 시끄러운 가운데 갑자기 네 명의 도사가 성큼성큼 대청 안으로 들어왔다. 학대통, 손불이, 조지경 그리고 견지병이었다.

'왜 또 돌아왔담. 나하고 또 한판 붙자는 건가?'

양과는 이마를 찌푸렸다.

곽정과 육관영이 급히 일어나 이들을 맞이했다. 전진파는 무술의 정종으로 알려져 있었다. 만약 전진파의 고수들이 참석하지 않는다면 오늘 영웅대연의 권위가 크게 떨어졌을 터였다.

학대통이 곽정의 귀에 대고 속삭였다.

"적이 침입한다는 소식이 있어 알려주러 왔네. 미리 방비하는 것이 좋을 듯하군."

광녕자 학대통은 전진교의 고수들 중에서도 실력 있는 인물로 꼽히는 자였다. 강호에서 무공으로 학대통을 능가할 사람은 많지 않았다. 그런 그가 이토록 떨고 있는 것으로 보아 대단한 적이 침입한 모양이었다. 곽정도 역시 목소리를 낮추어 물었다.

"구양봉입니까?"

"아니, 몽고인일세. 전에 내가 그놈의 손에 당한 적이 있어."

곽정은 다소 마음이 놓였다.

"혹시 곽도 왕자입니까?"

학대통이 미처 대답도 하기 전에 갑자기 대문 밖에서 호각 소리가 울렸다. 뒤이어 종을 치는 소리가 들려왔다.

육관영이 하인들에게 명을 내렸다.

"귀빈을 맞이하라!"

그때 벌써 대청 앞에 수십 명이 들어오고 있었다. 떠들어대며 흥겹게 술을 마시던 차에 갑자기 많은 사람이 한꺼번에 대청 안으로 들어서자 놀라는 이가 많았다. 그러나 어차피 영웅대연에 참석하러 온 손님들일 테고 또 무리 중에 딱히 이름이 알려진 대단한 인물이 있는 것도 아닌 듯해서 곧 대수롭지 않게 여겼다.

곽정은 낮은 소리로 황용에게 학대통의 말을 전했다. 두 사람이 손님을 맞이하러 나가보니 수려한 용모에 귀공자 차림의 몽고 왕자 곽도와 비쩍 마른 그의 사형 달이파가 서 있었다. 곽정은 종남산 중양궁에서 이들과 겨루어본 적이 있었다. 둘 다 무림의 고수이기는 하나 자기보다 못하다는 것을 알고 있기에 두려운 마음은 없었다. 그런데 두 사람 사이에 홍포를 걸친 키가 매우 크고 대나무같이 마른 승려가 서 있었다. 특이하게도 정수리가 깊게 파여 있었다.

곽정과 황용은 서로 의미 있는 눈길을 주고받았다. 전에 황약사에게서 밀교 금강종金剛宗에 기이한 무공이 전해지는데, 그 무공을 수련해 최고 경지에 이르면 정수리가 점점 파인다는 말을 들은 적이 있었다. 승려의 정수리가 꽤 깊게 파인 것으로 보아 그 무공이 얼마나 대단한지 짐작할 수 있었다. 두 사람은 즉시 경계 태세를 취하는 동시에 공손하게 예를 갖추어 인사를 했다.

"멀리서 와주셨습니다. 어서 안으로 드시지요."

곽정은 그들이 객이 아닌 적이기에 '환영한다' 혹은 '감사하다'는 등의 마음에 없는 인사말은 생략했다. 육관영은 하인에게 명하여 따로 자리를 마련하도록 했다.

무씨 형제는 항상 사부님과 사모님을 도와 일을 처리해왔기 때문에 방금 도착한 손님들이 대단한 사람들임을 한눈에 알 수 있었다. 두 형제는 하인들을 지휘해 좋은 자리에 새로 술상을 차리도록 하고 원래 그 자리에 앉아 있던 손님들에게 연신 사죄하며 자리를 옮겨달라고 부탁했다. 곽부는 무씨 형제와 달리 양과가 자기 자리에 앉은 채 꼼짝도 하지 않는 것이 눈에 거슬렸다.

'자기가 정말 무슨 영웅호걸이라도 되는 줄 아나 봐. 홍!'

곽부는 무수문을 향해 눈짓을 한 후 턱으로 양과를 가리켰다. 무수문은 곧 곽부의 뜻을 알아차리고 양과를 향해 다가갔다.

"양 형, 자리 좀 옮겨주시오."

무수문은 대답을 기다리지도 않고 하인들을 시켜 양과의 술잔과 젓가락 등을 가장 구석에 있는 말석으로 옮기도록 했다. 양과는 화가 치밀었지만 아무 말도 하지 않고 꾹 참았다.

곽도 왕자는 늙은 승려에게 곽정을 소개했다.

"사부님, 중원에서 유명한 영웅 한 분을 소개해 올리겠습니다."

곽도의 말에 곽정은 깜짝 놀랐다.

'저자가 몽고 왕자의 사부였군.'

승려는 천천히 고개를 끄덕였다. 눈을 뜬 것 같기고 하고 감은 것 같기도 했다.

"이분은 몽고 서정우군西征右軍의 원수를 맡으신 적이 있는 곽정이시고, 이분은 곽 대협의 부인이시자 개방의 방주이신 황 방주이십니다."

승려는 '몽고 서정우군의 원수'라는 말을 듣자 별안간 눈을 크게 뜨고 날카로운 눈빛으로 곽정을 위아래로 한차례 훑어보더니 다시 눈을 감았다. 개방의 방주 따위는 안중에도 없는 듯했다.

"이분은 제 사존이신 몽고의 성승 금륜국사이십니다. 현재 대몽고국의 호국대사護國大師이시지요."

곽도의 목소리가 워낙 뚜렷하고 분명하게 울려서 자리에 앉은 모든 사람이 다 들을 수 있었다. 모두들 깜짝 놀라 서로를 마주 보았다.

'몽고에 대적할 계책을 논하고 있는 자리에 몽고의 호국대사가 오다니.'

양과는 더더욱 깜짝 놀랐다. 지난번 화산 정상에서 의부와 홍칠공이 천변오추를 쫓아 보낼 때 그들의 사조인 금륜국사에게 '중원으로 와서 한번 겨루기를 청하라' 하고 보냈던 일이 생각났다. 그런데 정작 금륜국사와 천변오추의 스승인 달이파가 함께 중원에 왔건만 의부와 홍칠공은 이미 세상을 떠났다고 생각하니 비통한 마음을 금할 길이 없었다. 동시에 그들의 무공이 얼마나 뛰어난지 알고 있기에 걱정스럽지 않을 수 없었다.

곽정은 이들을 어떻게 대해야 할지 알 수 없어 잠시 망설이다가 정중하게 말했다.

"먼 곳에서 오셔서 피로하실 터인데 술 한잔하시지요."

술이 세 순배 돌고 나자 곽도 왕자가 자리에서 일어나 부채를 펴 들었다. 부채는 화려한 색채의 모란꽃이 그려져 있었다. 마치 생화 같았다.

"우리는 영웅첩을 받지 못했으나 염치 불구하고 찾아왔습니다. 불청객이 되어 오늘 영웅대연에 참석한 것은 이곳에 오면 천하의 영웅호걸들을 모두 만날 수 있으리라는 생각에서였습니다. 이런 기회는 쉽게 찾아오는 것이 아니겠지요. 다시없는 이 기회에 한 분의 무림 맹주를 뽑아 무림을 통솔하게 하는 것이 어떻습니까?"

작은 사자 뇌맹이 큰 소리로 대답했다.

"좋은 말씀이십니다. 우리는 이미 개방의 홍 방주님을 맹주로 선출했고, 이제 막 부맹주를 선출하려던 참입니다. 그래, 추천하고 싶은 분이라도 있으십니까?"

곽도가 냉소를 지었다.

"홍칠공께서 세상을 뜨신 지가 언제인데 아직도 홍칠공을 맹주로 세우고 선출을 다 하셨다니 너무 한심하지 않습니까?"

갑자기 좌중이 시끄러워졌다. 너도나도 한마디씩 해댔다. 특히 개방 사람들은 분노에 차 떠들어댔다.

"홍칠공 방주님이 죽었다고 하다니 그런 망언을 해도 됩니까!"

"홍 방주님은 절대 죽지 않습니다."

"좋소이다. 만약 홍칠공이 아직 살아 계신다면 이 자리에 모셔와 보시지요."

노유각이 타구봉을 높이 쳐들고 말했다.

"홍 방주께서는 천하를 벗 삼아 의를 행하고 다니시기에 우리가 뵙고 싶다고 금방 만날 수 있는 분이 아니십니다."

곽도는 여전히 냉소를 지었다.

"좋소! 설사 홍칠공이 아직 살아 있어서 이 자리에 계신다 한들 무공으로나 덕망으로나 제 사부이신 금륜국사를 능가할 수는 없습니다. 모두들 잘 들으시오! 천하 무림의 맹주는 여기 계신 우리 금륜국사 말고는 없습니다!"

돌연 좌중이 조용해졌다. 곽도의 말을 듣고 모두는 그들이 오늘 영웅대연에 참석한 의도를 알 수 있었다. 즉 영웅대연에서 몽고에 불리한 계책을 논의할 것을 알고 맹주 자리를 차지하러 온 것이었다. 만약 금륜국사가 무력으로 맹주 자리를 쟁취한다고 해도 중원의 영웅호걸들이 그의 호령에 따를 리는 없겠지만, 몽고에 대항하는 한인들의 기세는 크게 꺾이게 될 것이 틀림없었다. 자리에 모인 사람들은 약속이나 한 듯 황용을 바라보았다. 황용이 총명하고 지략이 뛰어나다는 것을 알고 있기에 그녀라면 좋은 방법이 있을 것이라 생각했다.

'저 사람들의 무공이 아무리 강하다 한들 여기 모인 수천 명을 이길 수는 없을 거야. 일대일로 싸우든 집단으로 붙든 우리가 질 리 없지. 황 방주는 지략이 뛰어나니 그의 지시에 따르면 될 거야.'

황용은 피를 흘리지 않고는 오늘의 상황이 해결되지 않을 것 같았다. 집단으로 싸우면 당연히 이쪽에 승산이 있겠으나 무림의 법도상 그렇게 대결한다면 상대방이 승복하지 않을 것이다.

황용이 나서며 입을 열었다.

"오늘 우리가 이미 홍 방주님을 맹주로 모셨는데 뜻밖에 몽고에서 오신 손님들께서 이름조차 들어본 적이 없는 금륜국사인지 하는 분을 맹주로 삼으라고 억지를 부리시니 이것 참 난처한 일이 아닐 수 없습니다. 만약 홍 방주께서 이곳에 계시면 말할 필요도 없이 두 분이 무공을 겨루어 승패를 가리면 되겠으나 홍 방주께서는 악을 일삼는 몽고 사람들이나 몽고의 앞잡이 노릇을 하는 한인 간신배들을 처단하느라 천하를 돌아다니시니 안타깝기 그지없습니다. 당신께서도 나중에 이 일을 아시면 매우 유감스럽게 생각하실 것입니다. 다행히 홍 방주의 제자가 여기에 있고 금륜국사께서도 제자와 함께 오셨으니 제자들이 사부를 대신해서 승패를 겨루면 어떻겠습니까?"

자리에 모인 사람들은 곽정의 무공이 당대 최고라 해도 과언이 아님을 잘 알고 있었다. 설사 홍칠공이 금륜국사를 이기지 못하더라도 그의 제자와 곽정이 겨룬다면 패할 리가 없었다. 모두들 갈채를 보내며 찬성했다.

뒤청이나 사랑채에서 술을 마시던 사람들도 하나둘 구경하러 모여들어 대청은 발 디딜 틈이 없었다. 금륜국사 쪽은 사람이 많지 않아 기

싸움에서 단연 밀릴 수밖에 없었다.

곽도는 중양궁에서 곽정과 겨루어본 적이 있기 때문에 그의 무공이 얼마나 대단한지 잘 알고 있었다. 처음에는 전진파 문하의 사람이라 생각했으나 후에 자세히 알아본 바 있어 곽정의 내력에 대해서도 파악했다. 사형인 달이파가 자기보다 뛰어나기는 하나 그리 큰 차이는 아니었다. 설사 둘이 같이 덤빈다고 해도 곽정의 적수가 될 수는 없었다. 그러나 황용의 제안이 워낙 이치에 맞는지라 거절할 핑계도 없고, 거절하자니 더 이상 간섭하지 말고 순순히 물러가야 했다. 곽도는 어찌해야 할지 몰라 잠시 아무 말도 하지 못했다. 금륜국사가 입을 열었다.

"좋다, 곽도! 네가 나가서 홍칠공의 제자를 상대하거라."

매우 무겁고 자신감에 찬 목소리였다. 그는 계속 몽고에서만 살았기 때문에 곽도 정도의 무공이면 중원에서 당해낼 자가 거의 없으리라고 확신했다. 북개, 동사, 서독 등 유명한 사람이 직접 나선다면 모르지만, 그들을 제외하면 모두 별 볼일 없을 것이라 생각했다. 사실 금륜국사는 자신의 제자들이 곽정에게 진 적이 있다는 사실을 알지 못했다. 곽도는 얼른 목소리를 낮추어 사부님에게 말했다.

"사부님, 홍칠공의 제자는 무공이 대단합니다. 제가 나서서 상대할 인물이 아닙니다. 혹여 사부님의 이름에 먹칠을 하게 될까 두렵습니다."

그러자 금륜국사의 안색이 흐려졌다.

"흥! 홍칠공의 제자 하나 못 이긴단 말이냐? 어서 나서지 못할까?"

곽도는 입장이 매우 난처했다. 차마 이제 와서 전에 곽정과 싸워 패한 적이 있다고 고할 수도 없는 일이었다. 그는 원래 사부님의 실력이 천하제일이니 사부님만 모시고 오면 쉽게 맹주 자리를 쟁취할 수 있으리라 생각했다. 그런데 뜻밖에 곽정과 무공을 겨루어야만 하다니 결과를 뻔히 아는 곽도로서는 낭패가 아닐 수 없었다. 그때 몽고 관복을 입은 뚱뚱한 남자가 곽도에게 다가가 귀에 대고 속삭였다. 그의 말을 들은 곽도는 금세 안색이 환해지더니 자리에서 일어나 부채를 펴 들고 큰 소리로 말했다.

"듣자 하니 개방에는 타구봉법이라는 신묘막측한 무공이 있다는데, 그것은 홍칠공이 만들어낸 최고의 무공이라 들었습니다. 내 비록 부족하기는 하나 이 부채로 타구봉을 한번 막아보도록 하지요. 만약 내가 이 부채로 타구봉을 막을 수 있다면 홍칠공의 무공이 별것 아니라는 뜻 아니겠습니까?"

곽정이 직접 나서지 못하도록 묶어두려는 속셈이었다. 황용은 이 계책을 말한 사람이 대체 누구인지 다시 한번 자세히 쳐다보았다. 알고 보니 개방의 팽 장로였다. 그는 개방을 배반하고 나간 후 몽고에 투항한 모양이었다. 몽고 복장을 하고 길게 수염을 기른 데다 관모를 깊이 눌러쓰고 있어 언뜻 보아서는 알아볼 수가 없었다.

곽정의 무공이 대단하기는 하나 그는 타구봉법을 배우지 않았다. 그러니 곽도의 말은 결국 황용이나 노유각이 나서야 한다는 뜻이었다. 그러나 노유각은 이제 막 봉법을 배워 아직 숙련되게 사용할 줄 모르니, 황용이 직접 나서지 않으면 안 될 상황이었다.

곽정은 아내의 타구봉법이 천하제일이며, 곽도 정도는 무난히 물리칠 것이라 확신했지만 현재 배 속에 둘째 아이가 있어 몸이 약해져 있는 데다 최근 호흡곤란 등의 증세까지 나타나 아내로 하여금 곽도를 상대하게 할 수는 없었다.

"홍 방주께서는 타구봉법을 함부로 사용하시는 법이 없었습니다. 그러니 항룡십팔장을 한번 막아보시지요."

금륜국사가 눈을 가늘게 뜨고 곽정을 바라보았다. 곽정에게서 풍기는 기상이나 목소리의 기운이 범상치 않아 보였다.

'대단한 인물인 것 같군.'

곽도가 웃으며 대답했다.

"종남산 중양궁에서 뵌 적이 있지요. 그때 분명 마옥과 구처기의 제자라 하시지 않았습니까? 그런데 어찌 홍칠공의 제자인 척하십니까?"

곽정이 막 대답을 하려는데 곽도가 말을 가로챘다.

"한 사람이 여러 스승을 모시는 경우가 흔히 있기는 하지요. 그러나 오늘은 금륜국사와 홍칠공의 무공을 겨루는 날입니다. 귀하의 무공이 비록 강하다고는 하겠지만 여러 스승을 모신 탓에 순수한 홍칠공의 제자라 보기 어려우니 귀하가 나서시는 것은 적절치 않다고 여겨지는군요."

곽도의 말이 일리가 없는 것은 아니었다. 게다가 곽정은 본디 말이 서투른 사람이라 뭐라 반박하지 못했다. 그때 여기저기에서 한마디씩 거들었다.

"자신 있으면 곽 대협께 덤비든지 아니면 어서 꼬리를 내리고 물러가라!"

"곽 대협은 홍칠공의 제자임이 분명한데 대체 곽 대협 말고 누구를 상대하겠다는 거냐?"

"우선 항룡십팔장부터 막아보고 그다음에 타구봉법을 상대해도 늦지 않다!"

황용이 목소리를 높였다.

"우리는 지금 항몽보국맹을 결성하려는 겁니다. 몽고에 대항하는 조직을 결성하려는 거지요. 세 분께서 맹주 자리를 차지하려면 먼저 가입을 하셔야 합니다. 몽고의 국사 자리를 버리고 우리 조직에 가입해 몽고에 대항할 수 있겠습니까?"

황용의 말에 모두들 손뼉을 치며 웃어댔다.

"옳소! 그렇게 하겠다면 환영하겠소이다."

그러자 곽도는 하늘을 향해 호탕하게 웃어댔다. 웃음에 내공을 실어 다른 사람들의 소리를 눌러버렸다. 웃음소리가 어찌나 쩌렁쩌렁한지 대청에 밝혀둔 촛불마저 흔들거렸다. 모두 은근히 놀라움을 감추지 못했다.

'나이도 어리고 귀공자같이 생겼는데 내공은 참 대단하군.'

일순간 좌중이 찬물을 끼얹은 듯 조용해졌다.

"우리 사부님께서는 천하 영웅들의 맹주가 되시려는 겁니다. 맹주가 되신 후에는 그 누구든 맹주의 명을 따라야지요. 맹주께서 몽고의 대업을 돕겠다면 모두 함께 힘을 모아 몽고를 위해 충성하는 것이고, 맹주께서 대송을 멸하겠다 하면 모두 함께 대송을 멸하는 데 앞장서야 하는 것 아닙니까?"

"그따위 말이 어디 있어?"

"우린 항몽보국맹의 맹주를 뽑는 거다, 이놈들아!"

"너희가 몽고를 버리고 투항한다면 얼마든지 받아주겠다."

여기저기서 한마디씩 해대는 통에 대청은 금세 시끌벅적해졌다.

곽도가 손을 내저었다.

"몽고 편에 서든, 대송 편에 서든 그것은 맹주가 결정할 일입니다. 어쨌든 당신들은 개방의 홍 방주를 추천했고, 우리는 몽고의 성승이신 금륜국사를 추천했으니, 남은 건 무공을 겨루는 일뿐입니다. 내 비록 부족하나 국사의 제자 자격으로 홍 방주의 타구봉법에 도전해보려 하니, 어느 분이든지 타구봉법을 할 줄 아는 사람이면 나와 한번 겨루어봅시다. 그러지 않으면 우리 사부님을 맹주로 인정하는 것이라 여기겠소. 개방이 지금까지의 어리석음을 버리고 몽고에 투항한다면 우리 역시 넓은 마음으로 그대들의 무지함을 용서하리다."

참다못한 노유각이 죽봉을 들고 앞으로 나섰다.

"나는 개방의 신임 방주 노유각이라 하오. 내 비록 타구봉법의 열의 하나도 채 배우지 못해 주제넘게 나설 자리는 아니나 당신이 굳이 타구봉법의 맛을 보겠다 하니 그 맛이 어떤지 조금 보여드리리다."

노유각은 실제로 타구봉법을 잘 사용할 줄 모르지만 본래 무공이 상당히 강한 사람이기에 위력이 만만치 않았다. 보아하니 곽도는 이제 갓 서른을 넘긴 애송이였다. 고수에게서 무공을 전수받았다 하나 아직 공력이 그리 깊지는 않을 듯했다. 노유각은 황용의 몸이 편치 않은 것을 뻔히 아는데 직접 나서게 할 수는 없었다. 그렇다면 지든 이기든 노유각 자신이 나설 수밖에 없었다.

곽도는 곽정만 나서지 않으면 그 누구라도 상대할 자신이 있었다. 그래서 포권의 예를 갖추며 환영의 뜻을 밝혔다.

"노 방주님, 영광입니다. 실력을 보여주시지요."

황용은 마음이 조급해졌다. 노유각의 실력으로는 역부족일 것 같았으나 그가 이미 나선 이상 어쩔 수가 없었다. 그녀가 나서서 저지한다면 방주의 위신을 깎는 결과가 될 터였다. 이제 어쩔 수 없이 노유각에게 맡기는 수밖에 없었다.

육가장의 집사가 하인들을 시켜 술자리를 치우게 하고, 등을 밝혀 대청을 대낮같이 훤히 비추도록 했다.

"자, 출수하시지요."

곽도는 인사말과 동시에 부채를 휘둘러 노유각의 얼굴을 공격했다. 그러자 바람결에 꽃향기 같은 냄새가 풍겼다. 혹 독향毒香은 아닌지 두려워 노유각은 급히 몸을 날려 피했다. 곽도가 부채를 앞으로 뻗자 이상한 소리와 함께 부채가 팔 촌 길이의 점혈필點穴筆로 변하면서 노유각의 겨드랑이를 향해 공격해 들어갔다. 노유각은 곽도의 공격을 상대하지 않고 타구봉을 휘둘렀다. 과연 타구봉법의 위력은 대단해서 상대가 전혀 예상치 못하는 곳을 공격할 수 있었다. 곽도는 가볍게 몸을 날려 노유각이 휘두르는 타구봉을 피했다. 그러나 뜻밖에 타구봉의 방향이 갑자기 바뀌더니 그만 발목에 공격을 당하고 말았다. 곽도는 발목을 맞은 후 세 발짝 뒤로 물러나서야 중심을 잡고 설 수 있었다. 그 모습을 보고 모두들 갈채를 보냈다.

"범 무서운 줄 모르는 하룻강아지 같으니!"

"뜨거운 맛을 보여줘요!"

곽도는 얼굴을 붉히며 가볍게 몸을 돌린 다음 왼손을 뻗어 공격했다. 노유각은 왼발을 들어 올리며 죽봉을 횡으로 휘둘렀다. 죽봉의 방향이 마치 춤이라도 추듯 종잡을 수가 없었다.

'과연 소문대로 대단한 무공이로구나.'

곽도는 은근히 두려워졌다. 그는 다시 한번 정신을 바짝 차리고 오른손에 든 부채와 좌장을 함께 사용하며 전력을 다해 노유각을 상대했다. 노유각은 비록 여러 차례 상대를 제압하기는 했으나, 아무래도 타구봉법을 배운 지 얼마 되지 않아서인지 결정적인 순간을 자꾸 놓치고 있었다. 옆에서 바라보던 곽정과 황용은 연신 안타까움을 감추지 못했다.

10여 초식이 지나자 노유각의 타구봉법의 허점이 점차 드러났다. 양과는 노유각의 허점을 뻔히 읽을 수 있었기에 연신 이마를 찌푸렸다. 다행히 초반에 노유각이 기선을 제압해 곽도가 어느 정도는 겁을 먹고 있어서 과감한 공격을 펼치지 못했다. 그러지 않았다면 벌써 노유각이 패하고 말았을 것이다.

황용은 상황이 불리하게 돌아가자 노유각을 불러들이려 했다. 그런데 그때 노유각이 갑자기 사타구배斜打狗背 초식으로 죽봉을 휘둘러 곽도의 왼쪽 뺨을 쳤다. 그러나 힘이 너무 강해 미처 죽봉을 거두지 못하는 사이 그만 곽도에게 죽봉을 빼앗기고 말았다. 뒤이어 곽도는 노유각의 가슴을 향해 일장을 가한 후 발을 횡으로 휘저어 다리를 걸어 찼다. 두둑, 하는 소리가 크게 울렸다. 노유각은 다리뼈가 부러지자 그 자리에 주저앉았다. 입에서 붉은 피가 뿜어져 나왔다. 제자들이 급히 다가가 노유각을 부축했다. 지켜보던 사람들은 단순히 승부를 가리기 위한 싸움에서 상대에게 부상까지 입힌 곽도의 지나친 처사를 질책했다. 곽도는 양손으로 푸른빛이 감도는 죽봉을 높이 쳐들었다. 그야말로 의기양양한 태도였다.

"타구봉법이 개방의 최고 무공이라더니, 별것 아니로군요."

곽도는 중원에 이름이 널리 알려진 개방의 명성을 꺾어버리려는 뜻에서 죽봉을 반으로 부러뜨리려 했다. 그런데 그때 갑자기 한 그림자가 허공을 휙 스치는 듯하더니 사뿐히 내려섰다. 수려한 용모의 여인이었다.

"기다려요!"

바로 황용이었다. 곽도는 황용의 기묘한 몸놀림에 깜짝 놀랐다.

"당신은……."

황용은 왼손을 가볍게 휘두르면서 오른손으로 곽도의 눈을 찌르려 했다. 곽도가 급히 손을 들어 막으려는 틈을 타 황용은 가볍게 죽봉을 빼앗았다. 이것은 오구탈장撲口奪杖 초식으로 타구봉법 중 가장 고명한 초식에 속했다. 예전 개방의 동정호洞庭湖 대회에서 황용이 양강에게서 죽봉을 빼앗을 때 사용했던 것이 바로 이 초식이었다. 아무리 무공이 고강한 고수라 할지라도 손에 든 무기를 빼앗기지 않을 수 없는 변화 무쌍한 초식이었다.

대청은 박수 소리로 떠나갈 듯했다. 황용은 자리로 돌아와 죽봉을 곁에 두었다. 중앙에는 곽도 혼자만 남게 되었다. 곽도는 황용이 대체 어떻게 손에서 죽봉을 빼앗아갔는지 알 수가 없어 어리둥절했다.

'설마 무슨 요술이라도 부렸단 말인가?'

사람들은 조소를 퍼부어댔고, 금륜국사의 안색이 붉으락푸르락한 것이 금방이라도 화를 터뜨릴 것 같았다. 곽도는 어차피 여자인데 그래 봤자 별 볼일 없으리라는 생각에 용기를 내어 도전했다.

"황 방주, 죽봉을 돌려드렸으니 어서 나와 응전하시지요."

곽도의 교묘한 말솜씨에 어떤 이들은 정말 곽도가 죽봉을 돌려주었다고 생각하는 이들도 있었다. 어느 정도 무공 실력이 있는 사람들만이 황용이 봉을 빼앗았다는 것을 눈치챘다.

곽부는 곽도의 말을 듣자 화가 치밀었다. 그녀는 평생 동안 어머니에게 이렇게 무례하게 대하는 사람을 본 적이 없었다. 곽부는 홧김에 검을 빼 들었다.

"부야, 내가 본때를 보여줄게."

무수문이 나섰다. 무돈유 역시 마찬가지 생각을 하고 있었다. 두 사람은 마치 약속이나 한 듯 동시에 중앙으로 나섰다.

"우리 사모님께서는 지금 회임 중이시다."

"어찌 너 같은 자와 무공을 겨룰 수 있겠느냐?"

"먼저 우리를 상대해보시지."

곽도는 두 사람이 비록 나이는 어리나 몸놀림으로 보아 틀림없이 고수의 가르침을 받았다는 것을 알았다.

'오늘 여기 온 목적이 저들의 기세를 꺾어주기 위함이니 한두 명쯤 더 놀려주는 것도 좋겠지. 다만 우리가 수적으로 불리하니 패싸움이 되면 곤란한데……'

곽도는 불리한 사태가 생기는 것을 막기 위해 먼저 선수를 치기로 했다.

"두 소년의 용기는 가상하나, 내 만약 그대들과 싸우게 되면 어른으로서 애송이를 공격했다는 비난을 받을 것이고, 또 싸우지 않겠다 하면 그 또한 어린아이를 두려워한다 비웃을 터이니 참으로 난처하게 되었군요. 그럼 이렇게 합시다. 양쪽에서 누가 나오든지 딱 세 번만 겨루기로 하는 겁니다. 먼저 두 번을 이기는 편이 맹주가 되는 거지요. 조금 전 노 방주와 겨룬 것은 없었던 걸로 치고 지금부터 두 번을 이기는 편이 승리를 거둔 것으로 합시다. 어떻습니까?"

이미 이긴 것을 없는 것으로 친다니 매우 관대해 보이는 말이었다. 곽정과 황용은 낮은 목소리로 어찌해야 할지 상의했다. 그러나 곽도의 제안을 거절하기는 어려운 상황이었다.

오늘 영웅연에 참석한 사람 중 황용을 제외하면 곽정, 학대통 그리고 일등대사의 제자인 주자류의 무공이 가장 강했다. 주자류는 송나라 사람이 아니라 대리국 사람이었다. 그러나 대리국과 대송은 전통적으로 우호적인 국가였고 대리국 역시 최근 들어 몽고의 위협에 시달렸다. 더구나 곽정 부부와의 돈독한 관계를 생각하면 기꺼이 나서지 않을 수 없었다. 우선 주자류로 하여금 곽도를 상대하게 하고, 학대통이 달이파를, 그리고 마지막에 곽정이 나서서 금륜국사를 상대하기로 결정했다. 사실 결과가 어찌 될지 장담할 수는 없었다. 만약 금륜국사의 무공이 정말 대단해서 곽정조차 꺾을 수 없다면 이쪽이 패할 수도 있는 일이었다. 아직 정확한 결정을 내리지 못하고 있는데 황용이 입을 열었다.

"제게 좋은 생각이 있어요."

모두들 기대를 가지고 들으려는 찰나, 바람을 가르는 소리와 함께 병기 부딪치는 소리가 났다. 고개를 돌려보니 무씨 형제가 장검을 빼들고 부채를 든 곽도와 싸우고 있었다. 황용 부부와 일등대사의 제자들은 모두 형제의 안위가 걱정되어 이들의 싸움을 불안한 마음으로 지켜보았다.

무씨 형제는 곽도가 자신들을 애송이라고 표현하자 화가 나고 무안해서 견딜 수가 없었다. 더군다나 사랑하는 곽부가 옆에 있는데 애송이라는 말을 듣고 어찌 그냥 넘길 수가 있겠는가. 황용에게 쉽게 죽봉을 빼앗긴 것으로 보아 곽도가 노유각을 이긴 것도 무공이 대단해서가 아니라 노유각이 변변치 못해서인 것 같았다. 그래서 혼자서는 혹시 몰라도 둘이 함께라면 반드시 이길 수 있을 듯했다.

두 사람은 무작정 검을 들고 덤벼들었다. 그러나 곽정의 무공이 비록 매우 고강하기는 하나 가르치는 재주는 그다지 좋지 않았다. 스스로는 상승 무공의 정수를 파악하고 있었지만 그것을 제자에게 전수해 줄 때는 마음처럼 제대로 표현되지 않았다. 게다가 무씨 형제의 자질 또한 평범한 편이어서 몇 년 동안 무공을 배웠다고는 하나 그리 대단한 수준은 아니었다. 몇 초식을 겨루지 않아 두 사람은 완전히 수세에 몰렸다. 곽도는 군중 앞에서 자신의 무공을 뽐내며 기선을 제압했다. 무수문이 자신을 향해 장검을 찌르자 왼손 식지로 검을 위로 밀어 올린 후 부채로 검의 한가운데를 후려쳤다. 검은 곧 두 동강이 났다. 무씨 형제는 깜짝 놀랐다. 무수문은 급히 뒤로 물러났고, 무돈유는 동생이 다칠까 봐 얼른 칼을 뻗어 곽도의 등을 찔렀다. 곽도가 동생을 쫓지 못하도록 하려는 생각에서였다. 곽도는 미리 무돈유가 공격해올 것을 예상하고 고개도 돌리지 않은 채 부채를 등 뒤로 돌려 부챗살 사이로 검을 잡았다. 부채를 좌우로 흔들자 무돈유의 검이 부챗살 사이에서 곽도 마음대로 좌우로 움직였고 몸도 따라 흔들렸다. 무돈유는 검을 잡은 손에 힘을 줬지만 뼈가 으스러질 정도로 아팠다. 하는 수 없이 검자루를 놓았다. 그와 동시에 장검은 튕기듯 하늘로 날아오르더니 등불에 반사되어 빛을 발하며 바닥으로 떨어졌다.

무씨 형제는 화가 나기도 하고 창피하기도 해서 견딜 수가 없었다. 무기를 빼앗겼지만 겁나지는 않았다. 무돈유는 허공을 향해 왼손을 휘두르며 항룡십팔장의 초식을 취했다. 무수문은 오른손을 아래로 뻗고 식지를 약간 굽혀 일양지 자세를 취했다.

곽도는 두 사람의 진지한 태도를 보고 경각심을 높였다.

'이기고 있을 때 그만두는 것이 상책이다. 길게 끌었다가 상황이 반

전되면 곤란하지.'

항룡십팔장과 일양지는 무학에서 최고로 꼽히는 무공이었다. 비록 두 사람의 공력이 그리 깊지는 못하나 자세만큼은 위풍당당했다. 일반인은 잘 모르겠지만 곽도는 무공을 보는 안목이 있었기 때문에 결코 만만하게 생각해서는 안 된다는 것을 알았다. 곽도는 웃음을 터뜨리며 두 손을 맞잡아 예를 갖추었다.

"그만 물러나시지요. 승패만 가리기로 했으니 생사를 가리지는 맙시다."

무씨 형제는 창피해서 얼굴이 발개졌다. 스스로 생각해도 맨손으로 덤빈다 한들 승산이 없을 것 같았다. 두 사람은 하는 수 없이 잔뜩 풀이 죽어 뒤로 물러났다. 감히 곽부 곁으로 다가가지 못하고 있는데, 곽부가 급히 두 사람에게 다가왔다.

"오빠들, 우리 셋이서 같이 덤벼요."

모두들 곽부를 바라보았다. 곽부는 오른손에 검을 치켜들고 당차게 소리쳤다.

"오빠들, 우리 셋이서 같이 나서자고요."

"부야, 까불지 말고 얌전히 있지 못하느냐?"

곽정이 엄한 목소리로 고함을 질렀다. 곽부는 본디 아버지를 무서워하는 터라 아무 소리도 못 하고 뒤로 물러났다. 그러나 여전히 분이 가라앉지 않는지 매서운 눈으로 곽도를 노려보았다.

곽도는 어리고 예쁜 곽부를 보자 웃으며 고개를 끄덕였다. 곽부는 더욱 화가 나서 곽도를 한차례 흘겨보고는 곧 고개를 돌려버렸다. 무씨 형제는 곽부가 자신들을 비웃지 않을까 창피하고 걱정되던 차에 곽부가 자신들을 위해 나서주자 다소 위안이 되었다.

곽도는 부채를 펴 들고 천천히 부쳐댔다.

"물론 방금 겨룬 것은 없던 것으로 하겠습니다. 곽 대협, 우리 측에서는 사부님과 사형 그리고 저까지 세 사람이 나서겠습니다. 저의 무공이 가장 보잘것없으니 먼저 나서기로 하지요. 어떻습니까?"

곽정은 황용이 좋은 방법이 있다고 한 말을 듣고 다소 안심이 되었다. 곽정이 말했다.

"좋습니다. 말씀하신 대로 하지요."

곽도는 의미심장하게 웃었다. 곽정이 비록 무공이 매우 강하다고는 하나 사부가 반드시 그를 제압할 수 있을 것이고, 황용이 괴상한 수법으로 죽봉을 다시 빼앗아가기는 했으나 연약한 여자의 몸이니 정식으로 겨루면 별 볼일 없을 것이라 생각했다. 나머지 사람들은 더욱 말할 필요가 없었다. 곽도가 좌중을 죽 훑어보며 말했다.

"혹 이견이 있으신 분은 지금 말씀하시지요. 일단 승부가 가려지고 나면 모두 결과에 승복해야 합니다."

사람들은 노유각과 무씨 형제를 연달아 물리치는 것으로 보아 곽도의 무공도 만만치 않은 듯했고, 더 강한 사람과 겨루는 것을 본 적이 없으니 대체 진짜 무공 실력이 어떤지 알 수가 없었다. 그러니 감히 나서서 뭐라 할 수 있는 사람이 아무도 없었다. 그저 곽정 부부의 얼굴을 바라볼 뿐이었다. 황용이 말했다.

"당신이 첫 번째로 출전하고, 당신의 사형이 두 번째, 그리고 사부께서 세 번째로 출전한다 하셨습니다. 틀림없지요?"

"그렇습니다."

황용이 몸을 돌려 옆에 있는 사람들에게 작은 목소리로 속삭였다.

"우리가 이겼습니다."

"무슨 소리요?"

"나의 나쁜 말로 상대의 좋은 말과 겨루게 하고今以君之下四 與彼上駟……."

황용이 주자류를 바라보았다. 주자류가 웃으며 말을 이었다.

"나의 좋은 말로 상대의 중간 말과 겨루게 하고, 나의 중간 말로 상대의 나쁜 말과 겨루게 한다取君上駟 與彼中駟 與彼下駟. 세 번의 질주가 끝나자 전기田忌는 한 번 지고 두 번 이김으로써 마침내 천금을 얻었도다."

곽정은 두 사람의 말이 무슨 뜻인지 이해가 가지 않았다. 황용이 그의 귀에 대고 속삭였다.

"병법에 능통하신 분이 어찌 손빈孫殯의 고사를 모른단 말이에요?"

곽정은 문득 어렸을 때 읽었던 〈무목유서武穆遺書〉가 생각났다. 제齊나라의 장군 전기와 제나라 왕이 경마에 천금을 걸자 손빈이 전기에게 묘책을 일러주었다. 그것은 곧 세 필의 말 중 가장 떨어지는 말로 제왕의 가장 좋은 말을 상대하게 하고, 가장 좋은 말로 왕의 중간 말을 상대하게 하고, 중간 말로 왕의 가장 떨어지는 말을 상대하게 하라는 것이었다. 그리하여 전기는 결국 첫 번째를 제외한 나머지 두 경기에서 승리를 거둠으로써 천금을 얻을 수 있었다. 황용이 지금 이 병법을 쓰려는 것이었다.

"주 사형, 사형의 일양지로 몽고 왕자를 상대하는 것은 어렵지 않겠지요?"

주자류는 대리국에서 장원급제를 한 바 있고, 재상을 지냈으며 재능과 학식을 두루 갖춘 사람이었다. 대리국 단씨 일파의 무공은 배우는 자의 자질을 매우 중시했다. 처음 남제의 문하에 입문했을 때 주자류의 무공은 네 명의 제자 중 가장 떨어졌지만 10년이 지나자 두 번째로 올라섰고, 지금에 이르러서는 세 명의 사형보다 훨씬 뛰어난 무공 실력을 갖추게 되었다. 일등대사는 네 명의 제자를 모두 공평하게 대했고 똑같이 무공을 전수해주었다. 하지만 주자류의 자질이 가장 뛰어나 무공 실력의 향상 속도가 가장 빨랐고, 특히 일양지만큼은 단연 주자류를 따라갈 자가 없었다. 주자류의 무공이 곽정이나 마옥, 구처기보다는 못했지만 왕처일이나 학대통보다는 훨씬 뛰어났다.

곽정이 걱정스러운 듯 입을 열었다.

"학 도장으로 하여금 금륜국사를 상대하도록 하는 것은 너무 위험한 일이오. 승패만 가린다면 상관없지만 만에 하나 상대가 독수를 쓰기라도 하면 어찌할 테요?"

곽정은 단순한 사람이라, 이렇게 말하면 결국 스스로를 가장 좋은 말에 비유하고 학대통을 가장 나쁜 말에 비유하는 셈이라는 것을 깨닫지 못했다. 그러나 학대통 역시 상황의 위급함을 잘 알고 있는지라 그런 사소한 문제를 마음에 두지 않았다. 만약 오늘의 싸움에서 패하게 된다면 천하 영웅의 맹주 자리를 빼앗길 터이고, 그렇게 되면 한인들의 명예가 땅에 떨어지는 것은 물론 인심이 흩어질 테니 하나로 뭉쳐 몽고에 대항하는 것은 불가능할 게 분명했다. 학대통이 말했다.

"걱정하실 것 없습니다. 나라를 위하는 일이라면 제 목숨을 바친들 아깝겠습니까?"

황용이 말했다.

"세 차례 중 두 차례만 먼저 이기면 세 번째는 겨루지 않아도 되니 걱정하실 것 없습니다.”

곽정의 안색이 그제야 밝아졌다. 주자류가 웃으며 말했다.

“제 책임이 무겁군요. 만약 몽고 왕자를 이기지 못하면 천하 영웅들에게 엄청난 비난을 받게 되겠는데요.”

“무슨 겸손의 말씀이십니까? 자, 어서 나서시지요.”

주자류는 대청 중앙으로 나서서 곽도를 향해 두 손을 모아 예를 갖추었다.

“첫 번째로 제가 나서서 가르침을 청하겠습니다. 저는 주자류라고 합니다. 평생 시나 읽고 책이나 보고 살아온 탓에 무공은 보잘것없습니다. 많은 지도 바라겠습니다.”

주자류는 예를 갖춘 후 소매에서 붓 한 자루를 꺼내 허공에 대고 몇 차례 원을 그렸다. 그야말로 전형적인 문인의 모습이었다.

‘이런 사람일수록 조심해야 돼.’

곽도는 경계를 늦추지 않고 상대를 따라 예를 갖추었다.

“저야말로 많은 가르침을 부탁드립니다. 자, 출수하시지요.”

“몽고는 야만 민족이어서 아직 개화되지 않은 것이 사실이지요. 기왕에 귀하께서 가르침을 청하신다니 내 성심껏 가르쳐드리리다.”

곽도는 은근히 화가 났다.

‘대놓고 몽고를 모욕하다니, 내 결코 용서하지 않겠다.’

곽도는 부채를 꺼내 들며 말했다.

“이것이 저의 무기입니다만, 선배께서는 무슨 무기를 사용하시려는지요?”

주자류는 붓을 들어 허공에다 대고 ‘필筆’ 자를 썼다.

"저는 평생 붓밖에 모르고 산 사람인데 달리 무슨 무기가 있겠습니까?"

곽도는 주자류가 들고 있는 붓을 주의 깊게 살폈다. 대나무 자루에 양털로 만들어졌는데 필봉 끝에 먹이 묻어 있는 게 그저 평범한 붓 같았다. 무림에서 흔히 점혈을 할 때 사용하는 강필鋼筆과는 많이 달라 보였다. 곽도가 막 붓에 대해 질문하려는데 갑자기 밖에서 흰옷을 입은 한 소녀가 걸어 들어왔다. 그녀는 대청 입구에 서서 천천히 좌중을 둘러보았다. 마치 누군가를 찾고 있는 듯했다. 사람들의 시선이 일제히 백의 소녀에게 쏠렸다.

그녀는 안색이 창백한 게 병색이 완연했다. 촛불이 붉은빛을 띠고 있는데도 그녀의 얼굴에서는 조금도 붉은색이 감돌지 않았다. 이런 창백한 모습이 그녀의 아름다움을 더욱 돋보이게 해주었다. "선녀 같다"는 말이 딱 어울리는 수려한 외모였다. 선녀를 본 적이 없어도 그녀를 보면 선녀 같다는 말이 무슨 말인지 알 수 있을 듯했다. 주자류와 곽도를 주시하며 긴장하고 있던 사람들은 모두 입을 딱 벌리고 그 백의 소녀를 바라보았다. 양과는 그녀를 보자 깜짝 놀라는 한편 미친 듯이 기뻤다. 마치 큰 철퇴에 얻어맞은 양 가슴이 쿵쾅거렸다. 양과는 자리에서 벌떡 일어나 쏜살같이 그녀에게 뛰어갔다.

"선자! 선자!"

그녀는 바로 소용녀였다.

소용녀는 양과와 헤어진 후, 한참을 방황하다가 다시 고묘의 석실로 돌아갔다. 그녀는 열여덟 살이 되기 전까지 고묘에 살면서 어떠한 감정의 동요도 겪어본 적이 없었다. 그런데 양과를 만난 후부터는 원천적인 감정을 경험했고, 일련의 풍파를 겪으면서 옛날처럼 평상심을 유지하며 살아가는 게 더 이상 불가능해졌다. 차가운 옥침상 위에서 수련을 할 때면 양과가 여기서 잠을 잤지 하는 생각에 마음이 아팠고, 식탁에 앉아 밥을 먹을 때면 함께 밥을 먹던 양과의 모습이 생각나 허전함을 견딜 수가 없었다. 이렇게 한 달여를 보내고 나자 도저히 참을 수가 없었다.

'설사 양과의 마음이 변했다고 할지라도 난 그의 곁을 떠날 수 없어.'

소용녀는 마침내 양과를 찾아 나서기로 결심했다. 그러나 양과를 찾아서 어떻게 하겠다는 건지는 자신도 잘 알 수가 없었다. 산을 내려오니 모든 것이 새롭고 신기하기만 했다. 소용녀는 만나는 사람들마다 붙잡고 양과를 본 적이 있는지 물어보았다. 배가 고프면 아무 집에나 들어가 아무거나 찾아 먹었다. 남의 것을 먹으려면 돈을 내야 한다는 것도 몰랐다. 그러다 보니 난처한 일이 일어난 적이 한두 번이 아니었다. 그러나 선녀 같은 외모와 천진난만한 그녀의 표정을 보고 화를 내거나 해하려는 사람은 아무도 없었다.

어느 날 한 객점에 들렀다가 우연히 사람들이 하는 이야기를 엿들었다. 대승관 육가장이라는 곳에서 영웅대연이 열리는데 그곳에 천하의 유명한 영웅호걸들이 모두 모인다는 것이었다. 그녀는 양과도 혹시 거기에 참석할지 모른다는 생각에 육가장까지 찾아온 것이다.

학대통, 견지병, 조지경을 제외하면 대청에 모여 있던 2,000여 명 중 소용녀의 내력을 아는 사람은 한 명도 없었다. 다만 너무나 아름다운 외모에 감탄을 금치 못할 뿐이었다. 손불이는 소용녀에 대해 들어본 적은 있으나 만나본 적은 없었다. 견지병은 그녀를 보자 안색이 창백해지면서 온몸을 부들부들 떨기 시작했다. 조지경은 그런 견지병을 바라보며 냉소를 지었다. 곽정과 황용은 양과의 태도를 보고는 매우 이상하게 생각했다.

"과야, 정말 여기 있었네. 드디어 널 찾았구나!"

소용녀의 부드러운 목소리에 양과는 뜨거운 눈물을 흘리며 그녀를 끌어안았다.

"다시는…… 다시는 날 버리지 않을 거죠?"

양과는 목이 메어 말을 잇기 힘들었다.

"나도 몰라."

소용녀가 고개를 저었다.

"앞으로는 선자가 어딜 가든 절대로 떨어지지 않을 거예요."

둘은 대청에 모인 수많은 사람은 안중에도 없는 듯했다. 소용녀가 양과의 두 손을 꼭 쥐었다. 비록 양과가 여전히 자신을 '선자'라고 불러 서운하기는 했지만, 진심으로 기뻐하는 양과의 표정에서 자신에 대한 깊은 정을 느낄 수 있었다.

곽도 역시 소용녀의 미모에 감탄을 금치 못했다. 그러나 그녀가 바로 자신이 종남산에 올라 청혼하려 했던 여자라는 것은 꿈에도 생각지 못했다. 곽도는 초라한 행색의 양과가 아름다운 그녀와 친한 척하는 것이 눈에 거슬렸다.

"중요한 일이 있으니 이제 그만 자리를 비켜주시지요."

양과는 곽도를 상대할 생각이 조금도 없었다. 그래서 소용녀의 손을 잡고 한쪽으로 물러나 어깨를 나란히 하고 앉았다. 너무나 기뻐 가슴이 터질 것만 같았다. 양과는 다시는 소용녀가 자신의 곁을 떠나지 못하게 하려는 듯 왼손으로 어깨를 꼭 감싸 안았다.

곽도가 다시 고개를 돌려 주자류를 바라보며 말했다.

"무기를 사용하지 않겠다면 맨손으로 승부를 가리도록 하지요."

"아니요, 우리 대리국은 예를 중시하는 나라입니다. 몽고와는 격이 다르지요. 군자는 붓을 벗 삼아 문文을 논한다 했습니다. 제게는 붓이 있는데 달리 무슨 무기가 필요하겠습니까?"

"정 그러시다면 좋습니다."

곽도는 부채를 활짝 펴서 주자류를 향해 뻗었다. 주자류가 몸을 옆으로 피하며 머리를 가볍게 흔들더니 오른손에 든 붓으로 곽도의 얼굴을 횡으로 그었다. 곽도는 얼른 고개를 돌려 피했다. 상대방의 몸놀림이 가볍고 독특했다. 그래서 함부로 공격에 나서기 전에 상대방의 무공 내력부터 파악할 필요가 있다는 생각이 들었다.

"제 붓끝에 수많은 사람이 다쳤습니다. 조심하시지요."

주자류는 앞을 향해 필봉을 뻗었다. 곽도는 비록 몽고에서 무공을 배우기는 했으나 스승인 금륜국사가 매우 견문이 넓고 무공에 조예가 깊어 중원의 무공에 대해서도 모르는 바가 없었다. 이들이 이번 출정에 나선 것은 중원에 위력을 떨쳐 몽고에 대항하려는 한인들의 기세를 꺾고자 함이었기에 금륜국사는 출정에 나서기 전 중원 여러 문파의 무공에 대해 제자들에게 상세히 설명해주었다. 그런데 뜻밖에 주자류가 사용하는 붓은 전에 들어본 적이 없는 무기였다. 게다가 주자류가 사용하는 초식 또한 금시초문이었다. 마치 허공에다 글씨를 쓰는 듯하면서 시시각각 필봉으로 곽도의 요혈을 노렸다.

대리국의 단씨는 본디 양주涼州 무위군武威郡 사람이었는데, 후에 대리에 나라를 세우고 황제라 칭했다. 한인들과 통혼通婚을 하는 관례가 있어 발전된 중화 문명의 교화를 많이 받았다. 주자류는 대리에서 제

일가는 서예가라 할 수 있었다. 비록 무학을 배우기는 했으나 여전히 문을 버리지 않았다. 후에 무학에 조예가 깊어지고 일양지가 한층 익숙해지자 그는 자신의 문과 무를 조화롭게 연결해 심오한 무공으로 승화시켰다. 다행히 곽도도 어려서부터 유가의 경서나 시문을 배웠기에 그나마 당해낼 수 있었다.

주자류는 글씨를 쓰는 듯하면서 점혈을 찍었고 점혈을 찍는 듯하면서 글씨를 썼다. 그야말로 매우 우아하고 기품이 있으면서도 대단한 위력을 지닌 무공이었다.

곽정은 문에 정통한 사람이 아니었기에 주자류의 무공을 이해하지 못했다. 황용은 아버지에게 문과 무를 모두 배웠기 때문에 주자류의 무공을 이해할 뿐만 아니라 감탄할 수밖에 없었다.

곽부는 어머니에게 다가가 물었다.

"엄마, 무슨 무공인지 처음 보는 것 같아요."

"〈방현령비房玄齡碑〉다."

황용은 주자류의 초식을 살펴보느라 건성으로 대답했다. 곽부가 재차 물었으나 황용은 더 이상 상대하지 않았다.

원래 〈방현령비〉는 당조唐朝의 대신인 저수량褚遂良이 쓴 비문으로서 해서楷書의 백미라 할 수 있었다. 옛사람들은 그의 글을 평하여 "하늘의 선녀가 꽃을 뿌렸다天女散花"라고 했는데, 그 서법이 강건하면서도 부드럽고 위풍이 있어 한 획 한 획에 하늘을 찌르는 듯한 기상이 있었기 때문이다.

주자류의 일양서지一陽書指는 붓으로서 손가락을 대신하는 것으로 매 초식이 절도가 있고 위력이 대단했다. 해서체와 마찬가지로 한 획 한 획, 한 초식 한 초식이 정확하고 빈틈이 없었다.

곽도는 비록 일양지의 오묘한 정수는 익히지 못했지만 〈방현령비〉의 내용은 알고 있었기 때문에 대충 주자류의 획순을 미리 예측할 수 있었다. 그래서 한 치의 흐트러짐 없이 차분하게 주자류의 초식을 받아냈다.

주자류는 곽도가 자신의 서법을 알고 있는 듯하자, 서법을 바꾸기로 했다.

"다음은 초서草書!"

주자류는 갑자기 쓰고 있던 모자를 벗어 바닥에 던지더니 긴소매를 춤추듯 펄럭이며 마치 구름 위를 걷는 듯 비틀거렸다. 술에 취한 듯하기도 했고 귀신에 홀린 것 같기도 했으며 혹은 뱀이 구불구불 기어가는 것 같기도 했다.

곽부가 참지 못하고 웃음을 터뜨렸다.

"엄마, 미쳤나 봐요."

"음, 술을 서너 잔 마시면 필세筆勢가 더욱 강해지겠군."

황용은 세 개의 잔에 술을 따랐다.

"주 형, 술 한잔 들고 하세요."

황용은 왼손으로 잔을 들고 오른손 중지로 잔을 튕겼다. 잔은 안정되게 허공을 가로질러 주자류를 향해 날아갔다. 주자류는 붓을 휘둘러 곽도를 물러나게 한 후 술잔을 받아 단숨에 들이켰다. 황용은 나머지 두 잔도 같은 방법으로 주자류에게 보냈다.

곽도는 주자류가 싸우는 도중에 술을 마셔대는 것을 보고 자신을 무시하는 것이라고 생각했다. 그래서 부채를 휘둘러 술잔을 떨어뜨리려 했다. 그러나 황용이 주자류의 필획에 맞추어 술잔을 보냈기 때문에 곽도의 부채는 허공만 휘둘렀을 뿐 잔을 떨어뜨리지는 못했다.

주자류는 연이어 석 잔을 마시더니 큰 소리로 외쳤다.

"고맙소. 역시 탄지신통은 대단하단 말씀이야!"

"주 형의 〈자언첩自言貼〉이 더 대단하십니다."

주자류가 유쾌하게 웃었다.

'내 스스로 총명하다 자처하며 살아왔건만 아무래도 황용은 못 따라 간다니까. 10여 년에 걸쳐 어렵게 만들어낸 필법을 한눈에 알아보다니.'

주자류가 쓰고 있는 것은 당대唐代 장욱張旭의 〈자언첩〉이었다. 장욱은 '초성草聖'이라 불리는 초서의 대가였다. 두보는 〈음중팔선가飮中八仙歌〉라 는 시에서 이렇게 말했다.

장욱은 술 석 잔이면 초서의 성인이 되는구나.

모자를 벗고 맨머리로 왕공 앞에 나서서

종이 위에 붓을 휘두르니 마치 구름과 연기와 같구나.

張旭三杯草聖傳 脫帽露頂王公前 揮毫落紙如雲煙

황용이 그에게 술 석 잔을 권한 것은 첫째는 주자류의 무공을 장욱 에 빗대어 칭찬하고자 함이고, 둘째는 술기운을 통해 필세를 더욱 강 하게 하려 함이며, 셋째는 이를 통해 곽도의 기를 꺾고자 함이었다.

주자류는 술에 취한 듯 현란하게 글씨를 써 내려갔다. '담부쟁도擔夫 爭道'의 '도' 자를 쓰던 중 갑자기 붓의 방향을 바꿔 곽도의 옷 위로 붓 을 스쳤다. 구경하던 사람들의 웃음소리가 요란하게 터지는 가운데 곽 도는 비틀거리며 뒤로 물러났다.

13 武林盟主

무림 맹주

양과는 얼굴에 요상한 미소를 띠며 미녀권법 중 여화소장麗
華梳妝 초식을 전개했다. 그러자 달이파가 말려들었다. 볼은
쑥 파이고 눈이 퀭한 달이파가 양과의 묘한 미소를 흉내 내
자 그야말로 소름 끼치는 얼굴로 변했다. 지켜보던 사람들
은 그 징그러운 모습에 모두 모골이 송연해졌다.

금륜국사는 마치 눈앞의 상황에 전혀 관심이 없는 듯 눈을 지그시 감고 있었지만, 실은 모든 상황을 똑똑히 관찰하고 있었다. 곽도가 열세에 몰리는 듯하자, 침묵을 지키고 있던 그가 앞으로 나서며 입을 열었다. 그러나 몽고어로 말했기 때문에 대부분의 사람은 알아들을 수 없었다. 그 말뜻은 방어만 하지 말고 광풍신뢰공光風迅雷功으로 공격하라는 뜻이었다.

　"하핫핫……."

　곽도는 사부님의 지시를 받자 크게 소리 내어 웃으며 부채와 왼쪽 소매를 동시에 휘둘러 주자류를 향해 성난 파도와 같은 장풍을 보냈다. 장풍의 위력이 어찌나 강했던지 관전하던 사람들마저 저도 모르게 한두 걸음 뒤로 물러서야 했다. 곽도는 그와 동시에 목청을 높여 주문을 외우는 듯한 소리를 냈다. 아마도 광풍신뢰공이라는 것이 무기나 손발을 이용하는 것 외에도 소리를 통해 상대방을 제압하는 무공인 듯했다. 그러나 주자류는 전혀 기세가 꺾이지 않았다. 그야말로 막상막하였다. 두 사람은 때리고, 차고, 뛰어오르고, 날고, 땅바닥을 구르면서 순식간에 100여 초식을 겨루었다.

　주자류의 〈자언첩〉이 이제 막 끝나가고 있었다. 그러자 붓을 휘두르던 기세가 서서히 바뀌었다. 서체가 가늘면서도 힘이 넘쳤고 그 속도도 눈에 띄게 느려졌다. 황용이 혼잣말처럼 중얼거렸다.

"옛말에 가늘고 힘찬 서체야말로 위력이 넘친다 했어. 이 '포사도석각襃斜道石刻'이야말로 보기 드문 서체지."

곽도는 여전히 광풍신뢰공으로 주자류를 상대했다. 주자류의 힘이 강해질수록 곽도의 부채에도 힘이 더해졌고, 고함 소리도 높아졌다. 구경을 하던 사람 중 무공이 약한 자들은 그 자리에 서 있지 못하고 점차 뒤로 밀려났다.

주위를 둘러보던 황용의 시선이 문득 어깨를 나란히 하고 앉아 있는 양과와 소용녀에 맞춰졌다. 한창 싸움이 벌어지고 있는 곳과 두 사람이 앉아 있는 곳은 불과 일 장도 떨어져 있지 않았다. 그런데 이상하게도 전혀 영향을 받지 않는 듯 두 사람은 대화에만 열중하고 있었다. 곽도의 부채 끝에서 이는 바람 때문에 웬만한 무공을 지닌 사람들도 모두 뒷걸음질을 치는데 둘은 끄떡도 하지 않았다. 소용녀는 옷이 질풍에 휘날리는데도 마치 아무렇지도 않은 듯 애정이 가득 담긴 눈으로 양과를 바라보고 있었다. 황용은 볼수록 이상한 생각이 들어 나중에는 곽도와 주자류의 싸움보다 양과와 소용녀를 더 주시하게 되었다.

'저 아이는 누구이기에 양과와 저리 친하지? 무공이 상당한 듯한데 대체 어느 고수의 문하일까?'

사실 소용녀는 이미 스무 살이 넘은 처녀였다. 다만 어려서부터 고묘에서만 생활하다 보니 햇빛을 거의 보지 않아 피부가 백옥같이 하얗고 고운 데다 내공이 깊어서 겉보기에는 열일곱 살 정도로밖에 보이지 않았다. 인간은 희로애락과 욕심, 정욕 등으로 늙는 법이지만 소용녀는 양과를 만나기 전까지 감정의 동요가 거의 없었다. 항상 고묘 속에서만 살았기 때문에 어떤 욕심이나 욕망도 없었다. 그래서 그녀의 2년은 일반 사람의 1년과 맞먹는다 해도 과언이 아니었다. 만약 소용녀가 사부의 가르침에 따라 끝까지 고묘 속에서 수련의 삶을 살았더라면 백 살까지도 살 수 있었을 것이고, 백 살이 되어서도 50대의 정정함을 유지할 수 있었을 것이다. 그러니 황용이 소용녀를 양과보다 어리게 보는 것이 당연했다. 게다가 행동거지나 천진난만한 표정 등이 곽부보다도 더 어려 보이니, 황용이 소용녀를 아이라고 생각한 것도 무리는 아니었다.

양과는 부드러운 손길로 소용녀의 흐트러진 머리카락을 뒤로 가지런히 모아 비녀를 다시 꽂아주었다. 소용녀가 말했다.

"너를 찾느라 정신이 없어서 머리가 헝클어진 것도 모르고 있었네. 상관없어. 너 말고는 볼 사람도 없는걸. 널 찾지 못했다면 난 아마 울고 말았을 거야. 넌 왜 날 찾지 않은 거니? 정말 나빠!"

소용녀는 몸을 비비 꼬며 애교 넘치는 눈길로 양과를 바라보았다. 소용녀는 어려서부터 희로애락 등의 감정을 최대한 자제하도록 배웠다. 함부로 울어도 안 되고, 웃어서도 안 되며, 항상 평상심을 유지해야 했다. 당연히 사부나 노파에게 어린 양하거나 애교를 부려본 적도 없었다. 양과를 제자로 삼은 후에도 역시 사부로서 위엄을 지키려 최대한 노력했다. 양과의 장난이나 농담에 웃음이 나올 때도 애써 참고 웃지 않았다. 그러나 사실 애교는 여자의 천성이다. 대여섯 살 먹은 어린 여자아이들이 누가 가르쳐주지 않아도 아버지나 어머니에게 애교를 부리곤 하는 것도 바로 그런 이치다. 고묘를 떠난 이후, 더 이상 제자가 아닌 남자로서 양과를 대하게 되면서 소용녀 역시 이런 천성이 되살아나기 시작했다. 기쁠 때는 웃을 줄 알게 되었고, 슬플 때는 울

줄 알게 되었으며, 자연히 양과에게 애교를 부릴 줄도 알게 된 것이다. 양과는 그녀의 사랑스러운 모습에 마음이 녹는 것 같았다. 그는 소용녀의 손을 들어 자신의 뺨을 가볍게 때리며 말했다.

"그래요, 내가 나빠요. 잘못했으니 맞아야지."

양과의 장난에 소용녀가 미소를 지었다.

"나랑 헤어진 뒤 하루에 내 생각을 몇 번이나 했어?"

"선자가 사라진 후 바로 선자를 찾아 나섰어요. 아침부터 밤까지 목이 터져라 선자를 부르며 찾아다녔지요."

"내가 그렇게 보고 싶었어?"

"당연히 보고 싶었죠. 하루에 400번은 생각했을 거예요. 오전에 200번, 오후에 200번."

"밥 먹을 때도 내 생각을 했을 테니 하루에 500번은 했겠네."

"밥 먹을 때도 선자 생각만 하다 보니 국숫발이 코로 들어간 적도 있어요."

소용녀가 키득 웃음을 터뜨렸다.

"국수가 코로 들어가면 안 되지."

"괜찮아요. 숨을 훅 들이마시면 국숫발이 코에서 입으로 넘어가요. 그리고 꿀꺽 삼키면 다시 배 속으로 들어가죠."

소용녀가 웃으며 이마를 찌푸렸다.

"아이, 더러워."

"더럽지 않아요. 난 어려서부터 코로 국수를 먹었어요. 맛이 색다르고 괜찮아요. 코로 먹으면 입안이 비어 있게 되잖아요. 그러면 국수를 먹으면서도 선자를 부를 수 있거든요."

양과를 바라보는 소용녀의 표정에는 애정이 듬뿍 실려 있었다.

"저녁에 자기 전에도 내 생각을 했을 테니 하루에 600번은 했겠네."

"밤에 자지 않으면 안 돼요. 잠을 자야 선자 꿈을 꿀 수 있거든요. 꿈에 선자를 꼭 끌어안고 '내 아내가 되어주겠어?'라고 묻곤 했어요. 그러고는 뺨에 입을 맞추고 예쁜 눈에도 입을 맞춰요."

소용녀가 가벼운 한숨을 내쉬었다.

"당연히 네 아내가 돼야지. 그럼 꿈에도 내 생각을 했다니 하루에 600번은 내 생각을 한 셈이네. 이후에도 혹시 헤어지게 되면 하루에 최소한 600번 이상 내 생각을 해야 돼."

"다시는 헤어지지 않을 거예요. 혹 헤어진다면 하루에 700번 이상 선자 생각을 할 거예요."

"800번!"

"900번!"

"1,000번!"

양과는 가슴이 뜨거워지면서 소용녀를 껴안고 입을 맞추고 싶은 생각이 간절했다. 그러나 양과는 어느 정도 세상물정을 겪은지라 이렇게 사람이 많은 곳에서 그런 행동을 해서는 안 된다는 것을 잘 알고 있었다. 그래서 끓어오르는 정열을 억지로 참아야 했다. 소용녀의 몸도 점차 달아올랐다. 소용녀가 어렸을 때 사부와 노파가 그녀를 지극히 사랑하기는 했으나 겉으로는 항상 냉랭하게 대할 뿐 한 번도 애정 표현을 해준 적이 없었다. 그런데 다 자란 지금에서야 양과를 통해 사랑받는 느낌이 무엇인지를 알게 되었으니 그 기쁨과 달콤함을 어떻게 말로 표현할 수 있겠는가. 소용녀는 몸이 완전히 풀리는 듯 기운이 없어져 양과의 품에 쓰러졌다.

한편 대청 중앙에서는 여전히 주자류와 곽도의 싸움이 한창 벌어지고 있었다. 주자류의 서체가 점차 이상해졌다. 그 기세가 점점 강해져서 서체가 마치 거미줄같이 얽히며 헐렁한 듯하면서도 빈틈이 없었다. 곽도는 당황하기 시작했다. 서체를 미리 예측할 수도 없었고, 점차 강해지는 필세를 당해내기가 힘들었다. 금륜국사가 큰 소리로 또 조언을 했다. 무슨 말인지 알아들을 수는 없었지만 그 소리가 어찌나 크고 우렁찬지 듣는 이의 귀가 다 멍해질 정도였다.

주자류는 곽도의 표정을 살피며 초조해했다.

'저 녀석이 또다시 초식을 바꾸면 시간을 얼마나 더 끌어야 할지 알 수 없다. 대리국에서 온 대표로서 송나라를 위해 출전하긴 했지만 만약 패한다면 나라와 사부님께 치욕을 안겨드리는 셈이니 절대 져서는 안 된다.'

그런 생각을 하면서 주자류는 갑자기 필법을 바꾸었다. 이젠 붓으로 글을 쓰는 게 아니라 도끼로 돌을 쪼개는 것 같은 필법이었다.

곽부도 필법의 변화를 조금은 알아볼 수 있었다.

"엄마, 글씨를 쓰는 게 아닌 것 같아요."

황용이 미소를 지었다.

"우리 딸이 아주 바보는 아니구나. 저 필법은 석고문石鼓文이라고 한다. 춘추전국시대에는 바위 위에 도끼로 글을 새겼지. 주 백부님이 쓰는 것이 무슨 글자인지 알아보겠니?"

곽부는 붓의 움직임을 주의 깊게 살펴보았다. 그러나 서체가 워낙 기괴하여 도무지 무슨 글자인지 알아볼 수 없었다. 인상을 찌푸리며 생각에 잠긴 딸의 모습을 보며 황용이 다시 미소를 지었다.

"가장 오래된 대전大篆이라는 서체란다. 네가 모르는 게 당연하지. 엄마도 모르는 부분이 있단다."

곽부는 손뼉을 치며 활짝 웃었다.

"그럼 저 멍청한 몽고 놈은 절대로 모르겠군요. 어쩐지, 저것 봐요. 땀을 뻘뻘 흘리며 당황하고 있잖아요."

아니나 다를까, 곽도는 이 이상한 서체를 한 번도 본 적이 없었다. 무슨 글자를 쓰는지 알 수 없으니 서법 사이의 초식을 읽을 수도 없었다.

주자류는 한 획 한 획 또렷하게 써 내려갔다. 주자류가 쓰는 글자는 과연 매우 기괴했고, 그에 따라 서법의 기본인 일양지 또한 위력을 더해갔다. 곽도가 부채를 뻗었다 거두는 속도가 조금만 느려지면 주자류의 붓이 순식간에 부채 위에다 글자를 새겼다.

곽도가 재빨리 입을 열었다.

"망網 자지요?"

"아니오, 이爾 자요."

주자류가 웃으며 대답하더니 곽도의 부채 위에 또 한 자를 썼다.

"월月 자지요?"

주자류가 고개를 저었다.

"내乃 자입니다."

곽도는 풀이 꺾여 부채를 흔들며 주자류의 필봉을 피했다. 다시는 부채 위에 글씨를 쓰지 못하게 할 생각이었지만 뜻밖에도 주자류가 왼손을 뻗어 공격해 들어왔다. 곽도는 급히 장을 뻗어 주자류의 공격을 막으려 했다. 그 틈에 주자류는 곽도의 부채 위에 다시 두 글자를 휘둘렀다. 속도가 워낙 빠르다 보니 대전체가 아니라 초서체가 되었다. 곽도는 그제야 글씨를 알아볼 수 있었다.

"만이蠻夷!"

주자류가 웃음을 터뜨렸다.

"그렇소. 연결해서 읽어보면 이내만이爾乃蠻夷, 즉 당신은 야만족이란 뜻이오."

대청에 모인 사람들은 모두 우국충정이 넘치는 영웅호걸로 평소 몽고가 대송을 침략해 무고한 백성을 해치고 나라를 짓밟는 것에 울분을 품어왔다. 그런데 주자류가 '당신은 야만족이다'라고 분명하게 외치자 통쾌하기 그지없었다. 모두들 주자류를 향해 갈채를 보냈다.

곽도는 그러지 않아도 주자류의 공격을 막아내지 못해 기가 죽어 있던 차에 우레 같은 갈채 소리를 듣자 더욱 마음이 흐트러졌다. 그때 주자류가 다시 붓을 들어 공격해 들어왔다. 곽도는 무슨 글자인지 생각해볼 여유도 없이 부채를 들어 얼굴이며 요혈 등 중요한 부위를 막기에 급급했다. 순간 갑자기 무릎이 마비되는 듯했다. 어느새 주자류의 붓 자루에 혈을 찍히고 말았던 것이다. 곽도는 다리에 힘이 풀리자 하마터면 그 자리에 주저앉을 뻔했다. 만약 이 자리에서 무릎을 꿇으면 다시는 얼굴을 들고 다닐 수 없게 될 터였다. 곽도는 있는 힘을 다해 무릎 사이의 혈로 기를 내보냈다. 어떻게든 이 위기를 모면한 후 뒤로 물러서 정식으로 패배를 인정할 생각이었다. 그러나 주자류의 붓이 또다시 번개같이 공격해 들어왔다. 주자류는 붓으로 화려한 일양지를 구사했다. 곽도가 이 상승의 일양지를 막아내기에는 역부족이었다. 결국 곽도는 그 자리에서 무릎을 꿇어야 했다. 무릎을 꿇고 엎드린 곽도의 얼굴이 새빨갛게 달아올랐다. 구경하던 사람들이 박수를 치며 환호성을 질렀다. 그 소리가 마치 천둥소리처럼 울려 퍼졌다.

"역시 당신의 계책이 성공했군."

곽정의 말에 황용이 웃으며 고개를 끄덕였다.

한쪽에서 싸움을 지켜보던 무씨 형제는 주자류의 신묘막측한 일양지에 감탄을 금치 못했다.

"정말 대단하시구나. 서법을 통해 일양지의 변화무쌍한 초식을 자유자재로 구사하시다니. 우린 언제쯤 저런 실력을 갖추게 될까?"

"형!"

"수문아!"

무씨 형제는 절로 탄성을 지르며 서로 얼굴을 마주 보았다. 두 사람 모두 주자류의 무공에 자부심을 느꼈다.

그때였다.

"으악!"

갑자기 주자류의 비명 소리가 들려왔다. 급히 고개를 돌려보니 주자류가 쓰러져 있는 것이 아닌가. 워낙 순식간에 일어난 일이라 모두 놀라고 당황하지 않을 수 없었다.

사연인즉 곽도가 패배를 인정하자 주자류가 곽도에게 다가가 혈을 풀어주었다. 일양지의 점혈법은 일반적인 점혈법과 달라 주자류가 아니면 풀 수 없었다. 그런데 뜻밖에도 혈을 풀어주자마자 곽도가 반격을 한 것이다.

곽도는 혈도가 풀리자 엄지손가락을 튕겨 부채에 달린 작은 단추를 눌러 네 개의 독침을 발출했다. 무림의 법도로 볼 때 두 사람이 결투를 하다가 한쪽이 패배를 인정하면 싸움은 끝나게 되어 있었다. 이런 식으로 기습 공격을 한다는 것은 무림인으로서는 있을 수 없는 파렴치한 행동이었다. 더군다나 모두가 지켜보는 자리에서 이런 암수를 쓸 거라고 누가 상상이나 했겠는가. 만약 정당하게 겨루던 중 암기를 사용했다면 주자류가 결코 당할 리 없었다. 그는 곽도가 이미 패배를 인정해서 자신을 공격할 것이라고 전혀 예상치 못했기에 미처 피하지 못하고 당한 것이다.

네 개의 독침에는 몽고의 설산雪山에서 나는 맹독이 묻어 있었다. 주자류는 독침에 맞자마자 온몸이 부어오르며 가려워서 견딜 수가 없었다. 이 모습을 본 군웅들은 모두 참지 못하고 곽도를 향해 욕을 퍼부으며 각자 무기를 들고 공격하려 했다.

"파렴치한 오랑캐!"

곽도가 웃으며 말했다.

"싸움에서 승부를 겨루는 데 파렴치하고 말고가 있겠소? 무공을 겨루기 전에 암기를 쓰지 말자고 약속을 한 것도 아니지 않습니까? 만약 주 형께서 암기를 썼다면 나 역시 운명이려니 생각하고 받아들였을 것이오."

철면피 같은 말이었다. 모두들 더욱 언성을 높여 곽도를 비난했다. 그때 곽정이 얼른 주자류에게 다가가 상태를 살폈다. 암기는 주자류의 가슴 부위에 꽂혀 있었다. 고통스러워하는 주자류의 표정으로 보아 독성이 매우 강한 듯했다. 곽정은 급히 주자류의 혈도 몇 곳을 찍었다. 피의 순행을 느리게 하고 경맥을 막아 독이 심장으로 퍼지는 것을 막기 위함이었다. 곽정이 황용을 바라보며 물었다.

"어떻게 하지?"

황용은 인상을 찌푸리며 생각에 잠겼다.

'해독약을 구해야지. 독을 썼으니 해독약도 분명 곽도나 금륜국사가 가지고 있을 텐데 쉽사리 내주지 않을 것이다. 어떻게 하면 해독약을 내놓게 할 수 있을까?'

황용은 얼른 묘책이 떠오르지 않았다. 그때 점창어은이 사제의 상태가 위중한 것을 보고 심히 걱정되기도 하고 또 분노를 참을 수 없어 중앙으로 나가 곽도를 공격하려 했다. 그러나 황용이 이를 말렸다.

"사형, 참으세요!"

점창어은이 대답했다.

"아니, 왜요?"

황용은 생각했다.

'세 번을 겨루기로 했는데 이미 한 번을 졌어. 점창어은이 나서면 상대방에선 달이파가 응수할 게 분명한데 이기지 못한다면 큰일이 아닌가?'

그녀는 말이 없었다. 참으로 어찌해야 할지 좋은 생각이 떠오르지 않았다.

곽도는 간계를 써 주자류를 이긴 후 매우 득의양양한 태도로 사방을 둘러보았다. 그러다가 문득 소용녀와 양과가 나란히 앉아 손을 꼭 잡은 채 다정하게 대화를 나누는 모습이 눈에 들어왔다. 대청에서 벌어지고 있는 상황에 대해서는 전혀 관심이 없는 듯한 그들의 모습을 보자 곽도는 갑자기 솟구쳐 오르는 질투심을 주체할 수 없었다. 그는 부채를 들어 양과를 가리키며 소리 질렀다.

"이봐, 거기 네놈! 일어나!"

양과는 반응이 없었다. 모든 신경이 오로지 소용녀에게만 집중되어 있어 다른 어떤 소리도 들리지 않았다. 바로 옆에서 곽도와 주자류가 엄청난 기세로 무공을 겨루었지만 양과는 전혀 관심이 없었다. 소용녀와 함께 고묘에 머무를 때만 해도 양과는 자신이 그녀를 얼마나 깊이 사랑하는지 깨닫지 못했다. 당시 소용녀가 자신을 아내로 삼아달라고 말했을 때도 양과는 결혼에 대해서는 생각해본 적이 없었기 때문에 어찌 대답해야 할지 몰라 머뭇거리기만 했다. 그러나 소용녀가 사라진 후 얼마나 가슴을 치며 후회했던가. 두 사람은 자신들도 모르는 사이에 서로 사랑이 싹텄기 때문에 함께 있을 때는 그 감정이 얼마나 절실한지 깨닫지 못했던 것이다. 그러다가 서로 오랜 이별을 겪으면서 너무나 그리워했기에 이제는 그 절절한 감정을 억제할 수가 없었다. 양과는 소용녀와 함께 있는 지금이 너무나도 행복했다.

소용녀 또한 세상물정이라곤 전혀 모르는 사람이어서 내가 좋으면 좋고 싫으면 싫을 뿐 주변 사람들의 시선이나 감정 따위에 신경 쓰지 않았다. 그러니 곽도가 소리쳐 부르는데도 한 명은 듣고도 상대를 하지 않았고, 한 명은 아무것도 못 들은 채 오로지 두 사람만의 세계에 빠져 헤어날 줄을 몰랐다.

"선자, 난 그동안 선자라고 부르는 게 습관이 되어 지금도 선자라고 부르지만 마음속으론 부인이라고 부르고 있어요."

"그래, 사람들이 없을 땐 '부인'이라고 불러. '부인'이라……. 네가 날 '부인'이라고 부르는 걸 듣고 싶어."

"평생 내 아내가 되어줄 거죠?"

"당연하지. 내 마음은 변하지 않아. 너도 마찬가지로 평생 내 남편이 되어야 해. 그 마음 절대 변하면 안 돼."

"영원히 변치 않을 거예요. 이 사백이 자꾸 없는 말을 꾸며내서 선자를 마음 아프게 하는데, 다음부터는 절대 이 사백의 말을 믿지 말아요."

소용녀가 고개를 끄덕이더니 단호한 말투로 대답했다.

"알았어. 사자는 정말 나쁜 사람이야!"

곽도가 몇 번 더 불렀으나 양과는 여전히 상대하지 않았다. 이제 더이상 참지 못하고 막 욕을 퍼부으려는데 금륜국사가 입을 열었다.

"우리 쪽이 한 번 이겼으니, 이제 두 번째 대결을 해볼까?"

곽도는 하는 수 없이 양과를 매섭게 노려본 후 제자리로 돌아가서 큰 소리로 외쳤다.

"저희 쪽이 이겼습니다. 두 번째 대결은 제 사형이신 달이파께서 출전하시겠습니다. 그쪽은 어느 분께서 나오시려는지요?"

달이파는 대청 중앙으로 나서며 붉은색 가사 밑에서 무기를 꺼내 들었다. 모두들 그가 꺼내 든 무기를 보고 놀라움을 금치 못했다. 무기는 매우 굵고 긴 금강저金剛杵였다. 이 금강항마저金剛降魔杵는 원래 밀교의 호법존자護法尊者가 사용하는 것으로, 서장 및 몽고의 승려들이 흔히 무기로 썼다. 그러나 달이파가 들고 있는 금강저는 길이가 사 척에 달했고 굵기가 어른 밥그릇 정도는 되었다. 순금으로 만든 듯 금빛을 발하는 것이 강철로 만든 것보다 훨씬 무거워 보였다.

달이파는 중앙으로 나선 후 주위를 향해 합장하며 예를 표했다. 그러더니 갑자기 금강저를 허공에 내던졌다. 금강저는 엄청난 소리를 내며 땅에 떨어져 꽂혔다. 대청 바닥의 벽돌이 부서지면서 금강저가 땅속 깊숙이 묻혔다. 금강저의 무게가 얼마나 무거운지 짐작할 수 있었고, 이것만으로도 충분히 기선을 제압할 만했다. 장작처럼 마른 승려가 저렇게 무거운 금강저를 자유자재로 다루는 걸 보고 사람들은 절로 고개를 흔들었다.

황용은 근심이 되었다.

'그이라면 저 작자를 능히 이길 수 있겠지만, 세 번째 결투에서 금륜국사를 이길 사람은 그이밖에 없으니 지금은 나설 수 없다. 내가 어떻게든 해보는 수밖에 없겠구나.'

황용은 타구봉을 들고 자리에서 일어났다.

"내가 상대해드리지요."

그러자 곽정이 깜짝 놀라며 만류했다.

"안 돼. 지금 당신 상태로는 무공을 겨룰 수 없어."

사실 황용 스스로도 이길 자신이 없었다. 만약 두 번째 싸움에서 진다면 곽정이 나설 기회도 없어질 터였다. 어찌해야 할지 몰라 망설이고 있는데 옆에 있던 점창어은이 나섰다.

"황 방주, 내가 저놈을 상대하겠네."

점창어은은 사제가 맹독에 당해 고통스러워하는 모습을 보자 어떻게든 복수를 해주고 싶었다. 황용은 최선책은 아니라는 생각이 들었으나 지금으로서는 달리 방법이 없었다.

'힘으로라도 버텨보는 수밖에 없다. 운 좋게 저 중놈을 이길 경우 그이가 나서면 될 테고.'

황용은 점창어은을 향해 고개를 끄덕였다.

"사형, 조심하세요."

무씨 형제는 사백이 사용하던 두 개의 철장鐵牆을 공손히 가져다주었다. 점창어은은 철장을 겨드랑이 사이에 끼운 채 중앙으로 걸어 나갔다. 그는 두 눈을 부릅뜨고 달이파 주변을 한 바퀴 천천히 돌았다. 달이파 역시 점창어은에게서 눈을 떼지 않은 채 제자리에서 따라 돌았다.

한참 기회를 노리던 점창어은이 갑자기 소리를 지르더니 철장을 휘둘러 달이파의 정수리를 내리쳤다. 달이파는 재빠른 신법으로 땅바닥에 떨어졌던 금강저를 집어 들어 점창어은의 철장을 막았다. 금강저와 철장이 맞부딪치자 엄청난 소리가 났다. 두 사람 모두 귀가 멍멍해질 지경이었고 명치끝이 저리고 아파왔다.

점창어은과 달이파는 서로의 무공에 감탄했다. 달이파가 몽고어로 뭐라 말하자 점창어은도 지지 않고 대리국의 언어로 욕을 퍼부었다. 물론 서로 알아들을 리 만무했다. 순식간에 두 사람은 또 한차례 상대에게 접근하며 각자의 병기를 휘둘렀다. 뒤이어 철장과 금강저 부딪치는 소리로 귀가 찢어질 듯 울렸다.

곽도와 주자류가 승부를 가리는 데 중점을 두고 비교적 고상하고 차분하게 무공을 겨루었다면, 지금 두 사람은 각자의 상승 무공으로 인정사정없이 전력을 다해 싸웠다. 병기 끝에서 이는 거센 바람 소리에 구경하던 사람들마저 숨이 막힐 지경이었다.

점창어은은 팔 힘이 원래 매우 셌다. 상서湘西에서 은거 중인 일등대사를 모실 때 날마다 철장으로 배를 저어 격류를 거슬러 올라갔기 때문에 팔의 근육이 발달할 수밖에 없었다. 그는 일등대사의 수제자였다. 일등대사의 문하에 입문한 지 가장 오래되었고, 성품이 소박하고 순수했기 때문에 일등대사의 신임과 사랑을 받았다. 다만 무공을 배우는 데 자질이 좀 떨어지는 편이어서 내공이 주자류만 못했다. 그러나 힘으로 싸우는 외공을 논하자면 점창어은을 따를 자가 없었다.

점창어은은 두 개의 철장을 위아래로 춤추듯 휘두르며 적을 공격했다. 철장 한 개의 무게가 50여 근 정도 되니 철장 두 개면 상당한 무게인데도 점창어은은 마치 몇 근 안 되는 검이나 칼을 다루듯이 자유자재로 사용했다.

달이파는 평소 스스로 팔 힘이 세다고 자부해왔건만 뜻밖에 오늘 강적을 만나게 되었다. 점창어은은 힘이 셀 뿐만 아니라 사용하는 초식도 뛰어났다. 달이파는 전력을 다해 금강저를 휘둘러 점창어은의 공격을 막아냈다. 두 사람 모두 방어보다 공격에 치우치다 보니 그야말로 불꽃 튀는 접전이 이루어졌다.

주자류와 곽도가 싸울 때 구경하던 사람들 중 상당수가 그 위력을 감당하지 못하고 자리를 떠났는데, 이번에는 철장과 금강저가 맞닥뜨리자 많은 사람이 또 자리를 떠났다. 남아 있는 사람들은 귀를 틀어막은 채 관전하고 있었다. 등불 아래 금강저가 황금빛을 발했다. 칠흑같이 검은 철장에서도 광채가 났다. 싸움은 갈수록 치열해졌다.

강호에서 이렇게 흥미진진한 싸움은 보기 드물었다. 물론 더욱 수준 높은 고수들의 대결이 종종 있었지만 그들은 주로 내공을 겨루기 때문에 비록 극도로 위험한 상황이라 할지라도 겉으로는 별로 대단해 보이지 않았다. 무기 없이 장법이나 권법을 겨룰 때도 초식의 미묘함이나 기교는 이보다 더할는지 모르겠으나 지금처럼 격렬한 맛은 떨어지는 편이었다. 게다가 세상에 점창어은이나 달이파 같은 괴력을 지닌 사람도 많지 않을 터이니, 이처럼 힘세고 무공이 비슷한 두 사람이 격

럴한 싸움을 벌이는 모습은 좀처럼 보기 힘든 광경이었다.

곽정과 황용은 손에 땀을 쥐고 두 사람의 싸움을 지켜보았다.

"용아, 이길 수 있을까?"

"아직은 잘 모르겠어요."

곽정 역시 승부가 쉽사리 나지 않을 거라고 생각했다. 다만 황용에게서 '이길 수 있을 것'이라는 말을 들으면 왠지 안심이 될 것 같아서 질문을 했던 것이다.

다시 수십 초식을 겨루었다. 두 사람은 전혀 지치는 기색도 없이 도리어 갈수록 원기 왕성해지며 서로를 공격했다. 점창어은은 철장을 휘두르며 끊임없이 고함을 질렀다.

"무슨 소리를 하는 거야?"

달이파가 몽고어로 물으면 점창어은은 대리국 말로 되받았다.

"대체 뭐라 지껄이는 거지?"

물론 달이파 역시 알아들을 리 만무했다. 두 사람은 상대가 알아듣든 말든 연신 욕을 해가며 맹렬한 공격을 퍼부었다. 금강저와 철장이 바닥의 돌과 탁자에 부딪쳐 나뭇조각이며 돌조각이 사방으로 튀었다. 싸움을 바라보던 사람들은 두 사람의 무기가 혹여 대청 기둥에 부딪쳐 지붕이 무너지지나 않을까 은근히 걱정하고 있었다.

금륜국사와 곽도도 점차 불안해졌다. 이렇게 가다가는 설사 달이파가 이긴다 해도 큰 부상을 입게 될 것 같았다. 그러나 싸움이 워낙 격렬해 중지시킬 방법이 없었다.

두 사람은 연신 고함을 질러대며 이리 뛰고 저리 뛰면서 무기를 휘둘러댔다. 그때 갑자기 하늘이 무너지는 듯한 엄청난 소리가 났다. 알고 보니 점창어은이 들고 있던 철장의 손잡이 부분이 금강저와 맞부딪친 것이다. 철장의 손잡이 부분이 아무래도 가늘다 보니 결국 반으로 부러졌고, 부러진 철장의 반쪽이 휙 하고 허공을 가르더니 소용녀 곁에 떨어졌다. 소용녀는 양과와 이야기하느라 주위를 전혀 신경 쓰지 않고 있다가 갑자기 엄청난 소리와 함께 철장이 날아오자 깜짝 놀라지 않을 수 없었다.

소용녀가 비명을 지르며 그 자리에서 벌떡 일어났다.

"이게 뭐야?"

양과 역시 깜짝 놀라 뒤로 물러났다. 소용녀는 발뒤꿈치를 문질렀다. 상당히 아픈 모양이었다. 양과는 화가 머리끝까지 나서 대체 누가 이런 짓을 한 것인지 주위를 둘러보았다. 점창어은이 부러진 철장의 절반을 손에 들고 있는 것이 보였다. 점창어은은 나머지 철장 하나로 다시 달이파를 공격하려 했다.

"잠깐!"

달이파가 오른손을 치켜들며 나섰다. 어차피 두 사람의 힘이나 무공은 백중지간인 듯하니 더 이상 겨루어봐야 승부를 가리기 어려울 것이 뻔했다. 그렇다면 상대방의 병기를 부러뜨린 달이파가 승리를 거둔 것 아니겠는가!

그때 곽도가 자리에서 일어나 좌중을 향해 외쳤다.

"우리가 세 번 중 두 번을 이겼으니 무림의 맹주 자리는 응당 우리 사부님께 돌아가는 것이 마땅합니다. 여러분께서는……."

그런데 말이 끝나기도 전에 양과가 점창어은에게 다가갔다.

"철장이 왜 부러진 거죠? 왜 부러진 철장이 날아와서 우리 선자를 다치게 한 거죠?"

"그게…… 그러니까 난……."

"철장이 부실하군요. 어서 우리 선자께 사과하세요."

점창어은은 다소 어이가 없었으나 상대가 아직 어린아이이기에 상대하지 않으려 했다. 그런데 갑자기 양과가 손을 뻗더니 다짜고짜 철장을 빼앗았다.

"어서 우리 선자께 사과하세요. 어서요!"

곽도는 자신의 말이 끝나기도 전에, 양과가 말을 가로채자 기분이 몹시 상했다.

"이런 짐승 같은 놈! 꺼지지 못해!"

"짐승 같은 놈이 누군데?"

"네놈이 짐승 같은 놈이다."

"맞아, 네놈이 짐승 같은 놈이다."

"뭐야, 이놈이?"

"네놈이 짐승 같은 놈이라며?"

긴장되고 살벌한 분위기가 팽배해 있다가 갑자기 나타난 한 어린 소년의 말도 안 되는 말장난에 모두들 웃음을 터뜨렸다. 곽도는 화가 나고 무안해서 부채를 뻗어 양과의 머리를 때리려 했다. 지켜보던 사람들은 곽도의 무공으로 저런 어린 소년을 때리면 큰 부상을 입게 될 것이므로 황급히 말리려 했다.

"멈춰!"

"너무하지 않소! 어린아이를!"

곽정이 몸을 날려 잽싸게 부채를 빼앗으려는 순간, 양과가 머리를 굽히더니 곽도의 팔 밑으로 들어가 타구봉법으로 철장을 휘둘러 곽도의 다리를 걸었다. 갑작스러운 공격에 곽도는 하마터면 중심을 잃고 넘어질 뻔했다. 다행히 곽도의 무공이 워낙 강해 겨우 버틸 수 있었다. 곽정은 깜짝 놀랐다.

"과야, 어찌 된 일이냐?"

"아무것도 아니에요. 이놈이 홍 방주님의 타구봉법을 무시하기에 제가 타구봉법으로 저놈을 넘어뜨리려 했는데 아깝게 실패했어요."

"네가 어찌 타구봉법을 아느냐?"

곽정이 이상한 듯 물었다. 양과는 일단 되는대로 거짓말을 꾸며댔다.

"조금 전 노 방주가 저놈과 겨룰 때 자세히 봐서 몇 초식을 배웠습니다."

곽정은 양과가 자신과는 달리 총명하고 자질이 뛰어나다는 것을 알고 있었기에 그럴 수도 있으려니 했다.

곽도는 양과에게 공격을 당한 것이 자기의 실수라고 생각했다. 설마 스무 살도 안 된 소년이 저런 고강한 무공을 지니고 있으리라고는 생각지도 못했다.

'지금은 무림의 맹주를 세우는 일이 더 중요해. 저런 애송이 따위를 상대할 시간이 없지.'

곽도는 성큼성큼 걸음을 옮겨 곽정에게 다가갔다.

"곽 대협, 오늘의 대결은 분명 저희가 이겼습니다. 이제 제 사부님이신 금륜국사께서 천하 무림의 맹주가 되셨습니다. 누구든지 감히 복종하지 않는……."

곽도가 여기까지 말했을 때였다. 어느새 양과가 곽도의 뒤로 다가가

더니 갑자기 타구봉법의 한 초식을 사용해 엉덩이를 후려쳤다. 곽도 정도의 무공 실력이라면 누군가가 등 뒤로 와서 기습하는 것을 눈치채지 못할 리 없었다. 그러나 타구봉법이 그만큼 신묘막측하고 절묘했기 때문에 곽도가 눈치를 챘을 때는 이미 간발의 차이로 공격을 당한 뒤였다.

철썩, 소리를 내며 부러진 철장이 정확히 곽도의 엉덩이를 쳤다. 다행히 곽도는 내공이 강한 데다 엉덩이의 살이 두꺼워 부상을 입지는 않았지만 고통은 매우 심했다. 곽도는 저도 모르게 짧은 비명을 내질렀다.

"난 복종하지 못하겠다, 왜?"

순간, 대청은 온통 웃음바다가 되었다. 모두들 양과가 비록 어린 소년이기는 하지만 참으로 대담하고 똑똑하다며 입을 모았다. 몽고 왕자 곽도가 두 번이나 양과에게 당했으니 그럴 법도 했다.

곽도는 더 이상 참을 수가 없어 뒤로 돌아서며 양과의 뺨을 후려치려 했다. 가볍게 장을 뻗는 것 같았지만, 실은 몽고파 무공의 정화精華를 모아 엄청난 힘을 실은 공격이었다. 만약 양과가 제대로 맞는다면 그 자리에서 기절하고 말 것이었다.

곽정은 위험하다는 생각에 왼손을 뻗어 곽도의 팔을 잡았다.

"어린아이 아닙니까?"

팔만 잡혔을 뿐인데도 곽도는 전신이 마비되는 것 같았다. 곽도는 곽정의 무공에 깜짝 놀라며 두려운 생각이 들었다. 그 틈을 타 양과가 또다시 부러진 철장으로 곽도의 엉덩이를 쳤다.

"짐승 같은 놈, 아빠에게 엉덩이 좀 맞을 테냐?"

좌중은 또다시 웃음바다가 되었다.

"과야, 까불지 말고 물러가지 못하겠느냐?"

몽고의 무사들이 불만을 터뜨렸다.

"둘이서 하나를 공격하다니!"

"비겁하게!"

곽정은 깜짝 놀라 얼른 곽도의 팔을 놓았다. 그 와중에 황용은 양과가 타구봉법을 정확히 구사하는 것을 보고 놀라움을 금치 못했다.

'어떻게 타구봉법을 배웠을까? 최근 몇 개월 동안 내가 노유각을 가르칠 때 몰래 보고 배운 것일까? 그렇지만 매번 노유각을 가르치기 전에 주위를 철저히 살폈는데……. 양과의 무공으로는 날 속일 수 없을 텐데.'

"여보, 이리 좀 와봐요."

황용이 곽정을 불렀다. 그러나 곽정은 행여 양과가 곽도에게 당하지나 않을지 걱정이 되어 두 사람에게서 눈을 떼지 못했다. 과연 곽도가 손과 다리를 연이어 휘두르며 양과를 향해 공격해 들어갔다. 양과는 번개같이 피하며 곽도를 놀려댔다.

"이놈, 엉덩이를 또 때려줄 테다!"

양과는 부러진 철장으로 연신 곽도의 엉덩이를 공격했다. 곽도도 신법을 전개해 양과의 머리를 노렸으나 매번 실패로 돌아갔다. 곽도는 부채로 양과의 머리를 때리려 하고, 양과는 철장으로 곽도의 엉덩이를 후려치려 하면서 두 사람은 대청 가운데에서 원을 그리며 서로 쫓고 쫓았다. 지켜보던 사람들은 처음에는 그저 흥미롭게 생각했으나, 점차 긴장하며 이 기이한 광경을 바라보았다. 양과는 비록 나이는 어렸지만 발이 매우 빠르고 몸놀림이 민첩했다. 여러 바퀴를 도는 동안 전혀 곽도에게 뒤처지지 않았다. 곽도가 여러 번 훌쩍 뛰어올라 양과를 치려 했으나 그때마다 양과가 교묘하게 피하는 바람에 성공하지 못했다.

점창어은과 달이파는 각기 무기를 들고 서로를 노려보고 있었다. 점창어은은 기회를 봐서 다시 공격할 태세였고, 달이파는 기습적인 공격에 대비해 경계를 늦추지 않았다. 그러던 중 곽도가 어린아이 하나를 어찌하지 못하고 쩔쩔매는 모습을 보자 점창어은은 웃음을 터뜨렸고, 달이파는 몽고 말로 욕을 퍼부어댔다.

양과와 곽도 두 사람은 순식간에 또 세 바퀴를 돌았다. 곽도는 상대방의 경공술이 상당히 빠르자 계속 이런 식으로 뒤를 쫓아서는 결판이 나지 않을 것이라고 생각했다. 한참 같은 방향으로 돌던 곽도가 갑자기 뒤로 돌아 양과가 들고 있던 철장의 손잡이를 잡고 부채를 뻗어 다리 부분의 환도혈環跳穴을 찍어갔다. 이제 더 이상은 어린아이를 상대로 하는 장난이 아니었다. 상황은 이미 진지한 무공 대결로 변해 있었다. 그러나 양과는 여전히 곽도와의 정면 대결을 피하는 듯했다. 몸을 살짝 틀어 부채를 피하더니 철장을 비스듬히 흔들면서 계속 약을 올렸다.

"자고로 아이를 훈계할 때 하루에 세 번 이상 때리지 말라 했다. 오늘 네놈은 두 번을 맞았으니 이제 한 번만 더 맞으면 된다."

무공을 겨룰 때 이런 식으로 조롱하는 것은 상대방보다 월등히 뛰어난 무공을 갖춘 경우를 제외하고는 있을 수 없는 일이었다. 양과가 비록 상승 무공을 많이 배우기는 했으나 공력은 곽도보다 훨씬 아래였다. 이런 식으로 장난을 치다 자칫하면 큰 화를 당할 수 있었다. 그러나 두 사람을 지켜보는 좌중은 양과의 장난이 재미있고 우습기만 했다. 모두들 손뼉을 치며 양과를 응원했다.

곽도는 마음이 흐트러지기 시작했다. 천하의 영웅호걸들이 지켜보는 가운데 어린 녀석에게 두 차례나 엉덩이를 얻어맞았으니 그야말로 체면이 말이 아니었다. 그렇다고 모두가 지켜보는 가운데 어린 녀석을 죽일 수도 없는 노릇이었다. 그래서 곽도는 정신을 집중해 피하기만 할 뿐 적극적으로 반격하지 못했다. 양과로서는 다행스러운 일이 아닐 수 없었다.

두 사람의 몸놀림을 지켜보던 황용은 양과가 고수에게 가르침을 받았다는 것을 알 수 있었다. 무공이 이미 상당한 경지에 이른 듯했다. 생각해보니 낮에 자신에게 기를 불어넣어준 것도 내공이 강하지 않고서는 불가능한 일이었다.

'차라리 양과가 저렇게 한바탕 난리를 피워서 우리 쪽이 두 차례나 진 사실을 대충 무마해보는 것도 좋은 방법이겠다.'

황용이 양과를 불렀다.

"과야, 장난하지 말고 정식으로 겨루어보아라. 내가 보니 저 사람은 네 적수가 못 된다."

양과가 곽도를 향해 혀를 날름거렸다.

"덤빌 자신 있어?"

곽도는 비록 화가 치밀기는 했으나 이 때문에 대사를 망쳐서는 안 된다는 생각이 들었다. 이쪽이 이미 두 차례를 이겼으니 맹주의 자리는 떼어놓은 당상인데 이런 상황에서 쓸데없는 말썽을 자초해서는 안 될 터였다.

"쥐새끼 같은 놈이 이렇게 무례하게 구는 것을 바로잡아야 마땅하나, 지금은 천하 무림의 맹주이신 금륜국사께서 이 자리에 계신 여러분께 교시를 내리시고자 하니 모두들 경청하기 바라오."

좌중이 다시 술렁이기 시작했다. 여기저기서 불만과 항의의 소리가 터져 나왔다. 곽도가 일침을 놓았다.

"분명 무공을 겨루기 전에 세 번 중 두 번을 먼저 이기는 쪽이 맹주가 되기로 약속을 했지 않소? 그래, 약속을 어기겠다 이 말이오?"

자리에 모인 사람들은 대부분 강호에서 이름 있는 자들로 신의를 생명처럼 생각하며 살아왔다. 그러니 한번 한 약속을 지키지 않는다는 것은 있을 수 없는 일이었다. 그러나 결과를 순순히 받아들이기에는 너무나 억울한 승부였다. 첫 번째는 다 이긴 싸움인데 상대방이 비겁하게 기습을 전개해 지게 되었고, 두 번째는 무기가 먼저 부러졌을 뿐 무공을 겨루어 진 것이 아니었다. 그러니 결과를 인정할 수도, 딱히 뭐라 반박할 말도 없는 상황이었다.

그런데 다시 양과가 앞으로 나서며 손을 흔들었다.

"이건 안 돼! 이렇게 못생기고 비쩍 마른 중이 어떻게 무림의 맹주라는 거야? 난 인정할 수 없어."

곽도는 치밀어 오르는 화를 눌러 참으며 좌중을 향해 말했다.

"대체 이 아이의 사부가 누구요? 어서 데려가지 않으면 나도 더 이상 참지 않겠소."

"내 사부님이야말로 무림의 맹주 자격이 있는 분이지. 어디 너의 사부에 비기겠어?"

"네 사부가 누구냐? 어서 나오라고 해라."

곽도는 양과의 무공이 범상치 않은 것을 보고 사부는 상당한 고수일 것이라 생각했다. 양과가 말했다.

"가만 보니, 오늘 무림의 맹주 자리를 놓고 다투는 싸움은 모두 제자가 사부를 대신해서 싸우는 모양인데, 맞지?"

"그렇다. 우리가 세 번의 싸움에서 두 번을 먼저 이겼으니 우리 사부님이 맹주시다."

"누가 이겼다는 거야? 우리 사부님은 아직 제자를 내놓지 않았으니 난 절대 인정할 수 없다!"

"네 사부의 제자가 누군데?"

"바보! 우리 사부의 제자는 물론 나지."

사람들이 또다시 웃기 시작했다.

"우리도 세 번을 겨루자. 나하고 겨뤄서 두 번을 이기면 그땐 저 땡중을 맹주로 인정해주지. 그렇지만 만약 내가 두 번을 이기면 미안하지만, 무림의 맹주 자리는 우리 사부님 몫이야."

듣고 있던 사람들이 모두 함성을 터뜨렸다. 양과의 사부가 누구인지는 모르지만 상당한 인물임에는 틀림없을 것 같았다. 그리고 어쨌든 한인일 터이니 몽고의 금륜국사가 맹주가 되는 것보다는 나을 것이라는 생각이 들었다. 사실 양과가 곽도를 이기리라는 보장은 없었지만 금륜국사가 맹주를 차지하게 된 마당이니 지푸라기라도 잡고 싶은 심정이었다.

"맞아, 누구든지 맹주가 되고 싶은 사람이 있다면 그 사람과도 겨루어 정당하게 승부를 내는 것이 마땅하지."

"일리가 있는 말이네."

"흥! 비겁한 방법으로 이겨놓고 부끄럽지도 않느냐?"

군중들이 웅성거렸다. 곽도는 잠시 생각에 잠겼다.

'어차피 저런 애송이 하나 덤빈다고 해서 두려울 것은 없으나, 만약

저들이 차륜전법車輪戰法으로 계속해서 이런 식으로 덤빈다면 그땐 어쩌지?'

"물론 네놈의 사부께서 맹주 자리를 위해 무공을 겨루겠다 하는 것은 당연한 일이나 천하에 영웅호걸이 한둘이 아니거늘 이런 식으로 싸워서 언제 승부를 가린단 말이냐?"

"다른 사람이 맹주가 되는 건 상관없다. 그러나 우리 사부님께선 당신의 사부가 맹주가 되는 것만큼은 못 참으시겠다고 한다."

"대관절 너의 사부가 누구냐? 지금 어디 계시냐?"

양과가 웃으며 대답했다.

"지금 네 눈앞에 계신다. 선자, 이놈이 선자께 인사를 올린다는데요."

소용녀가 곽도를 향해 고개를 끄덕였다. 좌중은 잠시 조용해졌다가 이내 폭소가 터졌다. 저토록 여리고 아름다운 데다 나이조차 어린 소녀가 어찌 양과의 사부가 될 수 있으며, 무림의 맹주가 되겠다는 말인가. 사람들은 양과가 곽도를 놀리려는 것이라 생각했다. 다만 학대통, 조지경, 견지병 등 몇 사람만이 양과의 말이 사실이란 걸 알았다. 영리하고 눈치 빠른 황용조차 저렇게 여리고 가냘픈 소녀가 양과의 사부라는 말을 믿지 않았다.

곽도가 버럭 화를 냈다.

"지금 장난하자는 거냐? 어른들이 모여 중대사를 논하는 자리에서 어린놈이 어찌 이리 함부로 까부는 거냐? 어서 꺼지지 못해?"

"당신 사부는 저렇게 까맣고 못생긴 데다 구시렁대는 게 무슨 말인지 도통 알아들을 수도 없잖아. 내 사부님을 봐. 얼마나 예쁘고 아름다워? 무림의 맹주라면 아무래도 우리 사부님이 훨씬 낫지."

소용녀는 양과가 자신을 칭찬하자 기분이 좋아 활짝 미소를 지었다. 그 모습이 그야말로 꽃과 같이 아름다웠다.

지켜보던 사람들은 양과의 대담한 말과 행동에 속이 다 후련하면서도 은근히 걱정이 되었다. 저러다 문득 곽도가 살수를 쓰면 목숨을 보존키 어려울 것 같았다. 과연 상황이 이 지경에 이르자 곽도는 더 이상 참을 수가 없었다.

"여러분, 제가 이 아이를 죽인다 해도 그건 이 아이가 자초한 일이니 저를 탓하지 마십시오."

곽도는 부채를 휘둘러 양과의 머리를 향해 내리쳤다. 그러나 양과는 전혀 두려워하는 기색도 없이 가볍게 부채를 피한 후, 가슴을 쭉 펴고 배를 내밀더니 곽도의 말투를 흉내 내어 좌중을 향해 말했다.

"여러분, 제가 오늘 이 어른을 죽인다 해도 그건 이 어른이 자초한 일이니 저를 탓하지 마십시오."

대청이 또 한바탕 웃음소리로 떠들썩해졌다. 그때 양과가 갑자기 철장으로 곽도의 엉덩이를 향해 휘둘렀다. 곽도는 몸을 돌려 피하면서 부채를 비스듬히 뻗는 동시에 양과의 정수리를 향해 바람과 같이 왼손을 날렸다. 부채는 허였고, 장이 실이었다. 곽도는 왼쪽 손바닥에 온힘을 모두 실었다. 이 한 번의 장력으로 양과의 머리를 날려버릴 작정이었다. 양과는 몸을 번뜩여 피하면서 손에 잡히는 대로 네모난 탁자를 곽도 쪽으로 밀었다. 그러자 곽도의 장력이 정확히 탁자 위로 떨어졌다. 탁자는 그 자리에서 두 동강이 났고 나무 파편이 사방으로 튀었다. 모두들 곽도의 장력에 혀를 내둘렀다. 곽도는 눈에 핏발이 서리며 발로 두 동강 난 탁자를 차버린 후 양과의 뒤를 쫓았다.

양과는 곽도의 공격이 더 이상 장난이 아님을 알고 정신을 바짝 차리고 맞서기 시작했다. 신속히 철장을 휘둘러 타구봉법으로 곽도를 공격했다. 양과는 화산 정상에서 홍칠공에게 타구봉법의 초식을 직접 전수받은 후, 며칠 동안 구양봉을 상대로 모든 초식을 시연해본 데다 황용이 노유각에게 타구봉을 가르치는 것을 몰래 훔쳐보면서 구결과 초식의 변화를 자세히 들어두었기 때문에 아주 익숙하게 타구봉법을 구사할 수 있었다. 그러나 사용하는 무기가 타구봉이 아닌 부러진 철장이고 무게가 너무 무거워서 자유자재로 움직일 수 없었다. 결국 10여 초식을 겨룬 끝에 점점 밀리더니 곽도의 부채에 몰리게 되었다.

황용은 양과의 무공이 분명 타구봉법임을 알아보았다. 비록 아직 완벽하게 익히지는 못했지만 자세가 꽤 잡혀 있는 듯했다. 황용은 양과가 철장의 무게 때문에 불편해하는 것을 보고 타구봉을 들고 대청 중앙으로 나섰다.

"과야, 개를 때릴 때는 타구봉을 사용해야지. 노 방주의 타구봉을 잠시 네게 빌려주마. 저 못된 개를 때려잡은 후에 다시 돌려주려무나."

타구봉은 개방 방주의 상징이었기 때문에 황용은 특별히 '빌려주겠다'는 말을 강조했다. 양과는 크게 기뻐하며 타구봉을 받아 들었다. 황용이 양과의 귀에 대고 속삭였다.

"저 녀석을 궁지에 몰아 해독약을 내놓도록 해라."

양과는 조금 전 주자류가 암기에 맞아 다친 상황을 보지 못했기 때문에 황용이 무슨 말을 하는지 알아듣지 못했다. 그러는 사이 곽도가 잽싸게 장풍을 뻗어 공격해왔다. 맞불 작전으로 양과도 타구봉을 들어 곽도의 아랫배를 공격해갔다. 타구봉은 매우 가벼우면서도 견고했다. 죽봉의 길이나 무게가 타구봉법의 절묘함을 가장 잘 구현해낼 수 있도록 만들어진 타구봉으로 공격하니 그 위력이 자연 강해질 수밖에 없었다.

곽도가 장력을 발출하며 양과의 목을 내리치려는 순간, 양과의 타구봉이 자신의 배꼽 밑 관원혈關元穴을 향해 공격해 들어오는 것이 보였다. 관원혈은 신체의 요혈要穴이었다. 공력이 깊지 않은 어린 소년이 이토록 정확하게 혈의 위치를 파악하고 있다니 놀라운 일이 아닐 수 없었다. 곽도는 양과와 몇 초식을 겨루면서 단지 몸놀림이 민첩하고 고수에게 배운 적이 있는 어린 소년 정도로만 생각했으나, 지금 양과가 정확하게 요혈을 공격하는 것을 보고 실력이 만만치 않은 아이라는 걸 알아차렸다. 곽도는 즉시 장을 거두고 옆으로 비켜서면서 부채로 배를 가렸다. 지켜보던 사람들은 곽도가 갑작스레 공세를 거두고 방어 태세를 취하는 것을 보고 의아하게 생각했다.

"잠깐! 난 결코 공짜로 싸우는 법이 없다. 내기를 하는 게 어떻겠느냐!"

양과가 말하자 곽도가 대답했다.

"좋다! 만약 네놈이 지면 나에게 세 번 절하고 세 번 할아버지라고 불러라."

양과는 또 장난기가 발동해 일부러 못 들은 척하면서 진지한 표정으로 물었다.

"뭐라고 부르라고?"

곽도는 어려서부터 몽고와 서장에서 거칠지만 소박한 사람들 틈에서 자랐기 때문에 이런 말장난에 익숙지 않았다. 그런 탓에 강남 어린 아이들의 교활한 말솜씨를 알 턱이 없었다. 곽도는 아무 생각 없이 묻는 대로 대답했다.

"할아버지."

양과는 거드름을 피우면서 대답했다.

"오냐, 우리 예쁜 손자. 한 번 더 불러보려무나."

대청은 또다시 웃음바다가 되었다. 곽도는 또 속은 것을 알고 이를 악물고 부채를 펴는 동시에 왼손을 뻗어 일장을 가했다.

양과는 곽도의 공격을 잽싸게 피하며 말을 계속했다.

"그럼 네가 지면 해독약을 내놓아야 한다."

"내가 진다고? 꿈 깨라, 이 짐승 같은 놈아!"

"짐승 같은 놈이 누군데?"

"네놈이 짐승 같은……."

곽도는 문득 또 말장난에 걸려드는 것이 아닌가 싶어 얼른 입을 다물었다.

"몽고 왕자님, 내가 한 수 가르쳐줄 터이니 잘 배워보시게."

이렇듯 양과는 자신 있게 말하고는 있었지만 몸은 점차 힘들어졌다. 사실 곽도는 금륜국사가 자랑스러워하는 우수한 제자로서 몽고 무공의 정화를 모두 배운 사람이었다. 곧 일등대사의 수제자인 주자류와 1,000여 초식을 넘게 겨뤘어도 결코 밀리지 않았다. 공력의 깊이로 본다면 양과는 결코 그의 적수가 될 수 없었다. 처음에야 양과가 곽도의 화를 돋우자 흥분한 나머지 차분하게 응대하지 못했고, 또 전력을 다하지도 않았기 때문에 양과가 다소 우위를 점할 수 있었으나 지금은 상황이 달랐다. 두 사람 모두 전심전력으로 20여 초식을 겨루고 나자 양과가 점차 수세에 몰렸다. 그러나 지켜보던 사람들은 양과가 어린 나이에도 불구하고 저렇게 끈질기게 잘 버텨온 것에 칭찬을 아끼지 않았다.

"대단한 아이로군!"

"대체 어느 문파의 제자일까?"

곽도는 적이 점차 수세에 몰리는 것을 보고 장력에 더욱 힘을 실었다. 양과가 구사하고 있는 타구봉법은 본디 변화무쌍해 곽도가 부채나 장법으로 막을 수 있는 것이 아니었다. 다만 양과가 타구봉법의 구결을 배운 지 얼마 되지 않아 별다른 연습도 없이 바로 실전에 나서다 보니 위력이 크게 떨어진 것뿐이었다. 사실 그 정도 구사하는 것도 양과가 워낙 총명하기 때문에 가능한 일이었다. 그렇지 않고서야 황용이 구결을 읊는 것을 한 번 듣고서 어찌 그토록 잘 기억해낼 수 있겠는가.

그러나 몇 초식을 더 겨루자 양과는 점점 더 버티기가 힘들어졌다. 곽부와 무씨 형제는 대청에서 무공 대결이 시작된 후 서로 머리를 맞대고 뭐라 수군대가며 대결을 지켜보았다. 그러다 양과가 나서서 싸우게 되자 세 사람 모두 깜짝 놀랐다. 무씨 형제는 하룻강아지 범 무서운 줄 모르고 날뛴다며 양과를 비웃었지만, 곽부는 일부러 양과 편을 들어 용감하고 남자답다며 칭찬을 했다. 무씨 형제는 그런 곽부의 행동이 마음에 들지 않았다. 처음에 양과와 소용녀가 연인 사이처럼 보여 무씨 형제는 은근히 마음이 놓였다. 그러다 양과가 소용녀를 사부라고 소개하자 다시 머리가 무거워졌다. 그런데 지금 양과가 곽도에게 밀려 곤경에 처하게 되니 무씨 형제는 양과가 지면 적들이 이기게 된다는 것을 알면서도 은근히 양과가 졌으면 하는 마음이 들었다. 사실 솔직히 말하면 곽도가 완벽하게 양과를 짓밟아주었으면 했다.

그러나 곽부의 마음은 달랐다. 그녀는 양과를 딱히 좋아하지도 않았지만, 그렇다고 나쁜 감정도 없었다. 다만 부모님이 워낙 무능하고 무공도 할 줄 모르는 사람에게 자기를 시집보내려 하자 괜히 자존심이 상해 일시적으로 화가 났을 뿐이었다. 그런데 이제 보니 양과의 무공 실력이 생각과는 달리 매우 뛰어나 깜짝 놀랐을 뿐만 아니라 양과가 위험에 처하자 걱정이 되기도 했다.

양과는 이런 식으로 싸우다가는 10여 초식 이내에 자신이 패하고 말 것이라는 생각이 들었다. 얼핏 고개를 돌려 소용녀를 바라보니 미간을 찌푸린 채 신경을 곤두세우고 두 사람을 지켜보고 있었다. 여차하면 일어나 도울 기세였다. 양과는 문득 좋은 생각이 떠올라 얼른 타구봉을 치켜들고 몸을 날려 소용녀의 다리 위를 뛰어 지나갔다. 곽도가 소리를 지르며 양과의 뒤를 쫓았다.

"어딜 도망가느냐?"

소용녀는 고개를 끄덕였다. 그러고는 곽도가 자신의 다리 위를 지나는 순간 발을 살짝 들어 왼쪽 발끝으로 오른발의 곤륜혈昆侖穴을, 오른쪽 발끝으로 왼발의 용천혈涌泉穴을 찍었다. 그러나 곽도는 무공이 이미 상당한 경지에 오른지라 소용녀의 기습을 금세 눈치채고 원앙연환퇴鴛鴦連環腿 초식을 구사해 양발을 허공에서 재빠르게 놀려 가까스로 피할 수 있었다. 순식간에 일어난 공격과 방어인지라 옆 사람들은 전혀 눈치도 채지 못했다.

양과는 소용녀가 자신을 도와 공격해줄 것을 믿고 곽도가 아직 땅에 떨어지기 전에 번개같이 타구봉을 휘둘렀다. 곽도는 부채를 휘둘러 타구봉을 막아내면서 그 힘을 받아 몸을 옆으로 날려 소용녀에게서 멀리 떨어졌다. 곽도는 비록 적이지만 경탄을 금할 수 없었다.

'과연 중원에는 대단한 인물이 많구나. 대체 저 어린 남녀는 스무 살도 되지 않은 나이에 어찌 저런 대단한 무공을 익혔을까?'

양과는 여세를 몰아 빠른 속도로 타구봉법의 살초를 전개했다. 곽도는 소용녀의 공격으로 놀란 가슴을 미처 진정시키지도 못했는데 양과의 살초를 받아내려니 힘에 겨웠다. 그러나 역시 네 초식이 지나고 나자 전세는 다시 뒤집혀 곽도가 우위를 점했다.

다른 사람들이야 타구봉법을 전혀 모르니 별생각이 없겠지만, 황용은 안타까운 마음에 탄식을 연발했다. 양과가 비록 초식과 구결을 알고 있는 듯했지만, 적시에 적절한 초식과 구결을 펼치지 못하니 번번이 곽도에게 막히는 것 같았다. 보다 못한 황용이 큰 소리로 양과에게 공격의 비결을 알려주었다.

"봉회략지시묘수棒廻掠地施妙手, 횡타쌍구막회두橫打双狗莫回頭!"

황용의 지시를 받자 타구봉법의 위력이 갑자기 강해지기 시작했다. 양과는 정확히 이해할 수는 없었지만 황용이 지시하는 대로 타구봉을 땅을 쓸 듯 횡으로 휘둘렀다가 정면을 향해 찔렀다. 곽도는 얼른 부채를 비스듬히 휘둘러 막으려 했으나, 양과의 초식이 예사롭지 않게 보여 부채를 거두고 얼른 뒤로 물러났다. 황용이 또다시 읊조렸다.

"구급도장여하타狗急跳牆如何打, 쾌격구둔벽구미快擊狗臀劈狗尾!"

황용이 읊조린 문구들은 타구봉법을 전문으로 가르칠 때 필요한 구결로, 개가 다급해져 담장을 넘으려 하면 잽싸게 엉덩이를 갈기고 꼬리를 후려치라는 뜻이었다. 이것은 또한 개방 제자들이 구걸을 할 때 지켜야 할 일들을 읊는 것이기도 했다. 개방 대대로 전해져 내려오는 문구이기 때문에 일반 제자들에게도 익숙했지만 그들은 이것이 타구봉법과 연결된다는 것을 모를 뿐이었다. 그렇기 때문에 다른 사람들은 황용이 읊조리는 말을 듣고서도 그저 곽도를 조롱하는 것이려니 생각했을 뿐 무공의 초식을 알려주고 있다고는 생각지 못했다.

사실 타구봉법은 개방 방주 이외에는 남에게 전수해서는 안 되는 것이었지만 양과가 이미 타구봉법을 알고 있는 데다 이 싸움이 중원의 무림에 절대적인 영향을 미치는 중요한 대결이기에 황용은 어쩔 수 없이 양과에게 타구봉법의 초식을 알려주게 된 것이다.

양과는 워낙 총명해서 황용의 지시에 따라 전개한 몇 차례의 공격이 효과를 거두자 이제는 황용의 말이 미처 끝나기도 전에 척척 알아서 공격을 전개했다.

타구봉법의 초식이 적재적소에 펼쳐지자 그 위력이 실로 대단했다. 곽도는 타구봉의 공격을 당해내지 못했고 이제 몇 초식만 더 겨루면 양과가 충분히 이길 수 있을 것 같았다. 대청은 점점 뜨거운 열기로 가득해졌고, 지켜보던 사람들의 함성 소리도 점점 높아져갔다.

곽도가 갑자기 고함을 질렀다.

"잠깐!"

"왜? 우리 손자가 패배를 인정하시려나?"

곽도의 얼굴이 분노로 흙빛이 되었다.

"넌 분명 사부님을 위해서 싸운다 하였거늘 어찌 홍칠공의 무공을 사용하느냐? 만약 네놈이 홍칠공의 문하라면, 이것은 이미 끝난 이야기다. 대체 무슨 수작을 부리는 거냐?"

황용이 생각해보니 곽도의 말이 옳았다. 그런 탓에 개방 측에서도 딱히 대답할 말이 없었다. 잠시 침묵이 흐른 뒤, 황용이 나서서 어떻게

든 상황을 무마해보려는 순간, 양과가 입을 열었다.

"처음으로 옳은 말을 하는구나. 이 타구봉법은 사실 우리 사부님이 전수해주신 무공이 아니다. 생각해보니 타구봉법으로 이기면 당신도 조금 억울하겠군. 우리 사부님의 무공을 보여주는 것은 어렵지 않다. 다만 내 진짜 무공을 사용하면 당신이 너무 처참하게 질까 봐 봐주려 했을 뿐이다."

그렇게 말하면서 양과는 속으로 생각했다.

'저놈의 말이 맞아. 만약 내가 타구봉법으로 이기면 우리 선자의 무공을 선보일 기회가 없잖아? 깨우쳐줘서 고맙군.'

양과는 얼른 소용녀를 바라보았다. 소용녀는 애정이 가득한 눈으로 양과를 쳐다보고 있었다. 사실 소용녀는 이 순간 양과를 바라보고 있는 것만으로도 충분히 행복했다. 양과가 어느 문파의 무공을 사용하든 그것은 그다지 중요하지 않았다. 또한 상대와 겨루어 승패를 가르는 것에도 관심이 없었다.

양과의 말을 듣고 곽도는 크게 기뻐했다.

'타구봉법만 아니라면 네까짓 놈은 아무것도 아니다.'

곽도는 냉소를 지으며 말했다.

"좋다, 이제 네 사부님의 무공을 한번 보자꾸나."

양과와 소용녀가 익힌 무공의 정수는 검법이었다.

"누가 검을 좀 빌려주시지요."

양과가 좌중을 둘러보았다. 대청에 있는 2,000명 넘는 사람들 대부분이 검을 가지고 있었다. 양과의 말을 듣자 모두들 서로 자신의 검을 빌려주겠다며 나섰다.

학대통과 손불이는 왕중양을 사부로 모시기 전부터 의협과 충의가 깊었는데, 후에 왕중양의 가르침을 받고 나서 나라를 위하는 마음이 더욱 강해졌다. 양과가 전진교를 나갔을 때 두 사람은 매우 분개했으나 지금 양과가 외부의 적을 맞아 최선을 다해 싸우는 모습을 보자 사적인 마음을 버리고 진심으로 양과를 응원하게 되었다. 손불이는 전진칠자 중 무공이 가장 약했다. 그래서인지 왕중양은 임종을 앞두고 전진교의 보검을 손불이에게 물려주었다. 아마도 좋은 무기로 무공의 부족함을 덮어주고 싶은 심정이었을 것이다. 손불이는 양과가 검을 빌리려 하는 것을 보자 선뜻 나서 두 손으로 보검을 받쳐 들고 양과를 향해 내밀었다.

"이 검을 쓰거라."

양과가 살펴보니 과연 대단히 예리한 보검이었다. 만약 이 검으로 곽도를 상대한다면 큰 도움이 될 것 같았다. 그러나 손불이가 걸친 도포를 보는 순간 문득 중양궁에서 갖은 수모를 당했던 일과 노파가 학대통의 손에 목숨을 잃었다는 사실이 떠올랐다. 양과는 손불이가 내민 검을 받지 않고 몸을 돌려 개방의 제자가 내민 검고 녹슨 철검을 받아 들었다.

"이 검을 빌리도록 하지요."

손불이는 그 자리에 선 채 무안해 어찌할 바를 몰랐다. 호의에서 검을 빌려주려 했는데 이렇게 무례하게 거절당하니 화가 나지 않을 수 없었다. 생각 같아선 한바탕 꾸짖어주고 싶었으나 쓸데없는 분쟁을 일으켜서는 안 되겠기에 화를 꾹 눌러 참으며 제자리로 돌아갔다. 양과는 성격이 너무 강직하고 애증이 지나치게 분명한 것이 탈이었다. 사실 이번이 전진교와 화해할 수 있는 좋은 기회였는데, 쌍방의 감정의

골이 더욱 깊어지고 말았다.

곽도는 양과가 보검을 받지 않고 녹슨 철검을 빌리는 것을 보고 지레 겁을 먹었다. 원래 무공이 절대 경지에 오르면 무기는 별로 중요하지 않은 법이다. 상대방이 굳이 보검을 마다하고 녹슨 철검을 빌리다니 무언가 믿는 구석이 있는 게 분명하다고 생각했다. 곽도는 다소 초조해져서 부채를 두어 차례 펼쳤다가 다시 접었다. 그 틈에 주자류가 부채 위에 쓴 글씨가 드러나자 양과가 웃음을 터뜨렸다.

"당신이 야만족이라는 건 누구나 다 아는 사실인데 굳이 부채에 써 가지고 다닐 필요는 없지 않소. 하하하!"

곽도는 창피해서 얼굴이 달아올랐다. 순식간에 부채를 뻗어 양과의 견정혈肩井穴을 노리는 동시에 위에서 아래로 왼손의 장력을 내리쳤다. 그 장력이 어찌나 센지 바람을 가르는 소리가 매섭게 울렸다.

양과는 옥녀검법으로 응대했다. 지난날 임조영은 고묘에서 〈옥녀심경〉을 만들어낸 후 묘 밖으로 한 번도 나가지 않았다. 후에 시중드는 아이에게 무공을 전수해주었고, 그녀가 소용녀에게, 소용녀가 다시 양과에게 〈옥녀심경〉을 전수했다. 소용녀에게 무공을 전수해준 사부는 무림에 나가본 적이 없을 뿐만 아니라 종남산에서 한 걸음도 벗어나 본 적이 없었다. 이막수가 비록 소용녀의 사자이긴 하나 그녀는 〈옥녀심경〉의 정수인 최고 검법은 배우지 못했다. 다만 불진과 장법, 암기로 강호에 이름을 떨쳤을 뿐이었다. 그래서 대청에 모인 각 문파의 고수들 중 어느 누구도 지금 양과가 펼치고 있는 고묘파의 정통 검법을 알아보는 자가 없었다. 이 검법은 창시자뿐 아니라 이 대에 걸친 제자들이 모두 여자였기 때문에 매우 부드럽고 가벼웠으며, 소용녀가 양과를 가르칠 때도 그런 여성의 풍모를 벗어날 수는 없었다. 그러나 양과는 〈옥녀심경〉을 배운 후 스스로 수련하는 과정에서 이런 여성적인 부분을 도리어 민첩함과 날렵함으로 바꾸어놓았다.

고묘파의 경공은 천하제일이라 할 만했다. 양과는 고묘파의 경공으로 대청을 나는 듯 누비며 한 초식이 끝나기도 전에 또 다른 초식을 이어나갔다. 초식이 시작될 때 왼쪽에 있던 양과가 칼끝을 펼쳐 보일 때는 이미 오른쪽에 옮겨와 있었다. 마치 검과 사람이 완전히 따로 노는 듯한 모습이었다. 10여 초식이 지나자 지켜보던 사람들 사이에서 절로 감탄이 터져 나왔다.

곽도의 부채 무공도 원래는 무림에서 상당히 권위 있는 절공絶功이었으나 난생처음 보는 고묘파의 검법과 경공술 앞에서는 전혀 위력을 발휘하지 못했다. 게다가 곽도는 주자류가 부채 위에 써놓은 글씨 때문에 양과에게 조롱을 당하고 난 뒤라 마음껏 부채를 펼칠 수가 없어 초식에도 상당한 제한을 받았다.

곽부와 무씨 형제는 양과의 검법을 보고 눈이 휘둥그레졌다. 가장 기뻐한 사람은 물론 곽정이었다. 그는 의형제의 아들인 양과가 이렇듯 고강한 무공을 익힌 것을 보고 뿌듯한 마음을 감출 수가 없었다. 양씨 집안과의 교분을 생각하니 더욱 감개무량해 연신 싱글벙글 미소를 지었다. 황용은 남편의 그런 모습을 보고 그의 오른손을 꼭 쥐어주었다.

곽도는 점점 초조해졌다. 만약 여기서 저런 애송이에게 진다면 어찌 고개를 들고 중원을 활보할 수 있겠는가. 그런 생각을 하는 찰나에도 양과의 공격은 끊임없이 이어졌다. 마치 칼끝이 갈라지는 듯하면서 한 가지 초식이 세 줄기 공격으로 나누어지며 펼쳐졌다. 응수하지 못하고 피한다면 열세에 몰리게 될 것이 뻔했다. 곽도는 어쩔 수 없이 부채를 펼쳐 양과의 공격을 막은 후 광풍신뢰공으로 반격했다. 그는 왼쪽 소매를 휘둘러 질풍을 일으키며 양과를 향해 팔을 뻗었다. 놀랍게도 소매 속에는 철장鐵掌이 숨겨져 있었다. 사실 곽도가 어린 양과를 상대하면서 이런 방법을 사용한다는 것은 설사 이긴다 해도 체면이 크게 깎이는 것이었지만 상황이 너무 급박하니 체면 따위를 고려할 여유가 없었다. 곽도는 날카로운 괴성을 지르며 연속해서 공격을 퍼부었다.

양과는 가볍고 경쾌하게 춤을 추듯이 검을 휘둘렀다. 매 초식이 끊임없이 부드럽게 이어지는 것이 그 자태가 매우 우아하고 품위 있으면서도 여유가 넘쳤다. 옥녀검법은 원래가 우아한 자태의 절묘함으로 상대방을 제압하는 무공이었다. 상대방의 초식이 급하고 거세질수록 양과의 여유 있는 자태는 더욱 아름답게 펼쳐졌다. 양과가 입고 있는 의복은 비록 남루했지만, 이 검법을 오묘하게 사용하며 사람들 앞에서 우아하게 펼쳐 보이자 양과의 모습이 마치 속세를 떠난 청아하고 준수한 공자처럼 보였다. 그러나 양과가 너무 기품 있는 자세에만 신경을 쓰자 검의 위력이 절로 떨어졌다. 그렇게 되니 목숨을 걸고 덤비는 곽도에게 또다시 밀리게 되었다.

곽정과 황용은 양과가 위기에 처하자 양미간을 찌푸렸다. 곽도의 부채와 소매가 휘날리면서 연신 엄청난 질풍이 일자 서서히 불안해지기 시작했다.

"위험해……."

곽정과 황용은 마음을 졸였다. 바로 그때였다.

"조심해! 암기다!"

뜻밖에도 양과의 목소리였다. 곽도는 흠칫 뒤로 물러섰다. 조금 전 자신이 암기를 사용해 주자류에게 부상을 입혔기 때문에 양과의 철검에도 자신의 부채와 마찬가지로 암기가 숨겨져 있는 줄만 알았다. 어쩐지 보검을 마다하고 녹슨 철검을 선택할 때부터 무언가 의심스러웠다. 자신이 사용한 방법을 상대방이라고 사용하지 못할 이유가 있겠는가. 마침 양과의 철검이 자신의 얼굴을 겨냥하고 있어 곽도는 황급히 왼쪽으로 뛰어 비켜섰다. 그런데 뜻밖에 암기가 발사되기는커녕 양과의 철검이 곽도를 따라 왼쪽을 향해 찌르고 들어왔다.

곽도는 속은 것을 알고 버럭 화를 냈다.

"이런 짐승 같은 놈!"

"짐승 같은 놈이 누군데?"

곽도는 더 이상 대꾸하지 않고 빠른 속도로 장을 휘둘러 공격했다. 그러자 양과가 왼손을 쳐들며 또 소리쳤다.

"이번엔 진짜 암기다!"

곽도는 깜짝 놀라 오른쪽으로 피했다. 순간, 양과의 검이 기다렸다는 듯이 오른쪽을 향해 공격해왔다. 검날이 아슬아슬하게 곽도의 오른쪽 어깨를 스쳐 지나갔다.

"아깝다!"

대청에 모인 사람들이 안타까운 마음에 탄식을 내질렀다. 곽도는 비록 구사일생으로 살아나기는 했으나 놀란 나머지 등에서 식은땀이 흘렀다. 양과는 왼손을 휘두르며 또 소리쳤다.

"암기다!"

곽도는 더 이상 양과의 말에 신경 쓰지 않고 장을 휘둘러 공격했다.

과연 이번에도 암기는 없었다. 양과가 앞으로 나서며 왼손을 휘젓더니 네 번째로 소리쳤다.

"암기다!"

"이런 짐승……."

그런데 말을 끝내기도 전에 무언가 반짝이는 물건이 엄청난 속도로 자신을 향해 뻗쳐왔다. 몇 차례 속은 뒤라 이번에도 거짓말이려니 생각하며 방심하고 있던 곽도는 혼비백산해서 뒤로 물러서려 했으나 이미 때는 늦었다.

"으윽!"

다리에 갑자기 따끔한 느낌이 들었다. 무언가 작고 가느다란 암기에 맞은 듯했다. 곽도는 암기가 크지 않은 것으로 보아 생명에는 지장이 없을 것 같다고 생각했다. 그러다 화가 치밀어 다짜고짜 부채로 양과를 찌르는 동시에 장을 내리쳤다. 마음 같아선 지금 당장 애송이 녀석의 머리통을 부숴놓고 싶었다. 이미 승패가 결정된 상황인 만큼 양과는 곽도의 공격에 응하지 않고 검을 휘둘러 막는 자세만 취했다. 양과가 히죽거리며 말했다.

"내가 몇 번이나 친절하게 경고했잖아. 안 믿은 당신이 문제지. 그렇지 않아?"

곽도는 이성을 잃은 듯했다.

"으앙……! 네 이놈!"

괴성을 지르며 막 장을 휘두르려는 순간, 갑자기 다리가 마비되었다. 마치 커다란 모기한테 물린 것 같은 느낌이 들었다. 다리에 이내 통증이 느껴지면서 간지럽기 시작했다. 꾹 참고 다시 공격해보려 했으나 개미 떼가 다리를 물어뜯는 것 같아 견디기 어려웠다.

'암기에 독이 묻어 있었나 보군!'

곽도는 더 이상 양과에게 신경 쓸 여유가 없었다. 부채를 던져버리고 자리에 앉아 다리를 긁었다. 그러나 아무리 긁어도 내부 깊은 곳에서 느껴지는 통증과 가려움은 가라앉지 않았다.

"으악!"

마침내 곽도는 고통스러운 소리를 내지르며 땅바닥에 쓰러져 뒹굴기 시작했다. 고묘파의 옥봉침은 천하에 보기 드문 맹독이었다. 한 대를 맞아도 견딜 수 없는데 열을 내며 한창 싸우던 중에 맞았으니 그 발작 속도가 배가될 게 자명했다. 아무리 고수라 하더라도 당해낼 재간이 없었다.

달이파가 성큼성큼 걸어 나오더니 사제를 안아다가 사부의 손에 맡기고 몸을 돌려 양과를 노려보았다.

"네 이놈! 나와 겨루자!"

달이파는 다짜고짜 금강저를 횡으로 휘두르며 양과의 허리를 공격했다. 금강저가 황금빛으로 빛났다. 보기만 해도 극히 무거워 보이는 금강저를 달이파는 자유자재로 신속하게 다루었다. 정말 엄청난 팔 힘이었다.

양과는 양발을 땅에서 떼지 않은 채 허리 부분만 뒤로 빼며 상체를 숙여 금강저를 피했다. 금강저는 양과의 배 앞을 스쳐 지나갔다. 그런데 뜻밖에도 달이파가 손에 힘을 주니 횡으로 양과의 배 앞을 스쳐가던 금강저가 갑자기 방향을 바꿔 정면을 향해 공격해왔다. 이렇게 무거운 무기를 휘두르면서도 횡에서 직으로 즉시 방향을 바꿀 수 있다니 그야말로 놀라울 따름이었다. 양과는 깜짝 놀라 철검을 금강저 위에 내리치며 그 힘을 받아 공중 높이 뛰어올랐다.

"어딜 도망가려느냐?"

달이파가 우레와 같은 괴성을 지르며 허공을 향해 공격했다. 양과는 아직 허공에 떠 있는 상태인지라 몸을 돌리기가 쉽지 않았다. 양과는 어차피 위험한 상황이니 모험을 해보자는 생각에 한 손으로 금강저의 끝을 잡고 다른 손으로 검을 내리 찔렀다. 만약 양과에게 점창어은과 같은 힘이 있었다면 상대방은 금강저를 놓지 않고는 버티지 못했을 것이다. 그러나 달이파는 양과보다 힘이 훨씬 강했기 때문에 힘을 주어 금강저를 당기면서 뒤로 물러났다. 양과는 얼른 금강저를 놓고 사뿐히 땅에 착지했다. 비록 적의 무기를 빼앗지는 못했지만 위기는 모면했기에 바라보던 사람들은 모두 안도의 숨을 내쉬었다.

고묘파의 검법은 초식이 특이하고 신속하기는 했으나 강한 힘으로 상대를 제압하는 무공은 아니었다. 조금 전 양과가 전개한 초식은 바로 고묘파 무공의 장점을 제대로 살린 초식이었다.

"어린놈이 무공이 쓸 만하구나. 누구에게서 배웠느냐?"

그러나 달이파가 몽고어로 물어보았기 때문에 양과는 한마디도 알아들을 수 없었다. 양과는 상대방이 자신을 욕하는 것이라 생각하고 달이파의 말투와 발음을 그대로 흉내 내어 따라 했다. 그런데 총명한 양과가 어쩌나 똑같이 흉내를 냈던지 달이파가 정확히 알아들었다.

"어린놈이 무공이 쓸 만하구나. 누구에게서 배웠느냐?"

달이파는 양과가 자기에게 질문을 하는 것이라고 여겨 순순히 대답했다.

"내 사부는 금륜국사이시다. 그리고 난 어리지 않으니 네놈은 나를 큰스님이라 불러야 한다."

'흥! 네놈이 무어라 나를 욕하든지 그대로 돌려줄 테다.'

양과는 달이파의 말을 주의 깊게 듣고 그 발음을 기억했다가 그대로 흉내를 냈다.

"내 사부는 금륜국사이시다. 그리고 난 어리지 않으니 네놈은 나를 큰스님이라 불러야 한다."

달이파는 이상한 생각이 들었다. 상대는 분명 어린아이인데 어찌 스스로를 큰스님이라 부르라고 한단 말인가. 그리고 어찌 금륜국사의 제자가 될 수 있단 말인가.

"나는 금륜국사의 제1대 제자인데, 그럼 넌 몇 대 제자냐?"

양과는 이번에도 그대로 흉내를 냈다.

"나는 금륜국사의 제1대 제자인데, 그럼 넌 몇 대 제자냐?"

몽고의 밀교는 예로부터 윤회설을 믿어왔다. 그 때문에 라마교도들은 사람이 죽은 후 언젠가는 다시 태어나게 된다고 믿었다. 금륜국사는 비록 몽고 사람이지만, 출가한 후 서장 밀종의 불교를 배웠다. 몽고에서는 이를 금강종金剛宗이라 불렀다. 금륜국사가 젊은 시절 거두었던 첫 번째 제자가 있었는데 스무 살이 되기 전에 세상을 떠났다. 달이파와 곽도는 그 사형을 만나본 적은 없었지만 이야기를 들어 잘 알고 있었다. 달이파는 금륜국사가 첫 번째 제자가 죽은 후 받아들인 두 번째 제자였고, 곽도가 세 번째 제자였던 것이다.

달이파는 문득 양과가 일찍 세상을 떠났다는 대사형이 아닐까 하는 생각이 들었다. 그러고 보니 대사형이 환생한 것이 아니라면 어린 나이에 어떻게 저런 고강한 무공을 지닐 수 있단 말인가. 게다가 양과는 중원의 소년인데 몽고어를 저리 유창하게 할 수 있다니 그 또한 이상한 일이 아닌가. 달이파는 잠시 뚫어지게 양과의 얼굴을 응시했다. 아무리 생각해도 대사형이 환생한 것만 같았다. 달이파는 즉시 금강저를 내려놓고 양과를 향해 머리 숙여 절을 했다.

"대사형, 사제 달이파 인사드립니다."

이렇게 되니 당황한 것은 도리어 양과였다. 엎드려서 뭐라고 말을 하는데 욕을 하는 것 같지는 않았다. 오히려 매우 정중하고 공손한 태도였다. 양과는 영문은 알 수 없으나 일단 의젓하게 절을 받았으니 답례는 해야지 하는 마음에 고개를 끄덕이며 미소를 지어 보였다. 옆에서 지켜보던 사람들 또한 갑자기 벌어진 상황에 의아함을 감추지 못했다. 곽정과 황용 외에는 몽고 말을 할 줄 아는 이가 없었으니 그럴 만도 했다.

금륜국사는 순박한 제자 달이파가 양과에게 속았다는 것을 알았다.

"달이파, 저 아인 너의 대사형이 아니다. 어서 일어나서 무공을 겨루어라."

달이파는 깜짝 놀라 몸을 일으켰다.

"사부님, 분명 대사형이십니다. 그렇지 않다면 저 어린 나이에 어찌 저런 고강한 무공을 지닐 수 있겠습니까?"

"네 대사형의 무공은 너보다 훨씬 뛰어났다. 저 아인 무공이 너만 못하지 않느냐?"

그러나 달이파는 고개를 저었다. 금륜국사는 제자의 강직하고 순박한 성격을 아는지라 어찌 설명해야 그를 납득시킬 수 있을지 잠시 난감해했다.

"믿기지 않는다면 다시 한번 겨루어보아라. 그러면 곧 알게 될 거다."

달이파는 항상 사부의 말씀을 하늘처럼 받들어왔다. 사부께서 대사형이 아니라고 하면 아마도 대사형이 아닐 것이다. 그러나 어린 나이에 무공이 뛰어난 것하며, 또 스스로 대사형이라 하는데 그냥 무시하자니 마음에 걸렸다. 어쨌든 사부가 싸우라 명하니 일단은 싸울 수밖에 없었다. 몇 초식 겨루어 정말 무공 실력이 어떤지를 보면 진위를 분별할 수 있을 것도 같았다.

"좋습니다. 한번 겨루어보면 진짜인지 가짜인지 알 수 있겠지요."

달이파가 양과를 향해 정중하게 말했다. 양과는 무슨 말인지는 알 수 없었지만 정중하고 공손한 태도로 보아 인사말 같은 것이려니 싶어 이번에도 똑같이 따라 했다.

"좋아요. 한번 겨루어보면 진짜인지 가짜인지 알 수 있겠지요."

양과의 말을 듣자, 달이파는 은근히 두려운 생각이 들었다.

'사부님께서 대사형의 무공이 나보다 훨씬 강하다 하셨는데, 만약 정말 대사형이라면 분명 내가 지겠지.'

양과는 달이파가 두려워하는 기색이 역력함을 보고 내친김에 한 번 더 놀려주어야겠다는 생각이 들었다.

"너에게 천변오추라 불리는 제자가 있지? 얼마 전 화산 정상에서 무례하게 굴기에 손을 좀 봐주었는데, 그 아이들은 잘 있느냐?"

양과가 한어로 말했기 때문에 달이파는 알아들을 수가 없었다. 달이파는 급히 수행하고 있는 무사들 중 한어를 할 줄 아는 사람을 불러 무슨 뜻인지를 물었다. 양과의 말을 전해 들은 달이파는 얼굴이 사색이 되었다. 얼마 전 제자들이 누구에게 당했는지 온몸의 뼈와 근육, 혈맥이 완전히 끊긴 채 겨우 살아 돌아와서는 말도 제대로 하지 못했었다. 달이파는 제자들의 부상을 살펴본 후, 그들을 이렇게 만든 사람이 누구인지는 알 수 없으나 사부인 금륜국사보다 무공이 더 뛰어난 자임에 틀림없다고 생각했다. 부상 자체도 심각했으나 이 정도로 중한 부상을 입히면서도 죽지 않도록 만든다는 것은 무공이 실로 달인의 경지에 이르지 않고서는 불가능한 일이었다. 사실 홍칠공과 구양봉이 내공을 함께 실어 공격했으니 금륜국사보다 뛰어난 것은 당연한 일이었다. 그러나 달이파가 그 사실을 알 리 없었다.

달이파는 양과의 말을 듣고 더욱 두려운 마음이 들어 선뜻 공격에 나서지 못하고 사부인 금륜국사의 눈치를 살폈다. 사부의 얼굴에 노한 기색이 역력했다. 달이파는 하는 수 없이 양과를 향해 말했다.

"그냥 승부만 겨루는 걸로 하지요."

양과는 이번에도 무조건 그대로 따라 했다. 곽부는 두 사람이 몽고어로 끊임없이 대화를 나누자 궁금한 나머지 황용에게 다가가 물었다.

"엄마, 뭐라고 하는 거예요?"

곽정은 달이파와 양과가 말하는 몽고 말을 모두 알아들을 수 있었지만 양과가 왜 달이파의 말을 따라 하는지는 눈치채지 못했다. 황용은 곽정이 서정西征에 나설 때 몽고군 진영에 머물렀기 때문에 몽고어를 어느 정도는 알아들을 수 있었다. 그러나 아주 유창한 편은 아니어서 달이파와 양과가 하는 말의 뜻을 모두 파악할 수는 없었다. 그래도 양과가 되는대로 달이파의 말을 따라 하고 있다는 것은 눈치챌 수 있었다. 그런 황용마저도 대체 달이파가 왜 저리 양과를 두려워하는지는 알 길이 없었다.

"응, 양과 오빠가 저 사람과 장난을 치고 있는 거란다."

그때 달이파가 갑자기 금강저를 휘두르며 양과를 공격하기 시작했다. 양과는 달이파의 표정이 워낙 공손하고 정중했기 때문에 공격을 해오리라고는 생각지 못해서 허둥지둥 뒤로 물러났다. 그런 뒤 얼른 정신을 가다듬고 연이어 세 차례 검을 휘둘렀다.

달이파는 양과에 대한 두려움을 떨쳐버릴 수가 없었다. 대사형은 사부님에게 오랫동안 무공을 배웠기 때문에 무공이 이미 상당한 경지에 이르렀을 테고, 윤회를 통해 환생한 사람이니 더욱더 신통한 실력을 지녔을 것이다. 달이파는 대담한 공격을 펼치지 못하고 그저 금강저를 휘둘러 방어하기에만 급급했다.

몇 초식이 지나지 않아 양과는 이유는 알 수 없으나 달이파가 공격을 하지 않고 방어만 하고 있다는 것을 눈치챘다. 양과는 신이 나서 동에 번쩍, 서에 번쩍 해가며 옥녀검법의 절묘한 초식들을 펼쳐 보였다. 순식간에 100여 초식이 지나갔다. 금륜국사는 슬슬 짜증이 나기 시작했다.

"달이파! 저놈은 네 대사형이 아니다. 어서 공격하지 못하겠느냐?"

사실 달이파의 무공은 양과 따위가 넘볼 수준이 아니었다. 다만 두려운 생각이 너무 강하다 보니 공격을 제대로 하지 못했고, 반대로 양과는 상대가 소극적으로 방어만 하니 더욱 자신 있게 공격을 퍼부어대는 것뿐이었다. 어쨌든 양과가 비록 우위를 차지하는 듯했으나 그럼에도 불구하고 달이파를 다치게 하지는 못했다. 그러나 달이파는 대사형이 자신을 봐주고 있다고 생각했다. 금륜국사는 더 이상 참지 못하고 화를 버럭 냈다.

"당장 공격하지 못하느냐?"

그 소리가 어찌나 큰지 귀가 다 멍멍해질 지경이었다. 달이파는 감히 사부의 명을 어기지 못하고 금강저를 들어 양과를 공격하기 시작했다.

달이파가 갑자기 맹공을 해오자 양과는 피하느라 정신이 없었다. 당연히 초식의 허점이 점차 노출되었다.

달이파는 양과의 검법이 느슨해지는 틈을 타 금강저를 맹렬히 휘둘렀다. 미처 피하지 못한 양과는 검을 들어 금강저를 막았다. 사실 두 사람이 무공을 겨룰 때 병기가 서로 맞부딪치는 것은 흔히 있는 일이었다. 다만 금강저는 유난히 무거운데, 철검은 녹이 슬고 낡았기 때문에 두 병기가 부딪치자 철검이 부러지고 말았다. 달이파의 힘이 어찌나 강했던지 양과는 순간 명치끝이 턱 막히면서 잠시 호흡마저 곤란해졌다.

"제가 이겼습니다."

달이파는 뒤로 물러서서 금강저를 밑으로 향하게 한 후, 두 손을 들어 합장을 했다. 비록 이겼다고는 하나 대사형에 대한 예를 갖추고자 하는 마음에서였다. 뒤이어 양과가 달이파의 말을 그대로 흉내 냈다.

"제가 이겼습니다."

달이파는 멈칫했다.

'무슨 뜻일까? 숨겨진 무언가가 있는 것일까?'

양과는 달이파를 향해 부러진 철검을 던진 후 맨손으로 덤벼들었다. 달이파는 깜짝 놀라 금강저를 휘둘러 방어했다. 양과는 고묘에서 소용에게 장법을 배웠다. 경공과 함께 장법으로 100여 마리의 참새를 한 마리도 놓치지 않고 장세掌勢 안에 가두어둘 수 있었다. 이 천라지망세의 장법은 임조영이 독창적으로 만들어낸 것으로 외부에는 전혀 알려지지 않은 무공이었다. 비록 맨손이지만 검을 들고 있는 것 이상의 위력을 발휘했다.

달이파는 바람을 가르는 소리와 함께 금강저를 휘둘러댔지만, 양과의 빠른 발을 따라잡지 못해서 전혀 타격을 입히지 못했다. 도리어 몇 차례나 양과의 맨손 공격에 당할 뻔했다. 얼마나 싸웠을까, 달이파의 공격은 더욱 맹렬해졌고, 양과 역시 경공이 더욱 빨라졌다. 양과는 수년 동안 고묘의 차가운 옥침상에서 수련을 하며 내공과 경공을 익혔는데 오늘에 이르러서야 그동안 쌓아왔던 무공을 유감없이 발휘할 수 있었다. 그때 미소를 띤 채 두 사람을 지켜보던 소용녀가 품속에서 흰 장갑을 꺼내더니 양과를 향해 던졌다.

"과야, 받아!"

이 흰 장갑은 극히 가늘고 견고한 백금사白金絲로 만들어 매우 얇고 부드럽기는 하나 그 어떤 보검이나 예리한 무기도 무력화시킬 수 있었다.

학대통은 허공을 가로질러 양과를 향해 날아가는 장갑을 보고 안색이 창백해졌다. 예전 중양궁에서 겨룰 때 소용녀가 바로 이 장갑을 끼고 그의 장검을 부러뜨렸던 것이다. 당시 그 일로 학대통은 스스로 목숨을 끊으려고 했었는데, 갑자기 이 흰 장갑이 다시 눈앞에 아른거리자 그때의 일이 생생하게 떠올랐다.

양과는 장갑을 받은 후 뒤로 물러나 신속하게 장갑을 끼었다. 그런 다음 허리를 천천히 움직이면서 고묘파 무공의 정수라 할 수 있는 미녀권법美女拳法을 선보이기 시작했다.

바라보던 사람들은 저것이 대체 어느 문파의 무공인지 짐작조차 할 수 없었다. 마치 춤이라도 추는 듯한 동작이 물 흐르듯 자연스럽게 연결되며 변화무쌍한 초식으로 이어졌다. 흔히 보던 무공과는 전혀 다른 종류였다.

　원래 여인의 자태와 심리는 수시로 바뀌게 마련이다. 고대 여성들의 성격 역시 천차만별이고 그들의 희로애락을 표출하는 방식 또한 다양한데, 수천 년 동안 여성들의 이러한 변화무쌍한 자태와 심리를 무공 초식에 담았으니 일반인이 어찌 이를 꿰뚫어볼 수 있겠는가.

　양과는 홍옥격고紅玉擊鼓와 홍불야분紅拂夜奔 초식을 연이어 시전하여 달이파의 상반신을 공격하다가 순식간에 녹주추루綠珠墜樓 초식으로 바꾸어 하반신을 공격했다.

　'초식을 예측하기 어렵구나.'

　달이파는 양과의 공격에 응대하면서도 그 변화무쌍한 초식에 감탄을 금치 못했다. 양과는 쌍장을 연이어 수차례 어지럽게 휘둘렀다. 이는 바로 열여덟 단계로 나뉘어 있는 문희귀한文姬歸漢 초식이었다.

　양과가 전개하는 각 초식에는 그에 얽힌 고사가 담겨 있었다. 달이파는 몽고의 승려이기 때문에 중원의 고사를 알지 못했다. 양과는 동서남북 상하좌우로 방향을 바꾸어가며 쉴 새 없이 공격을 퍼부었다. 장갑을 손에 낀 양과는 세상에 두려울 것이 없는 듯 홍선도합紅線盜盒, 목란만궁木蘭彎弓, 반희부시班姬賦詩, 항아절약嫦娥竊藥 등의 초식을 연달아 펼치며 금강저를 빼앗으려 했다. 달이파는 점점 궁지에 몰려 자세가 흐트러지기 시작했다. 모두들 통쾌해하며 양과를 향해 갈채를 보냈다.

　금륜국사는 달이파의 무공이 양과보다 훨씬 뛰어난데도 두려운 마음 때문에 수세에 몰리는 것을 보고 화가 나서 언성을 높여 외쳤다.

　"어서 무상대력저법無上大力杵法을 쓰거라!"

　"네!"

달이파는 황망히 자세를 가다듬었다. 그는 사부의 명령에 따라 두 손으로 금강저를 꼭 붙잡고 무서운 기세로 휘둘렀다. 그가 한 손으로 금강저를 휘두를 때도 그 힘이 대단한데 두 손에 힘을 주니 바람을 가르는 소리만으로도 기가 질릴 지경이었다.

이 무상대력저법은 초식의 변화가 그리 많지는 않았다. 횡으로 8초식, 직으로 8초식 등 모두 16초식뿐이었다. 그러나 단순한 16초식을 반복해서 사용하는 것만으로도 충분히 양과를 위협할 수 있었다.

양과는 감히 가까이 다가가지 못하고 멀찍이 떨어져 이리저리 피하기에 바빴다. 사람들이 절로 비명을 질렀다. 점창어은은 철장이 부러져서 패하긴 했으나 이전의 승부가 상당히 억울했다. 그러나 달이파의 무상대력저법의 위력을 보자 그 역시도 탄복하지 않을 수 없었다.

대청에 켜둔 촛불이 달이파가 금강저를 휘두를 때마다 하나둘 꺼졌다. 양과는 빠른 경공술에 의지해서 이리저리 피하기만 할 뿐 감히 반격할 생각을 하지 못했다. 중원의 영웅들은 숨죽인 채 두 사람을 바라보았고, 몽고의 무사들은 함성을 지르며 달이파를 응원했다.

후퇴를 거듭하던 양과는 마침내 대청 모서리까지 몰렸다. 무상대력저법을 계속 전개하다 보면 그 과격함에 자신도 모르게 어느 정도 흥분이 되는데, 달이파는 감정이 상당히 격양되자 눈앞에 있는 사람이 대사형일지도 모른다는 사실마저 잊어버렸다. 그는 상대방이 더 이상 피할 곳 없는 막다른 모서리에 몰리자 먹이를 덮치는 맹수처럼 괴성을 지르며 금강저를 휘둘렀다.

"넌 이제 죽었다!"

엄청난 굉음과 함께 먼지가 자욱하게 피어오르며 파편이 사방으로 뛰었다. 그러나 대청 벽이 무너졌을 뿐 양과는 달이파의 머리 위를 뛰어넘어 위기의 순간을 벗어났다. 그 위험한 와중에도 달이파의 말을 흉내 내는 것을 잊지 않았다.

"넌 이제 죽었다!"

모두들 이번만큼은 양과가 피하지 못할 것이라 생각했다. 지켜보던 곽정은 달이파가 대청 벽을 내리치기 직전에 양과를 구하기 위해 잽싸게 앞으로 나아가 달이파의 등을 공격했다. 그때 갑자기 홍포가 눈앞에 휙 스치더니 어느새 금륜국사가 나서서 장력을 발하고 있었다. 곽정은 현룡재전見龍在田 초식으로 금륜국사의 장력을 받았다. 쌍장이 맞닥뜨리는 순간, 두 사람의 몸이 크게 흔들렸다. 곽정은 결국 세 발짝 뒤로 물러났다. 그러나 금륜국사는 몸만 흔들렸을 뿐 제자리에서 움직이지 않았다. 원래 금륜국사의 힘이 곽정보다 센 데다 공력 역시 곽정보다 심후했다. 그러나 장법이나 무공의 기술은 곽정이 우위였다. 쌍장이 맞부딪쳤을 때 곽정은 충격을 그대로 맞받지 않고 뒤로 물러나면서 적의 기운을 흡수했기 때문에 내상을 입지 않았다. 그러나 금륜국사는 승부욕이 강한 사람인지라 억지로 그 충격을 맞받아내니 가슴에 심한 내상을 입고 통증으로 얼굴이 일그러졌다. 곽정은 이번만큼은 양과가 피할 수 없을 것 같아 그를 구하러 나섰고, 금륜국사는 양과를 구하려는 곽정을 막으러 나섰다가 오히려 낭패를 당한 것이다.

곽정과 중인들의 우려와는 달리 양과는 혼자 힘으로 위기를 벗어났다. 이렇게 되자 곽정은 속으로 흐뭇해하며 돌아갔고, 금륜국사는 매우 안타까워하며 제자리로 향했다.

달이파는 공격이 실패하자 뒤로 돌아서지도 않은 채 금강저를 다시 휘둘렀다. 양과는 금강저의 속도가 매우 빠른 것을 보고 쏜살같이 허리를 굽혀 금강저 밑을 통과했다. 간발의 차이였다. 마치 제비가 땅바닥을 낮게 나는 모습을 연상시키는 이 초식은 천라지망세 중 하나였다. 그런데 이 초식 속에는 〈구음진경〉의 이치가 섞여 있었다. 양과는 고묘 석실의 천장에 왕중양이 새겨둔 〈구음진경〉의 내용을 통해 그 무공을 조금 익힌 바 있었다.

황용은 도무지 알 수가 없었다.

"과가 〈구음진경〉은 또 어찌 익혔을까요? 혹시 당신이 가르쳐주셨나요?"

황용은 곽정이 양과를 종남산으로 데려가던 도중 〈구음진경〉을 가르쳐준 모양이라 생각했다.

"아니야, 내가 만약 그랬다면 당신한테 말했겠지."

"하긴."

황용은 남편의 성품이 소박하고 정직해 거짓말을 할 줄 모르고, 더구나 자신에게는 숨기는 것이 없음을 잘 알고 있었다.

한편 양과는 계속해서 〈구음진경〉의 무공으로 위기를 모면했다. 그러나 황용이 자세히 보니 〈구음진경〉의 이치를 제대로 익히지 못한 듯했다. 위기를 피할 수 있을지는 모르나 〈구음진경〉으로 상대를 누를 수는 없을 것 같았다. 이대로 가다가는 양과가 질 것이 뻔했다. 황용은 아쉬운 생각이 들었다.

'과는 정말 총명하고 자질이 있는 아이야. 내가 6개월만 타구봉법과 〈구음진경〉을 가르쳤더라면 저런 승려 따위는 가볍게 이길 수 있었을 텐데⋯⋯.'

그때였다. 황용의 눈에 저쪽 몽고 무사들 사이에서 히죽거리며 웃고 있는 팽 장로가 눈에 들어왔다. 그러자 일순 좋은 생각이 떠올랐다.

"과야, 이혼대법移魂大法, 이혼대법을 써라!"

〈구음진경〉의 무공 중에는 이혼대법이라는 것이 있었는데 이는 심리적으로 상대방의 마음을 흐트러뜨리는 무공이었다. 지난날 동정호에서 개방 대회가 열렸을 때 황용은 바로 이 초식을 사용해 팽 장로가 구사한 섭심술攝心術을 제압했었다. 황용은 웃고 있는 팽 장로를 보니 문득 그때의 일이 떠올라 양과에게 말했던 것이다.

고묘파의 〈옥녀심경〉은 두 사람이 함께 구사하는 무공이기 때문에 두 사람의 마음이 잘 통해야만 위력을 발휘한다. 왕중양이 고묘 석실에 이혼대법을 〈구음진경〉의 핵심 중 하나로 기록한 이유도 〈옥녀심경〉을 구사하는 적의 단합을 교란시키기 위함이었다. 일단 두 사람의 마음이 일치되지 못하고 흐트러지면 〈옥녀심경〉의 위력도 크게 떨어질 것이기 때문이었다.

양과는 이혼대법의 수련법을 기억하고는 있었지만 그 당시 심력心力으로 상대를 응시하면 적을 이길 수 있다는 말이 믿기지 않아 열심히 수련하지 않았었다. 그러나 양과는 황용의 재능과 임기응변을 잘 알고 있는지라 그녀의 말을 무시할 수는 없었다.

'백모님이 저렇게 말씀하실 때는 틀림없이 무언가 이유가 있을 거야. 어차피 곧 패할 판국인데 밑져야 본전이니 한번 해보는 수밖에 없겠다.'

양과는 〈구음진경〉에 쓰여 있는 대로, 제심지制心止에서 체진지體眞止까지 정신을 한곳으로 모으고 잡념을 없앴다. 비록 손발은 계속해서 무공의 초식을 사용하며 달이파의 공격을 막고 있었지만, 이는 거의 본능적인 대응일 뿐 머릿속으로는 오로지 달이파의 눈만을 뚫어져라 바라보았다.

몇 초식이 지나자 달이파는 양과의 태도가 이상하다는 것을 깨달았다. 양과는 미녀권법 중 만요섬섬蠻腰纖纖 초식을 사용하면서 허리를 가볍게 흔들며 달이파의 공격을 피했다. 양과는 이혼대법을 쓰고 있었기 때문에 자신이 전개하는 초식에 따라 표정과 자세가 바뀌었다. 만요섬섬은 당의 시인 백낙천白樂天의 첩이 춤추는 자태를 본떠 만든 초식이었다.

달이파는 양과의 이상한 자세나 표정을 보며 의아함을 감추지 못했다. 달이파가 금강저로 양과의 머리를 내리치자 양과는 고개를 돌려 피하면서 손으로 머리카락을 쓸어넘겼다. 그러고는 얼굴에 요상한 미소를 띠며 여화소장麗華梳裝 초식을 전개했다. 여화는 후진後陳 때 진후주陳後主의 총희寵姬였는데 머리카락의 길이가 칠 척에 달했다고 한다. 진후주는 그녀의 미모에 빠져 정사政事를 돌보지 않고 나라를 도탄에 빠지게 했으니 여화의 요염함이 어느 정도였는지 가히 짐작할 만했다.

양과의 요상한 미소에 결국 달이파가 말려들기 시작했다. 달이파는 자신도 모르게 양과를 따라 미소를 지었다. 양과는 원래 외모가 수려한 데다 미소까지 짓자 더욱 풍류가 넘쳐났지만, 달이파는 살이 없어 볼은 쑥 파이고 눈은 퀭한데 여기에 묘한 미소까지 어우러지자 그야말로 소름이 끼치는 얼굴로 변했다.

양과는 달이파의 표정이 멍해지는 것을 보고서야 손가락을 휘둘렀다. 이는 평희침신萍姬針神 초식이었다. 달이파는 몸을 돌려 피했으나 또다시 양과를 따라 세심하게 바느질하는 듯 눈을 한데 모아 집중하는 표정을 지었다.

황용은 양과가 자신의 의중을 금방 깨닫고 이혼대법으로 적을 제압하는 것을 보고 크게 기뻐했다. 그녀는 곽정에게 낮은 목소리로 속삭였다.

"과는 정말 재능이 뛰어난 아이예요. 당신은 저 나이 때 양과만큼 뛰어나지 못했어요."

곽정은 흐뭇한 마음에 고개를 끄덕이며 미소를 지었다. 그러면서도 눈은 한시도 양과에게서 떨어지지 않았다.

이혼대법은 심령의 힘으로 상대방을 제압하는 무공인데 만약 상대방의 정신력과 내공이 본인보다 강하다면 오히려 이혼대법을 쓴 사람이 위험해지게 된다. 그러므로 이혼대법은 실전에서는 거의 사용하지 않는데, 달이파의 경우 양과가 환생한 대사형일지도 모른다는 생각에 어느 정도 두려움을 가지고 있었기 때문에 이혼대법이 쉽게 먹혀들었던 것이다. 만약 상대가 곽도였다면 오히려 양과가 제압당했을 것이다.

양과는 이혼대법과 함께 미녀권법을 사용했기 때문에 무공의 자세가 상당히 여성스러웠다. 그런데 이혼대법에 걸려든 달이파가 그런 양과의 표정과 동작을 흉내 내니 우습기도 하고 또한 괴기스럽기도 했다.

곽부 역시 웃음을 참지 못했다.

"엄마, 정말 신기한 무공이네요. 제게도 가르쳐주세요."

"만약 네게 이혼대법을 가르쳐주면 틀림없이 함부로 사용하다가 큰 화를 초래하게 될 거다. 그렇게 웃을 일이 아니다. 양과 오빠는 지금 저 사람과 목숨을 걸고 겨루고 있는 거야. 이혼대법은 칼이나 검을 들고 싸우는 것보다 더 위험한 무공이란다."

황용의 표정은 매우 진지했다. 그러나 곽부는 여전히 혀를 날름거리며 장난스러운 표정을 지었다. 아무리 봐도 너무 재미있었다. 양과가 웃으면 달이파도 따라 웃었고, 양과가 화난 듯한 표정을 지으면 달이파도 똑같은 표정을 지으니 신기하기만 했다. 그런데 곽부가 너무열중해서 양과와 달이파를 바라본 나머지 그만 저도 모르게 그 영향을 받고 말았다. 곽부는 갑자기 정신이 몽롱해지면서 귀신에 홀린 듯대청 중앙으로 걸어 나갔다.

황용은 깜짝 놀라 급히 곽부의 팔을 잡아당겼다. 그러나 곽부는 이미 이혼대법의 영향을 받고 있었기 때문에 어머니의 손에서 벗어나려고 안간힘을 썼다. 황용은 딸의 두 손목을 단단히 붙든 후 양과를 바라보지 못하도록 얼굴을 반대 방향으로 돌렸다. 곽부는 몇 차례 몸부림을 쳤으나 결국 맥문이 꽉 잡힌 상태여서 움직이지 못하고 황용의 품안으로 쓰러졌다.

달이파는 완전히 양과의 통제하에 놓였다. 서자봉심西子捧心, 낙신미보洛神微步 등 양과가 쓰는 초식을 그대로 따라 할 따름이었다. 옆에서지켜보던 금륜국사가 몇 차례 크게 소리를 질렀으나 달이파는 전혀반응을 보이지 않았다.

양과는 때가 되었음을 깨닫고 조령할비曹令割鼻 초식을 전개해 연이어 자신의 얼굴을 좌에서 우로, 우에서 좌로 비스듬히 깎아내렸다. 이초식은 조문숙曹文叔의 아내가 남편이 세상을 떠난 후 스스로 코를 베어 재가의 뜻이 없음을 밝혔다는 고사에서 유래한 것으로, 원래는 적이 자신의 얼굴을 공격해올 때 사용하는 무공이었다.

옆에서 보기에는 양과가 자신의 얼굴을 매우 세게 치고 지나가는 것 같았지만 사실은 가볍게 어루만질 뿐이었다. 하지만 달이파는 몽롱한 상태에서 양과가 하는 대로 따라 했기 때문에 그만 있는 힘을 다해 자신의 얼굴을 때리고 말았다. 그 무거운 금강저를 자유자재로 휘두르는 괴력을 지닌 달이파가 힘을 실어 자신의 얼굴을 때렸으니 결국 얼마 지나지 않아 스스로 그 자리에 쓰러져 의식을 잃게 되었다.

양과는 뒤로 물러나 소용녀 곁에 앉으면서 왼손으로 턱을 괴고 오른손을 가볍게 휘두르며 한숨을 내쉬었다. 바로 미녀권법의 마지막 초식인 고묘유거古墓幽居였다. 사실 이 초식은 양과가 만들어낸 것으로 임조영은 물론 소용녀 역시 모르는 초식이었다. 당시 양과는 미녀권법을 모두 배운 후, 사조인 임조영이 천하제일의 무공과 절세의 미모를 갖췄음에도 고묘에서 외로이 생을 마감한 것이 안타까워 이와 같은 초식을 만든 것이다. 비록 임조영을 생각하며 만든 초식이기는 하나 자세는 사부인 소용녀의 자태를 본뜬 것이었다. 당시 소용녀도 양과가 이 초식을 쓰는 것을 보기는 했으나 그냥 웃어넘길 뿐 뭐라 말하지는 않았다.

장내는 많은 사람이 내지르는 환호성으로 가득했다.

"우리가 또 이겼다!"

"무림 맹주는 대송의 고수가 맡는다!"

"몽고 놈들은 어서 물러가라!"

"다시는 이 땅에 발을 들여놓지 마라!"

몽고의 무사 두 명이 중앙으로 나서 달이파를 부축해 들어갔다. 금륜국사는 두 명의 제자가 모두 어린 소년의 손에 당하자 분노를 금치 못했다. 더구나 무공 실력이 부족해서 진 것이 아닌지라 더욱 화가 났다. 그러나 얼굴에는 어떤 감정도 드러내지 않았다. 금륜국사가 의자에 앉은 채 양과를 향해 큰 소리로 물었다.

"네 사부가 누구냐?"

금륜국사는 무공이 고강할 뿐 아니라 학식도 높고 재능이 뛰어나 한어도 할 줄 알았다.

양과는 소용녀를 가리키며 당당하게 대답했다.

"이분이 제 사부님이오. 무림의 맹주에게 예를 올리시오!"

금륜국사는 가냘픈 소녀인 데다 나이 역시 양과보다 더 어려 보이는 소용녀가 양과의 사부라는 것이 믿기지 않았다.

"교활한 놈, 어디서 날 속이려고?"

금륜국사가 자리에서 벌떡 일어나더니 품속에서 금륜을 꺼내 들었다. 금륜은 직경이 한 자 반쯤 되었는데, 황금으로 만든 탓에 번쩍번쩍 빛이 났다. 금륜 위에는 몽고어로 밀종密宗의 진언이 쓰여 있었다. 가운데에는 아홉 개의 구슬이 박혀 있었고 그것이 흔들릴 때마다 듣기 싫은 금속음이 오랫동안 울렸다.

금륜국사가 소용녀를 가리키며 소리쳤다.

"어린 소녀가 무림의 맹주가 되겠다고? 흥! 나와 겨루어 열 초식만 버티면 너를 무림의 맹주로 인정해주겠다."

양과가 말했다.

"무슨 소리예요? 분명 두 번을 먼저 이기는 쪽이 무림의 맹주가 되는 거라고 약속했잖아요. 이제 와서 왜 딴소리예요?"

"무림의 맹주가 될 자격이 있는지 한번 보자는 것이다."

소용녀는 금륜국사의 무공이 어느 정도인지 알지 못했으며 또 무림의 맹주가 무엇인지도 몰랐다. 자신이 무림의 맹주가 된다는 것에 대해서는 더욱더 관심조차 없었다. 그녀는 금륜국사가 자신의 무공을 시험해보겠다고 하는 말을 듣고 별생각 없이 자리에서 일어나며 대답했다.

"그럼 한번 해보죠."

"만약 열 초식을 받아내지 못하면 어떻게 할 테냐?"

"받아내지 못하면 못하는 거지, 뭘 어쩌라는 거예요?"

그녀는 비록 양과에 대한 사랑이 깊기는 했으나 양과를 제외한 다른 사람이나 다른 일에 대해서는 전혀 관심이 없었다. 중원의 영웅호걸들이나 몽고의 무사들이 소용녀의 이런 성격을 알 리가 없었다. 그들이 보기에 소용녀는 금륜국사를 전혀 두려워하지 않는 것 같아 모두들 소용녀의 무공이 정말 대단한가 보다며 수군거렸다. 어떤 이들은 양과가 이혼대법 같은 신기한 무공으로 달이파를 무찌르자 소용녀도 이런 괴이한 요법을 쓸 것이라고 생각했다.

금륜국사 역시 그녀가 무슨 요법을 쓰지 않을까 걱정되어 밀종 진언의 '항요복마주降妖伏魔咒'를 외우기 시작했다. 양과는 금륜국사가 몽고 말로 사부를 욕하는 줄 알고 그가 하는 말을 한마디 한마디 기억해두었다.

금륜국사는 주문을 다 외운 후 금륜을 요란하게 흔들었다.

"꼬마 녀석은 비켜라. 내가 뜨거운 맛을 보여주겠다."

양과는 손을 저을 뿐 아무 말도 하지 않았다. 한마디라도 하면 억지로 기억해둔 몽고 말을 모두 잊어버릴 것만 같았다. 그는 서둘러 금륜국사가 했던 말을 되풀이했다. 마침 그때 달이파가 깨어났다. 정신을 차리고 보니 사부는 금륜을 휘두르고 있고, 양과는 '항요복마주'를 읊고 있는 것이 아닌가. '항요복마주'는 문중의 비법으로 절대 외부 사람에게는 전수되지 않았다. 그러니 만약 양과가 대사형이 환생한 것이 아니라면 어찌 이 주문을 외울 수 있겠는가. 달이파는 너무 급한 나머지 앞으로 뛰어나가 사부님 앞에 무릎을 꿇었다.

"사부님, 정말 대사형이 환생한 것입니다. 대사형을 다시 제자로 받아주십시오."

금륜국사는 대로하여 버럭 소리를 질렀다.

"시끄럽다! 아직도 저놈에게 속은 것을 모르겠느냐?"

"정말입니다. 정말 대사형이십니다."

금륜국사는 더 이상 달이파를 상대하고 싶지 않아 냅다 그의 뒷덜미를 잡아 대청 밖으로 던져버렸다. 달이파가 말랐다고는 하나 100여 근은 족히 될 터인데 너무나 가볍게 들어 올리는 것을 보고 사람들은 달이파보다 금륜국사의 공력이 한층 강하다는 것을 알았다. 반면 소용녀는 금륜국사에 비해 너무나 가녀린 소녀였다. 열 초식은커녕 금륜국사가 입김만 세게 불어도 날아갈 것 같았다. 그러니 소용녀가 걱정되지 않을 수 없었다.

몽고 무사들 중에는 금륜국사의 무공을 본 사람이 적지 않았다. 그들이 보기에 금륜국사의 무공은 그야말로 신력神力이라 해도 과언이 아니었다. 비록 소용녀가 적이기는 하나, 저렇게 아름답고 가냘픈 여인이 금륜국사를 상대한다고 하니 왠지 모르게 측은한 마음이 들었다. 설사 그녀가 정말 요법을 쓸 수 있다 해도 금륜국사를 꺾을 수 있을 것 같지는 않았다. 모두들 은근히 금륜국사가 독수를 쓰지 않기만을 바랐다.

양과는 주문을 모두 외운 뒤 낮은 목소리로 소용녀에게 말했다.

"선자, 저 사람은 조심하셔야 합니다."

금륜국사는 양과가 한 글자도 틀리지 않고 주문을 그대로 외워내는 것을 보고 감탄을 금치 못했다.

"어린놈이 정말 대단하구나!"

"중 주제에 대단하군요."

금륜국사가 눈을 치켜떴다.

"뭐가 대단하다는 거냐?"

"우리 사부와 겨룰 생각을 하니 대단하다는 거예요. 우리 사부님은 보살이 환생한 분이시기 때문에 신통한 능력을 가지고 계시거든요. 조심하시는 것이 좋을 거예요."

양과는 금륜국사에게 심리적인 부담감을 안겨주기 위해 일부러 거짓말을 했다. 그러나 금륜국사와 같이 문무에 능하고 학식이 풍부한 사람이 어찌 그런 말에 속겠는가.

"첫 번째 초식을 전개할 테니 어디 한번 막아보아라."

양과는 손에 끼고 있던 장갑을 벗어 사부의 손에 끼워준 후 뒤로 물러났다. 소용녀는 품속에서 흰 비단 띠를 꺼내 허공에 대고 휘둘렀다. 비단 띠의 끝부분에는 금색 공이 달려 있었는데 그것이 비단 띠가 움직일 때마다 방울 소리와 같은 맑은 음을 울렸다.

두 사람의 무기는 모두 독특했다. 바라보던 사람들은 다들 식견을 넓힐 좋은 기회라고 생각했다. 한쪽의 무기는 매우 짧은 대신 다른 한쪽의 무기는 매우 길었고, 한쪽의 무기는 매우 견고한 반면 다른 한쪽의 무기는 매우 부드러운 천이었다. 그리고 두 가지 무기에서 모두 소리가 났다. 금륜국사가 사용하는 금륜은 상대방의 무기를 빼앗기에 매우 유용한 무기였다. 도刀, 검劍, 창槍, 극戟, 추鎚, 편鞭, 곤棍, 봉棒 등 어떤 것이든지 한 초식만 겨루면 상대방은 꼼짝달싹 못 하고 무기를 잃곤 했다. 금륜국사가 열 초식을 받아내라고 요구한 것도 양과의 무공이 상당해서 꺼리는 마음이 있었기 때문이지 그렇지 않았더라면 세 초식도 필요 없다고 생각했을 것이다. 실제로 여태껏 자신과 겨루어 세 초식을 받아낸 사람은 거의 없었다.

소용녀는 비단 띠를 휘두르며 선공에 나섰다.

"이게 대체 무슨 무기냐?"

금륜국사가 소리치며 비단 띠를 향해 왼손을 낚아채갔다. 소용녀의 비단 띠는 매우 변화무쌍했다. 그래서 금륜국사는 겉보기에는 단순히 비단 띠를 낚아채려는 듯 행동하면서도 상하좌우 그리고 가운데 다섯 방위를 모두 막아 비단 띠가 어느 방향으로 오든지 자기 손에서 벗어날 수 없도록 만들었다. 그런데 뜻밖에도 방울 소리가 나며 비단 띠의 끝이 하늘로 솟아오르더니 금륜국사의 손등에 있는 중저혈中渚穴을 노리는 게 아닌가!

금륜국사의 변초 역시 매우 신속했다. 순식간에 손바닥을 뒤집어 비단 띠의 방울을 잡으려 했다. 그러나 소용녀가 손목을 흔들자 금색 방울이 아래에서 위로 움직이더니 이번에는 금륜국사의 손등에 있는 합곡혈合谷穴을 노렸다. 금륜국사는 다시 손바닥을 뒤집으며 잽싸게 식지와 중지를 이용해 방울을 잡으려 했다. 소용녀는 상대방의 의도를 꿰뚫어보고 비단 띠를 더 길게 늘어뜨려 금륜국사의 팔꿈치 안쪽의 곡택혈曲澤穴을 찍어갔다. 비록 짧은 순간이었지만 금륜국사는 두 차례 손바닥을 뒤집었고, 소용녀는 세 번 손목을 흔들었으니 이미 다섯 초식을 겨룬 셈이었다. 양과가 큰 소리로 숫자를 세었다.

"하나, 둘, 셋, 넷, 다섯. 자, 이제 다섯 초식 남았습니다."

금륜국사가 소용녀에게 열 초식을 상대하라 했던 것은 자신의 공격을 받아내라 한 것이었다. 그러나 영리한 양과가 선수를 쳐 쌍방이 교환한 초식을 모두 셈에 넣어버렸다. 그렇다고 무학의 종사 체면에 그 자리에서 교전을 멈추고 일일이 따질 수도 없는 노릇이어서 할 수 없이 다시 공격해 들어갔다. 그는 왼팔을 살짝 돌려 방울을 피한 후 금륜을 앞으로 쭉 내밀었다. 그러자 금속성이 들리는 듯하더니 어느새 소용녀의 눈앞에 금빛이 번쩍였다. 금륜이 이미 그녀의 얼굴 바로 앞까지 다가와 있었다. 워낙 빠른 공격인지라 막아내기는커녕 피하기도 힘들었다. 소용녀는 황급한 상황에서 손목을 떨쳐 비단 띠를 잽싸게 끌어당겨 방울이 금륜국사의 뒤통수 정중앙에 있는 풍지혈風池穴을 노리도록 했다.

풍지혈은 인체의 요혈이었다. 무공이 아무리 강하다 해도 만약 풍지혈을 제대로 맞으면 그 자리에서 생명을 잃을 수도 있었다. 소용녀는 다급한 나머지 상대방의 공격은 막지 않고 도리어 급소를 노림으로써 그가 스스로 공격을 거두게 만드는 위험한 초식을 전개한 것이다.

금륜국사는 굳이 그녀와 목숨을 다툴 생각은 없었기 때문에 고개를 숙여 일단 비단 띠를 피했다. 자연히 소용녀의 얼굴을 향해 다가오던 금륜 역시 속도가 느려지면서 방향도 약간 처지게 되었다. 그사이 소용녀는 비단 띠를 다시 거두어 금륜의 공격을 막아냈다. 비록 매우 짧은 순간이었지만, 소용녀는 죽음의 문턱에서 살아 돌아온 셈이었다. 그녀는 경공으로 급히 뒤로 물러났다. 얼굴에 놀라고 당황한 기색이 역력했다. 금륜국사가 딱 한 번 공격했을 뿐인데 양과는 벌써 셈이 끝나 있었다.

"여섯, 일곱, 여덟, 아홉, 열! 좋아요. 열 초식을 모두 받아냈으니 이제 된 거죠?"

몇 초식 겨루지 않았지만 금륜국사는 이미 소용녀의 무공 수준을 파악했다. 무공이 상당하긴 했지만 자신의 적수는 아니었다. 정식으로 겨루면 절대로 자신의 열 초식을 받아낼 수 없을 것이라고 확신했다. 그러나 양과가 옆에서 시끄럽게 구는 통에 자신마저도 혼란스러웠다.

'저 녀석의 말에 신경 쓰지 말고 일단 저 계집아이를 물리치고 보자.'

금륜국사는 다시 금륜을 휘둘렀다. 소매에서 바람을 가르는 소리가 났다. 무서운 살수였다.

"비겁하군! 열 초식이라고 해놓고, 열하나, 열둘, 열셋, 열넷!"

양과 역시 실제 초식 수와 상관없이 되는대로 수를 세었다. 조금 전 위험한 고비를 넘긴 소용녀는 절로 두려운 생각이 들어 다시는 금륜국사의 공격을 정면으로 상대할 생각을 하지 못했다. 그래서 경공을 사용해 허공을 넘나들며 비단 띠를 휘둘렀다. 방울도 덩달아 빠른 속도로 돌면서 하얀 원을 그렸다. 그러자 방울 소리가 때로는 빨리 때로는 천천히, 때로는 가볍게, 때로는 무겁게 울렸다. 마치 무슨 곡조를 타는 것처럼 들렸다.

사실 소용녀는 고묘에서 기거할 때 임조영이 남겨둔 악보에 따라 금을 타곤 했기 때문에 음에 아주 조예가 깊었다. 비단 띠로 무공을 연마하면서 방울 소리가 매우 듣기 좋아 무공에 음악 기법을 섞어 연습하곤 했다. 천지의 모든 만물, 즉 시간이 흐르고, 초목이 자라고, 인간의 맥박이 뛰고 호흡을 하는 모든 것에는 일정한 박자가 있게 마련이었다. 음악이라는 것도 이런 자연의 박자에 따라 만들어지는 것이기에 듣고 있으면 마음이 편안해지는 것이고, 반대로 시끄러운 소음은 사람을 피곤하고 짜증 나게 만드는 법이다. 음악과 결합되니 소용녀는 훨씬 자연스럽고 익숙하게 무공을 펼칠 수 있었다.

고묘파의 경공은 무림의 최고라 할 만했다. 다른 어떤 문파의 경공도 고묘파의 경공술을 따를 수는 없었다. 아마도 넓은 광야 같은 곳에 서라면 고묘파 경공의 장점이 그다지 드러나지 않았을 것이지만, 좁은 대청 안에서 상승의 경공술을 펼치니 그 오묘한 변화와 우아한 자태가 더욱 돋보였다. 더구나 그녀는 평생 동안 좁은 묘실 안에서 무공을 연마했기 때문에 한정된 공간을 최대로 이용하는 몸놀림은 가히 신의 경지에 이르렀다 해도 과언이 아니었다.

금륜국사의 무공이 비록 고강하다고는 하나 소용녀가 이렇듯 경공을 전개해 피해 다니니 쉽게 공격할 수가 없었다. 게다가 비단 띠에서 나는 소리가 마치 음악과도 같아서 한동안 듣고 있자니 자신도 모르게 음악 소리에 맞춰 출수를 하게 되었다. 그는 깜짝 놀라며 급히 금륜을 휘둘러 비단 띠에서 나는 소리를 교란시켰다. 비단 띠에서 울리는 음은 맑고 투명한 소리인 데 반해 금륜에서는 마치 철을 두드리는 것 같은, 혹은 짐승을 죽일 때 나는 것 같은 듣기 거북한 소리가 울렸다.

곽정과 황용은 문득 어린 시절 도화도에서 홍칠공, 구양봉, 황약사가 음악으로 무공을 겨루던 일이 생각났다. 금륜국사와 소용녀 모두 무공이 뛰어나기는 하나 홍칠공, 구양봉, 황약사의 실력에는 미치지 못했다. 양과는 이미 995, 996, 997을 세고 있었다. 그러나 소용녀가 정면으로 대결하지 않았기 때문에 금륜국사의 입장에서는 아직 열 초식을 채우지 않은 셈이었다.

그때 기절해 있던 곽부가 깨어났다. 그녀는 두 손으로 귀를 틀어막은 채 고개를 들어 사방을 둘러보았다. 대체 어찌 된 영문인지 몰라 어리둥절하기만 했다.

금륜국사도 슬슬 짜증이 나기 시작했다. 일대 무학종사의 신분으로 어린 소녀 하나를 쉽게 처리하지 못하고 시간을 끌고 있으니 체면이 말이 아니었다. 그는 갑자기 왼팔을 쭉 뻗으면서 금륜을 비스듬히 내리쳤다. 왼쪽 아래 방향에서 장을 밀어 올리고, 오른쪽 위 방향에서 금륜을 내리쳤다. 그는 이제 소용녀가 경공을 펼치는 방향과 경로를 상당 부분 파악했다. 그래서 이런 살수로 소용녀의 진로와 퇴로를 모두 막으려 한 것이었다.

소용녀는 급히 비단 띠를 휘둘러 백색의 원을 만든 후 허공을 향해 훌쩍 뛰어올랐다. 금륜국사는 금륜을 휘둘러 비단 띠를 낚아채려 했다. 만약 다른 평범한 무기였다면 진작에 금륜국사의 손에 들어왔을 것이지만 견고한 성질이 전혀 없는 비단 띠는 금륜으로 감을 수가 없었다.

금륜국사가 큰 소리로 외쳤다.

"세 번째 초식이다!"

괴성과 함께 성큼 앞으로 한 발짝 나서더니 소용녀를 향해 냅다 금륜을 던졌다. 너무나 뜻밖의 공격이었다. 금륜은 빠른 속도로 회전하며 소용녀를 향해 날아갔다. 소용녀는 깜짝 놀라 급히 몸을 낮춰 금륜을 피했다. 황금빛이 아슬아슬하게 얼굴을 스쳐 지나갔다. 맞지는 않았지만 금륜이 일으킨 경풍勁風에 피부가 쓰라렸다.

모두들 놀라 저도 모르게 비명을 질렀다. 금륜국사는 금륜이 날아간 방향을 향해 긴 팔을 뻗더니 끌어당기는 듯한 자세를 취했다. 그러자 금륜이 마치 살아 있는 물체라도 되는 듯 허공에서 방향을 바꾸더니 다시 소용녀를 향해 날아갔다. 소용녀는 금륜이 회전하는 기세가 너무나 위맹해서 감히 비단 띠로 휘어감을 생각도 하지 못했다. 경공을 전개해 옆으로 피하는 수밖에 없었다.

"경공이 대단하군!"

금륜국사는 왼손 장력으로 금륜을 쳐 방향을 바꾼 후 쌍장을 동시에 뻗어 소용녀의 앞을 가로막았다. 그 순간 소용녀의 머리 뒤에서 시끄러운 소리를 내며 금륜이 날아왔다. 금륜의 속도는 그리 빠르지는 않았다. 그러나 금륜이 다가오기 전에 일으키는 경풍이 먼저 휘몰아쳐 왔고 그 위력이 실로 대단했다.

왼손 장풍으로 금륜을 쳐서 방향을 바꿀 때 금륜국사는 이미 소용녀가 피할 방향을 예측하고 있었다. 그 때문에 금륜은 마치 눈이라도 달린 양 공중에서 방향을 바꾸어 소용녀를 향해 날아왔다. 소용녀는 경공을 전개해 일단 몸을 피했지만, 결국 금륜국사의 쌍장에 가로막혔다. 그녀의 등 뒤에서는 금륜에서 나는 요란한 음향이 울려 퍼지고 있었는데 바라보던 사람들조차 귀가 멍멍하고 눈앞이 어질어질할 정도로 그 소리가 위맹했다.

절체절명의 순간에 임박하자 양과는 다급한 나머지 달이파가 떨어뜨린 금강저를 집어 들고 몸을 날려 금륜을 향해 휘둘렀다. 금강저가 금륜에 부딪쳐 엄청난 굉음을 냈고 곧 금강저가 금륜의 한가운데를 꿰뚫었다. 그 울림이 얼마나 엄청난지 양과는 금강저를 쥔 손이 찢겨나가는 것만 같았다. 어디선가 피가 흘렀고 양과는 금강저를 힘없이 떨어뜨렸다. 그리고 자신도 땅에 쓰러졌다.

소용녀의 후방은 이제 안전해졌다. 그러나 몸이 허공에 떠 있는 상태인데 어떻게 장풍을 피할 수 있단 말인가. 순간 좋은 생각이 떠올랐다. 소용녀는 비단 띠를 휘둘러 서쪽 기둥에 휘감고 연이어 당기면서 그 힘을 이용해 기둥 쪽으로 날아갔다. 그러고는 기둥을 잡고 미끄러져 내려왔다. 그것으로 금륜국사의 무시무시한 장력을 피할 수 있었다.

금륜국사는 승리를 확신하는 순간 양과가 끼어들어 공격이 수포로 돌아가고, 무적을 자랑해온 자신의 무기조차 땅바닥에 떨어지자 화가 머리끝까지 치밀었다. 그는 평소에는 지혜롭고 침착했으나 지금은 끓어오르는 좌절감과 분노를 참을 수 없어 양과가 아직 몸을 일으키기도 전에 장을 뻗어 머리를 치려 했다. 일파의 종사로서 어린 후배가 땅바닥에 쓰러져 몸을 일으키기도 전에 공격한다는 것은 있을 수 없는 일이지만, 너무 흥분한 나머지 그런 것을 따질 겨를이 없었다. 곽정은 금륜국사가 양과에게 독수를 쓰려 하는 것을 보고 깜짝 놀랐다.

"위험해!"

설령 그가 나서서 금륜국사의 공격을 막는다고 해도 양과가 부상을 입는 것은 피하지 못할 것 같았다. 곽정은 비통한 마음으로 공중으로 날아올라 항룡십팔장 중 절초絶招인 비룡재천飛龍在天을 전개해 금륜국사의 머리를 향해 공격했다. 금륜국사가 만약 양과를 공격하던 초식을 거두지 않는다면 양과를 단숨에 죽일 수는 있겠지만 자기도 역시 곽정의 손에 죽게 될 것이었다. 금륜국사는 하는 수 없이 몸을 돌려 곽정의 공격을 막았다. 두 사람의 장풍이 서로 맞닥뜨렸다. 두 무학 대가의 두 번째 교장交掌이었다. 곽정은 허공에 떠 있는 상태인지라 상대의 장력을 빌려 공중에서 뒤로 한 바퀴 돈 뒤 착지했다. 금륜국사는 그 자리에 선 채 마치 아무 일도 없었던 것처럼 전혀 움직이지 않았다.

학대통, 손불이, 점창어은 등은 곽정의 무공 실력을 잘 알고 있었기 때문에 곽정과 장풍을 맞부딪치고도 미동도 하지 않는 금륜국사를 보고 놀라움을 금치 못했다. 정말 대단한 공력이 아닐 수 없었다.

사실 곽정은 상대의 힘을 빌려 뒤로 물러났기 때문에 상대의 장력을 완화시킬 수 있었다. 그러나 금륜국사는 그러지 않아도 양과 때문에 체면이 크게 깎인 뒤인지라 억지로 곽정의 장력을 받아냈다. 그 때문에 겉보기에는 대단해 보일지 모르지만 실은 내공 진기가 크게 소모된 상태였다.

두 사람 모두 한 시대를 풍미하는 영웅이었기 때문에 쉽게 승부가 날 리 없었다. 비록 금륜국사가 억지로 기선을 제압하기는 했으나 가슴이 은근히 저려왔다. 다행히 상대방의 목적이 양과를 구하려는 것일 뿐 무공을 겨룰 생각이 없었기에 망정이지 그러지 않았더라면 금륜국사가 크게 불리했을 상황이었다. 금륜국사는 입술을 지그시 깨문 채 내공을 운기해 명치에 뭉쳐 있던 기를 통하게 했다.

양과는 구사일생으로 목숨을 건진 후 소용녀 곁으로 달려갔다. 소용녀도 얼른 양과에게 다가가 그의 상태를 살폈다.

"괜찮아?"

"괜찮으세요?"

두 사람 모두 고개를 끄덕였다. 두 손을 맞잡은 채 서로 미소를 지었다. 양과는 금강저로 금륜을 마치 접시를 돌리듯 빙빙 돌렸다. 금륜에서 듣기 거북한 소리가 울려 퍼졌다.

"몽고의 무사들은 들으시오. 당신들 대국사의 무기가 이미 내 손에 들어왔는데 어찌 그가 천하의 무림 맹주가 될 수 있겠소? 어서 당신들

땅으로 돌아가시오!"

그러나 몽고의 무사들은 승복할 수 없었다. 분명 금륜국사가 소용녀를 물리칠 수 있었는데 갑자기 양과가 달려들어 방해를 했을 뿐만 아니라 나중에는 곽정까지 나와서 금륜국사를 공격하지 않았는가!

"셋이서 하나를 공격하다니 부끄럽지도 않느냐?"

"국사께서 스스로 금륜을 던진 거지, 네가 빼앗은 게 아니다."

"일대일로 정당하게 싸워라!"

"다시 싸워라!"

몽고 무사들은 제각기 한마디씩 소리를 질러댔다. 그러나 모두 몽고 말이었기 때문에 곽정을 제외하고는 아무도 알아듣지 못했다.

중원의 영웅들은 사리가 분명한 사람들이었다. 그들 역시 무공을 따진다면 금륜국사가 당연히 소용녀보다 강하다는 사실을 알았다. 그러나 무슨 일이 있어도 항몽보국맹의 맹주 자리를 몽고의 국사에게 내줄 수는 없었다. 그렇게 된다면 중원 무림의 명예가 크게 손상될 뿐만 아니라 몽고에 대항하려는 한인들의 기가 크게 꺾일 게 분명했다. 일부 혈기 왕성한 젊은이들은 몽고의 무사들이 항의하는 모습을 보고 큰 소리로 맞대응했다. 결국 각기 무기를 꺼내 들고 소리를 질러대는 통에 금방이라도 집단 싸움으로 번질 기세였다.

양과는 금강저와 금륜을 높이 쳐들고 금륜국사에게 물었다.

"패배를 인정하시겠죠? 그쪽의 무기를 모두 잃었는데 아직도 싸울 낯이 있단 말이오? 세상에 무기를 남에게 빼앗기는 무림의 맹주도 있답디까?"

금륜국사는 내공을 운기해 조금 전의 충격을 가라앉히고 있던 터라 양과의 말을 듣고도 대꾸를 할 수 없었다. 대충 상황을 눈치챈 양과가 발 빠르게 선수를 쳤다.

"모두들 들으시오. 만약 내가 세 번을 물어서 국사가 대답을 하지 않는다면 패배를 인정하는 것으로 치겠소."

양과는 시간을 오래 끌면 국사의 운기가 끝날까 봐 바로 말을 이었다.

"패배를 인정하겠소?"

"무림의 맹주 자리를 포기하겠소?"

"대답을 하지 않는 것은 패배를 인정한다는 뜻이오?"

마침 그때 금륜국사는 막혔던 기도 뚫리고 가슴의 통증도 가라앉은지라 바로 대답을 하려 했다. 그러나 양과는 금륜국사의 입술이 조금 움직이자 급히 말을 가로챘다.

"좋소, 패배를 인정한다니 더 이상 괴롭히지는 않겠소! 부하들을 이끌고 어서 물러가시오."

양과는 금강저와 금륜을 곽정에게 건네주었다. 원래는 사부인 소용녀에게 건네주고 싶었으나 혹 금륜국사가 노하여 빼앗으려고 덤빌까 봐 곽정에게 건네준 것이었다.

금륜국사는 화가 머리끝까지 나서 얼굴이 벌게졌다. 그러나 곽정의 무공 실력을 뻔히 알면서 금륜이 곽정의 손에 넘어간 마당에 맨손으로 덤빌 수는 없었다. 그리고 만약 모두 한꺼번에 덤빈다면 수적으로 상대가 되지 않아 틀림없이 크게 패하고 말 것이었다. 대장부는 물러날 때를 잘 알아야 하는 법. 금륜국사는 일단 물러났다가 후일을 기약하기로 마음먹었다.

"중원의 야만족들은 교활하기 짝이 없어 사람 수에 기대어 승리를 쟁취하려 하니 진정한 영웅호걸이 아니다. 더 이상 상대하지 말고 그만 돌아가자!"

금륜국사가 오른손을 휘두르자 몽고의 무사들이 대청 밖으로 나가기 시작했다. 금륜국사가 곽정에게 예를 갖추며 말했다.

"곽 대협, 황 방주, 오늘 한 수 잘 배우고 갑니다. 후에 다시 만날 날이 있을 겁니다."

곽정도 허리를 굽혀 답례했다.

"대단한 무공이십니다. 무기를 받으시지요."

곽정이 금륜을 내밀었다. 양과가 큰 소리로 끼어들었다.

"설마 염치없이 금륜을 받으려는 것은 아니겠지요?"

곽정이 양과를 엄하게 꾸짖었다.

"과야, 조용히 하지 못하겠느냐?"

금륜국사는 소매를 휘날리며 뒤도 돌아보지 않고 대청을 나갔다. 양과는 문득 주자류의 해독약을 얻어내지 못했다는 사실이 생각났다.

"이봐요, 당신 제자 곽도가 내 암기에 맞았으니 서로 해독약을 맞바꾸는 게 어떻소?"

그러나 금륜국사*는 의술 방면에서도 일가견이 있는지라 어떤 독물이든 치료할 수 있었다. 그는 교활하고 예의 없는 양과가 얄미워 그 말에 대꾸도 하지 않은 채 그냥 떠나버렸다.

주자류는 눈을 꼭 감고 깊이 잠들어 있었다. 황용은 중원의 영웅호걸 중 독에 대해 전문 지식을 가진 사람이 한두 명은 있을 것이라고 생각하고 크게 걱정하지는 않았다.

육가장이 떠나갈 듯 박수 소리와 환호성이 울려퍼졌다. 모두들 양 과와 소용녀가 금륜국사를 물리쳤다며 칭찬과 갈채를 아끼지 않았다. 대청에는 수백여 명의 사람이 모여 있었다. 모두들 한마디씩 해대며 즐거워했다. 어떤 사람은 양과가 곽도 수법을 그대로 써서 곽도를 물 리쳤다며 신나게 떠들어댔고, 어떤 사람은 금륜의 맹공을 피해낸 소용 녀의 경공이 정말 대단하다며 감탄을 했다. 그러나 양과가 달이파를 쓰러뜨릴 때 쓴 이혼대법에 대해서는 아는 사람이 한 명도 없었다. 누 군가 양과에게 물었지만 양과 역시 되는대로 대충 얼버무릴 뿐 자세 히 알려주지 않았다.

---

* 본 책의 초판에는 금륜국사를 금륜법왕이라 불렸고, 그 신분 역시 서장西藏 라마교의 법왕으 로 되어 있었다. 그런데 이에 대해 저자가 서장 밀종에 대한 편견을 가지고 있으며, 항상 라마 교를 부정적인 이미지로 묘사한다는 지적이 있었다. 사실 저자는 불교의 다른 종파와 마찬가 지로 서장 밀종에 대한 어떤 편견도 가지고 있지 않으며 서장, 청해青海, 사천四川, 감숙甘肅, 운 남雲南, 내몽고 등의 장족藏族 동포에 대한 어떤 부정적인 이미지도 가지고 있지 않다. 저자는 한때 서장 불교의 정의淨意, 청정淸淨 및 주문 등을 배운 바 있으며, 현재도 거실에 서장 불교와 관련된 장식품이 걸려 있다. 역사 기록에 따르면, 원조元朝 중기 이후 몽고의 일부 통치자들이 중원에 들어와 서장의 라마교를 이용해 백성을 억압하고 악행을 일삼아 불교의 가르침과 계 율戒律을 어겼다고 한다. 저자는 이에 근거하여 작품 중 라마교 승려를 부정적인 역할로 내세 웠을 뿐 개인적 편견 같은 것은 없다. 그러나 더 이상의 오해를 피하기 위해 기존의 금륜법왕 을 몽고의 국사로 바꾸었다. 금륜국사의 인물됨이나 역할은 여전히 부정적으로 묘사되지만, 이는 라마교의 고상하고 성결한 기타 승려들과 전혀 상관없음을 밝혀두는 바이다.

금지된 사랑

얼마 가지 않아 탁자와 의자가 그의 발밑에서 삽시간에 산산조각이 났다. 세 사람은 널브러진 나뭇조각들을 밟으면서 싸움을 계속했다. 금륜국사가 양과와 소용녀에게 성큼성큼 다가가서 팔을 휘두르자 철륜 소리가 귀를 어지럽혔다. 그러고는 곧 맹공을 퍼붓기 시작했다.

연회가 베풀어졌다. 떠들썩한 가운데 좌석이 정돈되고 음식과 술이 나왔다. 양과는 평생 억울함과 무시를 당하며 살아오다가 오늘 중원에 큰 공을 세워 자신을 대하는 사람들의 눈빛이 달라지자 가슴속에 뿌듯함과 자부심이 가득 찼다. 더욱이 오랫동안 그리던 소용녀와 이렇게 다시 만나니 그 무엇보다 기쁘지 않을 수 없었다. 소용녀 또한 즐거워하는 양과의 모습을 바라보며 한없이 기쁜 표정을 지었다.

황용은 소용녀가 무척이나 마음에 든 듯 손을 잡고 이것저것 물으며 자신의 옆에서 떼놓지 않았다. 소용녀는 저 멀찍이 곽정과 점창어은 사이에 앉아 있는 양과를 보고 손짓했다.

"과야, 내 옆에 와서 앉아."

양과는 처음 만났을 때는 너무 기뻐서 다른 것은 생각하지도 않고 감정을 다 드러냈지만, 보는 눈이 이렇게 많은 곳에서 너무 가까이 있는 것은 좋지 않다고 생각했다. 그래서 소용녀의 부름에도 그저 얼굴을 붉히고 미소만 지었다.

"과야, 왜 안 오는 거야?"

"전 여기에 그냥 있을게요. 곽 백부님께서 할 말씀이 있으시대요."

소용녀는 눈썹을 찌푸렸다.

"내 옆에 와서 앉으라니까."

양과는 화난 듯한 소용녀의 모습을 보자 정말 그녀를 위해서 죽어도 여한이 없을 것 같았다. 이전에 육무쌍의 얼굴이 소용녀와 조금 비슷하다는 이유 하나 때문에 목숨을 걸고 천 리 길을 동행하며 싸운 적도 있었다. 그런데 하물며 소용녀가 직접 자기 앞에 나타났는데 어찌 그 뜻을 거스를 수 있겠는가. 양과는 즉시 일어나서 그녀 앞으로 갔다.

황용은 두 사람의 표정을 보며 다시 의구심이 피어올랐다. 어서 자리를 마련해주라고 명한 다음 넌지시 물었다.

"과야, 너는 누구에게 무공을 배웠느냐?"

"이분이 제 사부님이에요. 왜 못 믿으세요?"

황용은 다시 소용녀에게 물어보았다. 양과는 교활해 거짓말을 할수도 있지만, 소용녀는 천진무구해서 사실 그대로 말할 것 같았다.

"동생, 과의 무공을 동생이 가르쳐줬어?"

"맞아요, 제가 가르쳤어요."

황용은 그래도 의구심이 남았다.

"너무 훌륭해, 동생. 근데 동생의 사부는 누구야?"

"제 사부님은 이미 돌아가셨어요."

소용녀는 눈시울이 붉어지며 슬픈 표정을 지었다. 그녀는 원래 일체의 감정을 억누르도록 가르침을 받아왔지만 양과를 사랑하게 되면서부터는 마음속 깊은 곳의 모든 감정을 곧이곧대로 표현했다.

"존사의 성은 어떻게 되셔?"

"몰라요. 그냥 사부님이라고 불렀어요."

황용은 소용녀가 일부러 말하지 않는 것이라 생각하고 더 캐묻지 않았다. 무림에서는 대개 사문에 대한 이야기를 남에게 말해주지 않았다. 그러나 소용녀의 사부는 임조영의 몸종이어서 아무렇게나 부르는 이름만 있었을 뿐 자신조차 성을 몰랐다.

도처에서 온 무림 호걸들이 곽정, 황용, 소용녀, 양과에게 술을 따라 주며 금륜국사를 물리친 것을 경축했다. 곽부는 부모님과 함께 어디를 가든지 귀한 대접을 받아왔는데, 지금은 무씨 형제를 제외하고는 아무도 자신에게 시선을 주지 않자 부아가 치밀었다.

"큰오빠, 작은오빠, 술은 그만 마시고 나가서 놀아요."

"그래."

세 사람이 함께 대청을 나서려는데 곽정의 목소리가 들렸다.

"부야, 이리 오너라."

어머니 옆에 앉아 있는 아버지가 웃으며 손짓을 했다.

"엄마, 아빠!"

곽정은 황용에게 눈짓을 하며 말했다.

"당신은 과의 인품이 바르지 못하고, 무공이 아직 얕아 부에게 어울리지 않는다고 생각했지만 이제는 할 말이 없겠지? 과는 중원에 큰 공을 세웠어. 지금껏 그다지 큰 과오도 없었고, 설사 조금의 실수가 있었다고 해도 이 정도 공이면 충분히 용서가 되겠지?"

"그러게요. 예전엔 제가 사람을 잘못 봤어요. 과는 인품이며 무공이 모두 훌륭해요. 그러니 저도 정말 너무 기뻐요."

곽정은 아내가 딸의 혼사를 허락하자 흐뭇한 마음을 감출 수 없었다.

"용 낭자, 제자의 돌아가신 부친과 저는 8년을 사귄 벗입니다. 또한 양씨와 곽씨 집안은 대대로 의가 좋았습니다. 저에게 딸이 하나 있는데 용모나 무공이 쓸 만한 편이고……."

곽정은 성격이 솔직해 마음에 있는 말은 담아두지 못했다.

"아이, 자기 딸을 그렇게 칭찬하다니 남들이 웃겠어요."

황용이 웃으며 참견하자 곽정도 웃으며 말을 이었다.

"제 딸을 낭자의 제자와 맺어주고 싶습니다. 과의 부모님은 모두 세상을 떠나셨으니 이 일은 용 낭자가 나서주셔야겠습니다. 오늘 뭇 영웅들이 모두 모였으니, 이 자리에서 연륜과 덕이 높으신 영웅께서 직접 혼사를 성사시키는 것이 어떻겠습니까?"

당시는 혼인을 부모와 중매쟁이가 나서서 맺어주었고, 혼인 당사자들은 그저 그 뜻에 따를 뿐이었다. 그래서 곽정의 부친인 곽소천과 양과의 조부인 양철심은 예전 배 속의 아이를 상대로 혼인을 맺어주기도 했다.

곽정은 웃으며 양과와 딸을 바라보면서 소용녀가 이 혼사에 반대하지 않으리라고 확신했다. 곽부는 부끄러워서 얼굴이 빨갛게 달아올라 어머니의 품에 고개를 묻었다. 이건 말도 안 된다고 생각하면서도 감히 반박할 수가 없었다.

소용녀는 낯빛이 다소 변한 채 묵묵부답이었고, 양과가 자리에서 벌떡 일어나 곽정과 황용에게 깊숙이 읍을 하고 말했다.

"백부님, 백모님, 두 분이 저를 키워주신 은혜와 사랑해주신 마음을 생각하면 저는 죽어도 여한이 없습니다. 그러나 저는 가세가 빈한하고 인품도 낮아 귀한 따님의 짝으로는 부족합니다."

곽정은 자신과 황용이 천하에 명성을 드날리는 영웅이고 딸 또한 용모나 무공이 뛰어나니 혼사를 꺼내면 소용녀와 양과가 틀림없이 뛸 듯이 기뻐할 것이라 생각했다. 그런데 양과가 딱 잘라 거절하니 깜짝 놀랄 수밖에 없었다. 그저 아직 나이가 어려 쑥스러워 사양한 것이라 생각하고 웃음을 터뜨렸다.

"과야, 너와 나는 한집안 식구나 진배없으니 부끄러워할 필요 없다."

"백부님의 명이라면 천 길 물속이든 뜨거운 불속이든 가리지 않고 달려갈 것입니다. 그러나 혼인만은 따를 수 없습니다."

곽정은 정색을 하고 말하는 양과의 표정에 너무나 놀라 황용을 멀뚱히 바라보았다. 황용은 여러 사람 앞에서 단도직입적으로 말하다가 일언지하에 거절당하는 남편의 단순함을 원망했다. 또 양과와 소용녀가 서로를 바라보는 눈빛에 애틋한 사랑이 가득 담겨 있음을 보고는 혼란스러웠다. 설마 사제지간임을 인정해놓고도 윤리에 어긋나는 짓을 했단 말인가. 황용은 차마 믿을 수가 없었다. 아무리 양과가 바른 군자가 아니라 해도 그런 말도 안 되는 짓을 할 아이는 아니라고 생각했다.

송나라 사람은 예법禮法을 가장 중시했다. 사제지간은 군신君臣, 부자父子와 같아 그 선이 분명하며 절대 함부로 대해서는 안 되는 것이었다. 소위 삼강오륜三綱五倫 중 삼강은 군위신강君爲臣綱, 부위자강父爲子綱, 부위부강夫爲婦綱으로, "신하는 임금을 섬기고, 아들은 아버지를 섬기고, 아내는 남편을 섬기는 것이 근본이다"라는 뜻이다. 사부는 곧 부친과 같은 존재이므로 호칭도 스승 사師와 아비 부父를 써서 사부師父라고 하는 것이다. 그래서 사부가 제자에게 시집을 가고, 제자가 사부를 처로 맞아들이는 것은 마치 부녀간, 모자간에 혼인을 하는 것과 같은 것이어서 당시에는 도저히 상상조차 할 수 없는 행동이었다.

황용은 의심이 들긴 했지만 너무나 엄청난 일이라 믿을 수가 없었다.

"과야, 용 낭자가 정말 너의 사부가 맞느냐?"

"네!"

"그럼 너는 절을 하고 사부로 모시겠다는 예를 갖추었느냐?"

"그럼요."

양과는 입으로는 황용의 질문에 대답을 하면서도 시선은 소용녀에게 고정되어 있었다. 소용녀를 바라보는 눈빛에는 즐거움과 기쁨, 따뜻하고 깊은 사랑이 가득 담겨 있었다. 황용같이 영민한 사람이 아니어도 그 눈빛을 본 사람이라면 누구나 두 사람이 평범한 사제 간이 아니라는 것쯤은 쉽게 알 수 있었다. 그러나 곽정은 아내의 의도를 파악하지 못했다.

'이미 용 낭자의 제자라고 이야기했고, 두 사람의 무공은 같은 파의 것인데 어찌 거짓이 있을 수 있단 말인가? 딸아이의 혼사를 이야기하고 있는데 왜 양과의 문파를 또 묻는 거지? 양과가 전진파에 있다가 다른 사부를 섬긴 것은 무림의 규율에는 어긋나지만 그렇다고 전혀 용서할 수 없는 일은 아니지 않은가?'

황용은 서로를 향한 양과와 소용녀의 눈빛을 바라보며 가슴이 철렁하여 남편에게 눈짓을 보냈다.

"여보, 부는 아직 어려서 혼사가 그리 급하지 않아요. 오늘은 영웅들께서 모인 자리이니 국가의 대계를 논의하는 것이 우선이지요. 딸아이의 혼사 같은 사사로운 일은 잠시 접어두도록 해요."

"그렇군. 내 잠시 사적인 감정에 앞서서 우를 범했어. 용 낭자, 과와 제 딸의 혼사는 이후에 천천히 논의하도록 합시다."

그러자 소용녀가 고개를 설레설레 흔들면서 태연하게 입을 열었다.

"제가 과의 부인이 될 것이니 과가 어르신의 딸과 혼인하는 일은 없을 겁니다."

너무나 맑고 분명한 어투여서 대청에 있는 수백 명의 사람도 모두 똑똑히 들었다. 곽정은 깜짝 놀라 자리에서 일어났다. 도저히 자신의 귀를 믿을 수가 없었지만 양과의 손을 잡고 너무나 애틋한 표정을 짓고 있는 소용녀를 보니 그 말이 진심인 것 같았다.

"그…… 그 아이는 낭자의 제…… 제자이지 않습니까?"

소용녀는 오랫동안 햇빛을 보지 못하고 지하의 고묘에서만 살아서 얼굴에 혈색이 없고 창백했다. 그러나 마음이 기쁨으로 가득하니 마치 꽃이 피어난 것처럼 얼굴이 환해졌고, 그 꽃같이 환한 얼굴에 웃음이 가득 담겨 있었다.

"그래요, 예전에 내가 무공을 가르친 적은 있어요. 하지만 지금은 과의 무공도 나처럼 강해요. 과도 나를 좋아하고 나도 과를 좋아해요. 예전에는……."

순간 소용녀의 목소리가 잦아들었다. 아무리 아무것도 모르고 순진 무구한 소용녀이긴 하지만 그래도 여자인지라 부끄러웠던 것이다.

"예전에는…… 나를 좋아하지 않고 날 아내로 원하지 않는 줄로만 알았어요. 난…… 난 너무 괴로워서 죽고 싶었어요. 하지만 오늘에서야 과도 나를 진심으로 사랑한다는 것을 알았어요. 전…… 저는…… 정말……."

대청에 모인 수백 명의 사람이 소용녀의 말을 숨죽이고 듣고 있었다. 소용녀가 아무리 양과에 대한 사랑으로 넘친다고 하지만 이렇게 많은 사람들 앞에서, 게다가 곽정과 같이 아무 관련이 없는 사람에게 자신의 심정을 숨김없이 고백할 필요는 없었다. 하지만 예법에 조금도 얽매이지 않는 그녀는 얼마든지 이런 말을 할 수 있었다.

양과는 진심 어린 소용녀의 고백에 크게 감동했다. 그러나 너무 놀라고 당황스러워하는 사람들의 표정을 보고 소용녀가 이런 말을 하지 말아야 했다는 것을 알았다. 그는 즉시 소용녀의 손을 잡고 일어서며 부드럽게 말했다.

"선자, 우리 여기서 떠나요!"

"그래."

두 사람은 나란히 대청 밖으로 걸어 나갔다. 대청에는 수많은 영웅들이 운집해 있었지만 소용녀의 눈에는 단 한 사람, 양과밖에 보이지 않았다.

곽정과 황용은 넋을 잃은 듯 서로를 바라보았다. 이 부부는 이제껏 수많은 어려움과 황당한 일을 겪었지만 이렇게 전혀 예상치 못한 일은 처음이라 어찌해야 좋을지 알 수가 없었다.

"동생, 동생은 천하 무림의 맹주로 모두를 굽어살펴야 하는 자리에 있어. 다시 한번 생각해봐."

황용의 말에 소용녀가 고개를 돌려 생긋 웃었다.

"저는 맹주 같은 건 필요 없어요. 언니가 하고 싶으면 하세요."

"무슨 그런 말을. 정말 사양하고 싶으면 선대 방주인 홍 방주 같은 영웅께 맡겨야지."

무림의 맹주는 무학인에게 가장 영예로운 자리였으나 소용녀는 전혀 관심이 없었다.

"마음대로 하세요. 어쨌든 전 아무것도 모르니까요."

그녀는 양과의 손을 잡고 밖으로 나갔다. 그때 붉은 촛불이 춤을 추는 가운데 소매를 휘날리며 일어나는 사람이 있었으니, 도포를 입고 장검을 들고 있는 그 사람은 바로 전진교의 제자 조지경이었다. 그는 검으로 대청 입구를 가로막았다.

"양과야! 우리 문파를 업신여긴 것만 해도 이미 입에 올리기에 부끄러운 일인데, 또 이런 금수만도 못한 짓을 저질렀으니 어찌 하늘 아래 얼굴을 들 수 있겠느냐? 나 조지경, 숨이 붙어 있는 한 절대 너를 용서치 않을 것이다."

양과는 사람들 앞에서 그와 얽히기 싫어서 화를 억눌렀다.

"비키세요!"

"견 사제, 이리 와서 이 두 사람이 종남산에서 벌거벗고 무슨 짓을 했는지 직접 말해보게."

견지병은 부들부들 떨면서 자리에서 일어났다.

"저들이 혼인을 하든 말든 우리와는 상관이 없소이다."

양과는 예전에 소용녀와 숲속에서 〈옥녀심경〉을 연마하다가 조지경과 견지병이 그 광경을 목격하게 되자, 그 두 사람에게 당시 네 사람을 제외한 다섯 번째 사람에게 절대 말하지 않겠다는 맹세를 받아낸 적이 있었다. 그런데 오늘 이렇게 많은 사람 앞에서 그 맹세를 저버리니 화가 극도로 치밀어 올랐다.

"다섯 번째 사람에게 절대 말하지 않겠다고 맹세해놓고 지금 어떻게……."

"하하. 다섯 번째 사람에게 말하지 않겠다고 맹세했지. 하지만 여기에는 여섯 번째 사람, 일곱 번째 사람이 있다. 100명 1,000명이 있으니 다섯 번째 사람은 아니다! 너희 둘의 수치스러운 행동은 당연히 많은 사람들에게 알려야지."

조지경은 깊은 밤에 두 사람이 옷을 풀어 헤치고 함께 숲속에 있는 것을 보고 상승 무공을 연마 중이라고는 생각지도 못했다. 분노에 겨워 말하긴 했으나 그가 일부러 날조한 것은 아닌 셈이었다.

소용녀는 그날 저녁 분을 이기지 못해 피를 토하고 죽을 뻔했는데, 또 조지경이 교활한 말로 억지 주장을 하자 더 이상 참을 수가 없었다. 그녀는 조지경의 가슴에 가볍게 손을 얹었다.

"헛소리는 그만하는 것이 좋을 거예요."

소용녀는 이미 〈옥녀심경〉을 완전히 연마해 바람같이, 그림자같이 상대의 가슴에 손바닥을 얹을 수 있었다. 〈옥녀심경〉은 전진파 무공과는 상극이라 조지경이 손을 뻗어 뿌리치려 해도 소용녀의 손바닥은 그의 팔을 돌려 치고 가슴에서 떠나지 않았다. 조지경은 자신의 공격이 수포로 돌아가자 크게 놀랐으나 상대의 손바닥이 자신의 가슴에 닿아도 아무런 느낌이 없자 전혀 개의치 않고 냉소를 머금었다.

"왜 나를 더듬는 거냐? 난 너의……."

말을 끝까지 잇기도 전에 조지경은 갑자기 동공이 커지면서 이미 치명적인 내상을 입고 뒤로 나자빠졌다. 임조영이 〈옥녀심경〉의 무공을 창시한 이후 최초로 〈옥녀심경〉에 의해 전진 문하가 중상을 입은 것이다. 손불이와 학대통은 사질이 부상을 입자 급히 달려가 부축을 했다. 조지경은 피가 거꾸로 솟아올라 얼굴이 술에 취한 것처럼 벌게진 채 땅에 쓰러져서 피를 토해냈다.

"대단하군! 고묘파는 정말 우리 전진파와 상극이로구나."

손불이는 장검을 뽑아 싸울 태세를 취했다. 막상 소용녀와 정면 대결을 벌이자니 학대통이 당한 것처럼 한두 초식 만에 참패할 것이 자명하다고 생각했지만 그렇다고 싸우지 않을 수도 없으니 아주 난처한 상황이었다. 그때 곽정이 두 사람 사이로 몸을 날려 막아섰다.

"뭉쳐야 할 사람들끼리 싸우시면 안 됩니다."

이어 양과에게도 한마디 했다.

"과야, 두 분 모두 너의 사존師尊이시다. 네가 두 분을 말려라. 시비는 천천히 가려도 늦지 않다."

소용녀는 이 세상에 조지경처럼 약속을 저버리는 간악한 행동을 하는 자가 있다고는 생각해본 적이 없었다. 이미 마음속에 분노와 혐오가 가득해 눈썹이 찌푸려졌다.

"과야, 우리 가자. 이런 자들과는 더 상대할 것 없어."

과는 그녀의 손에 이끌려 두 발짝쯤 앞으로 나아갔다.

"사람을 해하고 그냥 가려고?"

손불이가 장검을 번뜩이며 호통을 쳤다. 곽정은 두 사람이 다시 싸우려 하자 정색을 하고 소리쳤다.

"과야! 서라. 제발 네 앞날을 망치지 말거라. 네 이름은 여기에 있는 백모가 지어준 것이다. 네 이름인 과過의 뜻을 아느냐?"

양과는 순간 가슴이 저려오면서 어린 시절 겪은 많은 일이 떠올랐다.

'근데 어떻게 백모님이 내 이름을 지어준 거지?'

곽정은 양과를 사랑하면서도 제대로 돌보지 못한 죄책감에 시달렸는데, 양과가 오늘 뭇 영웅들 앞에서 크게 이름을 빛내자 흐뭇하고 안심이 되었다. 그런데 죽어도 절대로 해서는 안 되는 부도덕한 일을 저

지르자 너무나 안타까운 마음에 목소리가 더욱 엄해졌다.

"돌아가신 네 모친께서 '과'라는 외자가 무엇을 뜻하는지 이야기해 주었을 것이다."

양과는 모친이 이야기한 적이 있는 것은 기억하지만 그때는 나이도 어렸고 아무도 이름에 대해 묻는 이가 없어서 잊고 지냈다.

"개지改之라 했습니다."

"맞다. 그게 무슨 뜻이냐?"

양과는 잠시 생각하다가 황용이 가르쳐준 경서의 내용을 떠올렸다.

"백모님께서는 과실이 있으면 뉘우치고 고치라고 하셨습니다."

곽정이 화를 다소 누그러뜨렸다.

"과야, 사람은 누구나 잘못을 할 수 있으나 그 잘못을 고칠 수 있으면 그보다 선한 것은 없다고 성현께서 말씀하셨다. 존사에게 불경한 것은 큰 잘못이다. 잘 생각해보거라."

"만약 제가 잘못을 했다면 고치는 건 당연합니다. 하지만 저자는……."

양과는 조지경을 가리켰다.

"저자는 저를 모욕하고 속이고 미워합니다. 저런 자를 어떻게 사부로 섬길 수 있습니까? 저와 선자는 정말 하늘을 두고 한 점 부끄러움도 없습니다. 저는 선자를 존경하고 사랑합니다. 그게 잘못되었단 말입니까?"

너무나 기개 넘치고 조리 있는 말을 듣자 곽정은 아무런 대꾸도 하지 못했다. 곽정은 속으로는 틀렸다고 생각하면서도 대답할 말을 찾지 못한 채 말을 더듬었다.

"그…… 그건…… 네가 그렇게 하지 말고……."

황용이 천천히 다가가서 부드러운 소리로 달랬다.

"과야, 이게 다 백부께서 네가 잘되라고 하는 말이야. 알지?"

양과는 부드러운 황용의 음성에 마음이 움직여 목소리를 낮추었다.

"백부께서는 저한테 항상 잘해주셨어요. 저도 알아요."

양과의 눈시울이 붉어졌다.

"백부께서 너에게 좋은 충고를 해주시는 것이니 절대 오해하면 안 된다."

"저는 모르겠어요. 대체 제가 뭘 잘못한 거죠?"

황용의 낯빛이 흐려졌다.

"정말 모르는 거니? 아니면 우리한테 장난을 치는 거니?"

'나에게 잘 대해주셨으니 나도 보답을 하려는 마음인데 대체 나더러 어쩌라는 거야.'

양과는 입술을 꽉 깨물고 대답하지 않았다.

"좋아, 네가 솔직하게 나오니 나도 돌려 말하지 않으마. 용 낭자는 네 사부이니 네 웃어른인 셈이다. 그러니 남녀 간의 사사로운 정을 품어서는 절대 안 되는 거야."

양과는 이런 규율을 소용녀처럼 전혀 모르는 바는 아니었으나 인정할 수는 없었다. 소용녀가 단지 자신에게 무공을 가르쳤다는 사실 때문에 아내가 될 수 없다니. 자신과 소용녀는 어떤 부끄러운 일도 한 적이 없는데 왜 백부마저 믿지 못하는 것일까? 이런 생각을 하니 가슴속에서 울분이 터져 나왔다. 원래 아무것도 무서울 게 없는 고집에 욱하는 성미까지 있던 터에 이런 오해까지 사게 되니 양과는 참을 수가 없었다.

"내가 뭘 어쨌다고 그러세요? 여러분을 방해했나요? 누구를 해쳤나요? 선자는 나에게 무공을 가르쳐주었지만 난 선자를 아내로 삼을래요. 나를 천 번 만 번 칼로 도막을 낸다고 해도 난 선자를 아내로 삼을 거예요."

정말로 천지가 놀랄 만한 말이었다. 장내의 사람들은 천륜을 어기는 이런 망언을 듣고 모두 심히 기분이 언짢았다. 양과의 말은 마치 자신을 키워준 어머니를 아내로 삼겠다는 것과 마찬가지였다.

사부에 대한 존경심이 특히 남다른 곽정은 이 말을 듣고 머리끝까지 화가 나서 성큼 앞으로 다가가 양과의 멱살을 잡으려 했다. 그것을 본 소용녀는 깜짝 놀라 손으로 앞을 가로막았다. 곽정의 무공은 소용녀보다 고강한 데다 화가 나서 전력을 다하니 소용녀는 힘에 밀려 뒤로 물러났다. 곽정은 다시 재빨리 양과의 가슴 천돌혈天突穴을 잡고 번쩍 치켜올렸다.

"이 짐승만도 못한 놈! 감히 내 앞에서 그런 돼먹지 못한 말을 한단 말이냐?"

양과는 천돌혈을 잡히자 전신에 힘이 쭉 빠졌지만 하나도 두렵지 않았다.

"선자는 진심으로 저를 사랑해주시고 저도 마찬가지입니다. 백부님, 저를 죽이려면 죽이십시오. 하지만 저의 생각은 영원히 바뀌지 않을 겁니다."

"넌 내게 친아들이나 마찬가지다. 네가 잘못하고도 뉘우치지 않는 것을 그냥 두고 볼 수는 없어."

"저는 잘못한 것이 없습니다. 저는 나쁜 짓을 하지 않았고, 사람을 해친 적도 없습니다! 제 몸을 가루로 만든다 해도 저는 선자를 아내로 삼을 거예요. 평생 절대 헤어지지 않을 겁니다."

양과의 단호하고 결연한 말이 쩌렁쩌렁 대청을 울렸다. 대청의 뭇 영웅들은 이 말에 모두 마음이 움직였다. 실로 그의 말이 틀린 것은 하나도 없었다. 만약 이들이 아무 말도 하지 않고 세외도원世外桃園 같은 곳이나 무인도로 도망가서 부부로 살았다면 전혀 상관도 없었을 것이다. 그들이 사도師徒라는 것을 알리지 않았더라면 이 아리따운 젊은이들은 부부가 되었을 테고, 어떤 해도 끼치지 않고 아무에게도 해가 되지 않았을 것이다. 그러나 그들의 말도 안 되는 행동은 이미 알려졌고 무림의 수치거리가 되었다.

곽정은 여전히 치켜든 손을 내리지 않은 채 비통에 잠겼다.

"과야, 나는 너무나 마음이 아프다. 아느냐? 차라리 네가 죽어서 더 이상 악한 짓을 하지 않았으면 좋겠다. 네 마음을 알겠느냐?"

곽정은 거의 오열에 가까운 말을 내뱉으며 안타까워했다. 양과는 자신의 말을 거두지 않으면 곽정이 일장에 자신을 죽이리라는 것을 직감했다. 평소에는 꾀와 재치가 넘쳐 이리저리 어려움을 잘 피해갔지만 이번에는 고집스럽고 우직하게 뜻을 굽히지 않았다.

"전 잘못한 게 없어요. 전 꼭 선자를 아내로 맞을 거예요. 허락하지 않으시겠다면 그냥 저를 죽이세요."

곽정은 왼손을 번쩍 치켜들었다. 양과의 천령개天靈盖를 내리치면 그는 바로 저승으로 가게 될 것이다. 뭇 영웅들은 숨을 죽이고 이를 지켜보고 있었다. 수백 명의 눈이 모두 곽정의 손에 쏠렸다.

소용녀는 '제 몸을 가루로 만든다 해도 저는 선자를 아내로 삼을 거예요. 평생 절대 헤어지지 않을 겁니다'라는 양과의 말을 듣고 자신도 마음속으로 소리쳤다.

'내 몸을 가루로 만든다 해도 나 역시 과와 혼인할 거예요. 평생 헤어지지 않을 거예요.'

곽정이 양과를 내리치려 하자 소용녀는 몸을 날려 양과 앞을 가로막고 섰다.

"난 꼭 과의 아내가 되겠어요. 정말 양과를 죽이려면 나도 함께 죽이세요."

곽정은 장풍을 내리치려다 다시 양과를 보았다. 양과는 입술을 꽉 깨물고 양미간을 잔뜩 찌푸리고 있었다. 그 모습이 그의 부친 양강과 너무 흡사해서 가슴이 저려왔다. 곽정은 긴 한숨을 내쉬고 옷깃을 움켜잡았던 손에 힘을 풀었다.

"과야, 다시 잘 생각해보거라."

곽정은 자리로 돌아가서 좌정한 후 그에게 눈길 한 번 주지 않았다. 얼굴은 슬픔과 낙담으로 가득 차 있었다. 그러나 소용녀는 너무 태연했다.

"과야, 다들 야만적인 사람들이야. 우린 가자!"

양과는 '야만적인'이라는 음절이 딱 어울리는 말이라고 생각하며 소용녀의 손을 잡고 문을 나섰다. 양과와 소용녀는 성큼 대청 입구로 걸어가 집 밖에서 기다리고 있던 자신의 말에 올라타 뒤도 돌아보지 않고 길을 떠났다.

뭇 영웅들은 멀어져가는 두 사람의 뒷모습을 멍하니 바라보았다.

경멸, 안타까움, 분노, 놀람, 부러움……. 모두 제각각의 감정에 휩싸인 채 그들의 뒷모습을 주시했다.

양과와 소용녀가 다정하게 길을 가고 있을 때 어느덧 저녁 땅거미가 짙게 깔렸다. 양과와 소용녀는 오랫동안 먼 곳을 헤매며 만나지 못하고 있다가 오늘 이렇게 재회를 하니 낮 동안의 대결, 말다툼 등은 까마득히 잊어버리고 서로의 감정에만 취해 있었다. 지금 이 순간 인생은 너무나 아름다웠다. 지난날의 삶은 모두 물거품 같았고 앞으로의 날들도 필요 없어 보였다. 그냥 이렇게 같이 있는 지금 이 순간이 제일 소중했다. 마음이 서로 통하니 말이 필요 없었다. 그렇게 둘은 묵묵히 걸어가다가 버드나무 밑에서 잠시 쉬어 가기로 했다. 두 사람은 몰려드는 피로에 버드나무에 기댄 채 잠이 들었다.

얼마나 지났을까, 양과의 여윈 말이 멀리서 풀을 뜯으며 간혹 낮은 울음을 토해냈다. 일어나보니 벌써 해가 중천에 떠 있었다. 두 사람은 서로 마주 보고 씽긋 미소를 지었다.

"선자, 우리 어디로 가죠?"

소용녀는 잠시 망설였다.

"그냥 고묘로 돌아가자."

소용녀는 세상은 화려하고 번화하긴 하지만 고묘만큼 자유롭지는 않다고 생각했다.

'선자와 고묘에서 한평생을 함께할 수만 있다면 더 바랄 게 없겠다.'

양과는 예전에는 바깥세상을 동경하며 하루빨리 고묘에서 나가기만을 바랐지만 막상 세상에 나와 보니 고묘에서의 평안하고 조용한 삶이 그리워졌다.

"좋아요!"

양과가 흔쾌히 웃으며 대답했다. 두 사람은 북쪽을 향해 천천히 걸음을 옮겼다. 둘은 여전히 서로를 '과야', '선자'라고 호칭했다. 이렇게 부르는 것이 그들에게는 제일 익숙하고 자연스러웠다.

"과야, 〈옥녀심경〉의 7편은 연마하지 못했잖아. 기억하지?"

"기억은 하지요. 하지만 아무리 연습해도 이상했잖아요. 아마 틀린 곳이 있나 봐요."

"나도 이해가 안 됐어. 근데 어제 그 늙은 여도사가 보검을 휘두르는 동작을 보고 생각난 것이 있어."

양과는 손불이가 어제 사용했던 검 초식을 떠올렸다.

"맞아요, 맞아. 전진교 무학과 〈옥녀심경〉을 함께 사용하면 되는군요. 어쩐지 이상하다 했어요."

고묘파의 시조 임조영은 비록 전진파의 무공을 제어할 수 있게 되었지만 왕중양에 대한 마음까지는 접을 수 없었다. 앞의 각 장들은 모두 전진파의 무공을 제어하는 내용이었다. 그러나 7편만은 자신과 정인情人인 왕중양이 함께 적을 무찌르는 상상을 하며 만들었다. 그래서 마지막 한 장의 무술은 〈옥녀심경〉과 전진 무공을 함께 사용해 공격해야 했다. 임조영은 자신의 애절한 사랑을 결국 7편에 모두 쏟아부은 셈이었다. 쌍검을 휘두르며 함께 적을 막는 것이 7편의 핵심이었으나, 물론 돌에 새길 때는 이런 자신의 마음을 밝히지 않았다.

소용녀와 양과는 예전에 이 무공을 연마할 때는 서로에 대한 사랑이 싹트기 전이어서 임조영의 마음을 이해하지 못했다. 그러나 두 사람은 오늘에서야 드디어 그 이치를 깨닫고 버드나무 가지를 꺾어 한 초식씩 구사해보았다.

소용녀는 천천히 옥녀검법을 휘둘렀고, 양과는 전진검법을 사용했다. 그러나 몇 초식을 겨루어보아도 두 검법을 조화시킬 수가 없었다. 이 무공을 행할 때는 매 초식 서로를 보살펴주는 애정을 담아야 했다. 그러나 양과와 소용녀는 오히려 서로의 검법을 상극으로 사용해 공격하고 있었으니 제대로 될 까닭이 없었다.

사실 임조영과 왕중양은 천하제일의 고수여서 혼자서도 어떤 고수든 능히 대적할 수 있었다. 그러니 함께 적을 공격하는 이 무공은 두 사람에게는 아무 쓸모가 없었다. 이 초식은 임조영이 그리움과 사랑의 마음이 너무 깊어 환상 속에서 만들어낸 것일 뿐이었다. 이 검법을 만들 때 임조영의 무공은 이미 절정에 달해 있어서 매 초식이 한 치의 흐트러짐이 없었고, 매서웠으며 긴박했다. 두 사람은 이런 사실을 알지 못해 제대로 무공을 표출시킬 수가 없었다.

사실 예전에 〈옥녀심경〉의 7편을 연마할 때도 두 사람은 서로를 보호하고 감싸려는 마음으로 가득 차 있었다. 이런 마음으로 연습을 하니 양과는 자신도 모르게 소용녀를 안게 되었고, 이런 일이 자주 벌어지자 두 사람은 일부러 이 무공만은 연습하지 않았다. 이 때문에도 무공의 발전이 없었던 것이다.

두 사람은 아무리 연습해도 잘되지 않자 흥이 나지 않았다.

"우리가 잘못 기억하고 있는지도 몰라. 고묘에 돌아가서 다시 보고 연습하자."

양과가 막 대답하려는 찰나 가까이에서 말 울음소리가 들리더니 말 한 필이 바람을 가르며 달려왔다. 자색 옷을 입은 사람이 홍마의 깃털을 바람에 휘날리며 눈 깜짝할 사이에 두 사람 곁을 지나갔다. 바로 황용이 소홍마를 타고 지나간 것이다.

양과는 다시 황용 일가와 마주쳐 일을 복잡하게 만들고 싶지 않아 다른 길로 가자고 소용녀에게 말했다. 소용녀는 양과의 사부이긴 하지만 무공을 제외하고는 아무것도 모르는지라 양과의 말에 무조건 따르는 편이었다.

그날 저녁 두 사람은 어느 작은 객점에 짐을 풀었다. 양과는 침대에서 자고 소용녀는 여전히 밧줄을 침상 삼아 누웠다. 두 사람은 부부가 되기로 결심했지만 고묘에서 수년 동안 이렇게 지낸 터라 여전히 예전 습관대로 잠을 잤다. 그러나 사랑하는 사람이 곁에 있고 앞으로 다시는 헤어지지 않을 거라고 생각하니 마음만은 평온했다.

다음 날 두 사람은 한 진鎭에 도착했다. 인파가 끊이지 않고 말과 수레가 줄을 잇는 번화한 고장이었다. 두 사람이 식사를 하기 위해 주루 계단을 올라가고 있는데 황용과 무씨 형제가 식탁에 앉아 밥을 먹고 있었다. 양과는 이렇게 만난 이상 모른 체할 수도 없어 다가가서 인사를 올렸다.

"백모님."

황용은 미간을 잔뜩 찌푸린 채 수심에 잠겨 말했다.

"우리 딸아이를 못 봤니?"

"못 봤어요. 부는 백모님과 같이 있었잖아요?"

그때 계단 쪽에서 소리가 들리더니 몇 사람이 올라왔다. 앞선 사람은 바로 금륜국사였다. 양과는 급히 얼굴을 돌리고 조용히 소용녀 곁으로 돌아갔다.

"뒤를 보지 마세요."

그러나 금륜국사가 이들을 놓칠 리 없었다. 계단을 올라오자마자 그는 주루에 있는 모든 사람을 한눈에 파악하고 난 뒤 쓴웃음을 지었다. 그는 거들먹거리며 탁자에 앉았다.

"부야!"

황용의 외침에 양과는 자기도 모르게 얼굴을 돌렸다. 곽부가 금륜국사와 함께 앉아 있었던 것이다. 곽부는 어머니를 바라만 볼 뿐 감히 다가가지 못한 채 울상을 짓고 있었다.

금륜국사는 육가장에서 수모를 당한 후 반드시 되갚을 방법을 모색했다. 더욱이 곽도가 옥봉침에 맞아서 독이 발작하니 어떻게든 약을 구해야 했다. 그래서 멀리 가지 않고 육가장 주변을 맴돌다 곽부가 아침 일찍 소홍마를 끌고 나오자 사로잡았던 것이다.

소홍마는 아주 영민해 급히 육가장으로 돌아가서 구슬프게 울어댔다. 곽정 등은 딸이 위험에 빠진 것을 알고 서둘러 길을 나누어 찾으러 나섰다. 황용은 임신한 몸이어서 무씨 형제의 호위 아래 여기까지 왔고, 이곳에서 양과와 소용녀를 만나게 된 것이다. 물론 금륜국사가 곽부를 데리고 이곳 주루에 올 줄은 생각지도 못했다.

황용은 뜻밖에 딸을 보자 너무나 기뻤다. 그러나 딸이 무서운 고수의 수중에 들어가 있는지라 더 이상 아무 말도 못 하고 젓가락으로 탁자를 치며 구해낼 방도를 생각했다.

"황 방주, 이분이 방주의 금지옥엽 따님이십니까? 전에 방주의 품에 기대어 아양을 떨고 있는 것을 보았는데 참으로 재미있었소."

"흥!"

황용은 콧방귀를 뀌면서 상대하지 않았다. 그때 무수문이 벌떡 일어섰다.

"일파의 종사로서 대결에서 졌으면 승복할 것이지 어찌 어린 낭자를 우롱한단 말이오? 부끄럽지도 않소?"

금륜국사는 무수문의 말은 들은 척도 하지 않았다.

"황 방주, 일전 대결에서 당신네들이 분명히 져놓고 딴짓을 했지 않소. 먼저 해독약을 내놓으시오. 그런 후 다시 날을 잡아 정정당당히 겨루어서 무림 맹주의 자리를 논합시다."

황용은 여전히 콧방귀를 뀔 뿐 대꾸하지 않았다. 다시 무수문이 나섰다.

"먼저 곽 낭자를 풀어주면 바로 해독약을 줄 것이오. 대결은 그다음에 상의해도 늦지 않소!"

황용은 양과와 소용녀를 힐끗 바라보았다.

'해독약은 저 애들한테 있을 거야. 저 애들이 줄지 안 줄지도 모르면서 멋대로 말을 하면 안 되지.'

금륜국사가 다시 점잖게 입을 열었다.

"독을 바른 암기가 당신들에게만 있는 줄 아시오? 당신들이 독침으로 내 제자를 상하게 했으니 나도 당신 딸에게 독침을 놓아줄 작정이오. 해독약을 내놓으면 나도 당신 딸을 돌려주겠지만, 그냥 돌려줄 수는 없지 않겠소?"

금륜국사의 태도에는 여유가 넘쳤다.

황용은 안색이 멀쩡한 곽부를 보고 아직 다친 것은 아니라고 생각했지만 어미 된 마음으로 걱정이 앞섰다. 제아무리 재치 있고 기지 넘치는 황용이라도 딸의 목숨이 위험한 상황에서는 아무 생각도 떠오르지 않았다.

주루의 점원이 금륜국사의 탁자에 끊임없이 음식을 가져다놓았다. 금륜국사는 크게 웃고 떠들면서 마음껏 음식을 먹었으나 곽부는 멍하니 앉아서 어머니를 바라보며 젓가락조차 들지 않았다. 황용은 가슴이 칼로 도려내는 듯 아팠다. 그러자 배에 통증이 일었다.

금륜국사는 술과 음식을 실컷 먹은 후 자리에서 일어났다.

"황 방주, 우리와 함께 갑시다."

황용은 무슨 말인지 몰라 잠시 어안이 벙벙하다가 곧 딸뿐 아니라 자신까지 잡아가려 한다는 것을 깨달았다. 곁에는 금륜국사와 상대도 안 되는 무씨 형제밖에 없으니 안색이 싸늘하게 변했다.

"황 방주, 겁내지 마시오. 방주께서는 중원 무림의 영웅이시니 예로 대하겠소. 무림 맹주의 자리만 정해지면 바로 보내드리리다."

금륜국사는 주루에서 황용을 보자마자 이번이 절호의 기회임을 알았다. 황용을 사로잡기만 하면 중원의 무인들은 손을 들고 항복할 테니 곽부 따위를 생포한 것에 비할 바가 아니었다. 정말 큰 호박이 넝쿨째 굴러 들어온 셈이었다. 이런 모든 계략을 알면서도 황용은 딸이 걱정되어 앞뒤를 따져볼 경황이 없었다. 무씨 형제는 황용이 곤경에 처하자 뻔히 질 줄 알면서도 나서지 않을 수 없었다. 황용은 냉정을 찾으며 낮게 말했다.

"어서 창문으로 도망가서 사부에게 도움을 청해라."

무씨 형제는 황용을 한 번 보고 다시 곽부를 한 번 쳐다본 후에야 창문으로 달려갔다.

"저런 바보들, 어째서 저렇게 꾸물거리는 거야?"

이미 도망가기에는 너무 늦어버렸다. 금륜국사는 긴 팔을 뻗어 등 덜미를 하나씩 잡고 독수리가 참새를 낚아채듯 그들을 휙 들어 올렸다. 무씨 형제가 급히 칼을 휘둘렀으나 금륜국사는 피하지도 않고 두 손을 움직여 무돈유는 아우를, 무수문은 형을 찌르는 형국으로 만들었다. 두 사람은 놀라서 동시에 칼을 떨어뜨려 다행히 형제간의 살육은 피할 수 있었다.

"얌전히 이 어르신과 함께 가자."

금륜국사는 내공으로 두 사람의 혈도를 찍은 후 한쪽으로 휙 던지며 양과가 있는 쪽을 돌아보았다.

"두 분은 황 방주와 동행이 아니시면 내 일을 방해하지 말고 가던 길을 계속 가시오. 두 분은 무공이 대단하시니 앞으로 20년 후면 천하무적이 될 거라 믿소."

그러나 그 말은 진심이 아니었다. 단지 황용, 소용녀, 양과 세 사람이 힘을 합치면 무공은 자신보다 아래지만 상대하기가 쉽지 않을 것이라고 생각되어 그런 말을 한 것이었다. 그리고 이긴다 하더라도 황용을 사로잡는 게 힘들 테니 얼른 불필요한 곁가지를 쳐내고 싶었다. 그는 황용이 임신을 해서 싸움을 할 수 없다는 사실은 모른 채 타구봉의 오묘하고 매서운 무공에만 신경 쓰며 잔뜩 경계했다.

"과야, 우리는 가자! 우리 힘으로는 번승番僧의 무공을 이길 수 없어."

소용녀는 어서 고묘에 돌아가서 양과와 함께 있고 싶은 마음뿐이었다. 세상의 은혜, 복수, 대결 같은 것에는 아무런 관심도 없고 그저 금륜국사를 다시 보니 얼른 이 자리를 피하고 싶었다.

양과는 자리에 일어나 주루 입구로 걸어갔다. 이번에 다시 고묘로 돌아가면 아마 평생 황용과 만날 일은 없을 거라고 생각하니 자신도 모르게 황용에게 시선이 갔다. 황용은 창백한 낯빛으로 아랫배를 움켜쥔 채 억지로 통증을 참고 있는 듯했다.

'백부와 백모는 나와 선자의 관계를 인정하지 않았지만 나한테 나쁜 맘으로 그러신 것은 아니잖아. 백모님이 위험에 처했는데 어떻게 그냥 갈 수 있겠어? 하지만 금륜국사는 너무 강하니 어떻게 하지? 선자와 함께 덤벼도 결코 이길 수 없을 거야. 백모를 구할 수도 없는데 나와 선자의 생명까지 걸어야 할까? 아니다. 지금이라도 얼른 백부께 도움을 청하는 것이 낫겠다.'

양과는 이런 생각으로 황용에게 눈짓을 보냈다. 황용은 그가 구원을 청하러 간다는 것을 알고 조금 마음을 놓으며 들키지 않게 천천히 고개를 끄덕였다. 양과는 소용녀의 팔을 잡고 아래층으로 향했다. 그때 몽고 무사 한 명이 황용 곁으로 성큼 걸어갔다.

"어서 가자. 뭘 꾸물거려?"

몽고 무사는 너무나 무례한 말투로 죄수 다루듯이 황용을 대했다. 황용은 개방의 방주로 10여 년 동안 있으면서 무림의 존경을 한 몸에 받아왔다. 그런데 지금은 시골 아낙네보다 못한 모욕을 받게 되자 매서운 눈초리로 상대방을 쩨려보았다. 황용은 자신을 향해 뻗어오는 무사의 팔목을 휘어감아 그대로 확 던져버렸다.

"으…… 아……."

비명과 함께 비대한 몸뚱이가 창문 밖으로 휙 날아가더니 거리에 털썩 떨어졌다. 꼼짝도 않는 것이 아마 죽은 모양이었다.

주루의 손님들은 이들의 말투와 대화가 고상하고 조용조용해서 전혀 신경도 쓰지 않다가 갑자기 누군가 획 날아가고 싸움이 시작되자 놀라서 자리를 피하기 시작했다.

"황 방주, 과연 대단한 무공이오!"

금륜국사는 아까 그 몽고 무사의 흉내를 내며 성큼 다가가서 똑같이 팔을 뻗었다. 황용은 무공을 뽐내고 싶어 하는 그의 저의를 눈치챘다. 그러나 조금 전과 똑같이 출수해서 그를 내동댕이치는 것은 불가능한 일이어서 뒤로 물러날 수밖에 없었다.

양과는 계단을 거의 다 내려가다가 황용이 수모를 당하고 싸움이 나자 자신도 모르게 불끈하여 생사 안위는 뒤로 제치고 바람같이 달려갔다. 그리고 무돈유의 칼을 뺏어 들어 청룡출회靑龍出悔 초식으로 금륜국사의 등을 겨냥했다.

"황 방주는 몸이 안 좋으신데 그 틈을 타서 공격하다니 부끄럽지도 않소?"

금륜국사는 바람을 가르는 검 소리를 듣고 고개도 돌리지 않은 채 손을 획 뒤집어 칼날을 쳤다. 순간 양과는 오른팔이 마비되는 듯한 충격에 검을 떨어뜨리고 급히 뒤로 물러났다. 금륜국사는 그제야 뒤로 몸을 돌렸다.

"얘야, 어서 가거라! 너는 아직 나이도 어리고 무공도 강하니 장차 나를 능가할 것이다. 하지만 지금은 내 적수가 못 되거늘 왜 죽음을 자초하느냐?"

양과를 추켜세우는 것 같지만 실제로는 위협하는 말이었다. 금륜국사는 양과와 소용녀의 협공에 이미 손안에 얻은 무림 맹주 자리를 빼앗긴 터라 두 사람이라면 이가 갈릴 지경이었다. 그러나 지금은 황용을 잡는 것이 더욱 급했다. 이번에는 양과와 소용녀를 그냥 보내고 후일 다시 화를 풀어도 늦지 않다고 생각했다. 양과는 어린 마음에 앞으로 그를 이길 수 있다는 말을 듣자 마냥 기분이 좋아졌다.

"스님, 너무 겸손하십니다. 스님 같은 경지까지 오르려면 그야말로 몇 년 동안 무공만 열심히 수련해야 될 것입니다. 황 방주는 저를 길러주신 분이니 괴롭히지 마십시오. 병만 없었으면 스님의 무공이 꼭 위라고 자신할 수는 없을 겁니다. 못 믿으시겠다면 병이 다 나은 후 한번 겨뤄보십시오."

그는 금륜국사가 무공에 대한 자부심이 대단하다는 것을 알고 이렇게 이야기하면 황용을 놓아줄지도 모른다고 생각했다. 그러나 금륜국사는 황용, 소용녀, 양과 세 사람이 함께 덤빌까 봐 좋게 말해준 것인데, 양과의 말을 듣고 황용을 살펴보니 과연 안색이 초췌한 것이 병색이 완연해 보였다. 그렇다면 이제 어린아이 둘만 상대하면 되는 셈이어서 두려울 것이 없었다. 그는 냉소를 지으며 계단 입구를 막아섰다.

"그럼 너도 남거라!"

소용녀는 금륜국사가 자신과 양과 사이를 막아서자 기분이 나빴다.

"스님, 비키시고 양과를 내려오게 하세요."

금륜국사는 두 눈썹을 치켜뜨고 단장개비單掌開碑로 질풍같이 장풍을 뻗었다. 그는 원래 힘이 센 데다 위에서 아래로 내리치니 그 위력이 몇 배 증강되었다. 이것을 소용녀가 받아치기란 무리였다. 그녀는 양과가 아직 계단 위에 있는 게 걱정되어 아래쪽으로 피하지 않고 금륜국사의 곁을 스쳐 양과 옆에 사뿐히 내려섰다. 실로 절세절륜絶世絶倫의 경공이었다. 금륜국사는 소용녀가 옆을 스쳐 지나갈 때 재빨리 팔꿈치로 내질렀으나 그녀의 속도를 따라잡지 못했다. 내심 그녀의 민첩하기 이를 데 없는 신법에 혀를 내둘렀다.

양과는 떨어뜨린 무수문의 장검을 주워서 소용녀에게 건네주었다.

"선자, 우리 이 무례한 번승을 혼내줘요."

금륜국사가 옷에서 수레바퀴 모양의 윤자輪子 하나를 꺼냈다. 이것은 전에 사용했던 금륜과 크기는 같았으나 색이 새까맸다. 바로 무쇠로 만든 철륜鐵輪이었다. 이 철륜에도 금강종의 진언이 새겨 있었다.

금륜국사는 항상 다섯 개의 윤자를 가지고 다녔다. 그러나 이제껏 금륜 하나만으로 무수히 많은 강적을 물리쳐서 금륜국사라는 칭호를 얻었다. 나머지, 은, 동, 철, 아연으로 된 윤자는 한 번도 사용해본 적이 없었다. 그러니 그의 무공을 정확히 비유해 이름을 부르자면 오륜국사五輪國師가 더 적당한 표현일 것이다. 그러나 육가장에서 무예를 겨룰 때 그의 금륜은 양과의 금강저에 맞아 깨졌기 때문에 철륜을 꺼낼 수밖에 없었다.

"황 방주, 함께 싸우시려고요?"

금륜국사는 황용이 병색이 완연하긴 하지만 여전히 고수이므로 일부러 '황 방주'라고 호칭했다. 즉 방주의 신분으로 다른 사람과 동시에 한 사람을 공격하는 것은 위신에 어긋나는 일임을 일깨워주려 한 것이다.

"황 방주는 집으로 돌아가실 테니 당신과 수다 떨 시간이 없소."

양과는 금륜국사에게 쏘아붙이고 황용을 돌아보았다.

"백모님, 부를 데리고 가십시오."

양과는 사실 소용녀와 힘을 합쳐도 이기지 못할 것 같아 최대한 방어를 하다가 도망갈 생각이었다. 다행히 지금은 정식 무예 대결도 아니니 마장魔掌을 피해 꽁무니를 빼고 도망가도 창피한 일은 아닐 것 같았다. 양과는 이렇게 심지를 굳히고 얼른 검을 휘둘러 공격 자세를 취했다.

"나와 한판 붙어봅시다."

소용녀는 양과가 〈옥녀심경〉의 무공을 사용하는 것을 보고 옆에서 칼을 휘두르며 도와주었다. 금륜국사는 철륜을 휘두르며 두 검을 막았다. 그는 주루 곳곳에 탁자와 의자가 놓여 있어 마음껏 활개를 펼칠 수 없자 철륜과 발로 탁자와 의자를 한쪽으로 걷어찼다.

'정면으로 대결하면 질 게 분명해. 잠시라도 막을 수 있도록 시간을 벌어야 해.'

양과는 금륜국사가 탁자와 의자를 한쪽으로 차면 다시 반대로 차서 그의 앞을 막았다. 양과와 소용녀는 뛰어난 경공을 이용해 미꾸라지처럼 피하면서 정면 대결을 피했다. 그리고 술잔이며 술병, 음식 접시 등을 마구 집어 던졌다. 주루는 삽시간에 깨진 술병과 식기, 음식으로 난장판이 되었다.

이 어수선한 틈을 타서 황용은 얼른 곽부를 데리고 왔다. 달이파는 양과의 이혼대법에 당한 후 정신이 몽롱한 상태였고, 곽도는 옥봉침에 중상을 입었으며, 다른 몽고 무사들은 모두 양과에게 겁을 먹은 터라 감히 황용을 막을 생각조차 하지 못했다.

양과가 몸을 피하며 소리쳤다.

"백모님, 어서 가세요."

그러나 황용은 금륜국사의 매서운 공격 앞에 양과와 소용녀가 전력을 다해봤자 막을 수 없다는 것을 잘 알고 있었다. 게다가 혹시 조금이라도 허점을 보이면 적의 독수에 이 젊은 남녀가 목숨을 빼앗길지도 몰랐다.

'목숨을 걸고 나를 구해줬는데 내 안위만을 생각해서 달아날 수는 없지.'

황용은 무씨 형제의 혈도를 풀어준 후 만약의 경우를 대비해 계단 끝에 서서 이들의 싸움을 지켜보았다. 그러자 무씨 형제가 연신 재촉했다.

"사모님, 어서 가요. 건강도 안 좋으신데 몸을 생각하셔야죠."

황용은 처음에는 귓전으로 흘려듣다가 연이어 재촉하자 불같이 화를 냈다.

"너희는 협의도 모르면서 무슨 무공을 연마한단 말이냐? 이런 쓸모없는 것들! 양과가 너희보다 백배는 낫다. 잘 생각해보거라."

무씨 형제는 황용이 걱정되어 말을 꺼냈는데 오히려 꾸지람을 듣자 심통이 나서 입이 댓발이나 튀어나왔다. 그때 곽부가 부러진 탁자 다리를 주워 들었다.

"오빠들, 우리도 함께 싸워요!"

"네 무공으로 괜히 개죽음을 당하고 싶으냐?"

황용이 잡아끌자 곽부는 인정할 수 없다는 듯이 입을 삐죽 내밀었다. 사실 지금 벌어지고 있는 싸움은 곽부가 보기에 별로 대단할 게 없었다. 양과와 소용녀는 출수도 하지 않고 그저 이리저리 몸을 피하기만 했다. 간혹 몸놀림이 절묘하긴 했지만 검 초식은 전혀 위력이 없어

보였다.

그때 금륜국사가 갑자기 괴성을 지르며 발을 마구 굴렀다. 금륜국사는 공격이 번번이 탁자와 의자에 가로막히자 돌연 발끝에 힘을 주어 탁자와 의자를 닥치는 대로 짓밟기 시작했다. 요란한 소리가 끊이지 않더니 탁자와 의자가 그의 발밑에서 삽시간에 산산조각이 났다. 그는 손으로는 철륜을 휘두르고 발로는 천근추 무공을 전개했다. 그의 발이 닿는 곳이면 어김없이 탁자와 의자가 부러졌고, 그렇게 몇 번을 더 밟으니 주루의 탁자와 의자가 전부 나뭇조각이 되어버렸다.

금륜국사가 양과와 소용녀에게 성큼 다가가서 두 팔을 휘둘러대자 철륜 소리가 귀를 어지럽혔다. 양과와 소용녀는 이제 탁자와 의자를 이용해 상대를 막을 수 없으니 정면 대결을 하는 수밖에 없었다.

금륜국사가 연이어 세 초식을 전개했다. 양과는 〈옥녀심경〉을 익혔지만 연마 속도에만 치중한 나머지 근력까지 완전히 단련하지 못했다. 그러니 공격을 받아내는 힘이 부족해 손과 팔에 강한 통증을 느꼈다. 금륜국사는 조금도 봐주지 않고 곧 네 번째 초식을 전개했다. 철륜이 가까이 뻗쳐오기도 전에 거센 바람이 무서운 기세로 몰아쳤다. 양과와 소용녀는 검을 들어 전력을 다해 맞섰다. 두 자루의 검이 힘을 합해 겨우 금륜국사의 철륜을 막아낼 수 있었지만 그만 칼끝이 휘어지고 말았다. 두 사람은 곧바로 반격을 펼쳤다. 양과가 장검으로 상반신을 공격하고 소용녀는 왼쪽 다리를 노렸다. 그러자 금륜국사는 잽싸게 소용녀의 손목을 걷어차면서 철륜으로 양과의 목을 공격해갔다. 양과는 살짝 머리를 숙여 철륜을 피했는데, 그 순간 철륜이 다시 금륜국사의 손에서 벗어났다. 바로 양과의 머리를 노린 것이다. 그와 동시에 두 손이 자유로워진 금륜국사는 소용녀의 어깨를 낚아챘다. 눈 깜짝 할 사이에 두 사람은 위험에 빠졌다.

"악!"

소용녀가 비명을 지르며 달려 나가려는 순간, 양과는 옆으로 비스듬히 몸을 날리면서 발이 땅에 닿기도 전에 적의 등으로 검을 쭉 뻗었다. 이는 방어와 공격을 동시에 하는 일석이조 효과를 노린 것으로서 자신의 몸을 지키는 한편 위위구조圍魏救趙(위나라를 포위해 조나라를 구한다)의 방법으로 소용녀에 대한 공격까지도 차단하는 초식이었다. 바로 안행사격雁行斜擊이라고 불리는 전진파의 검법이었다.

"아!"

금륜국사는 흠칫하며 철륜이 땅에 떨어지기 전에 오른발 발등으로 철륜을 차서 방향을 바꾸었다. 철륜은 쨍강, 소리를 내며 다시 양과의 머리를 향해 날아갔다.

양과는 조금 전 아슬아슬한 위기에서 전진검법이 효과를 거두자 이번에도 전진파의 백홍경천白紅經天으로 검을 회전시키며 철륜 쪽으로 뻗어냈다. 철륜은 무겁고 검은 가벼우니 상식적으로는 이 검법이 지금 상황과 맞지 않으나 양과의 목적은 철륜을 떨어뜨리는 데 있는 게 아니라 단지 방향을 트는 데 있었다. 이것은 무학에서 말하는 사량발천근四兩拔千斤, 즉 넉 냥의 힘으로 1,000근을 튕겨낸다는 이치와 같은 것이었다. 양과의 넉 냥 검에 1,000근이 나가는 철륜의 방향이 바뀌더니 금륜국사의 머리를 향해 날아갔다.

"우아!"

곽부는 박수를 치며 환호성을 내질렀다.

금륜국사는 철륜을 날리면서 양과가 받아내지 못할 것이라고 예상했다. 또한 철륜이 상대의 병기에 부딪치면 아무리 묵직한 무기라도 떨어뜨릴 수 있을 거라 확신했다. 그런데 그의 예상은 완전히 빗나갔다. 그는 양과에게 철륜을 튕겨내는 무공이 있을 줄은 생각지도 못했다. 금륜국사는 황급히 철륜을 잡았다. 그는 화가 머리끝까지 나서 있는 힘을 다해 다시 한번 철륜을 날렸다. 철륜을 날리는 힘은 아까보다 비교할 수 없었지만 이상하게 아무 소리도 나지 않았다. 원인인즉, 속도가 너무 빨라서 철륜에 붙어 있는 작은 구슬들이 부딪칠 시간조차 없었던 것이다.

양과는 자신도 모르게 〈구음진경〉의 무공으로 검을 치켜들었다. 그러나 얼마 버티지 못하고 장검에 강한 충격을 느끼면서 그만 떨어뜨리고 말았다. 양과가 아직 〈구음진경〉을 통달하지 못해서 정확하게 구사하지 못했기 때문이다.

금륜국사는 즉시 대솔비수大捽碑手 초식으로 양과의 머리를 겨냥해 강하게 장풍을 날렸다.

"안 돼!"

순간 날카로운 외침과 함께 소용녀의 검이 금륜국사의 어깨를 향해 날아왔다. 검세劍勢가 매우 위력적인 데 반해 소용녀의 몸놀림은 바람에 흔들리는 연약한 꽃잎 같았다. 소용녀는 가는 허리를 유연하게 흔들며 마치 가느다란 바늘처럼 예리하게 상대방을 향해 검을 찔러 들어갔다. 이것은 바로 〈옥녀심경〉 제7편에 수록되어 있는 상부상조 무공이었다. 황용은 무공의 새로운 지평을 여는 듯한 소용녀의 초식에 감탄하며 넋을 잃었고, 곽부는 연신 손뼉을 치며 환호를 연발했다.

금륜국사는 날카롭게 공격해오는 소용녀의 검을 막기 위해 하는 수 없이 뻗었던 장을 거둘 수밖에 없었다. 그는 대술비수 초식을 거두고 철륜으로 검을 막았다. 양과는 이 틈에 다시 장검을 주워 들었다. 급중생지急中生智, 즉 사람이 위험에 처하게 되면 때로 머리가 더욱 영민해지는 법이었다. 양과는 급박한 상황 속에서도 쉼 없이 상황 파악을 했다.

'선자와 내가 동시에 옥녀검법을 사용할 때는 적을 막기 힘들었어. 하지만 내가 전진검법을 쓰고, 선자가 옥녀검법을 쓰니 막을 수 있었어. 그렇다면 〈옥녀심경〉 마지막 편의 이치가 바로 이것일 수도 있겠군.'

"선자, 낭적천애浪迹天涯!"

소용녀는 곧장 〈옥녀심경〉에 실린 낭적천애 검법으로 검을 휘둘렀다. 두 사람이 펼친 초식의 명칭은 똑같았지만 그걸 구사하는 방법은 달랐다. 하나는 전진검법이었고 하나는 옥녀검법이었으나 두 초식을 합하니 그 위력이 놀라울 정도로 증강되었다.

금륜국사는 쌍검을 막지 못해 뒤로 물러났고, 그 틈에 검이 옷깃을 파고들었다. 다행히 옆구리를 살짝 스치며 옷만 찢었지만 그는 너무 놀라서 온몸에 식은땀이 났다. 금륜국사는 허둥지둥 뒤로 두 걸음 물러나서 공격을 피했다.

"화전월하花前月下!"

양과의 외침에 따라 다시 아래위로 초식이 전개됐다. 마치 하늘에 걸린 차가운 둥근 달이 어두운 밤을 밝히는 것과 같은 모습이었다. 소용녀의 검은 바람에 흔들리는 꽃잎처럼 떨리면서도 뻗고 거두기를 반복하며 적의 눈을 어지럽혔다. 금륜국사는 절묘한 조화를 이루는 상대방의 쌍검이 어느 방향에서 공격해 들어올지조차 가늠할 수 없어 뒤로 주춤주춤 물러나기만 했다.

"청음소작淸飮小酌!"

양과는 외침과 동시에 검 자루를 들어 올려 칼끝이 아래로 향하게 하여 마치 술을 따르는 동작을 취했고, 소용녀는 칼끝을 위로 올려 앵두 같은 입술에 대니 잔을 들어 술을 마시는 모습처럼 보였다. 검 초식은 점점 괴이해졌다. 그러나 서로 호흡이 딱 맞아 상대방의 약점을 가려주고 쉴 새 없이 살기를 발하며 적을 압박해 들어갔다.

'이런 고수들이 있다니, 세상은 참으로 넓구나. 상식을 초월한 이런 검법은 몽고에서는 꿈에도 생각지 못한 것들이다. 아, 난 정말 우물 안 개구리였어. 중원 영웅들을 우습게 보았더니 이렇게 허물어지는구나.'

금륜국사는 기세가 완전히 꺾여 더 이상 공격하지 못했다.

지난날 양과와 소용녀는 〈옥녀심경〉의 이 검법을 수없이 연마했지만 그때마다 제대로 효과를 볼 수 없었다. 그런데 위험에 닥쳐 자신의 안위는 생각지 않고 상대방을 걱정하는 마음을 앞세우니 비로소 그 진가를 발휘할 수 있었다. 상부상조, 상호보위. 이것이야말로 이 검법이 추구하고자 하는 요지要旨였던 것이다.

이 검법의 매 초식에는 모두 깊은 정감이 담겨 있었다. 무금안소撫琴按簫(비파를 타고 통소를 분다), 소설팽차掃雪烹茶(눈을 쓸고 차를 끓인다), 송하대혁松下對弈(소나무 밑에서 함께 바둑을 둔다), 지변조학池邊調鶴(연못가에서 학을 길들인다) 등은 모두 남녀가 사랑을 나누거나 함께 풍류를 즐기는 모습을 형상화한 것이다. 양과와 소용녀는 처음에는 이 검법의 오묘한 진리를 이해하지 못하다가 이제야 그 이치를 깨달았다. 만약 이 검법을 사용하는 남녀가 연인이 아니었다면 초식에 숨겨진 무수히 많은 이치를 깨닫지 못했을 것이다. 서로 마음이 통하지 않으면 남녀가 유별하니 지나치게 예를 차리게 될 테고, 선후배 사이라면 한쪽은 끌어주려 하고 한쪽은 의지하려 할 것이다. 그리고 만약 서로 부부라면 제대로 검법을 구사할 수는 있으나 그 안에 담겨 있는 아련한 그리움과 수줍음, 가까워질 듯 멀어지는 애틋함과 잡힐 듯 잡히지 않는 아쉬움 등을 제대로 구사할 수 없었을 것이다. 그러나 양과와 소용녀는 서로 깊이 사랑하는 사이이면서도 많은 어려움으로 인해 그 사랑을 이루지 못하고 있으니 기쁘면서도 걱정이 앞서고, 달콤하면서도 쓰디쓴 사랑의 감정을 이해할 수 있었다. 이것이 바로 임조영이 만든 옥녀소심검의 핵심이었다.

황용은 빨갛게 상기된 얼굴로 수줍어하는 소용녀와 사랑하는 여인을 마주 보며 보호하려는 양과의 일거수일투족을 놓치지 않고 계속 지켜보았다. 그리고 강적과 싸우면서도 남녀 간의 깊은 사랑이 넘쳐나는 두 사람의 모습에 놀라고 있었다. 동시에 이들의 진지한 사랑에 감염되어 자신도 모르게 곽정과 처음 만났을 때의 상황이 떠올랐다. 주루에서 벌어지는 살벌한 싸움 속에서 깊고 달콤한 사랑이 흐르고 있었던 것이다.

양과와 소용녀의 마음이 하나로 이어져 있으니 금륜국사는 더욱 이들을 막아내지 못했다. 그는 탁자와 의자가 모두 그대로 있었다면 상대의 공격이 이렇게 매섭지는 않았을 것이라고 생각하니 후회스럽기가 이루 말할 수 없었다. 이대로 가다가는 목숨을 잃을 수도 있겠다는 생각에 한 걸음씩 계단을 향해 물러났다.

양과와 소용녀는 여유롭게 적을 압박하며 쫓아냈다.

"악의 씨는 잘라내야 해. 과야, 놓아주지 마라."

황용은 양과와 소용녀가 금륜국사를 이길 수 있었던 것은 모두 이 신기한 검법 때문임을 알아차렸다. 만약 오늘 금륜국사를 그냥 놓아준다면 무공의 조예가 깊은 그가 분명 이 검법을 깨뜨릴 방도를 찾아낼 것이고, 그렇게 되면 앞으로 또 위험이 닥쳐올 것이라는 생각이 들었다.

"네."

양과는 짤막하게 대답하고 다시 맹공을 퍼부었다.

"소원예국小園藝菊, 서창야화西窓夜話, 유음연구柳陰聯句, 죽렴임지竹簾臨池!"

그의 구령에 따라 절묘무쌍한 초식들이 하나씩 펼쳐졌다. 금륜국사는 반격은커녕 공격을 받아낼 수조차 없었다.

양과는 황용의 말대로 이번 기회에 금륜국사를 제거하고 싶었다. 그러나 임조영의 이 검법은 자신의 마음을 의탁하려는 뜻으로 만들어진 것이지 적을 죽이기 위해 만들어진 것은 아니었다. 당시 마음이 부드러운 사랑으로 가득 차 있던 그녀는 일부러 적의 목숨을 앗아갈 수 있는 초식은 하나도 만들지 않았다. 그래서인지 두 사람은 금륜국사를 꼬리 내린 강아지처럼 만들 수는 있었지만 목숨을 쉽게 빼앗지는 못했다.

금륜국사는 이런 이치는 알지 못한 채 그들이 쉬이 살수를 펴지 못하는 것이라 생각했다. 만약 두 사람이 함께 살수를 전개하면 목숨을 부지하기 힘들 것 같아 발끝에 힘을 주어 한 계단씩 내려가면서 지나온 계단을 무너뜨렸다. 그의 우람한 체구가 버티고 있으니 양과와 소용녀는 쉽게 앞으로 나설 수가 없었다. 세 번째 계단이 무너지자 장검을 뻗어도 그의 몸에 닿지 않았다.

금륜국사는 두 손으로 철륜을 받쳐 들었다.

"오늘 중원의 절묘한 무공을 보게 되었소. 한데 그 무공의 이름은 무엇이오?"

양과가 정색을 하고 대꾸했다.

"중원의 무공은 타구봉법과 자려검술刺驢劍術을 제일로 칩니다."

"자려검술?"

"그렇습니다. 머리가 벗겨진 나귀를 찌를 때 쓰는 검술이지요."

금륜국사는 은근히 자신을 욕하는 말에 불같이 화를 냈다.

"이 무례한 놈. 두고 봐라! 반드시 이 금륜국사의 호된 맛을 보여주겠다."

그는 철륜을 소리 내어 한 번 휘두른 후 성큼성큼 걸음을 옮겼다. 그 걸음이 어찌나 빠른지 몇 번 훌쩍하더니 이미 담장 너머로 모습을 감추었다. 양과는 따라잡기 힘들다고 생각해 다시 돌아왔다. 그런데 주루 한쪽에 달이파가 곽도를 부축하고 얼굴이 하얗게 질린 채 서 있었다.

"대사형, 저를 죽이실 겁니까?"

양과는 두 사람의 모습이 불쌍해 보였다.

"백모님, 놓아주는 게 어때요?"

황용이 고개를 끄덕였다. 양과는 곽도의 안색이 파리한 것을 보고 품에서 옥봉꿀이 담긴 작은 병을 꺼내서 곽도에게 마시라는 시늉을 해 보였다. 그리고 병을 달이파에게 건네주었다. 달이파는 크게 기뻐하며 곽도에게 뭐라고 알아들을 수 없는 말을 했다. 곽도도 품속에서 약 가루를 꺼내 양과에게 건네주었다.

"일전 붓을 사용하던 그 사람에게 이 해독약을 주십시오."

달이파는 양과에게 최대한 예를 갖추었다.

"대사형, 정말 감사합니다."

양과도 웃으면서 예로 답례하며 몽고어를 흉내 냈다.

"대사형, 정말 감사합니다."

'대사형이 왜 나를 대사형이라고 부르지?'

달이파는 영문을 몰라 어리둥절했다.

'아, 해탈을 하셔서 대사형 자리쯤은 아무것도 아니라고 생각하시는구나.'

달이파는 더욱 감격해 양과에게 깊이 읍을 한 후, 곽도를 부축하고 몽고 무사들과 함께 밖으로 걸어 나갔다.

양과는 해독약을 황용에게 건네주고 몸을 굽혀 작별 인사를 했다.

"백모님, 저는 이만 가보겠습니다. 건강하십시오."

황용은 이제 헤어지면 다시는 만나지 못할 것이라 생각하니 가슴이 아팠다.

"어디로 가느냐?"

"저와 선자는 아무도 없는 곳으로 가서 다시는 세상에 나오지 않을 것입니다. 그러니 백모님과 백부님의 명성을 더럽히는 일은 없을 것입니다."

'과는 목숨을 걸고 나와 부를 구해주었으니 깊은 은혜를 입었다. 그런데 다시 또 잘못된 길로 가려고 하는구나. 그냥 두고 볼 수만은

없지.'

황용은 속으로 생각하면서도 겉으론 자상하게 말했다.

"뭐가 그리 급하니? 오늘은 모두 피곤하니 객점을 찾아서 쉬고 내일 떠나자꾸나."

양과는 황용의 따뜻한 마음을 뿌리칠 수 없어 머물기로 했다. 황용은 주루의 피해를 보상하고 객점을 찾아 행장을 풀었다.

그날 저녁 푸짐한 식사를 마치고, 황용은 곽부를 무씨 형제와 함께 산책하라고 내보낸 후 소용녀를 방으로 불렀다.

"동생, 줄 게 있어."

"뭔데요?"

황용은 소용녀를 앞으로 끌어당겨 빗으로 머리를 빗겨주었다. 어깨까지 드리운 칠흑 같은 검은머리는 부드럽고 윤이 났다. 황용은 머리를 빗겨 정성껏 말아 올린 후 자신의 머리에 꽂힌 금환金環 장식을 뽑았다.

"이 머리 장식을 줄게."

금환에는 아주 정교하게 만든 장미꽃 넝쿨과 아직 피지 않은 장미 꽃봉오리 장식이 달려 있었다. 황약사가 가지고 있는 수많은 진귀한 보물들 가운데 고른 것이니 그 아름다움과 정교함은 당대 최상의 것이라 해도 과언이 아니었다.

소용녀는 나뭇가지 하나로 머리를 묶을 뿐 머리 장식을 한 번도 해본 적이 없었다. 그저 머리를 묶는 장식은 나뭇가지 하나가 전부였다. 그래서 아무리 정교하고 아름다운 금환을 보아도 별 느낌이 없어 무심히 고맙다는 인사를 하고 신경 쓰지 않았다.

황용은 머리에 금환을 달아준 후 다시 이야기를 나누었다. 황용은 소용녀가 너무나 순진무구하고 세상 물정을 전혀 알지 못한다는 것을 알았다. 황용은 촛불 아래 티끌 하나 없이 깨끗한 모습으로 앉아 있는 소용녀가 너무 아름다워 보였다. 만약 사제 간이 아니라면 양과와 소용녀는 정말 잘 어울리는 한 쌍이라는 생각이 들었다.

"동생, 과를 좋아하지?"

소용녀는 미소를 머금었다.

"네. 왜 저희를 반대하시는 거예요?"

황용은 순간 어릴 때 부친이 곽정과의 혼인을 반대하고 강남칠괴도 자신을 '어린 요녀'라 부르며 욕했던 기억이 났다. 자신도 많은 어려움을 헤치고 곽정과 부부의 연을 맺을 수 있었다. 지금 양과와 소용녀는 진심으로 서로를 사랑하고 있는데 왜 자신이 반대하고 있을까 하는 생각마저 들었다. 그러나 두 사람은 엄연히 사제지간이니 남녀 간의 정을 나눈다면 윤리에 어긋나 천하 영웅들의 지탄의 대상이 될 게 뻔했다. 황용은 한숨이 절로 나왔다.

"동생, 세상에는 동생이 이해하지 못하는 일이 너무나 많아. 만약 과와 부부가 된다면 평생 다른 사람들에게 멸시를 받으며 살아가야 할 거야."

"다른 사람이 무시하는 게 뭐가 그리 중요하죠?"

황용은 다시 또 아득해졌다. 이 말에 자신의 부친이 떠오른 것이다. 부친인 황약사는 평생 하고 싶은 대로 살면서 세상 사람들의 이목을 아랑곳하지 않았다. 황용은 절로 고개가 끄덕여졌다. 소용녀같이 범상치 않은 인물은 원래 세속의 잣대 따위는 아랑곳하지 않는 법이다. 그리다 문득 남편이 양과를 너무나 사랑하고 아낀다는 것이 떠올랐다. 자신의 사위로 삼지는 못해도 인품과 덕을 갖춘 훌륭한 인물로 자라기를 바라는 남편의 마음을 생각하니 어긋난 사랑을 찬성할 수는 없었다.

"그럼 과는? 과도 사람들에게 무시를 당할 건데 괜찮아?"

"과와 나는 평생 아무도 없는 곳에 가서 행복하게 살 거예요. 다른 사람이 무슨 상관이 있겠어요?"

"아무도 없는 곳이 어디 있어?"

"큰 고묘가 있어요. 전 여태껏 거기서 살았어요."

"그럼 평생 고묘에 살면서 나오지 않겠단 말이야?"

소용녀는 생각만 해도 즐거운지 방 안을 이리저리 돌아다녔다.

"그래요. 무엇 때문에 나오겠어요? 밖에는 나쁜 사람들이 이렇게 많은데요."

"과는 어릴 때부터 여기저기 떠돌아다닌 아이인데 계속 고묘에 갇혀 있으면 답답하지 않겠어?"

"내가 있는데 뭐가 답답하겠어요?"

"처음에는 그럴 테지. 하지만 몇 년이 지나면 바깥의 재미있는 세상을 동경하게 될 거야. 그런데도 나올 수 없다면 나중에는 짜증이 나겠지."

소용녀는 흥분과 기쁨에 싸여 있다가 갑자기 이 말을 들으니 기분이 가라앉아 목소리가 시무룩해졌다.

"과한테 물어보러 갈래요. 이젠 이야기 그만해요."

황용은 소용녀의 고운 얼굴에 그늘이 스치자 천진무구한 한 소녀의 마음을 다치게 한 것을 후회했다. 그러나 이제껏 보아온 여러 젊은 남녀의 사랑을 생각할 때 자신의 말이 맞다고 생각했다.

'과가 어떻게 이야기할지 모르겠네.'

황용은 몰래 양과의 방 창문 앞으로 다가가서 두 사람의 말을 엿들었다.

"과야, 평생 나랑 같이 있는 게 답답하지 않아? 짜증 나지 않겠어?"

"왜 또 그러세요? 제가 얼마나 좋아하는지 아시면서요. 호호백발이 되고 이가 다 빠질 때까지 선자와 함께 있을 수만 있다면 정말 행복할 거예요."

너무나 간절하고 진심 어린 양과의 말에 소용녀는 감동을 받아 머릿속이 하얗게 변하는 것 같았다.

"그래, 나도 그래."

소용녀는 주머니에서 밧줄을 꺼냈다.

"자자."

"백모님께서 오늘은 선자와 백모님 모녀가 한방에서 자고, 전 무씨 형제와 같이 자라고 하셨어요."

"안 돼. 왜 그 남자들이 너랑 함께 자지? 내가 너랑 함께 잘 거야."

소용녀는 손을 휙 날려서 촛불을 껐다. 황용은 창밖에서 이들의 대화를 듣고 놀라지 않을 수 없었다.

'쟤들이 정말 낯부끄러운 짓을 한 게 틀림없어. 조지경의 말이 거짓은 아니었구나.'

황용은 젊은 남녀가 한 침대에서 같이 자겠거니 생각하고 떠나려 했다. 그때 방 안에서 흰 그림자가 번뜩여서 보니 누군가가 허공에 누위 있는 것이 아닌가. 황용은 크게 놀라 달빛에 의지해 자세히 보았다. 소용녀가 밧줄 위에서 자고, 양과는 침상에서 자고 있었다. 두 사람이 같은 방에서 잠을 자되 서로 예를 지키고 있는 모습을 보고 황용은 도무지 이해가 가지 않았다. 황용은 그렇게 한참을 서 있다가 방으로 돌아와서 침상에 몸을 뉘었다. 그때 발소리가 들렸다. 곽부와 무씨 형제가 돌아온 것이다.

"돈아, 수야, 너희는 다른 방에 가서 자거라. 양과는 너희와 자지 않을 거야."

"어머니, 왜요?"

"알 것 없다."

"난 왜 그런지 알아요. 그 사람들은 사부와 제자이면서도 파렴치하게 같이 자는 거죠?"

무수문이 웃으며 말하자 황용은 정색을 하며 꾸짖었다.

"수야, 그런 천박한 말을 입에 올리다니!"

"사모님께서는 마음씨도 좋으십니다. 왜 저런 자들을 상대하시는 겁니까? 저는 절대 저런 놈과는 말도 하지 않을 겁니다."

"하지만 오늘 우리를 구해줬잖아요. 우리는 그에게 대은大恩을 입었어요."

무돈유의 말에 곽부가 반박하자 다시 무수문이 나섰다.

"흥! 차라리 금륜국사에게 죽는 게 인간의 도리를 저버린 저런 짐승 같은 것들에게 은혜를 입는 것보다 훨씬 나아."

황용은 심히 불쾌했다.

"그만하고 어서 들어가서 자라!"

양과와 소용녀는 창문을 통해 이들의 대화를 다 엿들었다. 양과는 어릴 때부터 무씨 형제와 사이가 좋지 않아 그냥 웃어넘겼지만 소용녀는 그렇지 못했다.

'왜 과와 내가 사랑을 하면 짐승만도 못한 사람, 파렴치한 사람이 되는 거지?'

아무리 생각해도 알 수 없는 일이었다. 소용녀는 밤새 뒤척이며 생각하다가 한밤중에 과를 깨웠다.

"과야, 내가 묻는 말에 정말 솔직하게 대답해야 돼. 고묘에서 함께 살다가 몇 년 후면 바깥세상이 그리워지지 않을까?"

소용녀가 갑자기 정색을 하고 묻자 양과는 뭐라고 대답해야 할지 몰라 말문이 막혔다.

"만약 못 나온다면 답답하겠지? 네가 아무리 변함없이 나를 사랑한다 해도 고묘에 오래 있으면 답답하겠지?"

양과는 소용녀와 평생 함께 있을 수만 있다면 신선이 된 것보다 더 행복할 것 같았다. 하지만 차갑고 어두운 고묘에서 10년, 20년은 괜찮겠지만 30년, 40년을 계속 산다면 어떨까? "절대 답답하지 않을 거예요" 하고 대답하는 것은 쉽겠지만 소용녀가 이렇게 진지하게 물어보니 조금이라도 거짓말을 해서는 안 될 것 같았다. 양과는 잠시 망설이다 대답했다.

"선자, 만약 답답하거나 싫증 나면 함께 나오면 되지요."

"응."

소용녀는 더 이상 말하지 않았다.

'곽 부인이 나를 속이려고 한 말은 아니었어. 결국 과는 답답해서 고묘를 나올 거야. 그럼 모두가 과를 무시할 테고 그러면 과는 불행해지 겠지. 왜 나를 사랑한다고 다른 사람들이 과를 경멸하는 걸까? 나는 불길한 여자인가 봐. 난 과를 사랑하고 아껴서 내 목숨이라도 내놓을 수 있어. 하지만 그것이 오히려 과를 불행하게 만든다면 나와 혼인하 지 않는 것이 더 좋을 거야. 그날 저녁 종남산에서 나를 아내로 삼겠다 고 대답하지 않은 것도 그 때문이었을 거야.'

소용녀는 괴로운 마음에 잠을 이룰 수가 없었다. 양과는 깊은 잠에 빠진 듯 코 고는 소리도 점차 잦아들었다. 소용녀는 조용히 바닥에 내 려서서 침상으로 다가가 양과의 준수한 얼굴을 응시했다. 가슴이 갈래 갈래 찢어지고 애간장이 녹는 듯해 눈물이 뚝뚝 떨어졌다.

다음 날 아침, 양과가 깨어나보니 어깨 언저리가 축축하게 젖어 있 었다. 무슨 일인가 놀라서 소용녀를 찾았으나 보이지 않았다. 얼른 자 리에서 일어나보니 탁자에 금침으로 새겨놓은 글자가 보였다.

내 생각은 하지 말고 잘 살아가길 바랄게.

양과는 그 글을 보는 순간 머릿속이 뒤죽박죽이 되어 그 자리에 서 조금도 움직일 수가 없었다. 탁자에 흘린 눈물 자국이 아직 마르지 않 았다. 도대체 어찌해야 좋을지 생각하다가 양과는 미친 듯이 창문 밖 으로 뛰쳐나갔다.

"선자! 선자!"

그러나 소용녀는 아무 데도 없었다. 점원에게 흰옷을 입은 소녀가 언제 나갔는지 어디로 갔는지 물어보았으나 점원은 눈만 껌뻑껌뻑할 뿐이었다. 양과는 오늘 찾지 못하면 평생 만날 수 없을지도 모른다는 생각에 잠시라도 지체할 수 없었다. 얼른 마구간에서 야윈 말을 끌고 와서 올라탔다.

곽부가 방에서 나오다가 이 모습을 보았다.

"어디 가세요?"

그러나 양과는 무시하고 북쪽으로 급히 말을 몰아 순식간에 수십 리를 달려갔다.

"선자! 선자!"

아무리 목 놓아 불러도 소용녀의 모습은 보이지 않았다. 한참을 달리다가 금륜국사 일행이 말을 타고 서쪽으로 가고 있는 것을 발견했다. 양과 혼자 말을 타고 오자 금륜국사는 말채찍을 휘두르며 양과를 향해 달려갔다. 양과는 무기도 없는 상황이라 너무 위험했지만 지금은 오로지 소용녀가 어디로 갔는지에만 정신이 팔려 자신의 안위는 생각지도 않고 오히려 금륜국사 쪽으로 말 머리를 돌렸다.

"사부님을 못 보았습니까?"

금륜국사는 양과가 도망가지 않아 이상하게 생각하던 차에 이런 질문까지 받자 더욱 놀랐다.

"못 봤소. 함께 있지 않았소?"

두 사람은 생각할 겨를도 없이 대화를 주고받은 후 그제야 서로 자신들의 상황을 알게 되었다. 양과는 정신이 번쩍 들어 두 다리로 말 엉덩이를 힘껏 찼고, 금륜국사는 그런 그를 잡으려고 손을 뻗었다. 그러나 양과의 비쩍 마른 말은 질풍 같은 속도로 그의 손을 피해 지나갔다. 금륜국사가 급히 말을 몰아 쫓아갔으나 양과는 이미 저 멀리 나는 듯이 달려가 따라잡을 수가 없었다.

'둘이 헤어졌으니 내가 두려울 게 없지. 황 방주가 멀리 가지 않았다면…… 흐흐…….'

금륜국사는 급히 일행을 이끌고 왔던 길로 돌아갔다.

양과는 미친 듯이 찾아 헤매도 소용녀의 모습이 보이지 않자 가슴에 뜨거운 피가 솟구치면서 정신까지 잃을 지경이었다. 몇 번이나 말 등에서 굴러떨어질 뻔했다.

'선자가 왜 나를 버리고 갔을까? 내가 또 뭘 잘못했을까? 떠날 때 많이 우신 걸로 봐서 나에게 화가 난 것은 아닌 것 같은데……. 아! 그래. 고묘에 오래 있으면 답답할 거라고 한 말을 함께 있고 싶지 않다는 뜻으로 생각하셨구나.'

이 생각이 들자 눈앞에 환한 빛이 비치는 것 같았다.

'고묘로 돌아간 거야. 그럼 나도 고묘로 가면 돼.'

양과는 울음을 멈추고 말 위에서 껑충껑충 뛰었다. 양과는 이리저리 미친 듯이 말을 타고 달린 터라 어디가 동쪽이고 어디가 서쪽인지 알 수가 없었다. 정신을 차리고 방향을 살핀 후 종남산을 향해 말을 몰았다. 가는 동안 생각을 해보아도 자신의 예측이 맞는 것 같아서 슬픈 마음도 잦아들었다. 나중에는 목청껏 산가山歌를 부르기도 했다.

정오가 지나자 배가 고파왔다. 그러나 양과는 급히 나오느라 은자를 챙겨오지 못했다. 그래서 어떻게 할까 생각하다가 우선 먹고 봐야겠다고 결정을 내렸다. 양과는 작은 객점에 들러 국수를 먹었다. 그러고는 주인이 안 보는 틈에 말을 타고 황급히 도망쳤다. 저 멀리서 주인이 욕하며 방방 뛰는 것을 보고 속으로 웃음을 머금었다.

신시申時 즈음, 앞쪽에 무성한 숲이 나타났다. 그런데 숲속에서 욕하는 소리와 비명 소리 등이 들려왔다. 양과는 어쩐지 귀에 익은 목소리 같아서 이상하다고 생각하며 자세히 들으니 과연 금륜국사와 곽부의 목소리였다. 양과는 가슴이 덜컥 내려앉았다. 얼른 말에서 내려 한쪽에 고삐를 묶어놓고 숲속으로 들어갔다. 10여 장 정도 소리를 쫓아가니 돌 더미 한가운데서 황용 모녀와 무씨 형제가 금륜국사와 싸우고 있었다. 무씨 형제는 얼굴이며 옷에 피가 묻어 있고, 황용과 곽부는 머리가 헝클어진 채 제정신이 아닌 듯했다. 금륜국사가 활로를 열어주지 않았다면 벌써 그의 철륜에 목숨을 잃었을 상황이었다.

'선자가 없으니 괜히 나섰다가는 목숨만 잃을 거야. 어떻게 하면 좋지? 어떻게 백모님을 구하지?'

금륜국사가 철륜을 휘두르자 황용은 이를 받아내지 않고 암석 뒤로 몸을 숨겼다. 그런데 금륜국사는 암석 밖에서 서성대기만 할 뿐 섣불리 공격하지 못했다. 곽부와 무씨 형제도 암석 주위에 있다가 위급할 때마다 암석 뒤로 몸을 숨겼다. 달이파 등도 서성이기만 할 뿐 공격하지 못했다.

양과가 보기에는 참으로 이상한 광경이었다. 저렇게 평범한 암석 더미에 몸을 숨길 수 있다는 사실이 정말 불가사의해 보였다. 황용 등은 암석 진陣에서 나오지만 않으면 위험하긴 해도 목숨은 건질 것 같았다.

금륜국사는 무씨 형제를 살짝 다치게 했을 뿐 치명타를 가하지 못했고, 오히려 몽고 무사 한 명이 곽부의 칼에 찔려 죽음을 당했다. 황용이 배열한 이 돌 더미에 뭔가 오묘한 이치가 담겨 있어 금륜국사 무리가 함부로 접근하지 못하는 듯했다.

유달리 자부심이 강한 금륜국사는 이 진법의 이치를 캐고 싶었다. 이들은 자신의 손아귀 안에 있으니 난석진亂石陣의 배치를 이해하기만 하면 진 안으로 들어가서 물리치는 건 식은 죽 먹기일 것 같았다. 그는 손을 흔들어 달이파 등을 물러서게 한 후 자신도 몇 장 뒤로 물러나 난석진을 바라보며 생각에 잠겼다. 대개 병법의 진열 배치는 태극양의太極兩儀, 오행팔괘五行八卦의 변화에서 벗어나지 못한다고 생각했다. 그는 기문묘술에 능통한지라 이 낙석진이 괴이하기는 하나 그래 봤자 오행생극五行生剋의 법칙을 벗어나지는 못할 것이라고 여겼다. 그러나 아무리 생각해도 실마리조차 잡을 수 없었다. 좌익左翼이 맞으면 우익右翼이 변화하고 진법의 전봉前鋒을 맞추면 후미後尾를 이해할 수 없었다. 금륜국사는 미간을 찌푸리며 깊은 생각에 잠겨 한참 동안 움직이지 않고 있다가 갑자기 눈을 번쩍이며 난석진 안으로 뛰어들어가 곽부의 팔을 잡고 뒤로 물러났다.

곽부는 적이 한참 동안 움직이지 않자 의기양양해져서 어머니가 지시한 방위에 서 있지 않고 진법의 울타리를 벗어나 있었다. 이것을 금륜국사가 놓치지 않고 즉시 출수해서 곽부의 겨드랑이 쪽 혈도를 찍은 후 땅에 떨어뜨린 것이다. 너무나 뜻밖에 일어난 일이라 황용 등은 놀라서 얼굴이 파랗게 질리며 허둥댈 뿐 아무런 조치도 취하지 못했다. 만약 나가서 도와주지 않는다면 틀림없이 독수에 당할 판이었다.

금륜국사는 곽부가 애절하게 도와달라고 외치면 황용이 진에서 나올 것이라 예상하고 일부러 목 부위의 혈도는 찍지 않았다.

"으윽…… 아……."

곽부는 온몸이 마비되고 가려워서 참지 못하고 소리를 질렀다. 황용은 적의 계략을 잘 알고 있었다. 딸의 비명 소리에 피가 거꾸로 쏟는 듯했지만 이를 악물고 참는 수밖에 없었다. 그러나 결국 죽봉을 치켜들고 난석진을 박차고 나섰다.

양과는 나무 뒤에서 이를 지켜보고 있다가 재빨리 뛰어들어 곽부의 뒷덜미를 잡고 난석진 안으로 던졌다. 그러자 금륜국사가 양과의 뒤를 향해 철륜을 날렸다. 양과는 허공에 떠 있는 상태라 몸을 피하기 힘들어 우선 있는 힘껏 곽부를 황용에게 던진 후 천근추 신법을 전개해 돌더미 위에 쿵하고 떨어졌다. 철륜은 양과의 머리를 스치고 한 바퀴 돌더니 다시 금륜국사에게 돌아갔다.

황용은 기쁨과 놀라움에 딸을 부둥켜안고는 눈과 코가 퍼렇게 멍든 채 돌 더미에서 일어나는 양과를 죽봉으로 감아 얼른 진 안으로 끌어들였다.

금륜국사는 또다시 양과 때문에 공격이 무위로 돌아갔지만 오히려 소리 내어 웃었다.

"으하하, 좋다. 네가 제 발로 걸어 들어오다니 직접 찾아나서는 수고를 덜어주었구나."

양과는 순간적인 의협심으로 자신도 모르게 뛰어들었으나 생명이 위태롭게 되어 다시는 소용녀를 만나지 못한다고 생각하니 은근히 후회가 되었다.

황용이 양과를 부축하며 물었다.

"네 사부는?"

"어젯밤 갑자기 떠나버려서 찾고 있던 중이었습니다."

황용은 한숨을 내쉬었다.

"과야, 왜 또 나섰느냐?"

"백모님, 전 바보인가 봐요. 가슴속에서 뜨거운 피가 솟구치면 저도 저 자신을 막을 수가 없어요."

"착하구나. 너는 참 착해. 한데 네 아버지와는……."

황용은 돌연 입을 다물었다.

"백모님, 아버지는 나쁜 사람이었군요. 그렇죠?"

양과의 떨리는 목소리에 황용은 고개를 떨구었다.

"그걸 알아서 뭐 하려고?"

"조심해! 이리로 와!"

황용은 돌연 양과를 끌고 암석 두 개를 건너서 금륜국사의 기습을 피했다. 양과는 암석 더미의 앞과 뒤에서 진을 살펴본 후 경탄을 금치 못했다.

"백모님은 정말 대단하세요. 백모님의 지혜를 따라갈 사람은 아무도 없을 거예요."

황용은 딸의 혈도를 풀어주면서 미소로 화답했다. 입을 연 것은 곽부였다.

"뭘 안다고 그래요? 우리 엄마의 능력은 모두 외할아버지가 가르쳐주신 거예요. 외할아버지가 정말 대단하신 분이죠."

양과는 도화도에서 황약사의 무공을 본 적이 있었다. 그때는 너무 어려서 그 이치를 깨닫지 못했지만 지금 곽부의 말을 들으니 절로 고개가 끄덕여지면서 경외심이 들었다.

"그분을 한 번만 뵐 수 있다면 제 일생의 최고 영광일 거예요."

그때 금륜국사가 암석 두 개를 훌쩍 뛰어넘어 공격해왔다. 양과는 무기가 없어 급히 황용이 땅에 떨어뜨린 죽봉을 들고 뛰어나가서 막았다. 양과가 행한 두 번의 공격은 모두 타구봉법이었다. 금륜국사는 양과의 고강한 봉법에 정신을 집중해야만 했다. 그렇게 몇 초식을 주고받다가 두 사람은 동시에 암석에 걸려 넘어졌다. 금륜국사는 함정에 걸릴까 봐 황급히 진을 빠져나갔다.

황용은 양과를 부르고, 무씨 형제와 곽부에게 돌을 옮겨 진법을 변화시키라고 명령했다.

"타구봉법은 어디에서 익힌 것이냐?"

양과는 화산에서 북개 홍칠공과 서독 구양봉이 우연히 만나 무예를 겨루게 된 일과 홍칠공이 어떻게 봉법을 전수해주었는지, 그리고 어떻게 세상을 떠났는지 등을 요약해서 말해주었다.

황용은 사부가 돌아가셨다는 말을 듣고 너무 슬퍼서 땅에 엎드려 통곡했다. 남편인 곽정이 이 사실을 알면 얼마나 더 비통해할까. 그런 생각이 들자 더욱 슬픔이 북받쳐 올랐다. 그러나 만약 사부가 지금 이 자리에 계셨다면 공연히 슬퍼만 하지 말고 용기를 내서 적과 싸우라고 명령했을 거라는 생각이 들었다.

황용은 순간 머리가 번쩍였다.

"과야, 넌 총명하니 지금의 난국을 벗어날 방법을 생각할 수 있을 거야."

양과는 황용의 표정을 보고 그녀가 이미 계책을 생각해냈음을 알고도 짐짓 모른 척했다.

"만약 백모님의 몸이 좋아지시면 함께 공격해서 이길 수 있을 테고,

제 사부님이 오신다면 역시 가능할 거예요."

"내 몸이 어디 금방 좋아질 상황이냐? 그리고 네 사부는 어디로 갔는지도 모르잖아. 다른 계책이 있다. 저 바위들을 이용하는 거야. 이 난석진은 아버지가 전수해준 건데 여기에는 무수한 변화와 이치가 담겨 있어. 지금은 그 이치의 2할도 사용하지 않았단다."

양과는 황약사의 학문에 놀라워하며 감탄을 금치 못했다. 황용이 진지하게 말했다.

"나의 사부님이 네게 전수한 타구봉법은 모두 초식이고, 네가 전에 나무 위에서 몰래 엿들은 말은 구결이다. 지금부터 봉법의 미세한 변화들을 모두 너에게 전수해줄 테니 잘 들어."

양과는 크게 기뻤으나 짐짓 사양했다.

"타구봉법은 개방의 방주가 아니면 전해주지 않는 것 아닌가요? 배우지 않겠습니다."

황용은 눈을 흘겼다.

"내 앞에서 거짓말을 해? 내 사부님이 네게 3할 정도를 전수해주었고, 네가 몰래 엿들은 것이 2할 정도일 테니 오늘 내가 다시 2할을 전수해주려는 거야. 나머지 3할은 네 능력과 지혜로 스스로 터득해야돼. 그것은 아무도 전수해줄 수 없어. 그러니 딱히 누가 타구봉법을 전수해줬다고 할 수는 없지. 또한 지금은 다급한 상황이니 그런 규칙을 따질 겨를이 없어."

양과는 무릎을 꿇고 절을 올린 후 웃음을 지었다.

"백모님, 어릴 때 저에게 무공을 가르쳐준다고 하셔놓고 오늘에서야 가르쳐주시네요. 그래도 늦은 것은 아닙니다."

"마음속으로 원망하고 있었구나."

"절대 원망한 적은 없어요. 그저 백모님의 높은 무공을 배우지 못해서 아쉬웠을 뿐이죠."

황용은 귓속말로 봉법의 오묘한 이치를 하나하나 알려주었다.

금륜국사는 난석진 밖에서 그들의 동태를 살폈다. 양과가 황용에게 절을 하고 두 사람이 웃으며 말하더니 속닥속닥 귓속말을 하는 것이 대체 무슨 꿍꿍이인지 궁금해 견딜 수가 없었다. 마치 자신은 안중에도 없다는 듯 전혀 두려운 모습이 아니었다. 화가 치밀긴 했지만 금륜국사는 신중한 사람이었다. 비록 상대의 무공이 자신보다 낮기는 하지만 뭔가 계략이 있을 거라는 생각에 함부로 몸을 움직이지 않고 그 계략을 알아낸 후 대책을 세우기로 했다.

다행히 금륜국사가 공세를 늦추어서 황용과 양과는 편하게 반 시간 동안 봉법의 이치에 대해 이야기를 나눌 수 있었다. 양과는 노유각보다 백배는 총명한 아이여서 하나를 들으면 열을 이해했다. 게다가 이 봉법에 심혈을 기울여온 터라 이해가 안 가던 부분을 황용이 설명해주니 금세 알아들을 수 있었다.

금륜국사는 멀리서 황용이 침착하고 단정한 모습으로 뭐라고 계속 중얼거리고 양과는 집중해 들으면서 기쁨에 겨워하는 모습을 보고 자신에게 불리한 일이 벌어지고 있음을 짐작했다.

양과는 봉법의 이치를 모두 들은 후 이해가 가지 않는 부분에 대해 열 가지 정도를 질문했다. 그러자 황용이 자세히 대답해주었다.

"됐다. 그런 질문을 하는 걸 보니 충분히 이해한 것 같구나. 그럼 다음 단계로 저 번승을 진법으로 끌어들여 사로잡아야겠다."

"사로잡는다고요?"

"그래, 뭐가 어려우냐? 너와 내가 손을 잡으면 지혜와 힘이 상대보다 훨씬 강하게 된다. 이제부터 이 난석진의 이치에 대해 설명해줄게. 처음에는 이해하기 힘들겠지만 넌 기억력이 좋으니 그냥 서른여섯 가지 변화를 모두 외우거라."

황용은 곧 진법 변화에 대해 설명해주었다. 청룡靑龍이 어떻게 백호白虎로 변하고, 현무玄武가 어떻게 주작朱雀으로 변하는지 등에 대한 설명이었다. 이 난석진은 제갈량諸葛亮의 팔진도八陣圖를 변형시킨 것이었다. 옛날 제갈량은 장강長江에서 돌로 진법을 배열해 동오東吳의 장수 육손陸遜을 진법에 끌어들여 승리한 적이 있었다. 황용은 적이 눈앞에 닥친 터라 너무 급하게 진을 만들었기 때문에 제갈량의 진법에는 훨씬 미치지 못했다. 그래도 금륜국사는 이 진법에 당황해 그저 다섯 사람을 앞에 두고 닭 쫓던 개처럼 멍하니 쳐다볼 수밖에 없었다.

진법의 서른여섯 가지 변화는 매우 복잡하고 오묘해 남다른 총명함을 지닌 양과라도 10여 가지 정도밖에 기억할 수 없었다. 어느덧 서서히 땅거미가 깔리기 시작했다. 금륜국사는 금세라도 공격을 퍼부을 태세였다.

"열 가지 만으로도 저자를 가두기에는 충분하다. 네가 나가서 진법 안으로 유인하면 내가 진법을 바꾸어서 가두겠다."

"백모님, 나중에 도화도에 가면 이 학문을 모두 가르쳐주실 거죠?"

황용이 미소를 지었다. 서늘한 바람에 그녀의 머리카락이 흩날렸다. 석양에 비친 우아한 황용의 모습이 더욱 아름다워 보였다.

"온다면 왜 안 가르쳐주겠니? 넌 목숨을 걸고 나와 부를 두 번이나 구해주었는데 예전처럼 그렇게 너를 대하겠니?"

양과는 마음이 따뜻하고 편안해졌다. 이제 황용이 자신에게 무엇을 시키든 후회 없이 따를 수 있을 것 같았다. 양과는 죽봉을 들고 난석진을 돌아 나왔다.

"이 녹슨 철륜국사야! 자신 있으면 나와 300초식을 겨루어보자!"

금륜국사는 난석진의 함정에 빠질까 봐 걱정하고 있었는데 양과가 이렇게 제 발로 걸어 나오니 반가울 수밖에 없었다. 그는 일단 철륜을 옆으로 뻗었다. 양과가 싸우다가 다시 석진 안으로 발을 들여놓을까 봐 두 초식을 공격한 후 슬쩍 뒤로 물러났다. 양과를 석진 밖으로 더 유인하기 위해서였다.

양과는 새로 전수받은 타구봉법으로 찌르고, 후려치고, 휘말아 감고, 후비며 금륜국사를 궁지에 몰았다. 봉법의 오묘한 변화를 자유자재로 구사하니 그 위력이 예사롭지 않았다. 위맹무비하고 변화무쌍한 공격이 계속 이어졌다.

"으헉!"

금륜국사는 상대방을 깔보고 소홀히 대했다가 허벅지를 살짝 찔리고 말았다. 급히 혈도를 막아서 상처가 깊지는 않았지만 통증이 한참이나 지속되었다. 그는 한번 혼이 나자 더 이상 건성으로 대하지 않고 호적수를 만난 듯 신중하게 철륜을 휘두르며 온 정신을 집중해 응전했다. 양과도 힘들기는 마찬가지였다. 게다가 수련 과정도 거치지 않고 타구봉법을 바로 실전에 응용하자니 완벽하게 구사하기 힘들었다.

양과는 '막는封' 초식을 구사해 철륜의 공세를 받아낸 뒤 급히 동에서 서로 방향을 바꾸어 달렸다. 금륜국사는 양과가 죽봉으로 초식의 변화를 구사하다가 갑자기 밖으로 달리는 것을 보고 내심 쾌재를 불렀다. 양과가 서쪽으로 계속 후퇴를 하면 석진에서 멀리 벗어나는 것이기 때문에 더 생각할 것도 없이 그는 냅다 양과의 뒤를 쫓았다. 그런데 열 걸음 정도 쫓아갔을까, 돌연 오른발이 돌부리에 걸렸다. 자세히보니 자신도 모르는 사이에 이미 석진 안으로 들어와 있었다.

'아뿔싸, 큰일났구나.'

"어서 주작을 청룡으로 바구고, 손위巽位를 이위離位로, 을목乙木을 계수癸水로 바꾸어라!"

황용의 지시에 따라 무씨 형제와 곽부가 바위를 옮기자 석진이 다시 변화를 일으켰다. 금륜국사는 대경실색하여 공격을 멈추고 상황을 살폈다. 그 찰나를 놓치지 않고 양과의 죽봉이 다시 휘몰아쳐왔다.

양과의 타구봉법은 상대방을 이기기에는 부족하지만 정신을 흐트러뜨리기에는 충분했다. 금륜국사는 몇 번이나 돌부리에 걸려 넘어질 뻔했다. 그는 석진에 오래 빠져 있다가는 점점 더 힘들어진다는 것을 알고 얼른 기합을 내지르며 가까운 돌 더미 위로 뛰어올랐다. 원래는 이렇게 돌 더미 위에 올라서거나 직선으로 내달리기만 하면 진법 방위의 현란한 변화에 얽매이지 않고 진법에서 쉽게 벗어날 수 있었다. 그런데 금륜국사가 동쪽으로 달리면 서쪽이 나오고, 남쪽으로 달리면 북쪽에 다다르니 귀신이 환장할 노릇이었다. 불과 둘레가 10여 장밖에 안 되는 진법 안에서 계속 맴돌기만 할 뿐 벗어날 수가 없었다.

금륜국사는 당황해 이리저리 뛰어다니는 통에 기력까지 떨어져 이제 속수무책 죽기만을 기다릴 수밖에 없었다. 하는 수 없이 또다시 돌더미에 올라서자 양과의 죽봉이 발목뼈를 겨냥해 뻗어왔다. 금륜국사의 철륜은 길이가 짧아 몸을 숙여 죽봉을 막아야만 했는데, 그는 그러기가 싫어 얼른 평지로 뛰어내려와 철륜을 날려 반격했다. 다시 10여 초식을 겨루다 보니 땅거미가 깔리기 시작했다. 사방에 바위가 뾰족뾰족 기괴한 모양으로 늘어서 있고, 진법 안에서 음산한 기운이 감돌았다. 제아무리 무공이 고강한 금륜국사라 해도 등골이 오싹해지는 것은 어쩔 수 없었다.

순간 금륜국사의 뇌리에 스치는 영광靈光이 있었다. 진법 안에는 크고 작은 바위가 있는데 큰 암석은 움직이기 어렵겠지만 작은 암석은 충분히 깨부술 자신이 있었다. 일단 결정을 내리자 금륜국사는 미친 사람처럼 날뛰기 시작했다. 그가 왼발을 휘둘러 20여 근이나 되는 돌을 공중으로 차올리고 이내 오른발로 연이어 암석을 차올리니 공중에서 암석과 암석이 서로 부딪쳐 불꽃이 일고 돌가루가 사방으로 튀었다.

황용 등은 크게 놀랐다. 허공에서 계속 돌덩이가 떨어져 내려 황급히 피해야만 했다. 금륜국사는 이제 쉽게 진법에서 벗어날 수 있었다. 그런데 여유가 생겨서인지 그는 진법에서 벗어날 생각을 하지 않고 오히려 방어에서 공격으로 전환해 왼팔을 쭉 뻗어 황용을 낚아채갔다. 이를 본 양과가 급히 죽봉 끝으로 그의 뒷덜미를 찔러갔다. 금륜국사는 철륜을 옆으로 날려 가볍게 죽봉을 막고 다시 황용의 어깨를 낚아채려 왼손을 뻗었다.

황용은 뒤로 물러나면 피할 수 있었으나 뒤쪽에서 바위가 날아오는 것을 알고 어쩔 수 없이 대금나수를 전개해 뻗어오는 국사의 왼쪽 손목을 낚아 잡았다.

'옳지, 스스로 걸려들었군.'

금륜국사는 순순히 손목이 잡히도록 내버려두었다가 황용이 밖으로 꺾으려 할 때 신력神力을 불어넣어 가슴으로 강력한 장력을 뻗어냈다. 그러자 비명 소리와 함께 황용이 뒤로 나동그라졌다. 평소 같았으면 진기를 운행해 충분히 피할 수 있었으나 지금 황용의 몸은 내공이 크게 쇠한 상태여서 피할 수가 없었다. 이를 본 양과는 자신의 목숨은 아랑곳하지 않고 다짜고짜 달려가 금륜국사의 두 다리를 움켜잡고 함께 넘어졌다. 금륜국사는 무작정 덤벼드는 양과를 보고 코웃음을 쳤다. 그는 양과보다 훨씬 막강한 무공을 지녔다. 몸이 미처 땅에 닿기도 전에 그는 양과의 가슴을 향해 오른손을 내리쳤다. 양과가 급히 왼팔로 막았으나 가슴에 기혈氣血이 거꾸로 솟으면서 풀잎처럼 힘없이 날아갔다.

그때였다. 쿠쾅! 쾅! 콰르르! 허공에서 커다란 암석이 날아와 공교롭게도 펑, 하는 소리와 함께 바로 금륜국사의 등판을 내리쳤다.

"으윽!"

금륜국사는 암석에 깔리고 말았다. 제아무리 내공이 강한 금륜국사라 해도 커다란 바위에 깔려서는 힘을 쓸 수 없었다. 몇 번 운공하여 간신히 바위를 밀쳐내고 일어났으나 그 자리에 썩은 통나무처럼 다시 고꾸라졌다. 삽시간에 진법이 파괴되고 황용, 양과, 금륜국사 세 사람이 동시에 부상을 입고 쓰러진 것이다.

15
東邪門人

동사의 제자들

겨우 고개를 돌려보니 창가에 푸른 옷을 입은 소녀가 오른
손에 붓을 쥐고 뭔가를 쓰고 있었다. 걸상을 등지고 있어 얼
굴은 볼 수 없었지만 부드러운 어깨와 가녀린 허리가 무척
아름다워 보였다.

석진 밖에는 달이파와 몽고 무사가 버티고 있었고, 석진 안에는 곽부와 무씨 형제가 있었다. 이들은 모두 놀라 각자 자기편 사람을 구하기 위해 달려들었다. 달이파의 힘이 남다른 데다 몽고 무사들 중 고수가 몇 명 있다 보니 곽부와 무씨 형제는 어찌해볼 도리가 없었다. 그때 갑자기 금륜국사가 휘청거리며 일어나 철륜을 흔들더니 하늘을 올려다보며 대소를 터뜨렸다. 처참하고 비장하기까지 한 웃음소리에 사람들은 서로 마주 보며 어리둥절해할 뿐 아무도 앞으로 나서지 못했다.

　"내 평생 적과 맞서면서 손끝 하나 다친 적이 없거늘, 오늘 네 손에 부상을 당하는구나. 이것이 정녕 하늘의 뜻이더냐!"

　금륜국사는 목이 찢어져라 절규한 후 황용을 노려보더니 팔을 뻗어 그녀의 등을 움켜잡으려 했다. 양과는 그의 장력에 가슴을 얻어맞고 쓰러진 채 일어나지 못하고 있었다. 그러다 곽부의 울음소리에 정신이 들었다가 황용이 다시 위급해지자 반사적으로 벌떡 일어나 봉을 휘둘러 금륜국사의 공격을 일단 가로막았다. 그러나 너무 무리하게 공력을 쓴 탓일까, 양과는 그대로 선혈을 울컥 토해내고 말았다.

　"과야, 무리하지 말고 네 몸을 보호하거라."

　황용의 목소리가 처연하게 들려왔다. 양과는 고개를 끄덕이고 곽부에게 말했다.

"부야, 어서 가서 백부님께 알려라."

양과가 힘겹게 입을 열어 재촉했다. 곽부는 장검을 들고 어머니 앞을 가로막고 서서 어찌해야 할지 망설였다. 제 힘으로는 물론 어림도 없을 테지만 그렇다고 어찌 어머니를 버려두고 갈 수 있단 말인가. 그 순간 금륜국사가 철륜을 살짝 흔들어 곽부의 손에 들려 있던 장검을 후려쳤다. 쨍강, 소리가 울리며 하얀 불꽃이 튀더니 장검이 허공을 가르며 숲 쪽으로 날아갔다. 금륜국사가 곽부를 밀어내고 황용을 잡으려는 순간, 어디선가 가냘픈 여인의 목소리가 들려왔다.

"잠깐!"

숲속에서 푸른 옷을 입은 사람이 튀어나와 막 떨어져 내리는 장검을 받아 쥐었다. 그리고 성큼 세 번 큰 걸음으로 뛰어서는 돌 더미 사이로 들어왔다. 그녀는 사람 같기도 하고 귀신 같기도 한 것이 평생 처음 보는 괴이한 모습을 하고 있었다. 금륜국사는 그 모습이 공포스럽기까지 하여 잠시 할 말을 잃고 있다가 짧게 외쳤다.

"누구냐?"

여자는 대답 대신 허리를 숙이고 금륜국사와 황용 사이에 재빨리 바위를 밀어넣었다.

"당신이 그 유명한 금륜국사이신가요?"

모습은 추했지만, 목소리는 맑고 부드러웠다.

"그렇다. 넌 누구냐?"

"나는 이름 없는 계집애이니 말해도 모르실 거예요."

여자는 대답을 하며 또 다른 바위를 석 자 정도 옮겨놓았다.

해가 서산으로 기울어 숲은 어둑어둑해졌다. 금륜국사는 문득 이상한 생각이 들었다.

"뭘 하는 거냐?"

금륜국사는 여자가 계속 바위 옮기는 것을 앞으로 나서서 막았다. 그러자 여자가 고함을 질렀다.

"각목교角木蛟를 항금룡亢金龍으로!"

곽부와 무씨 형제는 깜짝 놀라 어리둥절해했다.

"저 여자가 석진의 변화를 어떻게 알지?"

그러나 그 목소리에는 뭔지 모를 위엄이 서려 있어 저도 모르게 그 말에 따라 움직였다. 돌을 네댓 개 옮기고 나니 어지럽던 석진에 변화가 생겼다.

금륜국사는 놀라면서도 화가 치밀어 올랐다.

"이 계집이 감히 어디서 함부로!"

그러나 여자는 금륜국사의 호통은 귀담아듣지도 않고 또다시 소리쳤다.

"심월호心月狐를 방일토房日兎로 옮겨요!"

"필월조畢月烏를 규목랑奎木狼으로!"

"여토복女土蝠을 실화저室火猪로 바꿔요!"

그녀가 연방 지시를 내리는 내용은 모두가 이십팔숙二十八宿 성좌의 방위였다. 그 지시가 너무 정확해서 황용이 진법을 지휘할 때와 별반 다를 바 없었다. 곽부와 무씨 형제는 크게 기뻐하며 열심히 돌을 옮겼다. 점차 금륜국사가 포위되어가는 상황이었다.

금륜국사는 바위에 등을 호되게 맞아 부상을 입은 몸이었다. 운기를 하여 내공으로 몸을 보호했기 때문에 한동안 발작이 일어나지는 않았지만, 사실 내상이 가볍지 않아 다시 발로 바위를 차내는 것은 무리였다. 여기서 좀 더 지체하면 완전히 석진 사이에 빠지게 될 것이고, 그렇게 되면 달이파 등 제자들은 힘은 있으되 진법을 알지 못하니 그를 구할 수 없을 터였다. 간신히 몸을 추슬러 일어나는 황용을 보니 아직 중심을 제대로 잡지 못했다. 몇 걸음만 가면 금나법으로 잡아챌 수 있을 것 같았다. 그러나 지금은 석진에서 제 몸을 빼내는 것이 더 급했다.

금륜국사는 철륜을 들고 흔들어대며 석진 앞에 서 있는 무수문의 뇌문을 노리고 들어갔다. 그는 부상을 입은 후 팔에 힘이 빠져 철륜을 드는 것조차 힘에 부쳤다. 만일 무수문이 검을 뽑아 들고 상대했다면 철륜을 손에서 떨어뜨릴 수도 있었을 것이다. 그러나 나 무수문은 비록 허초였지만 맹렬한 기세로 덤비는 그의 위세에 눌려 한번 상대해보지도 못하고 석진 속으로 몸을 움츠렸다.

금륜국사는 천천히 석진을 나와 한참을 서성였다.

'천재일우의 좋은 기회를 놓치고 마니 앞으로는 이런 기회를 다시 만나지 못할 것이다. 하늘은 정말 송을 보우하여 내 앞을 가로막는 것인가? 중원 무림에는 인물이 참으로 많구나. 여기 있는 몇몇 젊은이만 해도 이미 문무를 겸비한 인재들이 아닌가? 우리 몽고에 인재가 많다고 자부했건만 오늘 보니 졸렬하기 짝이 없구나.'

그는 가슴을 어루만지며 장탄식을 내뱉고 몸을 돌려 걸음을 옮겼다. 열 걸음쯤 갔을까, 챙그랑, 하고 철륜을 떨어뜨린 금륜국사는 몸을 가누지 못하고 휘청거렸다.

"사부님!"

달이파가 깜짝 놀라 앞으로 튀어나와 사부를 부축했다.

"사부님, 어찌되신 겁니까?"

금륜국사는 미간을 찌푸린 채 대답 없이 가만히 팔을 뻗어 달이파의 어깨를 잡았다.

"아깝구나, 아까워! 가자!"

몽고 무사가 얼른 말을 끌고 왔다. 금륜국사는 말에 오를 힘도 없었으므로 달이파가 허리를 받쳐 말 등에 올려주었다. 일행은 동쪽 방향으로 말을 몰아 차츰 멀어져갔다.

푸른 옷을 입은 여자가 천천히 양과 옆으로 다가갔다. 그리고 가만히 허리를 구부리고는 부상이 어느 정도인지 얼굴색을 유심히 살폈다. 이미 해가 져 사방이 어두워진 뒤라 가까이 있는 사물도 정확히 알아보기가 힘들었다. 그녀는 양과의 얼굴까지 바짝 다가갔다. 양과의 눈은 초점이 흐렸고 얼굴이 벌겋게 상기되어 호흡이 가쁜 게 가벼운 상처가 아닌 것 같았다.

양과는 정신이 혼미한 중에도 부드러운 눈빛이 자신의 얼굴 앞에 다가와 있는 것을 느꼈다. 평소에 소용녀가 자신을 바라보던 눈빛처럼 부드러우면서도 안타까워하는 듯했다. 양과는 팔을 뻗어 눈앞에 있는 여자를 끌어안았다.

"선자, 과가 부상을 입었습니다. 저를 떠나지 마세요!"

여자는 부끄러우면서도 당황스러워 가만히 그의 팔을 뿌리치려 했다. 그때 양과는 가슴의 상처에 극심한 통증을 느끼며 저도 모르게 신음 소리를 냈다. 여자는 더 뿌리치지 못하고 가만히 속삭였다.

"나는 선자가 아니에요. 놓으세요."

양과는 그녀의 눈을 지그시 바라보았다.

"선자, 저를 버리지 마세요. 나에겐…… 오직…… 오직 선자뿐이에요."

여자는 마음이 조금 누그러지는 듯 목소리가 한결 부드러워졌다.

"나는 당신의 선자가 아닙니다."

주변은 완전히 칠흑처럼 어두워졌다. 여자의 추한 얼굴은 어둠 속에 묻히고 두 눈만 유독 빛을 발했다. 양과는 그녀의 손을 잡고 계속해서 애원했다.

"맞아요. 맞아요! 선자…… 저를 버리면 안 돼요."

여자는 양과의 품에 안긴 채 온몸이 달아올라 어찌할 바를 모르고 바들바들 떨 뿐이었다. 양과는 그녀의 따뜻한 눈을 들여다보며 중얼거렸다.

"당신은 선자가 아니군요. 그러면 색시…… 색시야?"

여자는 잔뜩 움츠러들며 저도 모르게 양과를 살짝 밀어냈다.

"아니, 아니에요! 나는 당신의 색시가 아니에요!"

양과는 그녀를 끌어안고 중얼거리다가 어렴풋이 정신이 돌아왔다. 그는 눈앞에 있는 여자가 소용녀가 아니라는 것을 알고는 크게 실망했다. 머릿속이 텅 빈 듯 멍해지더니 그만 정신을 잃어버렸다. 여자는 깜짝 놀라 주위를 둘러보았다. 그러나 곽부와 무씨 형제는 황용을 둘러싸고 살피느라 양과를 돌아볼 틈이 없었다. 여자가 보기에 양과는 부상이 심했다. 그녀는 양과의 등을 받쳐 부축하며 석진을 빠져나온 다음 곽부에게 말했다.

"곽 낭자, 이분의 상처가 심하니 제가 모시고 가 치료하겠습니다.

어머님께는 제가 다음에 기별하겠다고 말씀드려주세요.”

“누구신지요? 저의 어머니를 아시나요?”

“어머님도 아실 겁니다.”

여자는 말을 마치고 양과를 부축해 천천히 숲을 빠져나갔다. 말은 주인을 알아보고 냉큼 달려왔다. 여자는 양과를 말에 태운 후 고삐를 잡고 걸음을 재촉했다. 양과는 정신이 들었다 나갔다 하며 옆에 있는 여자가 소용녀인 줄 알고 기뻐했다가 또 아닌 것을 알고 축 늘어지기를 반복했다. 얼마나 지났을까, 몽롱한 의식 속에서 입안이 시원한 것을 느끼며 정신이 돌아왔다. 양과는 말로 표현할 수 없는 편안함이 느껴져 천천히 눈을 떠보았다. 자신이 걸상 같은 침상에 누워 얇은 이불을 덮고 있었다. 몸을 일으켜 앉아보려 했지만, 가슴에 극심한 통증이 느껴져 꼼짝도 할 수 없었다.

겨우 고개를 돌려보니 창가에 푸른 옷을 입은 소녀가 오른손에 붓을 쥐고 뭔가를 쓰고 있었다. 걸상을 등지고 있어 얼굴은 볼 수 없었지만, 부드러운 어깨와 가녀린 허리가 무척 아름다워 보였다. 사방을 둘러보니 나무와 건초로 만든 초가집이었다. 침상과 나무 걸상 모두 낡았고 사방 벽은 장식 없이 소박했다. 침상 옆 대나무 탁자 위에는 금琴과 옥통소가 나란히 놓여 있었다.

양과는 숲속 석진에서 금륜국사와 악전고투를 벌이다 부상을 입은 일이 떠올랐다. 그런데 왜 이런 곳에 와 있는지 그다음 상황이 기억나지 않았다. 곰곰이 생각을 해보니 자신은 말 등에 엎드려 있고 누군가 앞에서 고삐를 끄는데 그 뒷모습이 여자였던 게 어렴풋이 기억났다. 그러고 보니 희미하게 떠오르는 뒷모습은 바로 지금 눈앞에 있는 이 여자의 것인 듯했다. 여자는 지금 글씨를 쓰는 데 온 신경을 집중하고 있었다. 그녀가 오른쪽 어깨를 살짝 움직여 자세를 편안히 바꾸었다. 방 안은 아무런 소리도 없이 고즈넉했다. 아까 석진에서의 지독했던 싸움을 생각하니 마치 딴 세상에 와 있는 것 같았다. 양과는 그녀를 방해할까 봐 숨소리도 내지 못하고 가만히 누워 있었다. 마치 꿈에서 깨어난 듯, 술에서 깨어난 듯 속세와는 까마득히 멀어진 느낌이 들었다. 그리고 보니 앞에 있는 소녀가 바로 장안 거리에서 경고를 해주고, 나중에 힘을 합쳐 육무쌍을 구했던 바로 그 사람인 듯했다. 자신과는 아무런 관계도 없는데 매번 왜 도움을 준 것일까?

"낭자, 낭자께서 절 구해줬군요?"

소녀는 붓을 멈추었지만 고개는 돌리지 않았다.

"구해주었다고 할 것은 없고, 그저 지나가는 길에 몽고의 화상이 너무 불손하고, 또 부상을 입었기에……."

말을 하는 사이 소녀의 고개는 점점 수그러들었다.

"낭자, 나…… 나는……."

마음속 깊이 감동을 받은 양과는 한동안 목이 메어 말을 이을 수 없었다. 소녀가 말했다.

"당신은 마음씨가 착해 다른 사람이 위험에 처하면 목숨을 돌보지 않고 도와주잖아요. 저는 그저 조금 힘을 보태드린 것뿐 별것 아닙니다."

"곽 백모님은 저를 키워준 은인이시니 어려움이 닥쳤을 때 힘을 다해 도와드리는 것은 당연한 것입니다. 하나 낭자는……."

"백모가 아니라 당신의 색시, 육무쌍 이야기를 하는 것입니다."

이제 양과에게 색시라는 말은 소용녀를 가리키는 말이었다. 그러나 이 소녀가 이야기하는 사람은 절름발이 소녀 육무쌍이었다. 그리고 보니 오랫동안 그녀를 잊고 지냈다.

"그녀는 제 색시가 아닙니다. 저를 바보라고 부르기에 색시라고 부른 것이지요. 그저 우스갯소리로 한 것이니 정말이라고는 생각지 말아주십시오. 그나저나 육 낭자는 잘 있나요? 상처는 모두 나았습니까?"

"마음 써주셔서 감사합니다. 부상은 모두 나았습니다. 아직 잊지 않고 계셨군요."

소녀의 말투는 어쩐지 육무쌍과 그녀가 대단히 가까운 관계인 것처럼 들렸다. 양과는 궁금증이 일었다.

"낭자와 육 낭자는 서로 어떤 사이인가요?"

소녀는 대답 없이 살포시 미소를 지었다.

"저를 그렇게 높여 부를 것 없어요. 제 나이가 더 어릴 것 같은데요."

그녀는 잠깐 말을 멈추었다가 다시 웃음을 지었다.

"아까는 자꾸만 '선자'라고 부르더니……."

양과는 얼굴이 벌게졌다. 아마도 부상으로 정신이 혼미해졌을 때 그녀를 소용녀로 잘못 알고 계속 '선자'라고 부른 것이리라. 양과는 혹 무슨 실례가 되는 행동이나 말을 했을까 봐 마음이 편치 않았다. 잠시 말을 잇지 못하던 양과가 우물쭈물 입을 열었다.

"저…… 제가…… 실례를 저지르지는 않았는지……."

"아무 일도 없었어요. 여기서 편안히 상처를 치료하시다가 몸이 좀 나아지거든 선자를 찾아가세요."

소녀는 활짝 미소를 지으며 대답하고는 양과를 위로해주기까지

했다.

"너무 걱정 말아요. 찾을 수 있을 테니까."

소녀의 말에는 살뜰한 배려와 함께 상대를 존중하는 마음이 담뿍 배어 있었다. 그녀의 이런 말을 듣고 양과는 참으로 편안하면서도 기분이 유쾌해졌다. 그간 자신이 알아온 여자들과는 너무나 달랐다. 육무쌍처럼 활달하지도 않았고, 곽부처럼 애교를 부리지도 않았다. 쾌활하고 시원시원한 야율연과도 또 한없이 연약한 완안평과도 분위기가 달라 보였다. 그리고 자기 마음에 드는 것은 목숨을 걸고서라도 지키려 하는 소용녀와도 많은 차이가 있었다.

양과는 그녀와 함께 있으니 모든 것이 편안하고 평화로웠다. 그녀는 다시 붓을 들어 글씨를 쓰기 시작했다.

"낭자, 성이 어떻게 되십니까?"

"이것저것 묻지 말고 가만히 누워 계세요. 잡념이 없어지면 내상은 곧 치료될 거예요."

"알았어요. 나도 물어봤자 소용없을 거라는 거 알아요. 얼굴도 보여주려 하지 않는 낭자가 이름을 가르쳐줄 리 만무하죠."

"저는 얼굴이 흉해요. 본 적이 없는 것도 아니잖아요."

"아니에요! 아니에요! 그때는 인피 가면을 썼잖아요."

"내가 당신 선자처럼 예쁘다면 뭐 하러 그런 가면을 쓰겠어요?"

그녀가 소용녀의 미모를 칭찬하자 양과는 괜히 우쭐해졌다.

"우리 선자가 예쁜 걸 어떻게 알아요? 본 적 있나요?"

"본 적은 없어요. 하지만 정신을 잃은 중에도 생각하는 것을 보면 틀림없이 천하제일의 미인일 거예요."

소녀의 말에 양과가 길게 한숨을 쉬었다.

"내가 선자를 그리워하는 것은 미모 때문이 아니에요. 저에게 정말로 잘해주신 분이거든요. 천하제일의 추녀라고 해도 그리워할 거예요. 하지만…… 하지만 낭자가 선자를 본다면 더욱 칭찬하게 될 겁니다."

만일 곽부와 육무쌍에게 이런 말을 했다면 분명 양과를 비웃고 놀려댔을 것이지만 청의 소녀는 달랐다.

"틀림없이 그럴 거예요. 그분은 미모가 뛰어날 뿐 아니라 당신에게도 잘했을 테죠."

대답을 하면서도 소녀는 탁자에 엎드린 채 글씨를 썼다. 양과는 잠시 멍하니 앉아 있다가 다시 고개를 돌려 소녀의 가녀린 몸을 바라보았다.

"낭자, 뭘 쓰는 거죠? 뭐가 그렇게 바빠요?"

"서법을 배우는 중이에요."

"무슨 비문을 쓰는 모양이죠?"

"아직 서툴러 필체가 보기 흉한데 어떻게 비문을 쓰겠어요?"

"너무 겸손하시군요. 제 생각이 맞을 것 같은데요?"

"이상하기도 하네요. 어떻게 맞히셨죠?"

"낭자처럼 단아한 인품이면 틀림없이 글씨도 단정하게 쓰실 거예요. 낭자, 쓰신 걸 좀 보여주세요, 예?"

소녀는 수줍은 듯 살포시 웃었다.

"너무 부끄러운걸요. 나중에 상처가 나으면 제게 좀 가르쳐주세요."

양과는 가슴이 뜨끔했다.

"이런!"

말을 너무 많이 한 탓인지 가슴에 통증이 밀려왔다. 양과는 눈을 감고 얼른 운기를 해서 각 혈로 기를 내보냈다. 조금씩 편안해지는가 싶더니 어느덧 잠이 들었다. 양과가 다시 깨어났을 때는 어느새 날이 저물어 있었다. 소녀는 키 낮은 탁자에 밥과 음식을 차려놓고 양과가 깰 때까지 기다리고 있었다.

"깊이 잠들어 깨우지 않았는데, 배가 고플 거예요."

소녀는 양과가 누워 있는 침상으로 밥을 가져가 수발을 들어주었다. 대나무를 갈라 만든 젓가락에 흙으로 빚은 그릇. 초라하고 볼품없는 식기들이었지만 모두 새로 만든 것이었다. 작은 것 하나에도 세심하게 정성을 다한 흔적이 역력했다. 음식도 평범하기 짝이 없는 채소와 두부, 달걀, 생선이건만 입에 짝짝 달라붙었다. 양과는 칭찬을 아끼지 않으며 단숨에 밥을 세 그릇이나 먹어치웠다. 소녀가 얼굴에 가면을 쓰고 있어 표정을 볼 수는 없었지만, 빛나는 두 눈은 기쁨으로 한층 더 반짝였다.

다음 날 양과의 부상이 많이 호전되었다. 소녀는 긴 걸상을 침상 머리맡에 끌어다놓고 앉아서 양과의 옷을 꿰매주었다. 너덜너덜하던 양과의 옷이 아주 새것처럼 말끔해졌다.

"인품도 훌륭하신 분께서 왜 일부러 남루한 옷을 입고 다니시지요?"

소녀는 방을 나가 청포를 한 필 들고 오더니 양과가 입고 있는 옷 모양대로 재단을 시작했다. 목소리며 몸매, 행동거지로 봐서는 이제 열일곱 살쯤 되었을 것 같은데 양과를 대하는 소녀의 태도는 마치 어머니가 아들을 대하듯 살뜰하고 자상했다. 오래전에 어머니를 잃은 양과는 소녀를 바라보고 있으니 어린 시절의 추억이 어렴풋이 떠올라 가슴이 벅차올랐다. 그리고 이상한 생각도 들었다.

"왜 나에게 이렇게 잘해주는 거죠? 몸 둘 바를 모르겠어요."

"옷 하나 해주는 건 아무것도 아니지요. 자기 목숨을 버리고 다른 이를 구하는 일이야말로 대단한 거예요."

그날 오전 한나절도 이렇게 조용히 지나갔다. 오후가 되자 소녀는 다시 탁자에 앉아 글씨를 썼다. 양과는 그녀가 도대체 무엇을 쓰는지 궁금해 못 견딜 지경이었다. 그러나 아무리 졸라도 소녀는 안 된다고 할 뿐 보여주지 않았다.

소녀는 한 시진 정도를 말없이 글씨 쓰기에 몰두했다. 한 장을 쓰고는 잠시 멍하니 바라보다가 찢어버리고 또 한 장을 썼다. 자기 글씨가 마음에 들지 않는 듯 쓰는 대로 계속 찢어버렸다. 그 모습을 보니 단순히 무슨 무학책을 베끼는 것 같지는 않았다. 마침내 소녀가 한숨을 내쉬며 붓을 멈추었다.

"뭐 먹고 싶은 거 있으세요? 제가 해드릴게요."

순간 양과는 좋은 생각이 떠올랐다.

"너무 고생을 시키는 거 같아서……."

"걱정하지 마시고 어서 말해보세요."

"쫑쯔粽子*가 먹고 싶어요."

소녀는 뜻밖이라는 듯 잠시 어리둥절해했다.

"쫑쯔 좀 찌는 게 뭐가 어렵다고 그래요? 저도 먹고 싶던 참이에요. 달게 해줄까요, 짭짤하게 해줄까요?"

---

* 밥을 창포잎에 싸서 만드는 중국 특유의 음식으로 주로 단오절에 먹는다.

"뭐든 좋아요. 쫑쯔가 있으면 그만이지 뭘 더 따지겠어요?"

이날 저녁, 소녀는 쫑쯔를 해서 간식으로 내왔다. 단맛과 짭짤한 맛이 나는 두 가지를 내왔는데 모두 그 맛이 기가 막혔다. 양과는 입으로 쫑쯔를 퍼넣으며 칭찬을 연발했다.

소녀가 한숨을 내쉬었다.

"정말 똑똑하시군요. 결국 제 출신을 알아내셨으니……."

양과는 깜짝 놀라 입으로 가져가던 손을 멈추었다.

"그걸 어떻게 알았죠?"

"제 고향 강남은 쫑쯔로 유명하잖아요. 당신은 아까 아무런 설명도 하지 않고 그저 쫑쯔가 먹고 싶다고만 했어요."

양과는 재빨리 생각을 정리했다. 수년 전 절서浙西 지방에서 곽정 부부를 만난 일, 이막수와 싸운 일, 구양봉을 만나 양자가 된 일 등 과거사들을 줄줄이 끄집어내 하나하나 생각해보았다. 그러나 눈앞에 있는 이 소녀가 누구인지는 도무지 생각나지 않았다.

사실, 양과가 쫑쯔를 먹겠다고 한 데는 다른 꿍꿍이속이 있었다. 쫑쯔를 다 먹어갈 때쯤, 양과는 소녀가 한눈파는 틈을 타 쫑쯔 한 덩어리를 숨겨두었다. 그리고 소녀가 그릇을 챙겨 나가기를 기다렸다가 그녀가 옷을 만들고 남긴 천 조각에 쫑쯔를 으깨어 발랐다. 그는 이 끈끈한 천 조각을 줄에 달아 여자가 쓰다 찢어버린 종잇조각 쪽으로 던져 끌어당겼다. 그 내용을 본 양과는 멍해지고 말았다.

기견군자 운호불희

旣見君子 云胡不喜

이것은 《시경 詩經》에 나오는 구절로 "임을 만났으니 어찌 기쁘지 않겠는가!"라는 뜻이었다. 양과는 다시 천 조각을 던져 다른 한 장을 끌어왔다. 종이 위에 쓰여 있는 것은 마찬가지로 똑같은 여덟 글자였다. 가장 앞에 오는 '기旣' 자만 반으로 잘려 있었다. 양과는 가슴이 두근두근 뛰었다. 계속 천 조각을 던져 종이 10여 장을 끌어모았다. 하나같이 그 여덟 글자뿐이었다. 그 뜻을 생각해보던 양과는 저도 모르게 온몸에 힘이 빠졌다. 밖에서 발소리가 들리더니 소녀가 방으로 들어왔다. 양과는 재빨리 종잇조각들을 이불 속에 감추었다. 소녀는 남은 종이를 한 덩어리로 뭉쳐 밖으로 가져가서는 불에 태워버렸다.

양과는 소녀가 쓴 글이 머릿속에서 떠나지 않았다.

'그 글에서 군자는 누굴 말하는 것일까? 설마 나를 가리키는 건 아니겠지? 몇 마디 얘기도 안 해봤는데 내 어딜 보고 좋아하겠어? 게다가 나는 이렇게 초라한데 군자라는 말이 가당키나 한가? 하지만 내가 아니라고 하면…… 지금 여긴 나 말고는 아무도 없잖아?'

원래 《시경》에서 군자란 남자를 가리키는 말이지, 반드시 학문을 쌓고 인품과 덕을 갖춘 사람을 말하는 것이 아니었다. 그러나 양과는 이 사실을 정확히 알지 못했다.

골똘히 생각에 잠겨 있는 사이 소녀가 방으로 들어왔다. 그녀는 창가에 조용히 기대서서 촛불을 껐다. 은은한 달빛이 창을 통해 들어와 방 안을 비추었다. 양과는 나직이 소녀를 불렀다. 그러나 소녀는 아무런 대답 없이 천천히 방을 나갔다.

잠시 후, 밖에서 나지막하면서도 처연한 퉁소 소리가 들려왔다. 양과는 전에 그녀가 옥퉁소로 이막수를 상대하는 것을 본 적이 있었다.

그 무공도 평범하지 않았는데 연주하는 소리도 이렇게 맑고 아름다울 줄이야. 고묘에서 살 때는 소용녀가 늘 금琴을 탔다. 그래서 양과도 음률을 조금은 들을 줄 알았다. 지금 이 곡조는 무사상無射商의 〈기오淇奧〉라는 곡이었다. 매우 우아하고 조용하게 이어지는 이 곡을 전에도 몇 번 들어보기는 했지만, 그다지 좋아하지는 않았다. 지금 그녀가 부는 곡조는 계속해서 시작 부분의 다섯 구절에서만 맴돌고 있었다.

> 기수 굽어진 곳을 바라보니
> 푸른 대숲이 눈에 띄게 우거졌구나.
> 의젓하신 우리 임은
> 깎아 다듬듯, 쪼아 다듬듯 하네.
> 瞻彼淇奧 綠竹猗猗
> 有匪君子 如切如磋 如琢如磨

노래는 높아지다 낮아지고, 끊어질 듯 이어졌다. 같은 부분에 변화를 주며 도저히 벗어나지 못하겠다는 듯 음이 계속 반복되었다.

양과는 이것이 《시경》에 있는 구절임을 황용에게 들어 알고 있었다. 상아를 다듬어놓은 듯 우아하고 깎아놓은 옥처럼 빛나는 남자를 찬미하는 내용이었다.

퉁소 소리가 잠시 더 이어지다가 천천히 잦아들었다. 소녀의 한숨 소리와 동시에 혼자서 중얼거리는 말소리가 들렸다.

"내 신분을 밝혀야 하나 말아야 하나……."

"낭자."

소녀는 아무런 대꾸 없이 멀어지더니 그날 밤에는 더 이상 모습을 보이지 않았다. 다음 날 아침, 소녀가 일찌감치 아침밥을 가지고 들어왔다. 인피 가면을 쓴 채 앉아 있는 양과를 본 그녀는 놀라면서도 미소를 지었다.

"왜 그걸 쓰고 계시죠?"

"이건 낭자가 저에게 준 거잖아요. 낭자가 얼굴을 보여주려 하질 않으니 나도 가면을 쓰려고요."

"그것도 좋겠네요."

소녀는 아침밥을 내려놓고 그대로 몸을 돌려 방을 나가서는 하루 종일 그와 아무 이야기도 하지 않았다. 양과는 마음이 불안해 못 견딜 지경이었다. 혹여 실례를 저지른 것이 아닌가 싶어 말을 붙여보려 했지만 그녀는 종내 방에 들르지 않았다. 저녁때가 되어서야 소녀는 밖에서 양과가 식사를 마치기를 기다렸다가 들어왔다. 양과는 그녀가 그릇을 챙겨 나가려고 할 때 얼른 말을 걸었다.

"낭자, 통소 소리가 참 좋던데, 한 곡 더 불어주실 수 있나요?"

소녀는 잠시 망설이다가 이내 고개를 끄덕였다.

"그러죠."

그녀는 밖으로 나가 옥통소를 들고 들어와서는 양과가 누운 침상 곁에 앉아 가만히 불기 시작했다. 이번엔 〈영선객迎仙客〉이라는 곡으로 손님을 맞이하는 즐거움을 노래하는 내용이었다. 그 곡조 역시 사뭇 정중하고 공손했다.

'낭자는 통소 가락에도 가면을 씌워놓았군. 그리도 마음을 드러내려 하지 않으니⋯⋯.'

잔잔하게 내리 깔리는 퉁소 소리를 듣고 있는데 뜻밖에도 멀리서 다급한 발소리가 들려왔다. 소녀는 불던 퉁소를 멈추고 귀를 기울였다. 그러더니 희색이 만연해지며 문밖으로 뛰어나갔다.

"무쌍아!"

방 앞까지 달려온 사람은 숨을 헐떡이고 있었다.

"언니, 그 마두魔頭가 내 뒤를 쫓고 있어. 어서 도망가자!"

목소리를 들어보니 과연 육무쌍이었다. 양과는 반가우면서도 마두가 쫓아왔다는 말에 불안한 마음을 감출 수가 없었다. 그 마두라면 틀림없이 이막수일 것이다.

'저 낭자는 무쌍의 언니였구나.'

소녀의 목소리가 들려왔다.

"사람이 다쳐서 지금 요양하고 있어."

"누군데?"

"네가 그의 색시인데 누구겠어?"

"바보? 그…… 그 바보가 여기 있단 말이야?"

말이 끝나기가 무섭게 육무쌍이 방 안으로 뛰어들어왔다. 달빛에 비친 그녀의 얼굴에 기쁨과 반가움이 넘쳐났다.

"바보! 진짜 바보잖아! 어떻게 여기까지 찾아왔어? 이번에는 네가 다쳤네?"

"색시……."

양과는 그녀를 부르다가 다소곳이 옆에 서 있는 소녀 때문에 더 이상 농담을 하지 못하고 얼른 말을 돌렸다.

"이막수가 어떻게 널 찾아냈어?"

"그날 주루에서 싸움이 났을 때 네가 갑자기 사라졌잖아. 그때 우리 사촌 언니가 나를 여기로 데려와 상처를 치료해줬어. 상처는 곧 나아서 읍내에 가 돌아다니곤 했는데, 어느 날 개방 거지들을 만났어. 그들 얘기를 엿들어보니 대승관에서 무슨 영웅대연을 연다고 하더군. 그래서 구경이나 할까 싶어서 대승관에 갔는데 벌써 끝났지 뭐야. 언니가 걱정할까 봐 얼른 돌아오려는데 마을에 있는 찻집에서 그 마녀의 당나귀를 본 거야. 당나귀는 바뀌었지만 금방울은 그대로……."

육무쌍은 몸서리가 쳐지는 듯 목소리가 떨렸다.

"어쨌든 아직 죽을 팔자가 아니었던지 얼른 몸을 피할 수 있었어. 만일 정면으로 맞닥뜨렸다면 언니와 너를 다시는 못 봤을 텐데……."

"이 낭자가 네 사촌 언니야? 목숨을 구해주신 분인데, 나는 아직 이름도 모르고 있어."

"저는……."

청의 소녀가 뭔가를 이야기하려는 순간, 육무쌍이 양팔을 뻗어 양과와 소녀의 얼굴에서 가면을 동시에 벗겨냈다.

"그 무서운 여자가 곧 들이닥칠 텐데, 둘이서 이런 걸 쓰고 뭐 하자는 거야?"

양과는 눈이 번쩍 뜨였다. 소녀의 옥처럼 영롱한 얼굴에 눈처럼 하얀 피부가 드러났다. 갸름한 얼굴에 몹시 난처한 표정을 짓고 있는 그녀는 딴 세상의 선녀인 듯한 소용녀의 외모와는 달랐으나 분명 대단한 미모였다.

"이쪽은 우리 사촌 언니인 정영이야. 도화도 황 도주의 제자지."

양과는 두 손을 모아 읍을 했다.

"정 낭자."

정영도 답례를 했다.

"양 소협少俠."

'이렇게 어린 나이에 어떻게 황 도주의 제자가 되었을까? 백모님부터 꼽아본다면 내가 정 낭자의 후배인 셈이잖아.'

과거 정영은 이막수에게 잡혀 죽을 뻔했다가 마침 지나가던 도화도주 황약사의 도움으로 목숨을 건졌다. 황약사는 딸을 시집보낸 후 강호를 떠돌아다니고 있었는데, 나이가 들수록 마음이 허전하고 외로웠다. 보아하니 정영이 어린 나이에 의지할 곳도 없는 것 같아 안쓰러운 마음이 들어 그녀의 상처를 치료해준 후 곁에 두었던 것이다.

정영은 정성을 다해 황약사를 모셨다. 황약사는 제멋대로에 장난이 심한 황용보다 정영이 훨씬 편안했다. 그저 안쓰러운 마음으로 돌봐주던 황약사도 어느새 정영을 아끼게 되어 아예 제자로 삼았다. 정영은 영리함이나 기지는 황용만 못했지만 워낙 세심하고 꼼꼼한 성격이라 황약사의 재주를 상당히 물려받을 수 있었다.

어느덧 무공에 조금 자신이 생기자 그녀는 사부에게 고하고 사촌동생을 찾기 위해 북쪽으로 나섰다. 그리고 관섬關陝 길에서 양과와 육무쌍을 만나 위험을 알리고 한밤중에 구해주었던 것이다. 함께 힘을 합쳐 이막수와 대결한 후 그녀는 육무쌍을 이곳으로 데리고 와 상처를 치료해주었다.

그런데 어느 날 육무쌍이 혼자 나가서 돌아오지 않았다. 정영은 걱정되어 육무쌍을 찾아다니다가 황용이 석진을 쌓고 금륜국사와 싸우는 것을 보게 되었다. 정영 역시 그 진법을 황약사에게 배웠다. 비록 모든 이치를 통달했다고는 할 수 없으나, 그래도 세세히 배우고 연구한 바 있어 그들을 도울 수 있었던 것이다.

인연이 그리되려고 했는지, 그녀는 양과를 구해 이곳으로 다시 돌아왔다. 그 전에 양과가 몸을 던져 육무쌍을 구해주는 것을 보고 정영은 그의 의협심과 영웅다운 풍모에 감복했다. 이번에 양과가 정신을 잃은 가운데 그녀를 끌어안기도 하고 '선자'라 불러대는 모습이 마음을 숨김없이 드러내는 것 같아 가슴이 뛰기도 했다. 때로는 부드러운 목소리로 '색시'라 부르기도 하고 또 자신을 끌어안기도 했던 일들이 떠올랐다. 정영은 부끄럽고 당황스러우면서도 자신의 마음이 어찌할 수 없이 양과에게 기울어지는 것을 스스로 느낄 수 있었다.

"이 화급한 때에 둘이 뭘 그리 예의를 갖춰?"

육무쌍이 옆에서 연방 재촉을 해댔다.

"이막수가 널 봤어?"

양과의 물음에 육무쌍은 어이가 없다는 듯 그를 바라보았다.

"무슨 소리를 하는 거야! 들켰다고 네가 와서 구해줄 것도 아닌데, 내가 그 마수에서 빠져나올 수 있었겠어? 그 당나귀 목에 달린 금방울을 보자마자 얼른 찻집 뒤로 숨어 숨도 제대로 못 쉬고 있었지. 그 악녀가 찻집 주인한테 하나는 다리를 절고 하나는 괴상하게 생긴 두 여자를 못 봤냐고 물어보더군. 언니, 괴상한 여자는 언니를 물어보는 말이었어. 다행히 언니가 굉장한 미인이라는 걸 모르는 것 같아."

정영은 얼굴이 발그레해졌다.

"그런 소리 마. 양 소협이 웃으시겠다."

"소협이라니요? 제가 어찌 감히……. 그냥 양과라고 부르세요."

그러자 육무쌍이 양과를 쏘아붙였다.

"우리 언니한테는 고분고분 이름까지 다 알려주네. 나한테는 바보 행세를 하면서 사람을 속이더니?"

육무쌍이 눈을 흘기자 양과가 미소를 지었다.

"네가 나더러 바보라고 하니까 네 말대로 바보짓을 해준 거지. 그 정도면 고분고분한 거 아냐?"

"두고두고 빚을 갚아줄 거야."

육무쌍은 입을 비쭉거리고는 정영을 돌아보았다.

"언니, 언니는 이 가면을 쓰고 자주 마을에 가 물건을 샀으니 마을 사람들이 모두 언니를 알 거야. 찻집 주인도 이막수처럼 아름다운 데 다 출가까지 한 사람이 나쁜 마음을 먹은 줄은 몰랐겠지. 냉큼 우리 있 는 곳을 가르쳐주더군. 그 악녀는 고맙다면서 묵을 만한 곳이 없냐고 묻고는 홍 사자와 함께 숙소를 찾아갔어. 그 여자는 사람을 해칠 때는 언제나 이른 아침에 움직이니까 아직 세 시진 정도 남았어."

"그래, 그때 너희 집에 들이닥쳤을 때도 인시寅時 끝에서 묘시卯時쯤 되는 시각이었지."

세 사람은 과거 이막수가 육무쌍의 부모를 죽인 일을 이야기하다가 어린 시절 가흥에서 서로 만난 적이 있다는 것을 알았다. 정영과 육무 쌍은 당시 양과가 살던 가마에 있었던 것이다. 어린 시절에 그런 인연 이 있었음을 알고, 세 사람은 모두 뭐라 말할 수 없는 정을 느꼈다.

"그 여자, 무공이 대단하니 내가 부상을 입지 않았다고 해도 우리 셋으로는 역부족이에요. 전처럼 이대로 몸을 피하는 게 좋을 것 같 아요."

양과의 말에 정영도 고개를 끄덕였다.

"아직 세 시진이 남았으니까 말을 타고 가면 충분해. 양 소협의 말이 잘 달리니 도망치면 쫓아오지 못할 거야."

"바보, 그 몸으로 말을 탈 수 있겠어?"

"못 타더라도 어떻게든 해봐야지. 그 악녀의 손에 죽는 것보다는 낫잖아."

"우리는 말이 한 필뿐이니 언니가 바보를 데리고 서쪽으로 도망을 쳐. 나는 일부러 흔적을 남기며 동쪽으로 유인할 테니까."

육무쌍의 말에 정영의 얼굴이 붉어졌다.

"아냐, 네가 양 소협과 함께 가. 나는 이막수와 원한이 있는 것도 아니니 붙잡히더라도 해치지 않을지 몰라. 너는 그 여자 손에 잡히면 정말 큰일이잖아."

"날 잡으러 왔는데 이 바보와 함께 있으면 바보도 억울하게 당하고 말잖아?"

자매는 한마디씩 주고받으며 양과와 함께 도망가라고 서로 미루었다. 가만히 듣고 있던 양과는 크게 감동했다. 이 자매는 위급한 중에도 서로 위험을 무릅쓰고 상대의 목숨을 걱정하고 있었다. 악녀에게 잡혀 죽음을 당한다고 해도 이렇게 의로운 자매를 알게 되었으니 짧은 생이나마 헛되이 산 것은 아니라는 생각이 들었다.

"이봐, 바보. 네가 한마디 해봐. 언니와 함께 가는 게 좋겠어, 아니면 나와 함께 가는 게 좋겠어?"

육무쌍의 갑작스러운 물음에 양과가 얼른 대답하지 못하고 머뭇거리자 정영이 나섰다.

"넌 왜 자꾸 바보, 바보 하는 거니? 그러다 양 소협이 화날라."

"언니가 이렇게 자상하게 돌봐주니 바보 형도 언니랑 가려고 하겠네."

육무쌍이 혀를 쏙 내밀며 웃었다. 그래도 '바보'라고 하던 것을 '바보 형'으로 바꾸어 나름대로 절충을 했다. 육무쌍의 놀리는 듯한 한마디에 피부가 유난히 하얀 정영의 얼굴이 금세 붉게 물들었다. 정영이 수줍게 미소를 지으며 말했다.

"양 소협은 너를 색시라고 부르잖아. 색시가 함께 가지 않으면 말이 되니?"

이번에는 육무쌍의 얼굴이 붉어졌다. 육무쌍이 손을 뻗어 간지럼을 태우려 했으나, 정영은 재빨리 몸을 돌려 도망쳤다. 방 안은 어느새 화기애애해져 눈앞의 근심 걱정은 잠시 사라진 듯했다.

'정 낭자가 나와 가면 색시가 위험해지고, 색시가 나와 함께 가면 정 낭자 역시 안심할 수 없는데 어쩌지?'

잠시 생각에 잠겼던 양과가 마침내 입을 열었다.

"시간이 많지 않으니 두 분 낭자께서는 제 말을 잘 들으십시오. 두 분께서 먼저 몸을 피하시고, 내가 여기서 그 악녀를 맡겠습니다. 내 사부님은 그녀의 사매이고, 어찌 되었든 나하곤 인연이 많습니다. 게다가 제 사부님을 무서워하기도 하니, 감히 나를……."

"그건 안 돼!"

양과의 말이 미처 끝나기도 전에 육무쌍이 그를 가로막았다. 사실 양과의 생각에도 이 두 사람이 자신을 버리고 도망갈 것 같지는 않았다. 그래서 두 번째 제안을 거절하지 못하도록 안배를 했던 것이다.

"그렇다면 우리 세 사람이 함께 가요. 그 악녀가 쫓아온다면 셋이서 죽을힘을 다해 싸우는 거예요. 죽든 살든 그건 하늘이 결정하겠죠."

"그래, 그렇게 하자."

육무쌍이 손뼉을 치며 찬성하는 반면 정영은 표정이 어두웠다.

"그렇게 바람처럼 쫓아오는데, 셋이서 함께 가면 틀림없이 따라잡힐 거예요. 도망가느라 헛고생만 하느니 여기서 기다리며 힘을 비축하는 게 낫겠어요."

"그게 좋겠군요. 낭자의 기문둔갑술奇門遁甲術로 금륜국사도 물리쳤으니 어쩌면 적련선자도 당해내지 못할 겁니다."

세 사람은 눈앞에 한 줄기 희망의 빛이 보이는 듯했다.

"그 석진은 곽 부인이 짜신 거죠. 저는 상황에 맞춰 조금 변화만 줬을 뿐이지 혼자서 짤 만큼 재주는 없어요. 하여튼 우리는 최선을 다하고 천명을 기다리는 거예요. 자, 무쌍아, 날 도와줘."

두 사람이 밖으로 나가자 양과는 이런저런 궁리에 빠졌다.

'곽 백모님이 내게 가르쳐주신 진법은 경황이 없던 중에 간신히 외워둔 열 가지 정도인데, 늙어빠진 금륜국사를 끌어들일 때나 써먹지 원한으로 가득 찬 이막수를 막는 데는 아무 소용이 없을 거야. 너무나 치밀하고 한 치의 오차도 없어야 하는 어려운 무공인데 제대로 배우려면 아직 어림도 없지. 어린 정 낭자가 짠 진법은 곽 백모님의 발끝에도 미치지 못할 거야. 아까 한 얘긴 겸손하게 하는 말이 아닐 텐데……. 하지만 아무리 허술한 진법이라도 없는 것보다야 낫겠지.'

양과가 생각에 잠긴 사이, 사촌 자매는 삽이며 괭이를 들고 땅을 파고 바위를 옮기며 분주하게 진을 만들었다. 한 시진쯤 부산하게 움직이는 사이 멀리서 닭 울음소리가 들려왔다. 정영은 온통 땀투성이가 되어 허리를 폈다. 자신이 만들어놓은 진은 황용이 만든 것에 비해 너무 허술해 마음이 불안했다.

'곽 부인의 재주는 나보다 백배는 뛰어날 거야. 아, 이런 허술한 진으로 적련선자를 막을 수 있을까? 걱정이 태산이로구나.'

하지만 사촌 동생과 양과가 걱정할까 봐 불안한 마음을 내비치지는 않았다. 육무쌍은 달빛 아래 사촌 언니의 안색이 심상치 않은 것을 눈치챘다. 틀림없이 자신이 없어서일 것이다. 그녀는 품속에서 책을 한 권 꺼내 들고 방으로 가서 양과에게 건넸다.

"이건 우리 사부가 쓴 〈오독비전〉이야."

피처럼 붉은 표지를 본 양과는 저도 모르게 몸서리를 쳤다.

"나는 이 책을 개방에 빼앗겼다고 사부를 속였거든. 이따가 내가 사부에게 붙잡히면 틀림없이 이걸 가지고 있는 것도 들킬 거야. 네가 잘 읽어보고 외운 다음 태워버려."

그동안 육무쌍은 양과와 진지하게 이야기를 해본 적이 없었다. 그러나 이제 생사의 갈림길에 다다르자 그녀도 더 이상 농담을 하지 않았다. 양과는 육무쌍의 비장한 얼굴을 보고는 가만히 고개를 끄덕이며 제의를 받아들였다. 육무쌍은 또 품에서 손수건 한 조각을 꺼냈다.

"그리고 네가 그 악녀 손에 잡혀 목숨이 위태로워지거든 이 수건을 꺼내 그녀한테 줘."

양과가 살펴보니 수건의 한쪽 올이 풀려 있었다. 어디선가 찢어진 조각 같았다. 수놓인 붉은 꽃 역시 반이 잘려 있었다. 양과는 영문을 몰라 선뜻 받지 못했다.

"이게 뭔데?"

"이막수한테 전해주라고 네게 맡기는 거야. 알았지?"

양과는 고개를 끄덕이고 수건을 받아 머리맡에 두었다. 그러자 육무쌍은 수건을 다시 집어 양과의 품에 넣어주며 속삭였다.

"우리 언니한테는 얘기하지 마."

순간 양과의 몸에서 남자의 체취가 훅 끼쳤다. 육무쌍은 옷을 벗고 뼈를 맞추던 일이며 양과와 한 베개를 베고 자던 일 등이 떠올랐다. 그녀는 갑자기 가슴이 두근거려 양과에게서 눈을 떼지 못하고 망연히 바라보다가 몸을 돌려 방을 나가버렸다. 말로 표현할 수 없는 정을 담고 자신을 바라보던 육무쌍의 눈빛에 양과도 가슴이 떨려왔다. 양과는 얼른 〈오독비전〉을 펼쳐보았다. 몇 장을 천천히 넘기며 적련신장과 빙백은침의 해독법을 외워나갔다.

'이 두 가지 해독약은 만들기가 상당히 어렵군. 하지만 오늘 목숨을 건질 수 있다면 앞으로 유용하게 쓸 수 있을 테지.'

갑자기 방문이 열리는 소리가 났다. 두 볼이 붉게 물든 정영이었다. 이마에는 온통 땀방울이 송골송골 맺힌 채 숨을 헐떡이고 있었다.

"양 소협, 문밖에 토진土陣을 배치했지만 믿을 수가 없어요. 그러니 만약 적련선자가 여기까지 들어오면……."

정영은 품속에서 수건을 하나 꺼내 양과에게 건네주었다.

"그녀가 여기까지 들어오면 이 수건을 주세요."

그녀가 내민 것 역시 수건 반쪽이었다. 천이며 무늬가 육무쌍이 준 것과 같았다. 양과는 의아한 얼굴로 고개를 들었다. 등불 아래 비친 정영의 눈에는 눈물이 그렁그렁 맺혀 있고, 부끄러워하면서도 기쁜 표정을 짓고 있었다. 뭔가 더 물어보려는데 정영은 귓가까지 붉어진 채 들릴락 말락 하게 가만히 속삭였다.

"절대 무쌍에게 말하지 마세요."

그러고는 그대로 달려 나가버렸다. 양과는 품속에서 육무쌍이 준 수건 반쪽을 꺼내 정영에게서 받은 조각과 맞춰보았다. 역시 원래 하나였던 수건을 자른 것이었다. 매우 오래된 물건인 듯 비단의 하얀 부분은 이미 누렇게 바랬으나 수놓인 붉은 꽃은 여전히 선명해 금방이라도 꽃잎이 떨어질 것 같았다. 오래된 손수건을 바라보며 양과는 뭔가 깊은 사연이 있을 것이라 짐작했다.

'그런데 왜 두 사람이 각각 반쪽씩을 갖고 있었을까? 그리고 왜 이 막수에게 이걸 주라고 한 걸까? 왜 또 서로 모르게 하라고 한 걸까? 더욱 이해가 안 가는 것은 손수건을 주는 두 사람 모두 왜 그렇게 수줍어하는 표정이었을까?'

양과는 넋이 나간 표정으로 침상에 누워 있었다. 멀리서 닭 울음소리가 들려왔다. 그리고 은은한 통소 소리가 그 뒤를 이었다. 아마도 정영이 진을 모두 펼치고 통소를 불며 답답한 마음을 달래고 있는 듯했다.

불고 있는 곡은 〈유파流波〉였다. 소리가 은은하고 가늘기는 했으나 비애에 찬 가락은 아니었다. 가만히 듣고 있자니 마음이 맑아지고 아무것도 거리낄 것 없는 홀가분한 기분이 되었다. 양과는 잠시 듣고 있다가 통소 소리를 따라 낮은 목소리로 노래를 불렀다. 육무쌍은 흙더미 위에 앉아 언니의 통소 소리와 양과의 노래를 감상했다. 어느새 동녘 하늘이 어슴푸레 밝아왔다.

'사부님이 곧 도착할 테지. 이제 내 목숨은 한 시진도 남지 않았구나. 사부님이 부디 손수건을 보고 언니와 저 사람의 목숨을 살려주어야 할 텐데. 두 사람은⋯⋯.'

육무쌍은 원래 사납고 날카로운 성격이었다. 어려서부터 언니 정영과 함께 있으면 언제나 언니가 양보를 해주곤 했다. 그러나 목숨이 경각에 달린 지금, 그녀는 양과가 무사하기만을 간절히 바라고 있었다. 그에 대한 깊은 정이 솟아나 저도 모르게 하늘에 기원을 올렸다. 이 위기를 벗어나 그와 언니가 평생 반려자가 될 수만 있다면 죽어도 여한이 없겠다는 생각이 들었다. 순간 눈앞에 황색 옷이 펄럭였다. 퍼뜩 정신을 차리고 고개를 들어보니 흙더미 밖에 한 여도사가 서 있는 것이 보였다. 오른손에 불진을 들고 바람에 옷자락을 휘날리고 있는 것이 바로 사부인 이막수였다. 육무쌍은 깜짝 놀라 검을 빼 들었다.

그런데 정작 이막수는 미동도 하지 않고 뭔가에 귀를 기울이고 있었다. 그녀는 통소와 노랫소리를 듣고는 자신이 마음에 두었던 육전원과 함께 노래하던 어린 시절을 떠올리고 있었다. 그때 당시 한 사람이 피리를 불면 다른 한 사람은 생황笙簧을 불었다. 지금 들려오는 〈유파〉가 바로 함께 자주 불렀던 노래였다. 이미 20년 전의 일, 그 곡조는 변함이 없건만 세월은 무정하게도 사람을 바꾸어놓았다. 통소와 노래가 서로 화답이라도 하듯 어울리며 구슬프게 들려오자 이막수는 그만 애끓는 마음을 어쩌지 못하고 울음을 터뜨렸다.

울음소리를 듣고 육무쌍은 놀라움을 금할 수가 없었다. 평소에 사부는 언제나 엄격하고 차가워 한 번도 연약한 모습을 보인 적이 없었다. 그런데 지금 갑자기 통곡을 하다니! 그녀의 울음소리가 너무나 처연하고 비통해 육무쌍도 왠지 안쓰럽게 느껴졌다. 이막수의 통곡에 놀라기는 양과와 정영도 마찬가지였다. 그 바람에 노랫소리가 박자를 놓치고 가락이 흐트러졌다.

이막수는 마음이 움직인 듯 갑자기 소리 높여 노래를 부르기 시작했다. 참으로 애절한 음조였다.

세상 사람에게 묻노니
정이란 무엇이길래 이토록
생과 사를 같이하게 한단 말인가.
하늘과 땅을 가로지르는 저 새야,
지친 날개 위로
추위와 더위를 몇 번이나 겪었느냐?
만남의 기쁨과 이별의 고통 속에
헤매는 어리석은 여인이 있었네.
임이여 대답해주소서.
아득한 만 리 구름이 겹치고
온 산에 저녁 눈 내릴 때
외로운 그림자 누굴 찾아 날아갈꼬.
間世間 情是何物 直敎生死相許
天南地北雙飛客 老翅幾回寒暑
歡樂趣離別苦 就中更有痴兒女
君應有言 渺萬里層雲
千山暮雪 隻影向誰去

통소와 노랫소리는 원래 즐거운 정취를 담고 있었다. 그런데 이막수는 이렇듯 슬픔으로 가득 찬 노래를 불렀다. 그 박자와 음률이 〈유파〉와는 전혀 달랐고 노랫소리는 점점 더 가늘어지며 또한 점점 높아졌다.

정영은 조금 혼란스러웠다. 원래는 자신의 생각대로 가락을 붙였으나, 이막수가 '이별의 고통 속에'를 부르는 부분부터는 그녀의 곡조에 맞추게 되었다. 정영은 얼른 곡조를 바꾸었으나 통소 소리는 여전히 맑게 울려 퍼졌다. 그러나 아직 내공이 깊지 못한 그녀로서는 더 이상 높은 곡조로 이막수의 노래를 따라갈 수가 없었다. 잠시 망설이던 정영은 방으로 달려가 옥통소를 내려놓고 그대로 탁자 옆에 앉아 금을 타기 시작했다.

양과 역시 마음껏 노래를 부르며 그녀를 도왔다. 이막수의 노랫소리가 점점 처연해지면서 정영이 타는 금 소리 역시 높아졌다. 그런데 한창 연주가 이어지던 중 날카로운 소리와 함께 첫 번째 현인 치현徵弦이 끊어졌다. 정영이 놀라 잠시 흔들리는 사이 두 번째 현인 우현羽弦도 끊어졌다. 이막수의 노랫소리에 통곡이 섞일 때, 세 번째 현인 궁현宮弦마저 끊어졌다. 정영은 통소와 금을 모두 황약사에게서 배웠다. 대단한 스승을 만나기는 했으나 아직 어린 나이라 조예가 깊다고는 할 수 없었다.

이막수는 이렇게 현이 끊어져 운율이 흐트러지고 상대방이 당황하는 사이에 얼마든지 공격해 들어갈 수도 있었다. 그러나 토진이 보기에는 조잡해도 거기에는 오행생극五行生剋의 변화가 담겨 있는 듯했다. 이막수는 그러한 변화에 대해 아는 바가 없었고, 고묘에서도 이미 여러 차례 혼난 경험이 있는지라 경계를 할 수밖에 없었다. 잠시 상황을 살피던 그녀는 뭔가 좋은 생각이 난 듯 노래를 부르면서 진의 왼쪽으로 돌아 가운데 벽을 부수고 들어갔다.

정영이 펼친 토진은 동쪽과 서쪽으로 한 무더기씩 쌓아 그것으로 대문을 지키도록 했다. 그러다 보니 움막집의 벽이 부실한 것은 미처 생각하지 못했다.

육무쌍은 깜짝 놀라 검을 세우고 뒤를 쫓아왔다. 양과는 부상을 입은 몸이라 일어나 대항할 수가 없었다. 그저 가만히 누워 밖의 상황을 살필 뿐이었다.

정영은 이막수와 겨루어봤자 승산이 없음을 아는지라 마음을 굳게 먹고 육무쌍을 구하려 들지 않았다. 오히려 곡조를 바꾸어 이번에는 〈도요桃夭〉를 타기 시작했다. 이 곡은 화려하고 기쁨에 넘치는 곡조였다.

'나는 일생을 외롭게 살았다. 하나 오늘 양 소협 곁에서 죽을 수 있으니 여한이 없다.'

정영은 살짝 눈을 들어 양과를 바라보았다. 양과도 미소 띤 얼굴로 자기를 보고 있었다. 정영은 기쁨으로 가슴이 벅차올라 어느새 노래를 부르기 시작했다.

복사꽃은 요염하고 그 화려함이 빛을 발하는구나.
一桃之夭夭 灼灼其華

금 소리가 활기를 띠며 곡조는 봄바람이 부는 듯, 꽃향기가 가득한 듯 밝고 따뜻해졌다. 그러자 이막수의 얼굴에서 비통한 빛이 점차 사라졌다.

"책을 어쨌느냐? 정말 개방에서 가지고 갔느냐?"

이막수는 육무쌍을 다그쳤다. 옆에 있던 양과가 〈오독비전〉을 그녀에게 던져주었다.

"개방 황 방주와 노 방주는 인仁과 의義를 지키시는 분이오. 그분들이 그런 사악한 책을 가져다 무엇에 쓰겠소? 이미 방중 제자들에게 그 책은 한 장도 들춰보지 말라 영을 내리셨소."

이막수는 책에 아무런 흠집이 없는 것을 확인하고는 안도했다. 개방은 일을 처리하는 데 정파의 법도를 따르고, 명령과 규율이 준엄하므로 정말 아무도 책을 보지 않았을 것이라 생각했다.

양과는 이어 품속에서 반쪽짜리 손수건 두 장을 꺼내 탁자 위에 놓았다.

"이 수건도 가지고 가시오."

이막수는 얼굴색이 변하며 불진을 휘둘러 수건을 끌어와서는 손에 들고 멍하니 바라보았다. 만감이 교차하는 듯 어찌할 바를 모르는 모습이었다.

정영과 육무쌍은 마주 보며 동시에 얼굴을 붉혔다. 서로 수건을 양과에게 주었을 줄은, 더욱이 양과가 그것을 이렇게 면전에서 꺼내놓을 줄은 생각지도 못한 것이다.

방 안에 있던 사람들은 한동안 서로를 바라보며 어색해했다. 눈빛이 오가는 사이 살기로 가득하던 방 안에 잠시 따뜻한 기운이 흘렀다. 그리고 정영이 타는 〈도요〉가 한층 더 기쁜 가락으로 이어졌다. 갑자기 이막수가 수건 두 조각을 네 쪽으로 찢었다.

"옛일일 뿐이다. 이제 무슨 말을 더 하겠는가!"

그러곤 두 손을 허공에 휘둘렀다. 비단 수건 조각은 마치 꽃잎처럼 너울거리며 떨어졌다. 정영이 깜짝 놀라는 사이 또 하나의 현이 끊어졌다.

"흥! 하나 더 끊어주마!"

기쁜 곡조가 흐르는 가운데 다섯 번째 현인 각현角弦마저도 끊어졌다. 이막수의 얼굴에 냉소가 흘렀다.

"이제 끝이다. 너희 세 사람은 이제 살려달라고도, 죽여달라고도 할 수 없을 거다. 어디 한번 실컷 울어보려무나!"

이제 금에는 현이 두 개밖에 남지 않았다. 정영의 평범한 재주로는 곡을 탈 수가 없었다.

"슬픈 곡을 타란 말이다! 세상은 고통이다. 살아서 기쁜 일이 뭐가 있겠느냐!"

정영은 손을 멈추지 않았다. 비록 제대로 이루어지지는 않았지만 〈도요〉의 곡조가 계속 산뜻하게 이어졌다.

"그래, 먼저 한 명을 죽여주마. 그래도 이런 곡조가 나올까?"

이막수가 날카로운 소리를 내지르자 또 현이 끊어졌다. 그녀는 불진을 휘두르며 육무쌍의 머리를 노리고 들어갔다.

"우리 세 사람이 여기서 함께 죽으니 참으로 기뻐요. 외롭고 고독하게 세상을 사는 당신보다 훨씬 행복해. 자, 정 낭자, 육 낭자 이리 와요."

정영과 육무쌍은 양과의 침상으로 다가갔다. 양과는 왼팔로 정영을,

오른팔로는 육무쌍을 각각 감싸 안았다.

"우리 여기서 함께 죽으니 황천 가는 길도 즐거울 거야. 저 악독한 여자보다야 열 배는 낫지 않아?"

"그래, 바보, 네 말이 맞아."

양과의 말에 육무쌍이 웃으며 맞장구를 치자, 정영도 가만히 미소를 지었다. 양과의 손을 잡고 있자니 사촌 자매는 모두 취한 듯 마음이 하나가 되었다.

'아, 선자가 옆에 없는 것이 아쉽구나.'

양과는 그 순간 소용녀를 떠올리면서도 억지로 웃음을 지으며 자매를 힘껏 끌어당겼다.

'이 녀석 말이 맞군. 셋이서 이렇게 함께 죽으면 살아 있는 나보다 낫잖아.'

이막수의 손이 잠시 멈칫했다.

'이렇게 편히 보내줄 수는 없지. 죽을 때는 애가 끊어질 듯한 슬픔을 맛봐야 하는데……'

이막수는 불진을 멈추고 차가운 표정으로 노래를 시작했다. 아까 부르던 그 노래였다. 노랫소리는 끊길 듯하면서도 이어졌다. 버림받은 여자가 슬픔을 삼키는 듯, 억울한 원한으로 구천을 떠도는 귀신이 통곡을 하는 듯 구슬픈 곡조였다.

서로 손을 맞잡은 양과와 자매는 노래를 듣다 보니 솟아나는 슬픔을 막을 길이 없었다. 양과는 내공이 비교적 깊어 정신을 집중한 채 움직이지 않고 얼굴에 미소를 지었다. 육무쌍도 강인한 성격이라 쉽게 흔들리지 않았다. 그러나 마음 여린 정영은 그만 참지 못하고 눈물을 떨구었다.

이막수의 노랫소리는 점점 낮아지다가 나중에는 거의 들리지 않게 되었다. 세 사람이 모두 눈물을 흘리면 불진을 휘둘러 단숨에 목숨을 거둘 생각이었다. 그런데 노랫소리가 가장 구슬프고 애절한 대목에 이르는 순간, 움막 밖에서 웃음소리와 함께 누군가 박수에 맞춰 노래를 부르는 소리가 들렸다. 그것은 여자 목소리였다. 목소리로 봐서는 나이가 어리지 않아 보였으나 부르는 곡은 아이들의 노래였다.

"까꿍까꿍 우리 예쁜 아기, 아장아장 할머니에게 오너라. 냠냠 사탕도 먹고 냠냠 과자도 먹고. 다 먹거든 더 가져가거라."

매우 경쾌한 노랫가락이었다. 구슬프게 이어지던 이막수의 노래가그 가락에 일순 흐트러지고 말았다. 노랫가락은 빙빙 돌며 점점 가까워지다가 마침내 대문으로 들어왔다. 나타난 사람은 봉두난발을 하고 아무렇게나 옷을 걸친 중년 여자였다. 그녀는 두 눈을 동그랗게 뜬 채바보처럼 웃고 있었다. 손에는 불을 피울 때 쓰는 부젓가락이 들려 있었다.

이막수는 그녀의 갑작스러운 출현에 적지 않게 놀랐다.

'어떻게 저 흙더미를 돌아서 대문으로 들어올 수 있었을까? 이 세 사람과 한패가 아니라면 기문둔갑술에 정통한 사람인가 보군.'

생각이 흩어지자 노랫소리의 위력도 크게 떨어졌다. 그 여자를 본 정영이 반색을 하며 외쳤다.

"사자! 이 사람이 우리를 해치려고 해요. 어서 도와주세요!"

머리를 산발한 그 여자는 바로 곡영풍曲靈風의 딸 곡 낭자였다. 그녀는 원래 정영의 후배이지만 나이가 훨씬 많아 정영이 사자라고 불렀다. 곡 낭자는 희죽거리며 손뼉을 치고 소리 높여 노래를 불렀다.

"하늘에 별이 하나, 땅에는 외로운 나 하나. 뾰족한 탑, 뾰족뾰족 솟아 하늘을 찌르네, 찌르네."

그녀는 계속 노래를 불렀다. 부르는 노래는 가사가 틀리고 또 이것저것이 뒤섞여 있었다.

이막수는 슬픈 노래로 곡 낭자의 노래를 억누르려 했지만 도저히 불가능했다. 곡 낭자는 애초에 바보인지라 아무런 생각도 없는 듯 보였다. 그도 그럴 것이 그녀는 살아오면서 슬픔이나 번뇌를 느껴본 적이 없어 마음속에서 감정을 이끌어낼 수 없었다. 오히려 이막수의 노래가 그녀 때문에 뒤엉켰다. 이막수는 화가 머리끝까지 치밀었다.

'우선 이것부터 처리해야겠군.'

노래가 채 끝나기도 전에 이막수는 불진을 휘두르며 곡 낭자에게 달려들었다.

과거 황약사는 일시적인 감정에 휩싸여 일을 처리한 것을 크게 후회했다. 그의 분노로 도화도에서 쫓겨난 제자 곡영풍은 적의 손에 목숨을 잃고 말았다. 그래서 황약사는 곡영풍의 딸을 데려다 자신의 재주를 가르치기 위해 정성을 쏟았다. 그러나 곡 낭자는 아버지가 화를 당할 때 크게 놀란 나머지 그만 실성하고 말았다. 황약사가 온갖 정성을 쏟고 애를 써보았으나 다시 온전한 정신으로 돌아오지 못했다. 그래서 아무리 가르쳐도 황약사의 문사文事와 무공武功을 따라올 수 없었다. 더군다나 글자 몇 개, 기본적인 무공 몇 가지를 가르치는 것도 도무지 마음처럼 되지 않았다. 지난 10여 년 동안 바보 낭자는 이 다재다능한 천재 스승의 지도 아래 장법 하나와 차법叉法 하나만을 깨우쳤을 뿐이다. 그것은 모두 초식 세 개로 이루어진 간단한 무공이었다.

황약사는 변화가 많은 초식은 그녀가 절대 기억하지 못하리라 생각하고 머리를 쥐어짜가며 간단한 장법과 차법을 만들어내 가르쳤다. 이 여섯 초식은 매우 평범하고 밋밋해 초식을 발한 후 이어지는 변화는 없지만 위력만큼은 얕볼 수 없었다. 보통 사람이 무공을 연마한다면 적게는 수십 초식이 될 것이요, 많게는 1,000가지가 넘는 변화를 줄수 있을 것이나 바보 낭자는 그저 여섯 초식만을 가지고 사용했다. 그래도 이 같은 초식을 오랜 세월 동안 날마다 연마하니 적어도 이 여섯 초식에서만은 대단한 경지에 이르렀다.

그녀가 움막 앞의 흙더미 사이를 돌아올 수 있었던 것도 대단한 재주는 아니었다. 그저 도화도에서 오랜 세월 살아온 덕에 이 진이 매우익숙한 탓이었다. 정영의 진은 도화도에서 본 진을 대충 따라 한 것에 지나지 않았다. 바보 낭자는 아무 생각 없이 그저 습관대로 걸음을 옮겨 집에 들어온 것뿐이었다. 그녀는 이막수가 불진을 휘두르며 달려들자 얼른 부젓가락을 들어 가슴을 향해 내찔렀다. 부젓가락이 허공을가르는 소리가 위력적이어서 이막수도 깜짝 놀랐다.

'무공이 제법이군!'

이막수는 얼른 왼쪽으로 방향을 틀어 불진을 바보 낭자의 머리를 향해 내리쳤다. 바보 낭자는 적의 움직임에는 아랑곳하지 않고 그대로 부젓가락을 찌르고 들어갔다. 이막수의 불진이 휘어지며 부젓가락을 휘감았다. 그러나 바보 낭자는 눈길조차 주지 않고, 방향을 바꾸지도 않았다. 이막수가 급히 운기를 하여 힘을 주었으나 부젓가락은 꿈쩍도 하지 않고 눈 깜짝할 사이에 그녀의 가슴 앞까지 다가와 있었다. 그녀는 얼른 도전칠성보倒轉七星步를 써 벽의 무너진 틈으로 몸을 뒤집으며 뛰어올랐다. 바보 낭자의 벼락 같은 일격을 겨우 피한 그녀는 크게 놀라 온몸에 식은땀을 흘렸다. 이막수는 숨을 깊이 들이마신 뒤 정신을 가다듬고 다시 집 안으로 몸을 날려 들어갔다. 그러고는 곧바로 번개처럼 허공으로 불진을 휘둘렀다. 그에 맞서 바보 낭자는 도무지 다른 변화는 보이지 않고 여전히 부젓가락만을 찌르고 들어왔다. 이번에는 이막수가 높이 떠 있어 부젓가락이 그녀의 아랫배를 노리게 되었다. 찔러 들어오는 기세가 얼마나 빠른지 이막수는 불진을 거꾸로 하여 손잡이로 부젓가락의 손잡이를 간신히 막았다.

'아까 한 세 번의 공격은 모두 아홉 가지의 변화가 담겨 있었다. 이렇게 초식이 이어지면 무림의 어떤 고수도 쉽게 받아내지 못했는데, 저 여자는 그저 한 차례 찌르는 것으로 모든 공격을 막아내고 있다. 무공의 깊이를 도무지 알 수가 없구나. 어서 자리를 뜨자!'

그녀는 바보 낭자의 차법이 세 가지뿐이라는 것을 알지 못하고, 조금만 더 버틴다면 그녀의 모든 공격을 알아내고 쉽게 이길 수 있었을 테지만 그 시간을 견디지 못한 것이다.

바보 낭자는 알고 있던 세 가지 차법 중 한 가지만을 사용해 이 무시무시한 악녀를 쫓아버렸다. 만약 도화도주 황약사가 이 사실을 안다면 정말 자랑스러워할 만한 일이었다.

이막수가 몸을 돌려 부서진 벽을 통해 달아나려는데 한 사람이 눈에 들어왔다. 푸른 도포를 입고 수염을 길게 기른 그 사람은 바로 과거 그녀의 손에서 정영을 구해줬던 도화도주 황약사였다. 그는 탁자에 기대어 앉아 있고, 탁자 위에는 정영이 타던 금이 놓여 있었다.

이막수는 아까 바보 낭자와 싸움을 하면서도 행여 다른 사람이 기습할까 봐 눈으로는 육로六路를 살피고, 귀로는 팔방八方을 쉬지 않고 경계했다. 그러나 황약사가 방에 들어오고, 금을 주워 올리고, 자리에 앉는 동안 그 움직임을 전혀 눈치채지 못했다. 만일 뒤에서 공격했더라면 그녀의 목숨을 끊는 것쯤은 손바닥 뒤집기보다 더 쉬웠을 것이다.

이막수는 바보 낭자와 대결하는 동안 정영 등이 싸움에 끼어들까 봐 입으로 계속 슬픈 노래를 부르고 있었다. 그러나 이제 갑자기 가만히 앉아 금을 매만지는 황약사가 눈에 들어오자 가슴이 철렁 내려앉으며 혀가 굳은 듯 노랫소리가 나오지 않았다.

황약사가 금을 한번 튕겼다.

세상 사람에게 묻노니
정이란 무엇이길래 이토록
생과 사를 같이하게 한단 말인가.

그의 입에서 흘러나오는 곡은 뜻밖에도 아까 이막수가 부르던 노래였다. 금에는 이제 우현羽弦 하나만 남아 있었다. 그런데 황약사는 이 하나 남은 현으로 궁상각치우宮商角徵羽의 모든 음률을 타고 있었다. 게다가 그 애절한 곡조가 이막수보다 훨씬 뛰어났다. 황약사가 조금 변조를 주자 양과 등 다른 이들에 비해 마음으로 다가오는 감응이 그녀에게 훨씬 더 강하게 작용했다.

황약사는 그간 이막수가 나쁜 짓을 많이 저지르고 다닌 것을 알고 있어 이 기회에 없애버릴 생각이었다. 과거 그는 옥퉁소로 구양봉의 쟁과 홍칠공의 휘파람에 맞서 승부를 겨룬 적이 있었다. 이제 세월이 흐르고 나이를 먹어감에 따라 힘은 예전만 못했지만 내공은 오히려 더욱 심후해졌다. 그러니 이막수는 애초에 황약사의 상대가 될 수 없었다.

잠시 후 이막수는 황약사의 노래에 빠져들어 완전히 제 몸조차 가누지 못할 지경이 되었다. 황약사의 금과 노래가 어우러지며 계속 이어지자 듣는 이들은 때로는 즐거워지고, 때로는 비분강개해졌다가 또 한껏 격앙되기도 하는가 하면 순식간에 침울해지기도 했다. 끊임없이 변하는 곡조 속에서 이막수의 마음도 희비와 분노가 교차했다. 이 곡이 끝나면 틀림없이 실성하고 말 것 같았다.

그때 바보 낭자가 고개를 돌려 양과를 보았다. 희미한 촛불 아래 보이는 그 모습은 영락없는 그의 아버지 양강이었다. 바보 낭자가 가장 무서워하는 것이 바로 귀신인 데다 양강이 독에 중독되어 죽어가던 당시의 모습이 그녀의 뇌리에 귀신처럼 뚜렷이 박혀 있었다. 그녀는 멍하니 앉아 있는 양과를 보고는 틀림없이 양강의 혼백이 나타난 것이라 생각하고 펄쩍 뛰어올랐다.

"오…… 오빠, 나를…… 살려주세요. 나…… 난…… 당신을 죽이지 않았어요. 제발 다…… 다른 사람한테 가서……."

황약사는 바보 낭자가 갑자기 옆에서 소란을 피울 줄은 전혀 예상치 못했다. 바보 낭자의 외침 소리에 결국 마지막 현도 끊어지고 말았다. 바보 낭자는 황약사 뒤에 숨어 소리를 질러댔다.

"귀, 귀신이에요. 할아버지, 오…… 오빠의 귀신이에요!"

이막수는 이 틈에 정신을 차리고 얼른 불진을 휘둘러 촛불을 끄고는 부서진 벽을 통해 빠져나갔다. 황약사는 이막수의 목숨을 끊어놓지 못하고 결국 놓쳐버리고 말았다. 황약사 정도의 고수가 그 뒤를 쫓아갈 수도 없는 노릇이었다.

방 안이 어두워지자 바보 낭자는 더욱 목소리를 높여 고래고래 소리를 질러댔다.

"귀신이에요! 할아버지, 귀신! 쫓아버려요!"

황약사는 호통을 쳐 바보 낭자의 입을 막았다. 정영은 초에 불을 붙이고 땅에 엎드려 사부에 대한 예를 올렸다. 그리고 일어나 양과와 육무쌍의 상황을 고했다.

황약사는 양과를 향해 미소를 지었다.

"내 제자가 아둔해 너를 네 아비로 잘못 본 것이다. 그리고 보니 참으로 아버지와 꼭 닮았구나."

양과는 침상 위에서 고개를 숙여 절을 올렸다.

"몸에 부상을 입어 예를 올리지 못하니 부디 용서하십시오."

황약사의 표정이 더없이 온화해졌다.

"네가 목숨을 돌보지 않고 두 번이나 내 딸과 손녀를 구했다니 정말 고맙구나."

그는 이미 황용을 만나 그간의 이야기를 듣고 정영이 양과를 구했다는 소식을 들은 후 바보 낭자와 함께 이곳으로 서둘러 온 것이었다. 황약사는 상처를 치료할 영약을 꺼내 양과에게 먹였다. 그리고 내공을 운기해 몸을 문지르고 안마를 해주었다. 황약사의 손이 닿는 곳은 마치 불침을 놓는 듯 따끔했지만 저절로 몸 안에서 저항력이 생겼다.

황약사는 양과의 몸이 꿈틀거리는 것을 느꼈다. 양과의 경맥이 운행을 시작하자 황약사는 손에 더욱 힘을 주어 치료를 계속했다. 한참이 지난 후, 양과는 온몸이 개운해지는 것을 느끼며 자신도 모르게 곤한 잠에 빠져들었다. 다음 날 깨어보니 황약사가 침상 머리맡에 앉아 있는 것이 눈에 들어왔다. 양과는 벌떡 일어나 예를 올렸다.

"강호에서 나를 뭐라 부르는지 아느냐?"

갑작스러운 질문이었지만, 양과는 침착하게 대답했다.

"선배님은 도화도주가 아니십니까?"

"그리고?"

양과는 '동사東邪'라는 말을 차마 입 밖에 낼 수가 없었다. 그러나 한편으로 다시 생각해보니 그의 별명에 사邪 자가 들어가 있다면 일반 사람들과는 사람됨이 아주 다를 것 같아 그냥 대담하게 입을 열었다.

"동사이십니다!"

황약사는 껄껄 웃어젖혔다.

"맞다. 내 들어보니 너의 무공이 쓸 만하다고 하더구나. 의협심도 강하고, 엉뚱한 구석도 있고 말이야. 그래, 네 사부를 부인으로 맞이하고 싶다고?"

"예, 그렇습니다. 모두들 안 된다고 하지만, 죽으면 죽었지 포기하지 않을 겁니다."

황약사는 이처럼 비장하게 군은 결의를 말하는 양과를 놀란 듯 바라보다가 갑자기 고개를 젖히고 웃음을 터뜨렸다. 그 서슬에 움막집 위의 건초가 들썩거렸다.

"그게 뭐가 우습습니까? 저는 선배님의 별명이 동사라 하여 틀림없이 남들과는 다른 고견을 들려주실 거라고 생각했는데, 다른 사람들과 다를 바 없으시군요!"

"그래, 그래, 그래!"

황약사는 큰 소리로 대답하고는 몸을 돌려 나갔다. 이번에는 양과가 어리둥절해졌다.

'내 말이 선배님께 실례가 된 거지. 그런데 어찌 얼굴에 화난 기색이 없으실까?'

사실 황약사는 평생 천하를 누비며 당시 예교禮敎에 얽매인 각종 세속世俗을 경멸해 마지않았다. 그래서 일반적인 예교의 상식에서 벗어난 언행을 일삼았고, 그런 그에게 세상은 삐딱하다는 뜻의 '사邪'라는 별호를 붙여주었다. 그동안 그는 외롭게 살아오며 자신을 알아주는 평생 친구라 할 만한 사람을 사귀지 못했다. 비록 딸과 사위가 있기는 했지만, 그들은 진심으로 황약사를 이해하지 못했다. 특히 곽정은 행동거지가 단정하고 신중해 황약사로서는 그다지 마음에 들지 않았다. 그러다 만년에 와서야 양과를 만나게 된 것이다.

얼마 전 영웅대연에서 양과가 한 모든 행동을 황약사도 이미 들어 알고 있었다. 황용도 그의 행동이며 사람됨을 이야기해주었다. 그런데 이렇게 직접 만나 몇 마디를 나누어보니 과연 썩 마음에 들었다. 그날 저녁, 황약사는 방으로 돌아와 차분히 이야기를 시작했다.

"과야, 듣자 하니 전진교를 배반하고 원래 사부를 때렸다던데 너도 비뚤어진 구석이 있구나. 이왕 그렇게 됐으니 고묘과 사문도 배반하고 내 제자가 되는 것이 어떠냐?"

양과는 갑작스러운 말에 어안이 벙벙해졌다.

"왜요?"

"우선 소용녀를 사부로 인정하지 않으면 부인으로 맞이해도 얼마든지 명분이 서지 않겠느냐?"

"그것도 좋은 방법이긴 합니다. 하지만 사제 간에는 혼인을 해서는 안 된다는 것이 도대체 누가 만든 규율이란 말입니까? 저는 반드시 선자를 제 사부로도 섬기고 아내로도 맞이할 작정입니다."

황약사는 손뼉을 치며 웃어댔다.

"그래! 네가 그렇게 생각한다니 나보다도 한 수 위로구나!"

황약사는 손을 뻗어 양과의 몸을 문지르며 치료를 시작했다.

"내 원래 네게 모든 재주를 물려주어 이 세상에 황 노사黃老邪의 뒤를 잇는 양 소사楊小邪가 있다는 걸 알릴 참이었다. 그러나 네가 나의 제자가 되지 않겠다 하니 할 수 없구나."

"반드시 사제지간이 되어야 선배님의 사명邪名을 드높일 수 있는 것은 아닙니다. 제가 아직 어리고 무예가 일천합니다만, 괜찮으시다면 친구가 되거나 형제를 맺을 수도 있지 않습니까."

양과의 말에 황약사가 버럭 화를 냈다.

"어린 녀석이 아주 대담하기 짝이 없구나! 내 노완동老頑童 주백통周伯通이 아닌 다음에야 어찌 너와 위아래 없이 지낸단 말이냐?"

"노완동 주백통은 누구십니까?"

황약사는 양과에게 주백통이 어떤 인물인지를 설명해주었다. 그리고 곽정과 어떻게 의형제의 연을 맺었는지도 가르쳐주었다. 두 사람은 이런저런 이야기를 하는 동안 서로 마음이 잘 통하는 것을 느꼈다. 자고로 '주봉지기천배소酒逢知己千杯小', 즉 지기知己를 만나면 술 천 잔도 부족하고, '의기불화반구다意氣不和半句多', 즉 뜻이 통하지 않는 자와는 반 마디 말도 많다라고 하지 않았던가.

양과는 원래 말재주가 좋아 조리 있게 이야기를 잘했고, 그 품성도 황약사와 비슷한 점이 많았다. 그의 이야기를 듣다 보니 황약사는 꼭 자기 마음과 같아 연신 감탄을 금치 못했다. 마치 오래된 친구처럼 느껴져 이제야 만나게 된 것이 한스러울 정도였다.

그는 입으로는 부인하면서도 마음속으로는 양과를 친구로 받아들였다. 황약사는 정영에게 일러 양과의 방에 침상을 하나 더 준비시키고 나란히 누워 이야기를 나누었다. 양과는 아직 스무 살이 채 되지 않았고, 황약사는 여든이 다 된 노인이었다. 중간에 마흔 살쯤 되는 곽정과 황용 부부가 있으니 양과는 그의 손자뻘인 셈이었다.

며칠이 지난 후, 양과의 부상이 모두 치유되었다. 이제 그와 황약사는 실과 바늘처럼 떼려야 뗄 수 없는 사이가 되었다. 황약사는 원래 바보 낭자를 데리고 남쪽으로 내려갈 계획이었으나 좀처럼 몸을 일으킬 기미를 보이지 않았다.

정영과 육무쌍은 두 사람의 모습이 우스웠다. 노인과 소년 둘이서 무슨 할 이야기가 그리도 많은지 낮에는 술동이를 사이에 두고 함께 마시고, 밤에는 불을 밝혀가며 이야기가 그칠 줄 몰랐다. 노인은 어른으로서 지켜야 할 체통을 잃은 듯했고 소년은 너무나 거리낌이 없어 보였다.

견문이라든가 학문으로 보면 양과는 물론 황약사의 발끝에도 못 미쳤다. 하지만 황약사가 무슨 이야기를 하면 양과가 진심으로 이해하고 받아들이며 맞장구를 치니 때로는 아주 짧은 이야기 중에도 서로 마음이 너무나 잘 맞아떨어지곤 했다. 황약사는 어느새 양과를 평생 처음으로 가져보는 지기라고 생각하게 되었다.

　이렇게 하루하루를 보내면서 양과는 황약사와 이야기를 하는 틈틈이 바보 낭자가 자신을 아버지로 잘못 보고 한 이야기가 떠올랐다. 그때 그녀는 자신이 죽이지 않았으니 다른 사람을 찾아가라고 했다. 그렇다면 그녀는 누가 자신의 아버지를 죽였는지 알고 있을 터였다. 다른 이들은 이야기를 해주지 않으니 양과는 정신이 온전치 않은 바보 낭자를 잘 구슬리면 진상을 알아낼 수 있겠다는 생각이 들었다. 그날 오후, 양과는 바보 낭자를 찾아갔다.

　"이리 좀 와봐. 할 말이 있어."

　바보 낭자는 그가 양강을 너무 닮아 겁을 내며 고개를 저었다.

　"너랑 안 놀아."

　"나는 변신을 할 수 있어. 볼래?"

　"거짓말. 안 볼 거야!"

　바보 낭자는 아예 두 눈을 감아버렸다. 양과는 물구나무를 서서는 바보 낭자를 불렀다.

　"어서 봐!"

　그는 구양봉에게 배운 대로 거꾸로 서서 껑충껑충 앞으로 나아갔다. 바보 낭자는 두 눈이 휘둥그레져서 아이처럼 손뼉을 치며 그 뒤를 따라다녔다. 양과는 계속해서 앞으로 나아가 나무가 무성한 곳으로 바보 낭자를 유인했다. 그는 움막에서 멀리 떨어진 것을 확인하고는 바로 섰다.

　"우리 술래잡기할까? 지는 사람이 벌 받기!"

몇 년 동안 황약사를 모시고 다니느라 재미있게 놀지 못한 바보 낭자는 양과의 말을 듣고 뛸 듯이 기뻐하며 손뼉을 쳐댔다. 양과를 무서워하던 마음도 이미 온데간데없이 사라졌다.

　"좋아, 좋아! 오빠, 무슨 벌을 줄 건데?"

　그녀는 양강을 살아생전 오빠라 불렀기 때문에 지금 양과도 오빠라고 부르고 있었다. 양과는 수건을 꺼내 그녀의 눈을 가리고 묶었다.

　"자, 나를 잡아. 만일 내가 잡히면 뭐든 묻는 말에 대답해줄게. 조금이라도 속이면 안 돼. 만일 잡지 못하면 내가 묻는 말에 네가 대답하는 거야."

　"좋아, 좋아!"

　"자, 나는 여기 있으니까 잡아봐라!"

　바보 낭자는 두 팔을 벌리고 양과가 소리를 내는 대로 따라갔다. 양과는 고묘파의 경공을 배워 몸이 날래기 그지없었다. 바보 낭자가 눈을 가리지 않고 앞을 똑똑히 본다고 해도 양과를 잡기는 어려웠다. 한참을 이리저리 오가며 양과를 찾던 바보 낭자는 몇 차례나 나무에 이마를 찧어 퉁퉁 부어오른 채 연신 아프다고 끙끙거렸다.

　양과는 바보 낭자가 흥미를 잃고 그만 놀겠다고 할까 봐 일부러 걸음을 멈추고 가볍게 기침 소리를 냈다. 바보 낭자는 번개같이 달려와 그의 등을 움켜쥐었다.

　"잡았다, 잡았어!"

　바보 낭자는 희색이 만면해 눈에 묶은 손수건을 냉큼 풀었다.

　"와, 내가 졌네. 그럼 뭐든 물어봐."

　그것은 오히려 바보 낭자에게 어려운 숙제를 낸 것이나 마찬가지였다. 그녀는 잠시 멀뚱히 양과를 바라보았다. 머릿속이 캄캄한 것이 뭘 물어봐야 좋을지 알 수 없어 한참을 끙끙대던 그녀는 마침내 입을 열었다.

"오빠, 밥 먹었어?"

그렇게 고민을 하고 겨우 그런 것을 묻다니! 양과는 하마터면 웃음이 터져 나올 뻔했다. 그러나 그는 눈 하나 깜짝하지 않고 짐짓 진지한 표정을 지었다.

"음, 먹었지."

바보 낭자는 고개를 끄덕이고는 더 이상 아무것도 묻지 않았다.

"더 묻고 싶은 거 없어?"

바보 낭자는 고개를 저었다.

"없어. 계속 놀자."

"그래, 어서 나를 잡아."

"아니야, 이번에는 오빠가 나를 잡아야지!"

바보 낭자가 부어오른 이마를 어루만지며 외쳤다. 갑자기 제정신이 든 것처럼 멀쩡하게 이야기하자 양과는 잠시 어리둥절했다. 하지만 계속 비위를 맞춰야 했기 때문에 할 수 없이 수건을 눈에 감았다.

바보 낭자가 정신이 모자라기는 해도 경공은 제대로 수련한 사람이었다. 양과는 일부러 펄쩍펄쩍 뛰며 슬그머니 수건을 찢어 틈을 냈다. 그리고 나무 오른쪽에 있는 그녀를 뻔히 보고도 일부러 왼쪽으로 고개를 내밀며 열심히 찾는 시늉을 했다.

"어디 있어? 어디로 간 거야?"

그러고는 재빨리 몸을 뒤집으며 그녀의 손목을 잡았다. 그는 바보 낭자가 수건에 있는 틈을 볼까 봐 얼른 풀어 품에 넣었다.

"이제 내가 물어봐야겠네."

"나, 밥 먹었어."

"난 다른 걸 물을 거야. 음…… 너 우리 아버지 알지, 그렇지?"

양과의 표정이 자못 진지해졌다.

"오빠 아버지가 누군데? 난 몰라."

"나랑 똑같이 생긴 사람 말이야. 그게 누구야?"

"아, 그건 양 오빠야."

"누가 그 오빠를 죽이는 걸 봤단 말이지?"

"응, 한밤중에 사당에서 새들이 막 울고, 까악! 까악! 까악!"

바보 낭자가 느닷없이 새 우는 소리를 흉내 냈다. 숲속은 나뭇잎이 우거져 원래도 어두컴컴했는데 바보 낭자가 새 울음소리를 낸답시고 소리를 질러대니 더욱 한기가 오싹 끼쳤다. 양과는 저도 모르게 몸을 한차례 부르르 떨었다.

"오빠는 어떻게 죽었는데?"

"고모는 나더러 얘기를 하라고 하고 오빠는 얘기하지 말라고 했는데, 오빠가 고모를 한 대 때리더니 하하, 하하, 막 웃었어."

그녀는 당시 양강이 죽기 전에 웃던 모습을 흉내 냈다. 그렇게 웃다 보니 제풀에 무서워졌는지 갑자기 겁에 질린 얼굴이 되었다. 양과는 무슨 소린지 알 수가 없었다.

"고모가 누구야?"

"고모가 고모지 누구야?"

이제 곧 아버지의 죽음에 얽힌 비밀을 풀 수 있을 것이라 생각하니 뜨거운 피가 가슴속에서 용솟음치는 듯했다. 좀 더 자세히 물어보려는 데 갑자기 뒤에서 사람 목소리가 들려왔다.

"너희 여기서 뭘 하느냐?"

황약사였다.

"오빠랑 술래잡기하고 있었어요. 오빠가 놀자고 했어요. 제가 그런 거 아니니까 혼내지 마세요."

황약사는 가만히 미소를 지으며 양과를 흘깃 쳐다보았다. 어떤 깊은 뜻을 품은 듯한 표정이 마치 양과의 마음을 꿰뚫어보고 있는 것 같았다.

양과는 가슴이 철렁 내려앉는 듯했다. 두근거리는 마음을 진정시키며 뭔가 변명을 하려는 순간, 나무 뒤에서 발소리가 들려왔다. 정영이 육무쌍의 손을 붙잡고 달려온 것이다.

"사부님 말씀이 맞았어요. 아직도 근처에 있었어요!"

정영이 황약사를 향해 외치며 손을 들어 서쪽 산을 가리켰다. 양과는 무슨 일인지 불안한 마음이 들었다.

"누가요?"

"이막수요!"

생각지도 못한 일이었다. 어떻게 그리도 대담할 수 있을까. 양과는 황약사를 바라보며 그의 설명을 기다렸다. 황약사는 그럴 줄 알았다는 듯 웃고 있었다.

"가보자꾸나."

황약사가 함께 있다면 겁날 것이 없었다. 그들은 서쪽 산을 향해 갔다. 정영은 양과가 도무지 알 수 없다는 표정을 하자 조용히 속삭였다.

"이막수는 사부님이 무학의 대종사라는 신분인 것을 알고 있어요. 사부님은 그날 저녁 움막에서 이막수의 목숨을 거두려다가 성공하지 못하셨잖아요. 그러니 부끄러워서라도 또다시 공격하지는 못할 거라고 생각한 거죠."

양과는 그제야 알았다는 듯 고개를 끄덕였다.

"그렇게 믿는 구석이 있어 겁도 없이 이곳을 지키고 있다가 끝내 우리 세 사람을 죽이려는 거군요. 도주님께서 그 속셈을 간파하시지 못했다면 무방비 상태로 있다가 독수에 당할 뻔했네요."

정영은 웃으며 고개를 끄덕였다. 옆에 있는 육무쌍이 양과에게 한마디 했다.

"너는 네가 남들보다 똑똑하다고 생각했지? 그런데 도주님과 비교하니 아무것도 아니라는 걸 알았을 거야."

"내가 뭐가 똑똑해. 멍청하니까 바보 낭자의 친구가 되지."

육무쌍의 빈정거리는 말에 양과는 그저 웃어넘길 뿐이었다.

이윽고 다섯 사람은 산 너머에 도착했다. 커다란 나무 옆에는 작은 움막이 하나 덩그러니 세워져 있었다. 이미 낡아 쓰러지기 직전인 움막의 사립문은 굳게 닫혀 있었다. 그리고 그 문에는 하얀 종이가 한 장 붙어 있었다.

도화도주, 제자의 힘을 믿고 5대 1로 겨루니 강호의 웃음거리가 되었구나!

황약사는 글을 읽고 너털웃음을 터뜨렸다. 그는 땅바닥에서 돌멩이 두 개를 주워 엄지와 중지 사이에 끼고 가볍게 튕겼다. 바람을 가르는 소리와 함께 돌멩이가 쏜살같이 날아갔다. 열 걸음 거리에 있는 사립문이 그 작은 돌멩이에 맞아 삐거덕, 하고 열렸다.

양과는 도화도에서 지낼 때 곽부가 제 외할아버지의 탄지신통彈指神通에 대해 이야기하는 것을 들은 적이 있었다. 오늘 직접 눈으로 보니 과연 들은 것보다 훨씬 대단해 절로 감탄이 나왔다. 문이 열린 곳을 들여다보니 이막수가 정좌를 하고 있었다. 손에는 불진을 쥐고 눈을 감은 채 엄숙한 표정이었다. 그 모양새가 영락없는 도사의 모습이었다. 홍능파의 모습은 보이지 않았다.

양과는 그녀가 무엇을 노리는지 알 수 있었다.

'지금 황 도주가 제자들을 앞세워 혼자뿐인 자신을 괴롭혔다고 말하려는 거구나. 그래서 홍능파는 아예 먼 곳으로 보내버렸고. 황 도주를 이길 수 있어서가 아니라, 혼자뿐인 자신을 황 도주의 신분이라면 건드릴 수 없을 것이라 믿은 거야.'

육무쌍은 부모님의 원수 밑에서 몇 년 동안 시달리며 고통을 감내했던 일들이 떠올라 즉시 장검을 빼 들었다.

"언니! 바보 형! 도주님께서 나설 것도 없이 우리 셋이서 마녀와 맞서 싸우자!"

"나도 있어!"

바보 낭자도 주먹을 슬슬 쓰다듬으며 나섰다. 이막수는 눈을 뜨고 다섯 사람을 한 번 쓰윽 훑어보았다. 잠시 상대를 얕보는 듯한 표정을 짓고는 다시 눈을 감았다. 눈앞에 있는 강적을 완전히 무시하는 듯한 태도였다. 정영은 사부를 올려다보며 지시를 기다렸다.

"그래, 나 황 노사 참으로 제자가 많다. 만일 진현풍, 매초풍과 곡영풍, 육승풍 4대 제자가 살아 있었다면 어찌 너 따위가 입을 함부로 놀렸겠느냐?"

황약사는 벼락같은 소리로 호통을 치며 소매를 휘둘렀다.

"돌아가자!"

네 사람은 황약사의 의도는 짐작하지 못하고 그저 그를 따라 움막으로 돌아갈 수밖에 없었다. 그때부터 황약사는 울적한 듯 저녁 식사도 거르고 혼자서 잠자리에 들었다. 양과는 그의 침상 옆에 누워 이막수를 보고도 그냥 돌아온 일이며, 낮에 바보 낭자가 한 말을 곰곰이 되새겨보았다.

'아마도 우리가 다섯이서 자기 한 사람을 상대했다고 비웃는 것이겠지. 이제 나도 부상에서 완쾌했으니 혼자 힘으로 상대할 수 있을 것 같은데. 차라리 몰래 빠져나가 이막수와 한바탕 겨루어 선자가 당한 치욕을 씻고 황 도주의 화도 풀어드리는 것이 어떨까?'

양과는 궁리 끝에 마음을 정하고 조용히 일어나 주섬주섬 옷을 입었다. 그가 비록 제멋대로 구는 구석이 있었지만, 그래도 일을 처리하는 데는 상당히 신중했다.

그는 이막수가 대단한 강적이라는 것을 잘 알고 있었다. 여차하면 목숨을 잃을 수도 있는 일이었다. 그래서 우선 침상에 무릎을 꿇고 앉아 호흡을 조절했다. 먼저 운기를 충분히 조절한 후, 가서 결전을 치를 생각이었다. 한 시진쯤 흘렀을까, 갑자기 눈앞에 빛이 비치는 듯 환해지더니 사지에 기운이 넘치며 온통 기로 충만해지는 것을 느낄 수 있었다.

"우아!"

양과는 자신도 모르게 그만 큰 소리를 내지르고 말았다. 마치 연못의 용이 울부짖는 것 같기도 하고, 깊은 산속의 호랑이가 포효하는 것 같기도 한 괴성이었다. 그 소리가 멀리까지 퍼져나갔다.

황약사는 그가 옷을 입을 때 이미 그의 움직임을 느끼고 있었다. 그런데 양과가 대갈일성하자 그는 희비가 교차하는 느낌을 받았다. 그것은 바로 내공이 어느 정도 경지에 이를 때 나타나는 현상이었다.

사람의 내공이 어느 높은 경지에 이르면 자기도 모르게 괴성이 튀어나오기도 한다. 훗날 명조明朝 때 대유학자인 왕양명王陽明은 깊은 밤 병영에서 운기를 하다가 갑자기 장소長嘯를 터뜨려 온 병영의 군사들을 놀라게 만든 일이 있었다. 양과도 기가 온몸에 충만해지자 이를 억제하지 못하고 몇 리에 이를 정도로 엄청난 괴성을 지른 것이다.

정영과 육무쌍도 크게 놀랐고, 심지어는 산 뒤쪽에 있는 이막수도 소리를 듣고 놀랐다. 그러나 그녀는 황약사가 기를 토하는 것이라 여기고 어찌 되었든 그는 나서지 않을 것이므로 겁낼 필요 없다고 스스로를 안심시켰다.

양과는 차가운 옥침상에서 기를 쌓았고, 여기에 〈옥녀심경〉과 〈구음진경〉을 보태며 내공을 크게 증진시켰다. 게다가 황약사가 그의 부상을 치료해주면서 도화도의 내공을 불어넣었고 이 심후하기 이를 데 없는 내공이 양과가 원래 쌓았던 내공을 더욱 진작시켜주었다.

'내가 세상에 다시없는 기재奇才라 자부하면서도 서른이 넘어서야 그 경지에 다다랐거늘, 이 소년은 나보다 10년이나 앞당겨 이루어냈구나. 도대체 이 아이는 어떤 일을 겪어온 것일까?'

황약사는 가만히 생각에 잠겼다가 운기를 마친 양과가 자리에서 일어나자 입을 열었다.

"이막수의 가장 강한 무공이 무엇이냐?"

황약사의 질문에 양과는 자신의 생각을 이미 들켰음을 깨닫고 순순히 대답했다.

"적련신장과 불진입니다."

"맞다. 네 내공이 이토록 심후해졌으니 그녀의 재주를 깨는 것도 어려운 일은 아니다."

양과는 기쁜 나머지 저도 모르게 바닥에 엎드려 큰절을 올렸다. 그는 나름대로 자부심이 강했다. 황약사가 대선배이고, 그 무공이 끝을 알 수 없이 고강하며, 학문에 조예도 깊은 것을 알고는 있었지만 쉽사리 그에게 고개를 숙이고 싶지는 않았다. 그런데 이막수의 무공을 자기 손으로 깰 수 있다고 말해주니 가만히 있을 수가 없었다.

다음 날 아침, 황약사는 정영을 불러 양과와 함께 탄지신통을 수련하게 했다. 정영은 전에 이 무공을 배운 적은 있었지만, 힘써 연마하지는 않았다. 황약사는 이 무공으로 적련신장에 어떻게 대응할지를 집중적으로 가르쳐주었다. 그리고 불진에 맞설 수 있도록 자신이 옥통소를 통해 만들어낸 검법을 가르쳐주었다.

양과는 황약사의 가르침을 주의 깊게 듣고 궁금한 점을 하나하나 물어보며 가슴 깊이 새겼다. 그러나 그 무공은 너무 오묘한 이치를 담은 것이라 습득하려면 적어도 1년을 수련해야 할 것이고, 완전히 터득하기 위해서는 3년은 걸릴 것 같았다. 양과는 머리를 긁적였다.

"황 도주님, 지금 당장 이막수가 저기 있는데요?"

"3년은 금방 지나간다. 그때는 네 나이 스물한두 살이 되겠지. 그 나이에 이 정도 무공을 지닌 것으로 만족하지 못하겠느냐?"

"저…… 저는 저를 위해서가 아니라……."

황약사는 양과의 어깨를 가볍게 두드렸다.

"3년 후에 나를 위해 이막수를 없애주면 그걸로 충분하다. 과거에 나는 훌륭한 제자들을 내 손으로 망치고 말았다."

황약사는 부드럽게 타이르고는 긴 한숨을 내쉬었다. 옛 제자들을 생각하니 가슴이 아파 회한과 자책이 밀려들었다.

정영이 다가가 황약사의 손을 가만히 잡았다.

"사부님!"

황약사는 눈물을 글썽이며 억지로 웃어 보였다.

"그래, 그래! 황 노사가 운이 아주 나쁘지는 않구나! 너희 같은 제자들이 있으니 말이다!"

양과는 털썩 무릎을 꿇고 절을 여덟 번 올렸다.

"사부님!"

황약사는 양과가 고묘파와 인연이 깊어 다른 사부를 섬기려 하지 않는다는 것을 알았다. 그러나 양과에게 무공을 전수해준 것은 이막수에게 당한 모욕을 씻기 위한 것이었다. 그렇다면 사제라는 명분이 반드시 필요했다. 그는 팔을 뻗어 양과를 일으켰다.

"네가 그 악녀와 겨룰 때만 내 제자가 되어다오. 그러나 그때를 제외하고는 너는 내 친구야. 알아듣겠느냐?"

"하늘 같은 친구를 사귀게 되어 참으로 기쁩니다."

"너를 만난 것은 일생의 행운이다."

두 사람은 얼싸안고 크게 웃음을 터뜨렸다. 그 기세에 사방의 벽이 흔들릴 정도였다. 황약사는 탄지신통과 옥소검법 중 중요한 부분을 세세하게 가르쳐주었다. 양과는 그런 황약사를 보며 그가 곧 떠나리라는 것을 직감했다.

'만난 지 얼마 되지 않아 이렇게 헤어져야 한다니. 다음에는 언제 또 만나게 될까?'

무공 전수가 끝나고 황약사가 미소를 지었다.

"우리는 이제 둘도 없는 친구요 동지다. 앞으로 누가 네 혼사를 가로막으면 내 만 리 밖에 있더라도 찾아와 도와줄 것이다."

황약사의 격려에 양과는 크게 위안이 되었다.

"가장 먼저 나서서 말리는 분은 도주님의 따님이실 겁니다."

"고것이 저는 마음에 둔 남편을 기어이 만나고 다른 사람의 아픈 마음은 나 몰라라 하는구나. 우리 딸은 그렇게 제 남편밖에 모르지. 하하, 출가종부出嫁從夫 삼종지덕三從之德이로다. 대단하지 않으냐!"

그는 큰 소리로 웃어젖히고는 소매를 휘날리며 문을 나섰다. 웃음소리는 순식간에 수십 장 밖에서 들려왔고 그는 마치 신룡神龍이 날아간 듯 곧 자취를 감추어버렸다.

양과는 한참을 멍하니 있다가 아까 배운 무공의 요결을 가만히 되새겨보았다. 점심때가 지나자 그는 정영과 함께 옥소검법을 연마했다. 둘이서 하다 보니 저도 모르게 〈옥녀심경〉에 있던 무공도 사용하게 되었다.

"정 사자, 이제 검법 수련도 마쳤으니 힘을 합쳐 이막수를 죽이고 사부님을 기쁘게 해드려요!"

정영은 조금 놀란 듯 어색하게 웃었다.

"사자라고요?"

"먼저 문하에 들어오셨으니 당연히 사자시지요!"

"곽 부인이 내게 사자가 되시는데요?"

양과는 그녀의 고운 얼굴을 바라보며 저도 모르게 외쳤다.

"그러면 그냥 아름다운 '선자'라고 하면 되겠네요!"

"당신에게는 이미 선자가 있잖아요."

정색을 하고 대꾸하는 정영의 표정에 양과는 말문이 막혔다.

다음 날 아침, 양과가 막 자리에서 일어나자 방문이 삐걱 열리더니 정영이 들어왔다. 그녀의 손에는 푸른 장포가 들려 있었다.

"한번 입어보세요. 맞는지 보게."

양과는 너무 기뻐 옷을 받아 드는 손이 가늘게 떨렸다. 고개를 들어 정영을 바라보니 정이 담뿍 담긴 부드러운 눈빛으로 미소를 짓고 있었다. 침상 곁으로 가 새 옷을 입어보니 길이며 허리, 소매가 모두 입던 것처럼 몸에 착 감기듯 잘 맞았다.

"제가, 제가…… 어떻게 감사를 드려야 할지."

정영은 살포시 웃으면서도 서운한 표정을 감추지 못했다.

"사부님께서 가셨으니, 이제 우리도……."

정영이 무슨 말을 하려는데 문밖에서 한 그림자가 비쳤다가 얼른 사라지는 것이 언뜻 보였다. 육무쌍이었다.

'계집애, 왔으면 들어올 것이지 피하기는……. 나도 여기 오래 있지는 않을 텐데…….'

그녀는 더 이상 아무 말도 하지 않고 천천히 방을 나갔다.

양과는 옷을 가만히 살펴보았다. 바늘땀이 어찌나 촘촘한지 그 정성에 다시 한번 가슴이 뛰었다.

'이렇듯 내게 잘해주다니. 게다가 색시도 그렇고. 하지만 나는 이미 마음을 먹었으니 더 돌아보지 말아야지. 어서 떠나지 않으면 서로 힘들어지겠구나.'

그런데 떠나자니 이막수가 갑자기 공격해올까 봐 걱정이 되었다.

그날 밤 양과는 아무도 모르게 산 뒤쪽 이막수가 사는 움막을 찾아갔다. 그런데 어찌 된 일인지 움막은 이미 재가 되어 남아 있지 않았다. 이막수가 집을 태우고 떠난 후였다. 적이 이미 사라졌으니 이제 떠나지 못할 이유가 없었다.

양과는 이날 저녁, 등불 아래서 편지를 써 작별을 고했다. 그간 정영과 육무쌍이 보여준 정을 생각하니 가슴이 미어졌다. 문득 고개를 숙여 써놓은 편지를 보니 일천한 글재주에 필체마저 엉망이었다. 혹여 정영이 비웃지나 않을까 싶어 반쯤 쓴 편지를 찢어버렸다. 그러고는 이리저리 뒤척이며 종내 잠을 이루지 못했다. 얼마나 지났을까, 비몽사몽간에 갑자기 문을 두드리는 소리가 들렸다.

"바보, 바보야! 어서 일어나봐."

육무쌍의 목소리였다. 뭔가 다급한 일이 벌어진 것 같았다. 양과는 얼른 일어나 옷을 걸치고 나가보았다. 서늘한 새벽바람에 조금 한기가 느껴졌다. 아직 동이 트지 않아 어둑어둑한 시간이었다.

육무쌍의 표정이 심상치 않았다. 그녀는 겁에 질린 듯한 표정으로 손을 들어 사립문을 가리켰다. 그녀의 손이 가리키는 대로 고개를 돌려본 양과는 일순 숨이 멎는 듯했다. 문에는 붉은 손자국 네 개가 찍혀 있었다. 틀림없이 이막수가 지난밤 이곳에 와 살펴보고는 황약사가 떠난 것을 알고 남은 네 사람을 죽이려는 것이었다. 두 사람은 잠시 말을 잊고 서 있었다. 정영도 소리를 듣고 밖으로 나왔다.

"언제 봤니?"

"동트기 전에 봤어."

육무쌍은 정영의 물음에 별생각 없이 대답하고는 곧 얼굴이 붉어졌다. 그녀는 양과 생각에 잠을 이루지 못하고 그의 창밖 근처를 배회하다가 손자국을 발견한 것이었다.

정영은 짐짓 모르는 척하고 말을 돌렸다.

"이막수와 마주치지 않아 다행이구나. 이제 곧 동이 틀 테니 오늘은 오지 않을 거야. 우리 천천히 대책을 생각해보자."

세 사람은 양과의 방으로 들어가 의논했다.

"그날 바보 낭자의 부젓가락에 당하고도 겁이 안 나는 걸까?"

육무쌍의 말에 정영은 미간을 찌푸렸다.

"사자의 초식은 다 해도 몇 가지가 되지 않아. 아마 곰곰이 생각을 해보고 그걸 깨뜨릴 수 있는 방법을 생각해냈겠지."

"하지만 바보가 부상에서 완쾌되었으니까 두 바보가 힘을 합치면 상당하지 않을까?"

육무쌍이 자신을 놀리자 양과는 한술 더 떠 히죽거렸다.

"바보에 바보 낭자면…… 아는 것이라곤 없을 텐데, 무슨 위력이 있겠어?"

그러고는 상황이 상황이니만큼 조금 진지한 표정을 지었다.

"우리 두 바보가 힘을 합쳐 정면으로 공격할게. 둘은 좌우에서 협공

해줘. 그리고 지금은 바보 낭자를 데려와 연습을 좀 해야지."

서둘러 바보 낭자를 불러보았으나 대답이 없었다. 모두들 의아해하며 서로 쳐다볼 뿐 어딜 갔는지 알 수가 없었다. 세 사람은 걱정이 되어 각자 흩어져 찾아보기로 했다. 세 사람은 소리쳐 부르며 산 여기저기를 헤집고 다녔다. 마침내 정영이 돌무더기 속에 쓰러져 있는 바보 낭자를 발견했다. 다가가 보니 가늘게 숨을 쉬고 있었다. 화들짝 놀라 그녀의 옷을 벗기고 살펴보니 등에 희미한 핏빛 손자국이 남아 있었다. 역시 이막수의 적련신장에 당한 것이었다. 그녀는 서둘러 양과와 육무쌍을 불렀다. 그리고 문파의 영약인 구화옥로환을 꺼내 그녀에게 먹였다.

양과는 〈오독비전〉에 적힌 이 독장의 치료법을 생각해냈다. 그는 얼른 내공을 조절해 그녀의 혈도를 문질러주었다. 잠시 후 몸을 부르르 떨며 깨어난 바보 낭자가 히죽 웃었다.

"나쁜 여자가 뒤에서 나를 때렸어. 바보도 손을 뒤집어 그 여자를 때렸지."

바보 낭자가 손을 뒤집어 때렸다는 것은 황약사에게 배운 세 가지 초식 중 하나였다.

이막수는 몰래 기습을 하여 기선을 잡기는 했지만 그만 바보 낭자의 의외의 반격에 당하고 말았다. 팔이 부러질 뻔한 이막수는 놀라고 아픈 나머지 일단 도망간 모양이었다. 덕분에 바보 낭자는 목숨을 건질 수 있었다.

세 사람은 바보 낭자를 구해서 돌아왔으나 내일이 걱정이었다. 바보 낭자는 중상을 입은 상태였다. 그녀를 데리고 도망을 가자니 이막수에게 따라잡힐 것이 분명했다.

양과는 정영과 육무쌍을 번갈아 바라보았지만 도무지 뾰족한 수가 떠오르지 않았다. 그는 그냥 손에 잡히는 대로 반짇고리에 있던 실을 가위로 동강동강 자르기 시작했다. 바보 낭자는 긴 걸상에 누워 양과가 하는 모양을 바라보다가 소리를 질렀다.

"잘라! 나쁜 여자 빗자루! 빗자루를 잘라!"

바보 낭자의 말에 양과가 고개를 번쩍 들었다.

'그 악녀의 불진은 부드러운 데다가 워낙 자유자재로 다루니 아무리 날카로운 검이라도 그걸 어찌하지 못했지. 그러나 커다란 가위로 찰칵 잘라버리면 되지 않을까?'

생각이 여기에 미치자 양과의 왼손에 들린 실이 부르르 떨렸다. 마치 불진이 공격해오기라도 하는 것처럼 양과는 오른손에 들고 있는 가위로 실을 두 동강 냈다. 그러고는 공격해오는 불진에 가위로 맞서는 모습을 그리며 초식을 만들어보았다.

정영과 육무쌍은 그런 양과를 바라보며 이미 그 생각을 눈치채고 크게 기뻐했다.

"여기서 북쪽으로 7리 정도 가면 대장간이 있어."

정영의 말에 육무쌍도 질세라 끼어들었다.

"그래, 우리 가서 대장장이에게 커다란 가위를 하나 만들어달라고 하자."

그러나 양과는 선뜻 일어서지 않았다.

"갑자기 무기를 사용하는 게 쉽지 않을 거야. 하지만 맞서면서 임기응변으로 대응할 수는 있겠지. 여하간 지금 옥소검법을 연마하는 것보다는 좀 나을 거야. 다른 방법도 없으니 시험해볼 수밖에."

하지만 한 사람만 보낼 수는 없었다. 만일 혼자서 대장간에 가다가 이막수를 만나면 큰일이었다. 지금 네 사람은 잠시도 떨어져 있으면 안 되는 상황이었다. 그래서 정영과 육무쌍이 말 등에 이불을 깔고 바보 낭자를 부축해 눕힌 후 함께 대장간으로 향했다.

몽고가 금나라를 무너뜨린 후, 철갑 기마대와 철기鐵騎가 송으로 들어왔다. 이 일대는 송나라 변경의 북쪽 끝이었던 탓에 도시는 대부분 몽고병의 수중에 들어가 있었고 파괴된 곳도 많았다.

대장간은 매우 초라했다. 문을 열고 들어서자 정면에 커다란 다듬잇돌이 있고, 여기저기 석탄 부스러기와 고철이 널려 있었다. 벽에는 쟁기와 낫이 몇 자루 걸려 있어 더욱 을씨년스러운 가운데 사람의 모습은 찾아볼 수가 없었다.

양과는 사방을 둘러보고는 가만히 한숨을 내쉬었다.

'이런 곳에서 어떻게 무기를 만든단 말인가!'

하지만 이왕 왔으니 물어나 보고 갈 일이었다.

"아무도 없습니까?"

잠시 후 구석진 곳에서 노인 한 명이 나왔다. 머리가 희끗희끗한 것이 쉰 살쯤 되어 보였다. 오랜 세월 쇠를 두드린 탓일까, 그는 등이 심하게 굽었고 작은 눈은 연기 때문인지 붉게 충혈되었으며 눈가에는 눈곱이 잔뜩 끼어 있었다. 한쪽 처마 밑에 지팡이가 세워져 있는 것으로 보아 다리도 성치 않은 모양이었다.

"손님, 무슨 일이십니까?"

양과가 막 대답을 하려는 찰나 갑자기 말발굽 소리가 들렸다. 뒤이어 말 두 필이 바람처럼 대장간 앞에 섰다. 말을 탄 사람 중 하나는 몽고 장수요, 하나는 한인이었다. 통역인지 길을 안내하는 사람인지 정체를 알 수 없는 한인이 외쳤다.

"풍馮씨! 썩 나와서 명령을 받으라!"

늙은 대장장이가 허겁지겁 앞으로 나갔다.

"예, 예."

"장관의 명이다. 온 마을의 대장장이들은 사흘 내에 현성縣城으로 와 군에서 일을 하라. 너는 내일까지 현성에 도착해야 한다. 알았느냐?"

"이렇게 늙은 몸으로……."

갑자기 몽고 장수가 말채찍을 들어 대장장이의 머리를 향해 휘두르며 알아들을 수 없는 말을 떠들어댔다.

"내일까지 도착하지 않으면 네 머리가 날아갈 줄 알아라."

한인이 내지르듯 통역을 해주고, 두 사람은 말을 달려 멀어졌다. 대장장이는 한숨을 내쉬고는 멍하니 하늘을 바라보았다. 이미 늙어 힘이 없는 노인이 불쌍해서 정영은 은 열 냥을 꺼내 탁자에 놓았다.

"풍 어르신, 이렇게 연로하신 분이 가뜩이나 걷는 것도 불편하신데 몽고군이라니요. 그냥 죽으라는 말이나 다름없네요. 이 은자를 가지고 멀리 도망가세요."

대장장이는 또 한숨을 쉬었다.

"아가씨의 마음에 감사드립니다. 하지만 이 정도 살았는데, 죽고 사는 게 뭐 그리 대수겠습니까. 그저 강남의 백성들이 난리를 겪을 일이 걱정이지요."

세 사람은 놀라 눈을 동그랗게 떴다.

"왜요?"

"몽고군이 대장장이들을 징집해 무기를 만든답니다. 몽고는 원래 무기가 넘치는데 더 만드는 것을 보면 틀림없이 송을 공격할 준비를 하는 거겠지요."

세 사람이 듣기에도 그냥 넘길 일이 아니었다. 나름대로 일리가 있는 추측이었다. 뭔가 더 물어보려는데 대장장이가 먼저 물었다.

"뭘 만들려고 그러십니까?"

"풍 어르신도 일이 있으신 것 같은데……. 상황이 급하니 조금 도와주십시오."

양과는 양해를 구하고 가위의 모양이며 크기를 설명했다. 이상한 주문이었을 텐데 대장장이는 이상한 내색은커녕 얼굴빛 하나 변하지 않고 고개를 끄덕였다. 그는 곧 풀무질을 해 화로에 불을 피우고 쇳덩어리 두 개를 녹였다.

"오늘 밤까지 만들 수 있겠습니까?"

"서둘러 해야지요."

그는 짤막하게 대답하고는 더욱 세차게 풀무질을 해댔다. 화로 속 석탄이 이글이글 붉게 타올랐다. 북방 지역인데도 대장장이 노인은 강남 말투를 쓰고 있었다.

바보 낭자는 탁자에 거의 누울 듯이 기대어 앉아 있었다. 양과 등 세 사람은 모두 고향이 강남이었다. 비록 어린 시절 집을 떠나기는 했지만 고향에 곧 난리가 닥칠 것이라고 하니 마음이 착잡해졌다. 그들은 말없이 화로를 바라보며 난세에는 사람 목숨이 파리 목숨만 못하다는 생각을 했다. 그런 생각이 들자 한층 더 우울해졌다. 내일 있을 일에 대한 두려움은 오히려 좀 덜해졌다.

한 시진쯤 후, 대장장이는 벌겋게 단 쇠를 쇠 집게로 집어 다듬잇돌 위에 올렸다. 그러고 나서 오른손에 든 커다란 쇠망치로 쇳덩어리를 두드리기 시작했다. 비록 연로했지만 아직 팔 힘은 건재해 춤을 추듯 망치질을 해대는 것이 전혀 힘들지 않는 모습이었다. 한참을 두드리자 쇳덩이 두 개가 얼추 가윗날의 모습을 갖추었고 대장장이는 그것을 잦은 망치질로 세심하게 다듬었다.

"바보, 오늘 안에 다 만들어지겠어?"

육무쌍의 희희낙락하는 말 사이에 웬 차가운 목소리가 섞여 들려왔다.

"그렇게 큰 가위를 만들어 내 불진을 자르겠다는 것이냐?"

세 사람은 깜짝 놀라 고개를 돌려보았다. 어느새 이막수가 불진을 살랑살랑 흔들며 문 앞에 서 있었다. 무기가 미처 만들어지기도 전에 적이 당도하자 세 사람은 착잡한 마음을 금할 길이 없었다. 정영과 육무쌍은 각자 장검을 빼 들었고 양과는 화로 옆에 있는 쇠막대기를 봐 두었다. 적이 출수하면 즉시 집어 들고 사용할 생각이었다.

이막수는 차가운 웃음을 흘렸다.

"큰 가위로 내 불진을 자르겠다? 어린것들이 생각은 잘도 해냈구나. 내 여기 앉아서 기다렸다가 가위가 다 만들어지면 움직이마."

그녀는 옆에 있던 걸상을 끌어다 앉았다. 그리고 세 사람은 눈에 보이지도 않는 듯 외면했다.

"그리해준다면야 잘된 일이지. 내 그 불진을 반드시 잘라버리고 말 테다."

양과의 말에 피식 웃음을 짓던 이막수는 바보 낭자가 탁자에 앉아 있는 것을 보고 가슴이 철렁 내려앉았다.

'이 여자는 내 장에 맞았는데 어떻게 앉아 있을 수 있단 말인가. 어찌 이런 일이!'

"황약사는?"

이막수는 놀란 가슴을 진정시키며 짐짓 아무렇지도 않은 듯 물었다. 그런데 대장장이가 '황약사'라는 이름을 듣더니 움찔하며 고개를 들어 이막수를 바라보았다. 그러고는 말없이 고개를 숙이고 쇠를 두드렸다.

"우리 사부님이 이미 떠나신 것을 알고 있으면서 왜 묻는 거지? 우리 사부님이 계셨다면 너 따위가 감히 이렇게 대담하게 우리 앞에 나타났겠어?"

정영의 말에 이막수는 코웃음을 치고는 품에서 종이를 한 장 꺼냈다.

"황약사는 세상을 속여 명성을 훔치고 제자들의 힘에 기대서 비겁하게 상대를 누르지. 흥! 이 제자들 가운데 정말 쓸모 있는 제자가 과연 있을까?"

그녀는 왼손을 휘둘러 종이를 날렸다. 그러고는 팔을 살짝 튕기는가 싶더니 은침을 날려 종이를 기둥에 박아놓았다.

"이것을 증거로 남겨두겠어. 나중에 황 노사가 돌아오면 귀여운 두 제자를 누가 죽였는지 알게 되겠지."

그런 뒤 이번에는 대장장이를 돌아보며 다그쳤다.

"어서 만들어! 나는 기다리는 걸 싫어한단 말이야!"

대장장이는 온통 붉어진 눈으로 종이를 쳐다보았다. 종이 위에는

"도화도주, 제자의 힘을 믿고 5대 1로 겨루니 강호의 웃음거리가 되었구나!"라고 적혀 있었다. 그는 뭔가 생각에 잠긴 듯 멍하니 지붕을 바라보았다.

"어서 만들지 않고 뭘 해?"

이막수의 재촉에 대장장이는 얼른 고개를 숙였다.

"예, 예, 곧 됩니다."

그는 왼손에 든 쇠 집게를 뻗어 종이와 침을 뽑아서는 불이 활활 타오르는 화로에 집어넣었다. 종이는 순식간에 재가 되었다. 이를 본 사람들은 모두 깜짝 놀랐다. 이막수는 화가 치밀어 불진을 들고 펄쩍 뛰어올랐다. 그러다 약간 미심쩍은 생각이 들었다.

'촌구석의 늙은 대장장이가 이렇게 대담하다니. 혹 범상치 않은 인물이 아닐까?'

그녀는 이미 자리에서 일어나 있었으나 천천히 다시 앉으며 애써 태연한 척했다.

"어르신은 누구시오?"

"안 보이시오? 나는 늙은 대장장이요."

"왜 내 종이를 태웠소?"

"종이의 내용이 틀리기에 내 가게에 붙여놓기 싫어 그랬소."

"뭐가 틀렸다는 거야?"

이막수는 참지 못하고 분통을 터뜨리며 소리를 내질렀다.

"도화도주께서는 하늘의 도리와 땅의 이치를 꿰뚫는 능력을 지니셨고, 그분의 제자들은 그분의 재주 하나만 제대로 배워도 천하를 호령할 수 있었소. 그분의 첫째 제자이신 곡영풍은 몸이 바람처럼 빠른 데다 무공이 변화무쌍하고 철팔괘鐵八卦 신공이 특히 뛰어나셨지. 두 번째 제자이신 진현풍은 근육과 뼈가 동과 철로 만들어진 듯 단단하여 날카로운 무기로도 찌르기가 힘들었소. 들어보시었소?"

그는 차분히 이야기를 하면서도 손으로는 여전히 쇠를 땅땅 두드렸다. 규칙적으로 울리는 그 소리는 그의 말에 위엄을 더해주었다. 그가 곡영풍과 진현풍에 대해 이야기하자 이막수는 물론 양과 일행도 크게 놀랐다. 시골 편벽한 곳의 늙은 대장장이가 그런 강호의 고수를 알고 있을 줄은 상상도 하지 못했다.

"흥, 강호에 떠도는 얘기로는 그 바람처럼 빠르다던 곡영풍은 황실 호위병들 손에 죽었다더군요. 또 동시銅戸 진현풍은 어린아이에게 찔려 죽었다던데, 뭐가 대단하다는 거요? 무기로도 육신을 벨 수 없다고? 정말 허풍이 대단하시군!"

"흐음, 도화도주의 세 번째 제자 매초풍은 여자 몸이기는 하나 손가락의 신공이 대단하고 채찍을 특히 잘 다루었소."

이막수는 여전히 냉소를 거두지 않았다.

"헤헤, 그래요? 그 여자는 손가락이 너무너무 대단해서 강남칠괴에게 눈을 잃고 서독 구양봉의 손에 산산조각이 났다더군요."

대장장이가 잠시 손을 멈추고 망연히 하늘을 바라보았다.

"그런 일이 있었소? 나는 몰랐소. 도화도주의 네 번째 제자 육승풍은 경공이 뛰어나고 벽공장劈空掌이 일품이었지요."

"듣자 하니 어떤 사람이 두 다리가 부러져 움직이지도 못하고 지냈다던데, 그 이름이 바로 경공이 대단하다던 육승풍이었던가요? 다리가 없는 경공이라면 이름처럼 바람을 타고 다닐 수밖에 없겠군요. 벽공장이 대단하다고요? 장을 뻗는 족족 허공을 때리는 것이 도화도의 벽공장인가 보지요?"

대장장이가 고개를 숙였다. 벌겋게 달궈진 쇳덩이 위로 눈물방울이 뚝뚝 떨어졌다. 육무쌍은 그와 가장 가까운 곳에 앉아 있어 그가 눈물을 떨어뜨린 것을 똑똑히 보았다. 도무지 알 수 없는 일이었다. 대장장이는 쇠망치를 더욱 높이 쳐들어 쇠를 때렸다.

"육승풍은 무공이 뛰어날 뿐 아니라 기문둔갑술에도 뛰어났지요. 당신이 그를 만났다면 더는 비웃지 못했을 거요."

"기문둔갑술이 뭐 대단하다고. 그 사람은 태호변에 귀운장을 짓고 살았어요. 강호 호걸들이 모두 거참 오묘하기 짝이 없다고 감탄했었지. 그런데 누군가 불을 질러 깡그리 타버렸다더군요. 그 후 그 사람의 행방이 묘연할 걸로 봐서 아마 그 불에 타 죽은 거죠."

"도화도주께는 무남독녀 외동딸이 계십니다. 지금은 개방의 방주라더군요. 황 방주는 지혜가 뛰어나 하늘도 놀라게 할 만한 묘책을 짜내시곤 하지요. 그리고 그분이 출수하기만 하면 당신쯤은 얼마든지 쓰러뜨릴 수 있을 것이오."

"흥, 그 풋내기 황용 말인가요? 가진 것은 하나도 없으면서 남편 곽정의 힘을 믿고 허장성세하는 계집 아닌가요? 그리고 개방의 방주가 된 것도 사부인 북개 홍칠공의 힘이었소!"

대장장이는 번쩍 고개를 들고 호통을 쳤다.

"이 여도사가 무슨 소리를 하는 거요! 도화도주의 제자들은 하나같이 무예에 정통하여 당신보다 열 배는 강하단 말이오! 이 시골 늙은이가 세상 돌아가는 일을 모른다고 무시하는 거요!"

"여기 있는 이 아이들에게 물어보면 알 거요."

대장장이는 고개를 돌려 정영을 바라보았다. 궁금해하는 표정이 역력했다. 정영은 자리에서 일어나 공손히 입을 열었다.

"저희 사부님께서는 불운하시어 제자들을 키우지 못하셨습니다. 저는 학문이 일천하고 무공도 하찮아 사부님을 만족시켜드리지 못하고 있으니 부끄러울 따름입니다. 그런데 어르신께서는 저희 사부님을 아십니까?"

대장장이는 대답 대신 정영을 훑어보았다. 아무래도 못 믿겠다는 눈치였다.

"도화도주께서 만년에 또 제자를 받으셨소?"

정영은 불구가 된 대장장이의 왼쪽 다리를 보며 뭔가 느끼는 바가 있었다.

"사부님께서 적적하시어 저에게 시중을 들도록 하셨습니다. 하나 저는 배움이 부족해 도화도주의 제자라 칭하지는 못하겠습니다. 게다가 저는 도화도에 발을 들여놓은 적조차 없습니다."

그러나 그녀의 말은 자신이 도화도주의 제자임을 인정한 것이나 마찬가지였다.

대장장이는 고개를 끄덕였다. 눈빛이 확연히 부드러워지고 친근감을 느끼는 표정이었다. 그는 다시 고개를 숙이고 쇠를 두드리면서 뭔가 깊이 생각에 잠긴 듯했다.

정영은 대장장이의 손놀림을 자세히 살펴보았다. 그의 손은 공중에서 반원을 그리다가도 쇠에 떨어질 때는 교묘하게 방향을 바꾸었다. 그 움직임이 도화도 문파의 낙영신검장과 매우 흡사했다.

"사부님께서는 한가하실 때면 저와 이야기를 나누곤 하셨습니다. 과거 제자들을 섬에서 몰아낸 것에 대해서도 말씀하셨습니다. 진현풍과 매초풍 두 사람은 스스로 잘못을 저지른 것이니 할 수 없는 일이라 하셨으나, 다른 제자들은 억울하게 쫓겨난 것이라고 한탄하셨습니다. 특히 풍묵풍이라는 사형은 가장 나이가 어려 참으로 안쓰러웠다고 하시더군요. 사부님께서는 그 후에도 잊지 않고 종종 걱정을 하시곤 했습니다."

황약사는 성정이 괴팍해 마음속으로는 그런 생각을 할지라도 입 밖으로 내뱉는 사람이 아니었다. 그러나 정영은 사부를 모시는 마음이 워낙 살갑고 온순해 황약사가 적적해할 때면 이런저런 이야기를 나누었다. 그래서 황약사도 마음을 내비치는 일이 있었고 정영은 대충이나마 저간의 사정을 짐작할 수 있었다. 지금 그녀가 하는 말은 정말 황약사가 한 말을 그대로 옮기는 것은 아니라고 해도 그 본심은 다를 바가 없었다.

대장장이는 긴 한숨을 내쉬었다. 그의 얼굴에는 눈물이 비 오듯 흘렀다. 눈물이 벌겋게 달구어진 쇳덩이에 떨어졌다. 칙칙 소리를 내며 한순간 말라버리는 눈물을 바라보자니 마음 한구석이 애잔해졌다.

이막수는 두 사람의 대화를 듣고 짐작되는 게 있어 자신도 모르게 측은한 생각이 들었다. 그러나 그녀는 이내 마음을 단단히 고쳐먹었다.

'이러면 저들 편이 하나 더 늘어난 것 아닌가? 하지만 저 대장장이는 다리 한쪽이 병신이니 설마 어찌하지는 못하겠지.'

이막수는 냉소를 날렸다.

"풍묵풍, 사매를 만난 것을 축하드리오."

그렇다. 이 대장장이 노인이 바로 황약사의 막내 제자 풍묵풍이었다. 과거 진현풍과 매초풍이 〈구음진경〉을 훔쳐 달아난 후, 화가 머리 끝까지 난 황약사는 남아 있는 제자들의 다리를 분질러 도화도에서 쫓아냈다. 곡영풍을 먼저 쫓아내고 육승풍, 무강풍武罡風 두 사람은 두 다리를 모두 부러뜨렸다. 그러나 당시 아직 어리고 무공도 대단치 않았던 풍묵풍은 가여운 생각이 들어 왼쪽 다리만 부러뜨렸다.

풍묵풍은 비통한 마음에 먼 곳으로 사라졌고, 이런 궁벽한 시골에서 대장간 일을 하며 강호 사람들과는 전혀 교류하지 않았다. 그렇게 30년을 살아오며 아무런 소식을 듣지 못하다가 오늘에서야 이렇게 문파의 일을 알게 된 것이다.

풍묵풍은 황약사가 원수의 손에서 구해주어 목숨을 건졌고, 어려서부터 황약사의 보살핌 아래 자라 그를 은인으로 생각하고 있었다. 그래서 비록 황약사에게 쫓겨나긴 했지만 원망스러운 마음을 추호도 품어본 적이 없었다. 게다가 정영에게 황약사의 진실한 마음을 전해 들으니 예전의 황약사가 그리워 만감이 교차하며 가슴이 저려왔다.

"사매, 사부님은 평안하신가?"

"예, 평안하세요."

풍묵풍은 천천히 말을 이었다.

"사부님의 은혜는 내 몸이 부서져도 갚을 길이 없을 거야. 사부님께서 그리 말씀하셨다니 이제 나를 용서하신 거라 생각할 수 있겠군. 옛일을 되돌려 무슨 소용이 있을까? 이제 난 죽어도 편히 눈을 감을 수 있을 것 같아."

주위에 묘한 긴장감이 감돌았다.

〈4권에서 계속〉